LAURA MARSHALL
Drei kleine Lügen

Autorin

Laura Marshall wuchs in Wiltshire auf und studierte Englisch an der University of Sussex. 2015 fand sie, dass es Zeit sei, sich ihren lebenslangen Traum zu erfüllen – das Schreiben eines Romans. Ihr Debüt »Eiskalte Freundschaft. Ich werde nicht vergessen« wurde bereits vor der Veröffentlichung für den Lucy-Cavendish-Fiction-Preis nominiert. »Drei kleine Lügen« ist Laura Marshalls zweiter Roman bei Blanvalet. Die Autorin lebt mit ihrem Mann und zwei Kindern in Kent.

Besuchen Sie uns auch auf www.facebook.com/blanvalet und
www.twitter.com/BlanvaletVerlag

Laura Marshall

DREI KLEINE LÜGEN

Thriller

Deutsch von Leena Flegler

blanvalet

Die Originalausgabe erschien 2018 unter dem Titel
»Three Little Lies« bei Sphere, an imprint of Little, Brown Book Group,
an Hachette UK Company, London.

Sollte diese Publikation Links auf Webseiten Dritter enthalten,
so übernehmen wir für deren Inhalte keine Haftung, da wir uns
diese nicht zu eigen machen, sondern lediglich auf deren Stand
zum Zeitpunkt der Erstveröffentlichung verweisen.

Verlagsgruppe Random House FSC® N001967

2. Auflage
Copyright © der Originalausgabe 2018 by Laura Marshall
Copyright © der deutschsprachigen Ausgabe 2019 by
Blanvalet Verlag in der Verlagsgruppe Random House GmbH,
Neumarkter Str. 28, 81673 München
Redaktion: René Stein
Umschlaggestaltung: www.buerosued.de
Umschlagmotiv: plainpicture/Sandrine Pic
Satz: Buch-Werkstatt GmbH, Bad Aibling
Druck und Bindung: GGP Media GmbH, Pößneck
LH · Herstellung: sam
Printed in Germany
ISBN: 978-3-7341-0795-5

www.blanvalet.de

Für Michael

Olivia

Juli 2007

Mein kleiner Junge. Er sieht dort vorn komplett alleingelassen aus. Es ist das erste Mal, dass er einen Anzug trägt, seit er die Schule abgeschlossen hat, was sich fast anfühlt, als wäre es gerade erst fünf Minuten her, dabei sind inzwischen zwei Jahre vergangen. Und dass er eingeschult wurde, fühlt sich an, als wäre es erst gestern gewesen – damals hatte er sich die Ärmel des Schulpullovers, den ich vorsorglich ein, zwei Nummern zu groß gekauft hatte, über die Fäuste gezogen. Genau diesen Jungen sehe ich immer noch vor mir, es ist immer noch ein und derselbe, wie immer schon. Ja, klar, er hat sich verändert. Aber all die neuen Gesichter haben sich stets nur über das ursprüngliche gelegt – das Gesicht, das ich in diesem Augenblick sehen kann. Es ist vollkommen: babyweiche Haut, Sommersprossen auf der Nase, offener Gesichtsausdruck.

Im Moment wirkt er verschlossen, emotionslos, auch wenn ich es besser weiß. Ich bin die Einzige, die ihm ansehen kann, wie er innerlich zittert – weil es mir ganz genauso geht. Mein Fleisch und Blut. Bis ein Baby sechs, sieben Monate alt ist, begreift es gar nicht, dass es ein von der Mutter unabhängiger Mensch ist. Bis dahin glaubt es, sie wären eins, und nur deshalb treten nach dieser Phase mitunter Trennungsängste auf. Irgendwann hat das Baby es dann kapiert, nur für die Mutter ändert sich niemals etwas. Sie und ihr Kind: Sie sind und bleiben für immer eine Einheit. Man spürt jeden Einschnitt, jeden grausamen Kommentar, jeden Herzschmerz.

»Bitte erheben Sie sich.«

Ein lautes Klopfen von der Seitentür kündigt die bevorstehende Ankunft des Richters an. Daniel zuckt zusammen und sieht sofort hilfesuchend zu mir herüber. Ich versuche, ihn anzulächeln, aber meine Lippen wollen mir nicht gehorchen. Er lässt den Blick hoffnungsvoll über die Besucherreihen schweifen, auch wenn er genau weiß, dass Tony nicht da ist. Weil er es nicht ertragen würde. Ich kann es auch nicht ertragen, trotzdem bin ich hier. Dies hier ist lediglich das jüngste Ereignis von vielen, die ich nicht ertragen konnte und bei denen ich trotzdem dabei war – fünfmal aufstehen pro Nacht, um ihn zu stillen, um ihn zu beruhigen, wenn er weinte, um ihm an unzähligen Sonntagmorgen im eiskalten Regen beim Fußball zuzusehen, um ihn kreuz und quer durchs ganze Land zu seinen Klavierkonzerten zu kutschieren, um nach seinem ersten Rausch an seinem Bett zu sitzen, weil ich nicht schlafen konnte vor Angst, er könnte an seinem eigenen Erbrochenen ersticken. Was immer es war: Ich habe all das getan, um ihn zu beschützen. Damit alles gut würde. Genau das tun wir – wir Mütter. Was immer passiert, was immer ich getan habe – und genau daran muss ich mich erinnern: Es war immer zu Daniels Bestem.

Der Richter rauscht herein, mit seinen geröteten Wangen und der zerfransten Perücke eine Karikatur seiner selbst, und die Geschworenen blicken ihm erwartungsvoll entgegen. Sie sehen nervös aus, eingeschüchtert. Für die meisten dürfte es der erste Besuch in einem Gerichtssaal sein, von der Schlüsselrolle in einem Strafprozess ganz zu schweigen. Einige von ihnen spähen verstohlen zu Daniel hinüber, sehen dann aber wieder weg. Weshalb? Ist es Ekel? Angst? Wie viel wissen sie bereits über ihn? Oder über das, was ihm vorgeworfen wird?

Ich lehne mich vor und stütze die Arme auf das Geländer. Ich werde jeden einzelnen Tag herkommen, bis es vorbei ist. Ich stelle mir lediglich den guten Ausgang vor, den Freispruch – weil die Zeugen unglaubwürdig waren und diese ... dieses *Opfer* zugegeben hat, dass es gelogen hat. Zurück nach Hause werden wir uns ein Taxi nehmen, ich bringe ihn ins Bett, er schläft, und sein Körper und seine Seele können sich endlich von den Strapazen erholen.

Alles andere ist ein Ding der Unmöglichkeit. Allein bei der Vorstellung wird mir ganz anders. Wie für die meisten Leute ist ein Gefängnis für mich immer ein abstraktes Konstrukt gewesen. Ich mag daran vorbeigefahren sein, mag mir ausgemalt haben, dass dort Gefangene weggesperrt würden, aber die hatten mit mir nichts zu tun. Das waren Verbrecher, keine normalen Leute. Mir und meinem Leben vollkommen fremd. Nichts, womit ich je zu tun hätte oder worüber ich mir Gedanken machen müsste. Aber das ist jetzt anders.

Wenn man als Mutter mit anderen Müttern befreundet ist, entwickeln sich auch die Gesprächsthemen weiter. Erst sind es die schlaflosen Nächte, Windeln, die ersten Wörter, das erste Mal selbstständig zur Toilette. Dann die Schule, Zerwürfnisse unter Freunden, die Pubertät. Zuletzt waren es Drogen, Sex und Alkohol. Ich hätte gedacht, dass damit die Probleme aufhören würden und ich in eine neue Phase, in eine erwachsene Beziehung zu meinen Söhnen eintreten würde. Ich habe mir vorgestellt, wie sie mich zum Essen ausführen, in Haushaltsfragen um Rat bitten, mich wieder umarmen würden wie früher, als sie noch klein waren. Aber dieses Mal würden sie mir ein Gefühl von Sicherheit geben statt andersherum. Ich hätte mir im Traum nicht vorgestellt, dass ich hier landen würde, auf vollkommen fremdem Terrain, wohin mir keiner meiner Freunde folgen könnte oder wollte. Ich würde auf der Stelle mit jedem Einzelnen von ihnen tauschen.

Der Richter setzt sich, genau wie alle anderen auch, mit einer Ausnahme: Der Vertreter der Anklage wendet sich den Geschworenen zu und verliest die Anklageschrift. Und so nimmt er seinen Lauf: der Vergewaltigungsprozess gegen meinen kleinen Jungen.

Ellen

September 2017

Als ich aus dem Studio komme, ist Sasha noch nicht wieder da, und ich drehe Olivias Aufnahme von Didos Klage von Purcell voll auf. Natürlich habe ich auch alles andere heruntergeladen, was sie je aufgenommen hat, aber dieses Stück ist mit Abstand das schönste – so viel weicher und intimer als die spektakulären Arien. Es war das erste, was ich sie live habe singen hören, und wann immer ich die CD in die alte Anlage schiebe, fühlt es sich irgendwie richtig an. Heute habe ich sämtliche Bedenken über Bord geworfen, dass Sasha mithören könnte, und das Stück in meiner Sendung gespielt. Sie war bei der Arbeit, und nie im Leben hören sie in ihrem Büro *Simply Classical*. Ich glaube kaum, dass ihre Kollegen je auch nur von so einem kleinen Digitalradiosender gehört haben, außer Sasha hätte ihn einmal erwähnt, aber das bezweifle ich. Selbst mit mir spricht sie selten darüber – ein dezenter Hinweis darauf, dass sie meine Berufswahl missbilligt, weil meine Entscheidung sie an die Monktons erinnert. Klassische Musik war deren Welt, und die weist Sasha weit von sich, seit sie dort ausgezogen ist – wie im Übrigen auch alles andere, was mit ihnen zu tun hat.

Trotzdem war es für mich immer anders. Ich habe die klassische Musik geliebt, wie sie es nie getan hat. Meine

Eltern hatten kein Ohr dafür, meine Mutter hat in der Küche höchstens einmal Radio 2 gehört, und in einem verstaubten Regal im Wohnzimmer standen ein paar CDs. Sie legten manchmal eine ein, wenn Freunde zu Besuch kamen, aber im Grunde waren sie nie interessiert. Musik weckte bei ihnen keine Gefühle. Was Bands betraf, die meine Freundinnen mochten, hatte auch ich meine Fan-Phase, pinnte Poster an meine Zimmerwand und war mit Karina sogar auf Konzerten, aber nie mit dem Herzen dabei. Was Musik wirklich bedeuten konnte, habe ich erst begriffen, als ich bei meinem ersten Konzert mit klopfendem Herzen und Tränen in den Augen in der Dunkelheit neben Daniel saß, während Olivias Stimme warm auf mich nieder- und in mich hineinregnete.

Ich lege mich auf die Couch, will mich inmitten der Musik entspannen, behalte dann aber doch die Fernbedienung in der Hand für den Fall, dass ich den Schlüssel in der Tür und Sasha heimkommen höre. Vergangenen Freitag hatte ich nicht mit ihr gerechnet – ich dachte, sie wollte nach der Arbeit noch ausgehen –, doch dann war sie gegen sieben schlecht gelaunt nach Hause gekommen und hatte mich dabei ertappt, wie ich ausgerechnet Olivia hörte. Sie sagte zwar nichts, aber ich konnte ihren Unmut spüren, der wie Schallwellen unsichtbar, aber kraftvoll von ihr ausstrahlte. Ich stellte die Musik aus und versuchte noch, mit ihr zu reden, aber sie war bereits in ihr Zimmer marschiert und behauptete, sie wäre müde. Irgendwas war da eindeutig im Busch, auch wenn ich den Grund nicht herausfand. An diesem Freitag ist es nicht Sashas Schlüssel, sondern die Klingel, die mich unterbricht, sodass ich wie eine Marionette abrupt auf die Füße komme. Eilig stelle ich die Anlage aus und trete hinaus in den Flur.

»Jackson hier«, sagt jemand kurz angebunden über die Gegensprechanlage. Kein »Hallo«, kein »Störe ich« – für Jackson haben normale Begrüßungsfloskeln, das Schmieröl im sozialen Getriebe, keine Bedeutung. Ich seufze und mache unten auf, und dann warte ich, bis ich seine Schritte draußen im Treppenhaus höre, bevor ich die Wohnungstür öffne.

»Ist sie da?«, fragt er und schiebt sich an mir vorbei ins Wohnzimmer.

»Nein, sie ist noch nicht von der Arbeit zurück. Seid ihr verabredet?« Ich versuche, seine Schroffheit mit gleicher Münze heimzuzahlen.

»Seh ich so aus?«, erwidert er und wirft sich breitbeinig aufs Sofa. »Ich wollte sie eigentlich von der Arbeit abholen, aber ... Sollte eine Überraschung sein.«

Immerhin blickt er beschämt drein. Wir wissen beide, dass er sie nur kontrollieren wollte.

»Sie war den ganzen Nachmittag weg. Die Frau vom Empfang hat mir erzählt, dass sie mittags gegangen ist, und auf ihrem Handy landet man direkt auf der Mailbox. Wenn sie nicht hier ist, wo ist sie dann?«

»Woher soll ich das verdammt noch mal wissen? Ich bin doch nicht ihre Babysitterin.« Ich versuche, den entrüstet-unterkühlten Ton beizubehalten, aber irgendwo in einem hinteren Eckchen meines Gehirns macht sich Besorgnis bemerkbar. Wo steckt sie?

»Aber weit davon entfernt bist du auch nicht«, entgegnet er. »Seid ihr nicht beste Freundinnen? Supereng miteinander? Erzählt euch alles und so?«

Die Stimme in meinem Kopf fragt sich, ob das wirklich stimmt; aber ich will nun mal, dass es so ist, und stimme ihm zu. »Sie erzählt mir alles, und was immer du glaubst,

Jackson, sie ist mit niemand anderem zusammen. Ehrlich nicht. Sie liebt dich.«

Dieser letzte Satz klingt selbst in meinen Ohren schwach. Denn ganz sicher bin ich mir nicht. Und auch der ganze Rest klingt nicht vollends wahr. Zwölf Jahre Freundschaft sollten mit einem gewissen Verständnis, einem gewissen Durchblick einhergehen. Im Grunde sollten wir einander nicht mal erzählen müssen, was gerade los ist oder wie wir uns fühlen – wir sollten es einfach wissen. Normalerweise weiß ich es auch, aber seit gut einer Woche – seit Sasha dermaßen übel gelaunt nach Hause kam –, ist sie distanziert, weicht mir aus und blockt jeden Versuch meinerseits ab, der Sache auf den Grund zu kommen.

Jackson lässt die Schultern leicht hängen, als ihm dämmert, dass ich wirklich nicht weiß, wo sie steckt, und ich setze mich auf die Sessellehne.

»Was ist bloß mit ihr los, Ellen?«

Sein Gepolter ist Schnee von gestern. Mit einiger Überraschung muss ich feststellen, wie sehr ihm anscheinend wirklich an ihr gelegen ist.

»Ich meine – sie ist immer schon launisch gewesen, aber das hier ist doch etwas anderes. Und das hier ist in letzter Zeit auch nicht das erste Mal, dass ich sie beim Lügen erwische.«

»Was soll das heißen?«, hake ich nach und bin hin- und hergerissen, weil ich einerseits nicht so über sie reden, andererseits selbst Bescheid wissen will. In welcher Hinsicht hat sie ihn denn belogen?

»Ach, ich weiß nicht ... dass sie nicht da ist, wo sie angeblich sein wollte, oder dass sie ... mir ausweicht. Dass sie dichtmacht.«

»Aber so war sie doch schon immer.« Was der Wahrheit

entspricht. Sie hat sich schon immer gern geheimnisvoll gegeben, sogar als wir Teenager waren und wenig Grund für Geheimniskrämerei hatten. »Das ist einfach ihre Art. Das bedeutet nicht ...«

»Dass sie jemand anderen vögelt? Oh, werd' erwachsen, Ellen. Sie ist keine Heilige, weißt du, sie hat genauso viele Macken wie wir anderen auch – wenn nicht noch mehr.«

»Ich weiß«, sage ich und habe mit einem Mal Gewissensbisse. »Ich hab aber auch nie behauptet, dass sie eine Heilige ist.«

»Nein, hast du nicht«, entgegnet er eingeschnappt. »Aber wir wissen alle, wie du über sie denkst – wie sehr du sie anhimmelst.«

»Sie ist meine beste Freundin!« Meine Wangen glühen. »Und was meinst du überhaupt damit – ›aber wir wissen alle‹? Wen meinst du mit *wir*?«

»Vergiss es.« Misslaunig zupft er an einem losen Faden in seiner Jeans.

»Hör mal, hier ist sie nicht, und ich hab wirklich keinen Schimmer, wann sie wiederkommt«, sage ich so nachdrücklich, wie ich nur kann, stehe auf und gehe auf die Tür zu. Ich will ihn nicht hierhaben, ich will nicht, dass er unsere Wohnung mit seinen Vorwürfen und Andeutungen verpestet. »Wenn sie kommt, sag ich ihr, dass sie dich anrufen soll, okay?«

»Ich glaube, ich warte lieber«, sagt er und kramt eine Schachtel Zigaretten und ein Feuerzeug aus der Tasche. »Irgendwann muss sie ja wieder aufkreuzen.«

Mein erster Gedanke ist, dass ich es hinnehmen muss, doch dann gebe ich mir einen Ruck. »Mir wäre es lieber, wenn du wieder gehst. Und geraucht wird hier nicht.«

Er seufzt theatralisch und schiebt die Zigarettenschachtel zurück in die Tasche. »Gut, dann geh ich eben. Aber sag ihr unbedingt, dass sie mich anrufen soll, sobald sie nach Hause kommt.«

Nachdem er gegangen ist, laufe ich in die Küche, wo mein Handy zum Aufladen am Kabel hängt, und rufe Sasha an. Die Mailbox springt sofort an. Ich höre mir ihre Ansage an, als hätte sie darin heimlich einen Hinweis versteckt. »Hi, das ist die Nummer von Sasha, ich bin gerade nicht zu sprechen, hinterlass mir also eine Nachricht.« Man kann hören, dass sie gelächelt hat, als sie die Ansage aufgenommen hat.

»Hey, ich bin's. Jackson war hier und hat gemault, dass du nicht bei der Arbeit warst. Wo steckst du? Ruf mich an, wenn du das hier abhörst.«

Ich lege das Handy wieder weg, lehne mich gegen die Arbeitsplatte und starre aus dem Fenster. Von dieser Seite der Wohnung aus ist draußen nicht viel zu sehen. Das nächste Wohnhaus steht ungefähr fünf Meter von unserem entfernt, und dazwischen verläuft nur ein Streifen löchrigen Asphalts. In der Wohnung direkt gegenüber wohnt ein Punk-Pärchen, so richtig oldschool mit Irokesenschnitt. Manchmal lächeln sie und winken uns zu, wenn sie in der Küche stehen und kochen, aber heute scheinen sie nicht da zu sein. Das Einzige, was man noch sehen kann, ist ein Stück Gehweg, der in Richtung Bahnhof führt; der Strom der Pendler, die nach der Arbeit jetzt auf dem Heimweg sind, reißt gar nicht mehr ab. Sasha ist nicht dabei. Wieder verspüre ich diese leichte Besorgnis. Erinnerungen drücken gegen eine Tür, die ich ihnen eigentlich schon vor Jahren vor der Nase zugeschlagen habe.

Ich setze mich an unseren winzigen Küchentisch am Fenster, nehme den Kuli zur Hand, der irgendwie in der

Obstschale gelandet ist, und drehe ihn hin und her. Er ist undicht, und im Nu sind meine Finger ganz fleckig. Normalerweise müsste sie längst von der Arbeit zurück sein, würde erzählen, was heute passiert ist, uns beiden ein großes Glas Wein einschenken und den Kühlschrank durchwühlen und nachsehen, was sie kochen könnte. Mit meinen Schichten beim Sender und den freiberuflichen Aufträgen habe ich zwar keinen klassischen Nine-to-five-Job, aber wenn ich mal zu Hause bin, ist das mein liebster Moment des Tages.

Ich habe Hunger, aber nur für mich allein zu kochen, dazu habe ich gerade keine Lust. Stattdessen schiebe ich eine Scheibe Brot in den Toaster. Ich nehme mir nicht mal einen Teller, als ich das Brot esse und in den Abend hinausstarre. Je dunkler es wird, umso weniger Passanten gehen dort unten vorbei. Von Sasha immer noch keine Spur. Ich rufe erneut auf ihrem Handy an, aber da springt nach wie vor sofort die Mailbox an. Die nervige Stimme in meinem Kopf, die ich verzweifelt versucht habe zu ignorieren, ist lauter geworden. Um sie zu übertönen, schalte ich Olivias CD wieder an, was sich als Fehler erweist, weil mir auf diese Weise jene Zeit sofort wieder klar vor Augen steht, und was als Flüstern begonnen hat – als Frage, als Andeutung –, wächst sich zu einer Stimme aus, die ich nicht mehr zum Schweigen bringen kann.

Was, wenn er wieder da ist?, fragt sie. *Was, wenn er von seinem neuen Leben in Schottland die Nase voll hatte? Was, wenn er einfach nur auf den richtigen Moment gewartet und uns in trügerischer Sicherheit gewiegt hat? Wenn er bloß darauf gelauert hat, bis eine von uns die Deckung fallen lässt und einen Fehler macht? Was, wenn er sie bei der Arbeit abgefangen hat? Was, wenn er ihr nachgelaufen ist, sie in irgendeiner dunklen Ecke abgepasst und in seinen Wagen gezerrt hat?*

Nein. Sie ist einfach ausgegangen, und ihr Handyakku ist leer, das ist alles. Sie kommt demnächst heim, riecht nach Wein und Zigaretten, fällt mir um den Hals, umarmt mich, ist anhänglich und albern drauf, lallt ein bisschen, gibt den neuesten Klatsch und Tratsch zum Besten und ist indiskret wie eh und je. Wir sitzen bis spätnachts zusammen, wie so oft; morgen früh mache ich Tee, und mit einem Auge sehen wir uns bei ihr im Zimmer *Saturday Kitchen* an, dann ein paar Klamotten auf diversen Online-Anbietern, und planen einen Shoppingausflug für den Nachmittag.

Inzwischen ist es draußen komplett dunkel geworden, und immer noch sitze ich hier. Ich hab das Licht in der Küche nicht angemacht, sodass ich nach draußen sehen kann, statt mein Spiegelbild im Fenster zu bewundern. Der Gehweg ist mehr oder weniger leer; nur vereinzelt kommt noch jemand spät von der Arbeit nach Hause – Blick gesenkt, schnelle Schritte –, und Freunde laufen plaudernd und lachend in Richtung Pub. Unterdessen sitze ich hier, warte, liege auf der Lauer. Versuche, die Stimme zum Schweigen zu bringen, die in mein Gehirn vordringt, die an den Mauern vorbei und durch die Schlösser sickert, die ich rund um mich herum installiert habe, um sie auf Abstand zu halten, und die in mir widerhallt. Die Stimme, die mich daran erinnert, dass Daniel Monkton zu zehn Jahren verurteilt worden ist, wovon er fünf Jahre abgesessen hat – und fünf auf Bewährung in Freiheit verbrachte, wobei jeder seiner Schritte überwacht wurde. Die Stimme, die mir erzählt, dass Daniel Monkton seine Strafe verbüßt hat, überall hingehen und jeden kontaktieren darf, wenn er nur will. Die Stimme, die sagt, dass Daniel Monkton zurück ist und will, dass wir dafür bezahlen, was wir getan haben.

Ellen

Juli 2005

Als die neue Familie in das Haus an der Ecke zog, saßen Karina und ich vorgeblich desinteressiert gegenüber auf dem Mäuerchen vor Karinas Elternhaus. Sie lackierte sich die Nägel in einem leuchtenden Metallicblau, und das Fläschchen stand wacklig auf dem unebenen Ziegel, während ich selbst eine Zeitschrift ihrer Mutter durchblätterte.

Die Sommerferien hatten gerade begonnen und versprachen jetzt schon, die langweiligsten seit Menschengedenken zu werden. Wieder mal sollten wir in den Ferien zu Hause bleiben. Lilly Spencer würde mit ihren Eltern nach Dubai fliegen, sie hatte wochenlang von gar nichts anderem mehr reden können. Wir würden nicht mal nach Bournemouth fahren.

Das Haus an der Ecke hatte seit Jahren leer gestanden. Mein Vater hatte mal erwähnt, dass der Preis viel zu hoch und es zu groß für diese Straße sei – wer immer das Geld dafür habe, wolle in so einer Gegend nicht wohnen. Was genau er damit meinte, hab ich nicht verstanden, allerdings war dieses Haus tatsächlich viel größer als all die Doppel- und Reihenhäuser mit drei oder vier Zimmern, die den Rest der Straße säumten; da es obendrein an der Ecke stand, nahm sich auch der Garten im Vergleich zu unserem oder den Gärten meiner Freunde riesig aus. Im Gegensatz zu uns hatten sie sogar eine Garage. Karina und ich waren ein paar Jahre zuvor mal durch ein Loch im Zaun in den Garten geschlüpft. Das Gras hatte uns bis zu den Knien gereicht und die Jeansbeine durchnässt, bis sie uns an den Beinen klebten. Wir hatten durch die Fenster in leere Zimmer mit hohen Decken und blanken Holzfußböden gespäht. Eins der Fenster war unverschlossen gewesen, und Karina hatte vorgeschlagen, dass wir es aufstemmen und reingehen sollten, aber ich war dagegen gewesen. Stattdessen erkundeten wir den Garten. Wären wir uns damals nicht zu cool vorgekommen, hätten wir dort Verstecken gespielt – es wäre das optimale Gelände dafür gewesen. Am Ende kletterten wir bloß auf den Maulbeerbaum im rückwärtigen Teil des Gartens und überlegten uns, was die Leute im Oberdeck der vorbeifahrenden Busse wohl für Leben führten.

Der Umzugslaster kam zuerst. Die neue Familie musste ihnen den Hausschlüssel mitgegeben haben, weil sie sofort anfingen, die Sachen abzuladen. Allerdings waren das keine normalen Sachen – das Allererste, was ich entdeckte, war ein verschnörkelter Vogelkäfig, wie man ihn sonst nur in alten Fernsehfilmen zu Gesicht bekam. Allerdings ohne Vogel. Dann Umzugskarton um Umzugskarton, auf denen in riesigen Großbuchstaben BÜCHER geschrieben stand. Unendlich viele Bücher.

»Habt ihr viele Bücher daheim?«, fragte ich Karina. Ich meine, klar, ich war schon bei ihr zu Hause gewesen und hatte nirgends welche entdeckt, aber ich wusste auch nicht, wo Leute Bücher für gewöhnlich aufbewahrten, sofern sie welche besaßen. Vielleicht im Zimmer ihrer Mutter? Dort hatten wir nie reingehen dürfen.

»Nein«, antwortete Karina. »Ihr?«

»Nein, nur ganz wenige. Meine Mum hat ein paar alte Kochbücher mit Fotos von komischen Sachen, die kein Mensch essen will. Aber sie kocht auch nichts daraus. Und wir haben die Bibel zu Hause, glaub ich.«

»Meinst du, die haben sie alle gelesen?«, fragte sie.

Die Umzugshelfer liefen hin und her und waren mit jeder Runde röter im Gesicht und verschwitzter.

»Keine Ahnung. Vielleicht sind das ja Lehrer?«

Sie schnaubte. Von Lehrern hielten wir beide nicht allzu viel.

Dann fuhr ein zweiter Laster vor, ein kleinerer. SPEZIALUMZÜGE stand auf der Seite. Zwei Männer stiegen aus, einer alt und glatzköpfig, der andere jünger mit Locken und Brille.

»Was ist das denn bitte?«, fragte Karina, setzte sich bequemer auf das Mäuerchen und drehte mit abgespreizten Fingern den Verschluss auf das Nagellackfläschchen.

Die zwei Männer liefen ins Haus, und dann konnten wir hören, wie sie mit den anderen Umzugstypen sprachen, auch wenn wir nicht verstehen konnten, was genau dort gesagt wurde.

»Dann müssen wir hintenrum, durch die Terrassentüren«, sagte der Lockige, als sie wieder zur Haustür rauskamen, und riss die Türen zu dem zweiten Laster auf. Karina und ich hielten gespannt den Atem an, während wir darauf warteten, was da wohl zum Vorschein käme.

»Oh«, sagte Karina, als der jüngere Mann den Laster langsam rückwärts über eine Rampe verließ und auf einem Möbelroller etwas hinter sich herzog – es war riesig und in blaue Decken gewickelt. Der Ältere klammerte sich am hinteren Ende daran fest, als hinge sein Leben davon ab. »Was ist das?«

Noch während sie es vorsichtig über die Bordsteinkante hievten und dann durchs Gartentor schoben, war ein entfernter Klimperton zu hören.

»Das ist ein Klavier«, stellte ich verblüfft fest. »So ein großes. Die müssen die Beine abmontiert haben. Ich frag mich, wann die Familie kommt.« Ich konnte es kaum erwarten zu sehen, was für exotische Kreaturen solche Sachen besaßen.

»Vielleicht ist es ja gar keine Familie«, wandte Karina ein. »Ich glaub eher, das ist so ein komischer alter Professor, der allein lebt.«

»Kann schon sein«, sagte ich und versuchte, nicht allzu auffällig zu glotzen. Doch was immer als Nächstes aus dem Laster gekommen wäre – wir waren viel zu abgelenkt, weil eine alte Schrottkarre hinter dem Umzugswagen angehalten hatte. Ich packte Karina am Arm und flüsterte: »Sie sind da!«

Der Vater war der Erste, den ich entdeckte. Er schob sich vom Fahrersitz und stellte sich neben das Auto, gähnte und streckte sich. Er war hochgewachsen, breit gebaut und hatte dunkles, welliges Haar, das er sich aus dem Gesicht gekämmt hatte. Er hatte einen blauen Pullover an und sich einen Paisley-Schal kunstvoll um den Hals gebunden. Ich versuchte, mir vorzustellen, wie mein Vater so einen Schal tragen würde, aber das war schlichtweg undenkbar; jedes Mal stand mir bloß sein Bild vor Augen, wie er den grauen Wollschal umhatte, den meine Mum ihm im vergangenen Jahr zu Weihnachten geschenkt hatte. Ich glaube, nicht einmal den hat er jemals außer Haus getragen.

»Oooh, Ellen, der sieht ja gut aus!«, stellte Karina fest.

»Gut?«, flüsterte ich. »Der ist so was wie fünfundvierzig!«

»Na und?«

Mich mit Karina über Jungs zu unterhalten und ob sie

gut aussehend waren oder nicht, fiel mir nicht gerade leicht. Wir waren beide Spätzünder, hatten beide gerade erst im vergangenen Sommer bei Tamara Greggs Party das allererste Mal geknutscht, doch seither hatte Karina bei jeder Gelegenheit wissen wollen, ob ich mit diesem oder jenem Jungen etwas anfangen würde. Ständig erörterte sie die Vorzüge sämtlicher Klassenkameraden. Ein Teil von mir hätte am liebsten entgegnet, dass ich lieber gestorben wäre, als auch nur mit einem dieser müffelnden Trottel etwas anzufangen; trotzdem hielt ich den Mund. Auch wenn ich vor ihr sechzehn geworden war, brachte Karina es irgendwie fertig, dass ich mich immer jünger und dümmer fühlte, wenn es um derlei Dinge ging, also diskutierte ich mit und pflichtete ihr bei ihren Urteilen in aller Regel bei. Ich hatte bislang nur mit diesem einen Jungen auf Tamaras Party geknutscht, insofern glaubten die Leute von der Schule auch nicht, dass ich ein totaler Freak war und noch nie was mit einem Typen angefangen hätte.

Üblicherweise kam Karina zu dem Schluss, dass sie am ehesten mit Leo Smith gehen würde. Leos Haare waren sirupblond und seine Augen dunkelbraun. Er war weder der coolste, bestaussehende Junge aus unserer Stufe noch der Star unseres Fußballteams, aber er hatte das gewisse Etwas. Er war clever, wenn auch nicht auf Streberart wie einige andere, die ihre komplette Freizeit ausschließlich vor dem Computer verbrachten. Ich fand ihn genau genommen nicht wahnsinnig spannend – nicht wie Karina –, aber hin und wieder stellte ich mir durchaus vor, wie ich mich mit ihm über wichtige Dinge unterhielt und er mich wirklich verstand, wie sonst keiner mich jemals verstehen würde.

Als Nächstes stiegen zwei Jungs aus dem Wagen, beide dunkelhaarig wie der Vater. Einer sah aus, als wäre er ungefähr in unserem Alter, der andere ein bisschen älter, achtzehn vielleicht. Sie hatten beide Jeans und Converse an. Der Jüngere trug ein graues T-Shirt und darunter ein langärmeliges weißes, der ältere ein Hemd mitsamt schmaler Krawatte. Sie blickten nicht mal auf, als sie ausstiegen, sondern unterhielten sich weiter miteinander und kickten mit den Zehen gegen die Grassoden, die in den Ritzen der Pflastersteine wuchsen. Ich spürte Karinas Körperwärme, als sie ihr Bein an meines presste – und ich konnte beinahe hören, wie die Rädchen in ihrem Gehirn ratterten und sie das Boyfriendpotenzial der beiden berechnete. So träge, wie die beiden ausgestiegen waren, so beschwingt hüpfte auf der Beifahrerseite die Mutter aus dem Auto – ein Wirbelwind aus besticktem lila Stoff, Silberketten und wallendem dunklem Haar. Sie fing augenblicklich an, von allem zu schwärmen: von ihrem neuen Haus, dem Sonnenschein, der Größe des Gartens.

Zu viert liefen sie den Gartenweg hinauf. Karina holte tief Luft, und ich machte mich schon bereit für eine ausgiebige Beurteilung der zwei Jungs, als die hintere Wagentür erneut aufging und ein Kopf auftauchte. Das Erste, was wir sahen, war ihr Haar – ein glänzender Wasserfall aus leuchtendem Gold, der ihr den Rücken hinabwallte und mich an das schimmernde Einwickelpapier von Schokomünzen erinnerte. Dann schwang es wie ein Mantel herum, und wir konnten ihr Gesicht sehen – herzförmig und perfekt, abgesehen von einer dünnen roten Narbe, die sich quer über ihrer rechten Wange abzeichnete. Ich hörte, wie Karina nach Luft schnappte, und wusste, dass ich genau das Gleiche getan hatte.

Als hätte sie uns gehört, drehte sie das Gesicht in unsere Richtung und sah uns verächtlich und herausfordernd an. Wie ertappt schlug ich sofort den Blick nieder, und Karina widmete sich ihren Fingernägeln und blies sie trocken, als ginge es um Leben und Tod. Das Mädchen durchbohrte uns mit einem letzten Blick, ehe sie ihr Haar zurückwarf und dann zur Eingangstür schlenderte, ohne auch nur ein Wort zu ihrer Mutter zu sagen, die an der Tür stehen geblieben war und die Größe der Zimmer und den Blick auf die Londoner Skyline anpries. Die Stimme der Mutter verstummte abrupt, als die Haustür hinter ihnen zufiel. Draußen in der Sonne starrten Karina und ich einander an.

»Hast du das ...«, flüsterte Karina.

»Das Gesicht. Ja.«

»Was glaubst du, was mit ihr passiert ist?«

»Keine Ahnung.«

Karina schüttelte sich theatralisch. »Gott, Ellen, stell dir vor, du hast so etwas im Gesicht! Ich frag mich, ob das wieder weggeht. Ansonsten ist sie echt hübsch.«

»Ich weiß.«

Die Umzugsleute arbeiteten weiter, huschten hin und her wie Ameisen, doch wir hatten das Interesse an den Habseligkeiten der Familie verloren. Unsere Gedanken kreisten nur mehr um diese bildschöne, entstellte Fremde, die eigenartig romantisch gewirkt hatte – wie eine Figur aus einem Märchen.

Als wir zurück in Karinas Haus schlenderten, sah ich ein letztes Mal zurück zum großen Haus, und mein Blick wanderte hinauf zu den Zimmern im Obergeschoss. Im Erkerfenster rechts war niemand zu sehen, doch hinter einem kleineren Fenster zur Linken konnte ich das blonde Mädchen erkennen. Allerdings sah sie mich nicht an. Sie hatte die Stirn gegen die Scheibe gelehnt und starrte über die Dächer. Trotzdem wollte ich irgendwie nicht glauben, dass sie die Aussicht bewunderte.

Ellen

September 2017

In aller Herrgottsfrühe wache ich auf, habe immer noch die Klamotten von gestern an, Sand in den Augen und einen Brummschädel. Ich habe kaum geschlafen und mit jeder Faser meines Körpers auf den Schlüssel in der Tür gelauscht, das Knarzen der losen Bodendiele im Flur, das spezielle Ächzen des Wasserhahns in der Küche. Sofort steuere ich ihr Zimmer an, auch wenn ich weiß, dass ich es mitbekommen hätte, wenn sie in der vergangenen Nacht heimgekommen wäre.

Wie immer sieht es dort aus, als hätte eine Bombe eingeschlagen. Was mich an ihren Lieblingsscherz erinnert: Sollte aus irgendeinem Grund je die Polizei vor der Tür stehen, würde sie sofort glauben, bei ihr sei eingebrochen worden. Diesmal beschleicht mich Angst bei der Vorstellung, und mir entschlüpft ein halbes Schluchzen. Überall liegen Klamotten auf dem Boden herum, und die Schubladen quellen über. Der Kleiderschrank steht halb offen und platzt schier aus allen Nähten. Auf die Kommode – hinter das Durcheinander aus Make-up-Artikeln, verhedderten Ketten und halb leeren Gläsern mit abgestandenem Wasser – hat sie einen Spiegel gestellt, und davor liegt eine aufgeschlagene Zeitschrift – ein Artikel über die perfekte Konturierung der individuellen Gesichtsform. Auf dem Hochglanzpapier hat sie deutliche Fingerabdrücke hinterlassen. Gestern Morgen war sie noch hier, ihr Parfüm hängt noch in der Luft, in den Kleidungsstücken, in ihrem ungemachten Bett.

Mein Magen fühlt sich zusehends bleiern an, und die Panik, die ich versucht habe zu unterdrücken, ergreift jetzt vollends von mir Besitz. Irgendetwas stimmt hier nicht. Ich weiß es genau. Sie hätte mich angerufen, wenn sie vorgehabt hätte, die ganze Nacht wegzubleiben. Das machen wir immer so. Das ist einer unserer Deals, so war es immer schon. Als wir nach der Uni zusammengezogen sind und sie ständig mit irgendwelchen Männern heimgegangen ist, hat sie mir immer eine Nachricht geschrieben. *Bin noch am Leben.* Oder: *nicht im Straßengraben gelandet.* Erst dann konnte ich schlafen, weil ich so die Gewissheit hatte, dass es ihr gut ging. Irgendwann hab ich mal gewitzelt, ich würde glucken wie ihre Mutter, allerdings lief sie daraufhin dunkelrot an, und ich hab schleunigst das Thema gewechselt. Auch wenn wir seit so vielen Jahren eng befreundet sind, gibt es ein paar Themen, die sie nicht mit mir bespricht, und ihre Mutter steht ganz zuoberst auf dieser Liste, natürlich direkt gefolgt von den Monktons.

Über das Gerichtsverfahren haben wir niemals gesprochen, nicht mal währenddessen. Nicht mal, als die Briefe kamen. Als der allererste kam, saßen wir zusammen – er war am selben Morgen geschrieben und aufgegeben worden, an dem das Urteil gesprochen werden sollte. Da wohnte Sasha schon bei uns. Ich bin mir sicher, dass Mum insgeheim die Tage gezählt hat, bis sie im Oktober an die Uni gehen würde – Mum war von der Lösung nicht begeistert gewesen, auch wenn sie eingesehen hatte, dass Sasha unmöglich weiter bei den Monktons hätte wohnen bleiben können, nicht so lange Daniel bis zum Urteilsspruch auf Kaution draußen und wieder dort untergeschlüpft war. Ich war an dem Morgen runtergetapst und hatte Tee für Sasha gemacht, die auf der Ausziehcouch in meinem Zimmer noch immer auf dem Rücken gelegen und geschlafen hatte, beide Arme am Körper, wie eine Marmorstatue. Unmöglich, zu ihr durchzudringen. Fast hätte ich die Post auf der Fußmatte liegen gelassen, doch Mum hatte mir in den Ohren gelegen, dass ich mich mehr am Haushalt beteiligen und ein Augenmerk auf die kleinen Dinge haben sollte, die tagtäglich erledigt werden mussten, also holte ich sie rein. Zuoberst lag ein handgeschriebener Brief, was an sich schon so ungewöhnlich war, dass ich einen zweiten Blick riskierte. Er war an Sasha und mich adressiert. Ich warf die restliche Post auf die Matte zurück und rannte nach oben. Der Tee war nicht mehr wichtig. Sasha war inzwischen aufgewacht, und vorsichtig legte ich den Brief auf die Matratze.

»Das ist Daniels Schrift«, stellte sie fest. Beide starrten wir darauf, als würden dem Umschlag gleich Zähne wachsen und er über uns herfallen. An der Wand hing damals ein großer Spiegel, und ich weiß noch, dass wir im selben Moment hinsahen und sich in der Stille darin die Angst in unseren Gesichtern spiegelte.

»Soll ich …?« Zögerlich streckte ich mich danach aus, und Sasha nickte. Ich schob den Daumen unter das dicke, cremeweiße Papier, riss den Umschlag auf und zog einen Briefbogen mit Olivias Monogramm heraus. Womöglich bildete ich es mir nur ein, aber ich meinte sogar, den Hauch Moschus ihres Parfüms riechen zu können. Auf dem Blatt standen bloß ein paar Zeilen, und die las ich Sasha mit vor Angst zusammengeschnürter Kehle vor.

> An Ellen und Sasha
> Heute erfahre ich, ob ich die nächsten paar Jahre meines Lebens im Gefängnis verbringen muss oder frei sein werde, weil man mich für unschuldig hält, so wie es richtig wäre. Wenn ich im Gefängnis landen sollte, wird nicht nur diese Lügnerin Karina nicht mehr ruhig schlafen können. Ihr habt bei Gericht gelogen, alle beide. Ihr habt euch beide bewusst dafür entschieden, mir das anzutun. Ich werde nicht zulassen, dass ihr das jemals vergesst. Eines Tages werdet ihr dafür bezahlen.
> Daniel

An diesen Brief denke ich jetzt. Jedes einzelne Wort hat sich mir ins Gedächtnis gebrannt. Sasha hat ihn aufbewahrt, genau wie die anderen, die danach gekommen sind, nachdem er das Gefängnis verlassen durfte. Wir hatten fünf Jahre Gnadenfrist gehabt, in denen wir genau wussten, wo er sich befand. In diesen fünf Jahren schrieb er entweder keine Briefe oder aber sie wurden noch im Gefängnis konfisziert – was ich allerdings nicht glaube, denn hätte man ihn ansonsten vorzeitig rausgelassen? Dann vor fünf Jahren, als er auf Bewährung freikam, fing es wieder an. Wo sind diese Briefe jetzt? Ich wühle in ihren Nachttischschubladen, schiebe mein schlechtes Schnüfflergewissen beiseite, indem ich mir einrede, sie hätte bestimmt nichts dagegen, nicht unter diesen Umständen, auch wenn ich mir da nicht ganz sicher bin. Ich blättere alte Geburtstagskarten durch, abgelaufene Rezepte ihres Arztes, schiebe vertrocknete Nagellackfläschchen und kaputten Schmuck zur Seite. Ich stoße auf ihren Pass, doch von den Briefen keine Spur. Ich hole alles hervor, was unter ihrem Bett liegt, und gehe jeden Ordner, jede Schachtel durch, kann sie aber nicht finden. Ich sehe in jeden alten Schuhkarton in ihrem Kleiderschrank, in jede alte Handtasche, die hinter ihrer Tür hängt. Ich hole Klamotten aus ihren Schubladen, ziehe die Schubladen sogar komplett heraus, um zu sehen, ob etwas dahinterklemmt, als hätte sie die Briefe wie in einem schlechten Fernsehkrimi dahintergeklebt, aber da ist nichts. Sie hat all ihre alten Schulaufsätze und Hefte aufbewahrt, Kalender, die bis in ihre Unizeit und noch weiter zurückreichen, Kleidung und Schuhe, die ich an ihr seit Jahren nicht mehr gesehen habe, aber es scheint, als wären ausgerechnet Daniels Briefe nicht mehr da. Nicht dass ich sie dringend lesen wollte – ich kann mich an jede Anschuldigung nur zu gut erinnern, an jeden hasserfüllten Ausdruck, an jede Drohung –, ich will sie einfach nur sehen, um sicherzugehen, dass sie hier sind. Am Ende kapituliere ich, lasse mich auf ihr Bett fallen und sehe mich um. Wenn überhaupt, dann sieht ihr Zimmer jetzt, nachdem ich es systematisch Zentimeter für Zentimeter abgesucht und alles wieder dorthin gelegt habe, wo es hingehört, ordentlicher aus denn je. Mein Handy auf dem Nachttisch klingelt, und ich stürze darauf zu. Es ist Jackson, und als ich rangehe, bete ich inständig, dass sie zerknirscht und mit einer vernünftigen Erklärung bei ihm zu Hause aufgetaucht ist.

»Hast du was von ihr gehört?«, fragt er ohne Vorrede.

Mir wird ganz anders. »Nein. Du also auch nicht?«

»Scheiße. Wo ist sie?« Er klingt eher besorgt denn verärgert, und mein Magen krampft sich schmerzhaft zusammen. Jetzt bin es also nicht mehr nur ich, die Angst hat. »Glaubst du, wir sollten zur Polizei gehen?«

»Gott, keine Ahnung, Jackson. Sie ist ja noch nicht mal einen Tag weg – da werden sie doch sowieso nichts unternehmen?«

»Ich weiß es nicht. Wahrscheinlich müssten wir erst mal rumtelefonieren und überall fragen, ob jemand was von ihr gehört hat. Und vielleicht auch in den Krankenhäusern anrufen?«

»Ja, klar!« Ich bin mit meinen eigenen Ängsten derart beschäftigt gewesen, dass ich an die nächstliegenden Sachen gar nicht gedacht habe. »Übernimmst du die Krankenhäuser, und ich nehme die Freunde?«

»Okay. Ruf mich an, sobald du was hörst, in Ordnung?«

»Natürlich. Und umgekehrt auch.«

Erst als ich auflege, dämmert mir, dass ich Jackson nicht ansatzweise so gut kenne, wie man den Freund der besten Freundin vielleicht kennen sollte. Sie sind seit einem Jahr ein Paar, insofern ist er für sie nicht nur eine Affäre. Ich bin mir nicht sicher, ob es daran liegt, dass ich mir diesbezüglich keinerlei Mühe gegeben habe – oder er –, oder ob Sasha ihn aus irgendeinem Grund auf Armeslänge von mir weggehalten hat.

Ich beschließe, mit Rachel anzufangen, Sashas Freundin aus Unitagen, die ich kennengelernt habe, als Sasha und ich in London zusammengezogen sind. Zu dritt funktionieren wir nicht so richtig gut miteinander, aber wir gehen gemeinsam ins Forresters, unseren hiesigen Pub, und an Samstagnachmittagen auf die Oxford Street oder nach Covent Garden zum Shoppen. Die beiden versuchen dann immer, mich zu irgendwelchen Sachen zu überreden, die ich nur zum Spaß anprobiert habe, mir aber niemals leisten könnte. Keine der beiden kann wirklich nachvollziehen, wie es ist, wenn man mit so wenig Geld klarkommen muss.

Rachel hat einen gut bezahlten Job als Unternehmensberaterin, und Sasha nicht nur ihre Stelle im Marketing, sondern ihr gehört auch unsere Wohnung, die ihre Mutter für sie finanziert. Ich wohne bei ihr für einen Apfel und ein Ei – und könnte nicht einmal dann ausziehen, wenn ich wollte.

Einmal waren wir zu dritt im Urlaub. Die beiden wollten nach Thailand, aber das hätte ich mir niemals leisten können, also haben wir uns auf eine Woche Malaga geeinigt, und Rachel und ich haben uns als fünftes Rad am Wagen abgewechselt.

Ich habe den vagen Verdacht, dass Rachel sich wünscht, mit Sasha so eng befreundet zu sein, wie ich es bin – nur begreift sie nicht, dass diese Freundschaft in Jahren gemeinsamer Erlebnisse entstanden ist, die man nicht annähernd ersetzen kann, ganz egal, wie viele betrunkene Abende sie feiern, wie viele Mädchen-Shoppingtage sie unternehmen oder wie oft sie sich maniküren lassen. Sasha und ich haben einiges durchgemacht. Einiges, was wir Rachel nicht ansatzweise erklären könnten, geschweige denn anderen Bekannten. Trotzdem kommt Rachel in den Genuss, die Erste zu sein, die ich anrufe. Sie erzählt immer und überall, Sasha sei ihre »Drei-Uhr-nachts-Freundin«, die sie, ganz gleich um welche Uhrzeit, im Notfall anrufen kann. Allerdings gilt das nicht andersherum; denn Sashas »Drei-Uhr-nachts-Freundin« bin ich und umgekehrt. Bei jedem Beziehungsende, bei jeder Katastrophe bin immer ich diejenige gewesen, mit der Sasha sprechen wollte, übers Telefon, als wir noch an verschiedenen Unis studiert haben, und von Angesicht zu Angesicht, seit wir zusammenwohnen. Ob ich nun will oder nicht.

Ich würde fast sagen, Karina war vor Jahren dieselbe Art Freundin. Allerdings wusste ich damals schon, dass ich mit ihr nie auf Dauer befreundet sein könnte, nicht nach all dem, was passiert war. Wir mussten auf Abstand gehen, mussten uns beide weiterentwickeln. Mussten versuchen, einen Weg zu finden, mit den Ereignissen klarzukommen, und unsere zerrissenen Existenzen wieder zusammenflicken.

Rachel geht beim ersten Klingeln ran.

»Hallo!« Sie klingt überrascht, und mir wird schlagartig klar, wie selten ich sie anrufe. »Ist alles in Ordnung?«

Ganz kurz frage ich mich, wie sie darauf kommt, dass nicht alles in Ordnung sein könnte, aber ich habe keine Zeit, länger darüber nachzudenken.

»Ich weiß nicht«, sage ich. »Hast du zufällig Sasha gesehen? Ich meine, gestern oder heute?«

»Nein, ich war gestern arbeiten und bin anschließend direkt nach Hause gefahren«, antwortet sie, als müsste sie ein Alibi vorbringen. »Ich bin gestern also gar nicht ausgegangen. Warum willst du das wissen?«

»Jackson ist gestern Abend hier gewesen und hat sie gesucht. Er hat sie von der Arbeit abholen wollen.«

Rachel schnaubt. Sie hat für Jacksons Eifersucht und Paranoia kein Verständnis.

»Jedenfalls scheint sie am Nachmittag überhaupt nicht mehr bei der Arbeit gewesen zu sein, und gestern Abend ist sie nicht heimgekommen.«

»Hast du's schon mal auf ihrem Handy probiert?«

»Natürlich«, blaffe ich sie an. »Ich bin doch nicht komplett verblödet.«

Ich hab den Verdacht, dass Rachel mich für unterbelichtet hält, weil ich von ihrer Warte aus keinen normalen Beruf habe. Sie fliegt von jetzt auf gleich in Businesskostümchen nach Paris oder New York. Wenn ich bei Classic FM oder Radio 3 moderieren würde, wäre sie vielleicht beeindruckt, aber Simply Classical ist für sie Humbug – eine Schwärmerei, kaum mehr als ein Hobby. Sie hat wahrscheinlich nie auch nur einen Artikel gelesen, den ich in Fachmagazinen für klassische Musik veröffentlicht habe.

»Schon gut, ich weiß, sorry«, lenkt sie ein. »Vielleicht hat sie … keine Ahnung … jemanden getroffen, ist spontan ausgegangen und hat dann dort übernachtet?«

»Und wer sollte das sein? Außerdem hat sie weder angerufen noch eine Nachricht geschrieben. Das macht sie sonst immer.«

»Womöglich hat sie es dieses Mal einfach vergessen.« Bei der Vorstellung, dass Sasha und ich uns am Ende doch nicht so nahestehen, wie ich immer glaube, schleicht sich ein triumphaler Unterton in ihre Stimme. »Oder aber ihr Akku ist leer.«

Das ist tatsächlich die einzige Erklärung, die mir keine Angst macht. An die klammere ich mich wie eine Nacktschnecke an einen Stein. »Würdest du mir einen Gefallen tun, Rachel? Könntest du sämtliche Leute anrufen, die dir einfallen, und fragen, ob sie eventuell dort ist oder ob die was von ihr gehört haben?«

»Kein Problem«, sagt sie und ist prompt in ihrem Element. Wir teilen die Freunde auf, deren Nummern wir haben, und verständigen uns darauf, einander sofort Bescheid zu geben, sobald wir etwas in Erfahrung gebracht haben.

Zehn Minuten später habe ich ohne jeden Erfolg meine Liste abtelefoniert, weitere fünf Minuten später bekomme ich von Rachel eine Nachricht: **Es hat sie niemand gesehen. Polizei???**

Meinst du wirklich? Oder noch warten?, schreibe ich zurück.

Es entsteht eine kurze Pause, in der Rachel offenbar beschließt, dass sie die Verantwortung hierfür nicht übernehmen will, denn sie antwortet: **Wie du meinst. X**

Ich sitze mit untergeschlagenen Beinen auf Sashas Bett und versuche, nicht weiter an der wunden Nagelhaut an meinen Fingern zu zupfen. Ich will die Entscheidung ebenso wenig treffen wie Rachel. Ich weiß schon, dass ich zum Überdramatisieren neige, deshalb fällt es mir schwer einzuschätzen, wie realistisch meine Angst wirklich ist. Würde die Polizei mich nicht auslachen, wenn ich jetzt dort anriefe? Immerhin ist sie eine erwachsene Frau. Sie muss nicht Rechenschaft darüber ablegen, wo sie hingeht. Oder bringe ich sie zusätzlich in Gefahr, indem ich es dabei bewenden lasse? Wäre die Polizei erbost, weil ich nicht augenblicklich Alarm geschlagen habe? Dann wiederum könnte sie jeden Moment wieder auftauchen oder zumindest Bescheid geben, dass es ihr gut geht. Ich will ihnen ja auch nicht Zeit stehlen.

Dann kommt eine Nachricht von Jackson, der sämtliche Londoner Krankenhäuser abtelefoniert hat. Sasha ist nirgends als Neuaufnahme registriert, was mich nur umso mehr verwirrt. Am Ende greife ich wieder zum Telefon und tue, was ich immer tue, wenn ich eine Entscheidung treffen muss.

»Hallo, Schätzchen«, sagt sie, und ich bin sofort ruhiger. Mum und ich haben uns in den Monkton-Jahren, wie ich es nenne, voneinander entfernt, aber seit Silvester 2006 und den Folgen rufe ich sie an, wenn ich Trost brauche. »Wie geht's?«

»Um ehrlich zu sein, nicht gut.« Meine Stimme ist brüchig. »Es geht um Sasha. Sie ist ... verschwunden.«

»Wie meinst du das – verschwunden?« Ich kann ihr anhören, dass sie dankbar ist, dass ich keinen Unfall hatte oder irgendeine grässliche Krankheit habe, dass sie aber auch leicht irritiert ist. Sie war anfangs zwar angetan, dass ich eine neue Freundin gefunden hatte, aber das hielt nicht lange an. Als ich irgendwann zusehends Zeit bei den Monktons verbrachte, hatte Mum das Gefühl, ich würde ihr entgleiten. Sie konnte mich nicht mal mehr dazu ermutigen, mehr Zeit mit Karina zu verbringen, weil die ebenfalls jede freie Minute bei den Monktons war – weil wir beide von diesem Leben, das sich von unserem so sehr unterschied, derart in den Bann gezogen wurden. Mir sträuben sich die Nackenhaare, wie jedes Mal, wenn ich spüre, dass Leute, die Sasha nicht annähernd so gut kennen wie ich, Kritik an ihr üben.

»Sie ist weg«, sage ich tonlos. »Seit gestern Mittag hat niemand sie mehr gesehen.«

»Oh.« Das hat sie nicht erwartet, und für den Bruchteil einer Sekunde bin ich dermaßen unangemessen selbstzufrieden, dass ich mich wieder an unser einstiges gereiztes Verhältnis erinnert fühle. »Vielleicht hat sie ja jemanden getroffen oder … weiß auch nicht … ist irgendwo hingefahren. Es wäre immerhin nicht das erste Mal?«

Ich weiß genau, worauf sie anspielt. Sommer 2006. Sasha war ohne jede Vorwarnung einfach verschwunden, vierundzwanzig Stunden waren alle in ihrem Umfeld unendlich besorgt, ehe sie Olivia anrief und mitteilte, sie habe ein paar alte Bekannte getroffen und sei spontan mit ihnen nach Frankreich gefahren. Ich war damals am Boden zerstört. Wir hatten eigentlich geplant, zusammen in Urlaub zu fahren, aber danach blieben mir nur tödlich langweilige Arbeitstage im Body Shop und Abende, die ich in der stickigen Hitze in meinem Zimmer verbrachte, an denen ich

Olivia auf CD hörte und mich fragte, was Sasha wohl gerade machte.

»Sie hätte Bescheid gesagt, ehrlich, Mum. Sie hat sich verändert.« Zumindest muss ich daran glauben, dass sie sich verändert hat.

»Ganz bestimmt. Ich hab sie ja auch nicht mehr gesehen seit … weiß der Himmel wie vielen Jahren. Die Monktons besucht sie ja sicher nicht mehr.«

»Natürlich nicht, die hat sie nicht mehr … Halt mal, woher willst du das überhaupt wissen?«

»Ich kann aus dem Fenster das Haus sehen, schon vergessen? Nicht dass ich gezielt dort rüberstarre.«

»Nein, natürlich nicht«, sage ich und muss grinsen. Nicht ohne Grund nennen ihre Freunde sie Blockwart, wenn auch liebevoll.

»Aber Nicholas, der kommt noch zu Besuch. Ich nehme an, er ist der Einzige, der ihnen noch geblieben ist. Die Armen.« Jetzt, da Olivias und Tonys Leben in Trümmern liegt, kann sie es sich leisten, großherzig zu sein. »Allerdings …« Sie spricht nicht weiter, als hätte sie noch etwas sagen wollen und es sich dann doch anders überlegt.

»Was?«, hake ich nach. Ich weiß instinktiv, dass es etwas ist, was ich würde wissen wollen, wovon sie jedoch glaubt, dass ich es besser nicht erfahren sollte.

»Es hat wahrscheinlich nichts zu bedeuten, mach dir also keine Gedanken.«

»Verdammt noch mal, Mum, jetzt erzähl schon!«

»Na ja … Neulich hab ich zufällig aus dem Fenster gesehen und meinte, es könnte Daniel gewesen sein.«

Um mich herum verschwimmt alles. Ich schlucke trocken und muss mich so schwer am Riemen reißen, um ruhig zu bleiben, dass ich nicht mal mehr etwas sagen kann.

»Ellen?«, hakt meine Mutter vorsichtig nach.

»Wann?«, presse ich heraus.

»Ich glaube, am Wochenende«, antwortet sie vage.

»Und als du gesagt hast, es *könnte Daniel gewesen sein* ...«

»Es wurde gerade dunkel, und er kam aus der anderen Richtung, also nicht an unserem Haus vorbei, insofern konnte ich ihn nicht genau sehen. Es könnte genauso gut Nicholas gewesen sein, nehme ich an. Die beiden haben sich doch immer so ähnlich gesehen? Aber ich glaub es eher nicht – irgendwas war mit ihm, vielleicht die Art, wie er gegangen ist.«

Das Herz hämmert in meiner Brust, und ich versuche, gleichmäßig zu atmen. Das Handy glüht an meinem Ohr. Wenn Daniel wirklich zurück ist, habe ich keine andere Wahl, als die Polizei zu rufen.

Eines Tages werdet ihr dafür bezahlen.

Ich tue so, als wäre jemand an der Tür, und verabschiede mich eilig von meiner Mutter. Dann lege ich mich allein auf Sashas Bett, drücke mein Gesicht in ihr Kissen und ziehe ihre Bettdecke über mich drüber, versuche, sie hierherzubeschwören. Trotzdem wird mir nicht wärmer. Nichts funktioniert, weil ich hier inmitten ihrer Sachen – und während ich ihren Geruch einatme, während Eis durch meine Adern zu fließen scheint – an nichts anderes mehr denken kann als an Daniel Monkton.

Ellen

September 2005

Karina war nicht in der Schule. Es war der dritte Tag nach den Sommerferien, unser erstes Schuljahr in der Oberstufe, und sie war seit dem ersten Schultag krank, was mir vor Augen führte, wie sehr ich von ihr abhängig war. Wir waren die einzigen zwei Mädchen, die ab der Grundschule in ein und dieselbe Klasse gegangen und dann auf diese Schule gewechselt waren. Sie war einfach immer schon da gewesen, also hatte ich mir nie wahnsinnig viel Mühe gegeben, andere Freunde zu finden. Ich kam halbwegs mit allen klar, nicht dass mich Mitschüler unbeliebt fanden oder gar mobbten, aber ich gehörte eben auch keinem dieser kleinen Grüppchen an, die sich in den vergangenen fünf Jahren zusammengetan hatten, seit wir auf die weiterführende Schule gekommen waren. Und normalerweise war das auch völlig okay, weil Karina und ich unsere eigene Gang bildeten. Wir wohnten in derselben Straße, und solange ich denken konnte, waren wir beim jeweils anderen zu Hause ein und aus gegangen. Es war zwar nicht so, als hätten wir einander ausgesucht – eher fühlte es sich an, als wären wir aneinander hängen geblieben –, aber irgendwann schien es ganz einfach zu spät zu sein, daran noch irgendetwas zu ändern. Karina und ich waren keine Musterschülerinnen, keine Einserkandidatinnen, wir waren nicht sportlich, und wir gehörten ganz gewiss nicht zu den coolen Mädchen, die an den Wochenenden ausgingen, tranken und mit den gut aussehenden Jungs abhingen. Nichts an uns verlockte zu neuen Freundschaften, insofern versuchten wir einfach, dankbar zu sein, dass wir zumindest einander hatten.

Bis Mittwoch waren mir bereits die Leute ausgegangen, mit denen ich zusammensitzen konnte; nachdem ich in der Mittagspause mein Mensa-Essen allein hinuntergewürgt hatte, wollte ich mich in die Bibliothek verziehen. Dort wäre ich zwar immer noch allein, aber zumindest würde mich dort niemand sehen, der nicht mit seinen eigenen Problemen zu schaffen hätte. Ich lief gerade an den Matheräumen vorbei, die auf dem Weg zur Bibliothek lagen, als Leo Smith durch eine Tür stürmte und mich anrempelte.

»Oh Gott, tut mir leid«, entschuldigte er sich sofort und legte mir die Hände auf die Schultern. »Alles okay?« Seine Hände waren warm, und seine Augen sahen aus wie Pfützen aus dunkler Schokolade. Der Hauch eines aufregend männlichen Dufts ging von ihm aus.

»Alles bestens«, sagte ich. »No problem.« *No problemo?* Innerlich ächzte ich laut auf.

»Super«, sagte er und eilte weiter den Flur entlang.

Ich versuchte, ihm nicht nachzustarren, und wollte gerade weitergehen, als ich am offenen Fenster des Klassenzimmers das Mädchen aus dem Eckhaus entdeckte. Ihr goldenes Haar wehte leicht in der Brise. Sie hatte die Hand an der Wange, und mit der Fingerspitze strich sie sich über die Stelle, wo sich die wütend rote Narbe befand. Sie war entweder verblasst, oder aber das Mädchen hatte sich geschickt geschminkt, weil die Narbe kaum sichtbar war. Ich hielt an der Tür inne und war hin- und hergerissen zwischen meiner Schüchternheit und der Neugier, die immer größer geworden war, seit Karina und ich beim Einzug ihrer Familie zugesehen hatten.

Den Sommer über waren wir zu einer stillschweigenden Übereinkunft gekommen – wir wollten unsere Zeit überwiegend zusammen auf dem Fensterbrett an ihrem vorderen Schlafzimmerfenster verbringen und so tun, als würden wir Brettspiele spielen. Doch bei jeder Bewegung im Haus gegenüber hatten wir sofort die Hälse gestreckt. Bei offenem Fenster hatten wir leise Melodien durch die stille Sommerluft herüberwehen hören, manchmal den Flügel, manchmal eine Person – es musste die Mutter sein –, die Opernarien sang, manchmal ein Instrument, das wir nicht identifizieren konnten. Wir sahen zu, wie die Jungs in Richtung Bahnhof liefen und die Eltern ein und aus gingen, manchmal getrennt voneinander, manchmal zusammen, zu den unterschiedlichsten Zeiten und in den unterschiedlichsten exotischen Outfits. Der Vater hatte nicht selten einen schwarzen Koffer dabei, der wahrscheinlich das Instrument enthielt, wie wir vermuteten. Sie waren einfach nur faszinierend. Mein Vater ging jeden Tag zur selben Uhrzeit aus dem Haus und kam zur selben Uhrzeit wieder, trug dabei den immer selben billigen Anzug und hatte eine Tasche dabei, in der seine Sandwiches steckten. Bei Karinas Vater war es genauso gewesen, ehe er vor ein paar Jahren gestorben war. Unsere Mütter arbeiteten beide Teilzeit – eine Altlast, die sie von früher beibehalten hatten, als sie uns noch tagtäglich von der Schule abholen mussten. Dass sie abends ausgingen, kam nur selten vor.

Das Mädchen ließ sich nur selten blicken. Sie verließ das Haus nicht allzu oft, und wenn, dann marschierte sie eilig die Straße entlang – Sonnenbrille auf der Nase, Kopf gesenkt, als wäre sie undercover unterwegs oder hätte vor etwas Reißaus genommen. Die Jungs hatten Freunde zu Besuch, die in laut plaudernden Grüppchen dort einfielen und Plastiktüten mit klappernden Bierdosen mitbrachten. Dann wehte der Duft von Grillfleisch zu uns herüber, vermischt mit Zigarettenrauch und mitunter auch dem süßlichen Duft von Marihuana. An solchen Tagen konnte ich spüren, wie aus Karina die Sehnsucht, ebenfalls in diesem Garten sein zu dürfen, wie aus einer offenen Wunde heraussickerte. Ich selbst war zufrieden damit, von unserem Aussichtspunkt in ihrem Zimmer dort rüberzugucken. Allein bei der Vorstellung, mit all diesen Fremden sprechen zu müssen, stieg mir die Hitze ins Gesicht.

Den Großteil des Gartens nach hinten raus konnten wir nicht einmal einsehen, aber manchmal kamen die Jungs und ihre Freunde auch seitlich in den überwucherten Teil des Gartens neben der Garage, wo wir einen Blick auf sie erhaschen und Gesprächsfetzen mit anhören konnten. Mehr als ein Mal nannten sie ihre Schwester »Lady Sasha«, und so oft, wie sie auf sie zu sprechen kamen, und nach diversen blöden Sprüchen zu urteilen, war klar, dass ihre Freunde mehr als nur ein beiläufiges Interesse an ihr hatten. Trotzdem war sie nie dabei, jedenfalls soweit wir es sehen konnten. An Tagen, wenn es dort nur so von Leuten wimmelte, waren ein-, zweimal auch die Eltern draußen gewesen und hatten sich mit einer Leichtigkeit inmitten der Teenager getummelt, wie es meine Eltern niemals tun könnten. Und dann hatten wir das Gesicht des Mädchens im selben Fenster sehen können, wo sie schon am allerersten Tag gestanden und mit leerem Blick auf die Londoner Skyline gestarrt hatte.

Auch heute im Klassenzimmer starrte sie aus dem Fenster. Sie hatte die Lippen zusammengepresst, als versuchte sie, Tränen zurückzuhalten. Ich wandte mich zum Gehen, was sie aus dem Augenwinkel bemerkt haben musste, weil sie sich mit eisigem Gesichtsausdruck zu mir herumdrehte.

»Kann ich irgendwie helfen?«

Sie sprach mit einem Hauch eines südostenglischen Akzents.

»Nein, ich ... bin hier nur vorbeigekommen ...« Ich rang mit den Händen, dass meine trockene Haut wie Papier knisterte. »Alles okay bei dir?«

Erst herrschte Stille, und sämtliche potenziellen Antworten schienen zwischen uns in der Luft zu schweben.

»Alles gut«, sagte sie schließlich und fuhr sich mit dem Finger an den Unterlidern entlang, wo sie ein bisschen Wimperntusche verschmiert hatte. Aber was hätte sie auch sonst zu jemandem sagen sollen, den sie gerade erstmals getroffen hatte?

Um ein Haar wäre ich weitergegangen. Ich war zum Platzen neugierig, ahnte aber bereits jetzt, dass sie irgendwie schwierig war. Mit Karina war immer alles so wunderbar vertraut gewesen, und keine von uns hatte sich für unsere Freundschaft je groß ins Zeug legen müssen. Doch die Anziehungskraft jenes Hauses – die Bücher, die Musik, die fremde Art ihrer Eltern und die dunkelhaarigen Jungs: All dem konnte ich einfach nicht widerstehen.

»Du wohnst in dem großen Haus Ecke Stirling Road, oder?«

»Stimmt.« Sie runzelte die Stirn. »Woher weißt du das?«

»Ich wohne ein Stück weiter in derselben Straße. Ich hab gesehen, wie ihr eingezogen seid.« Es sollte möglichst beiläufig klingen, denn sie durfte natürlich nicht erfahren, dass Karina und ich sie und ihre Familie den Sommer über observiert hatten, wie es der Metropolitan Police würdig gewesen wäre. »Eine Freundin von mir wohnt bei euch gegenüber.«

»Das ist aber nicht die, die ständig zu uns rüberglotzt?«

Ah. Sie hatte es bemerkt. Zum Glück schien sie mich nicht wiederzuerkennen. Karina hatte anscheinend Überstunden bei der Überwachung eingelegt, sobald ich heimgegangen war. Als ich darauf keine Antwort gab, fügte sie noch hinzu:

»Daniel und Nicholas finden das zum Totlachen.«

»Daniel und Nicholas?«, hakte ich nach und versuchte, nicht im Geringsten aufgeregt zu klingen, auch wenn ich Karina später am Telefon sofort erzählen würde, wie sie hießen. »Sind das deine Brüder?«

»Gott bewahre!«

Ich erwartete eigentlich, dass sie ihren Ausruf erklären würde, aber schnell war klar, dass sie nichts dergleichen vorhatte.

»Dann seid ihr von weither hierhergezogen?«

»Nicht wirklich«, erwiderte sie und sah wieder aus dem Fenster.

»Okay ... Na ja, dann ...« Ich ahnte, dass ich drauf und dran war, diese Schlacht zu verlieren, und wollte schon gehen, als sie wieder das Wort ergriff. Diesmal klang sie freundlicher.

»Was für ein gruseliger Typ.«

»Wer?«, hakte ich verwirrt nach.

»Der Typ, der gerade noch hier war, bevor du gekommen bist.«

»Leo Smith?« Gruselig war er mir nie vorgekommen. Es gab durchaus Jungs in unserem Jahrgang, denen man besser aus dem Weg ging, die ihre Hände nicht unter Kontrolle hatten und Schlimmeres, aber ausgerechnet er gehörte nicht dazu. Sarah Penfold hatte sich auf einer Party mal komplett weggeschossen, nur um nackt und in einem fremden

Bett wieder aufzuwachen, als David Weekes sie gerade befummelte. Sie hatte ihn gerade noch von sich wegschieben können und war ihm entkommen, aber wer wusste schon, ob das nächste Mädchen genauso viel Glück haben würde.

»Wenn er so heißt …« Sie zuckte mit den Schultern.

»Warum? Was hat er denn gemacht?«

»Ach, nichts«, sagte sie und zog sich wieder in ihr Schneckenhaus zurück. »Hast du schon was vor?«

»Was – jetzt?« Ich hatte Mühe, mit ihren ständigen Themenwechseln Schritt zu halten.

»Ja, natürlich. Ich wollte nicht heute Abend mit dir ausgehen.«

Ich wurde rot im Gesicht. »Ich weiß schon, ich …«

»Gott, bist du leicht aus der Fassung zu bringen!«

Mein Gesicht wurde wohl noch röter.

»Jetzt komm schon«, sagte sie mitleidig. »Gehen wir raus. Dann kannst du mir erzählen, vor welchen Gruseltypen man sich hier noch in Acht nehmen muss.«

Als wir raus auf den Schulhof liefen, fühlten sich die neugierigen Blicke meiner Klassenkameraden in meinem Rücken heißer als die Septembersonne an. Kurz hatte ich ein schlechtes Gewissen wegen Karina – teils weil ich schon jetzt das Gefühl hatte, dass sich meine Sympathien von ihr weg und hin zu diesem merkwürdigen, faszinierenden Mädchen verlagerten; teils aber auch, weil sie dermaßen sauer sein würde, weil ich es zuerst geschafft hatte, in das Universum des Eckhauses vorzudringen – auch wenn ich gerade quasi bloß den Erstkontakt zu einem Wesen aus dieser Welt hergestellt hatte. Doch das Gefühl schob ich beiseite, genau wie ich jeden Gedanken an Karina in die hinterletzte Ecke meines Gehirns verbannte. Wir setzten uns draußen auf eine Bank in die Sonne.

Ellen

September 2017

Die Frau am anderen Ende der Leitung spricht mit einem Yorkshire-Akzent und hat die Ruhe weg. Sie fragt nach einigen Einzelheiten und versichert mir dann, dass sie eine Kollegin schickt, die innerhalb der nächsten Stunde bei mir vorbeikommt. Während ich auf sie warte, gehe ich erneut Sashas Besitztümer durch und versuche herauszufinden, ob etwas fehlt. Ich weiß nicht mal, was sie am vergangenen Morgen angehabt hat – ich hab noch geschlafen, als sie unsere WG verlassen hat. Ihr Mantel ist natürlich weg, aber das ist auch schon alles.

Zum wiederholten Mal versuche ich es auf ihrem Handy und hoffe – wider besseres Wissen –, dass sie diesmal rangeht, doch wieder springt nur die Mailbox an, und sie fordert mich lächelnd auf, eine Nachricht zu hinterlassen. Ich hab ihr schon mehrere draufgesprochen, hab sie angebettelt, zurückzurufen und Bescheid zu geben, ob mit ihr alles in Ordnung ist, und hinterlasse eine weitere Nachricht.

»Sash, ich bin's wieder, ich mach mir Sorgen. Wenn … Wenn ich irgendwas getan haben sollte, weswegen du sauer auf mich bist, dann tut es mir leid. Hab's nicht so gemeint. Bitte komm wieder. Ich hab die Polizei angerufen, die schicken jetzt jemanden hier vorbei. Ich weiß nicht, ob du das hier abhörst, aber wenn ja, also ... Ich finde dich irgendwie.«

Ich bin immer noch in ihrem Zimmer, als es an der Tür klingelt. Ich laufe in den Flur, und eine Frau stellt sich über die Gegensprechanlage als PC Bryant vor. Ich mache ihr auf und warte auf sie an der Wohnungstür. Ich kann sie die Treppe raufkommen hören, und dann ist sie da, kommt auf unserem Treppenabsatz um die Ecke und läuft über den Flur auf mich zu. Ich versuche, so was wie ein Lächeln zustande zu bringen, auch wenn ich mich im ganzen Leben nie weniger danach gefühlt habe.

»Sie müssen Ellen sein«, sagt sie und gibt mir die Hand. »Ich bin PC Bryant.« Sie ist etwas älter als ich, vielleicht Mitte dreißig, zierlich wie ein Vögelchen, hat kurz geschnittene, rot gefärbte Haare und ist ungeschminkt.

»Kommen Sie rein«, sage ich und führe sie durch den schmalen Flur ins Wohnzimmer. »Möchten Sie einen Tee?«

»Ja, das wäre nett. Sieht aus, als könnten Sie selbst auch einen vertragen.« Sie lächelt, und im selben Moment dämmert mir, wie ich auf sie wirken muss – in den Klamotten von gestern, das Make-up unter den geröteten Augen verschmiert, die Haare noch vom Nachtschlaf am Hinterkopf platt gedrückt.

In der Küche spritze ich mir Wasser ins Gesicht, fahre mir mit den Fingern durchs Haar und versuche, mich halbwegs präsentabel zu machen. In dem fragwürdigen Versuch, einen effizienten, gefassten Eindruck zu erwecken, stelle ich die Becher auf ein Tablett, statt sie einfach per Hand zurückzutragen. Allerdings stehen sie zu nah zusammen, sodass sie aneinanderklirren, während ich sie ins Wohnzimmer bringe, und der Tee überschwappt, als ich das Tablett auf dem Couchtisch abstelle und mich setze.

»Ich weiß, Sie müssen außer sich vor Sorge sein«, beginnt Bryant und streckt sich nach ihrem Becher aus. »Aber für den Fall, dass es Sie beruhigt: Die Mehrzahl vermisster Personen taucht binnen ein, zwei Tagen unversehrt wieder auf. Bestimmt gilt das auch für Ihre Freundin Sasha.«

Ich nehme einen Schluck Tee, auch wenn er noch viel zu heiß ist. Es beruhigt mich nicht im Geringsten. Es ist mir egal, was mit anderen vermissten Personen ist – wir reden hier von *meiner* besten Freundin.

»Ist sie das?« Bryant zeigt auf ein Foto von Sasha, das auf dem Beistelltisch steht. Es ist im Sommer bei der Hochzeit unserer Freunde Kate und Jonny entstanden – den Ersten aus unserer Clique, die geheiratet haben. Es ist eine Nahaufnahme, und Sasha lacht von der Kamera weg über irgendwas, was jemand gesagt hat. Ich weiß allerdings noch, dass sie später am Abend nicht mehr gelacht hat, weil sie betrunken und rührselig war und mich nicht hat einschlafen lassen, sondern sich noch stundenlang über Jacksons besitzergreifende Art ausgelassen hat und nicht aufhörte zu lamentieren, er sei nicht der Richtige für sie, bis ich sie irgendwann am liebsten gepackt und geschüttelt hätte. Sie versuchte, sich selbst als eine Art tragische Heldin in ihrer eigenen Lebensgeschichte darzustellen, und spielte auf verflossene Liebhaber an, die rechtzeitig von ihr losgekommen seien, nur war ich zu müde und betrunken und hatte auch keine Lust mehr, ihr Spielchen mitzuspielen, als dass ich ihrem Bedürfnis nach Aufmerksamkeit hätte nachkommen können. Ich weiß nicht, wie sie auf die Idee kam, diese Show für mich zu inszenieren – ich hatte im Lauf der Jahre all ihre Freunde doch live miterlebt und war mir sicher, dass sie für keinen von ihnen je tiefere Gefühle gehegt hatte.

»Ja«, sage ich zu Bryant. »Wollen Sie das mitnehmen?«
»Ja bitte.«

Ich nehme es aus dem Rahmen und halte es ihr hin.

»Das ist schon mal klasse«, sagt Bryant, »aber könnten Sie Sasha auch in Ihren eigenen Worten beschreiben?«

»Sie ist ...« Ich unterbreche mich. Fast hätte ich gesagt, dass sie schön ist, weil das nun mal das Erste ist, was einem auffällt, wenn man sie ansieht. Sie ist nicht nur hübsch oder attraktiv. Sie ist einfach bildschön, wie ein Filmstar. Aber das will die Polizei sicherlich nicht hören. »Sie ist eins sechsundsiebzig groß, schlank, lange blonde Haare, blaue Augen.« Ich hole tief Luft, um das kranke, panikähnliche Gefühl loszuwerden, ich würde sie genauso beschreiben wie in einer Vermisstenmeldung im Fernsehen. »Auf der rechten Wange hat sie eine Narbe aus Kindertagen, die man allerdings nur sieht, wenn sie ungeschminkt ist. Was sie gestern anhatte, weiß ich leider nicht – mal abgesehen von ihrem Mantel. Der ist rot – knielang, aus Wolle. Und ihre schwarzen Stiefeletten fehlen auch.«

»Okay, das ist schon mal gut. Ich weiß, Sie haben das am Telefon schon alles gesagt, aber könnten Sie mir noch mal erzählen, wann Sie Sasha zuletzt gesehen haben?«

»Vorgestern, bevor ich ins Bett gegangen bin. Aber sie war gestern Morgen noch da, ist dann allerdings zur Arbeit gegangen, bevor ich aufgestanden bin. Ihr Freund, Jackson, ist gestern Abend gegen sechs hier gewesen. Er hätte sie von der Arbeit abholen sollen, aber dort ist sie ungefähr um Mittag gegangen. Gestern Abend ist sie dann nicht heimgekommen, und ich kriege sie auch nicht ans Telefon. Jackson hat sämtliche Krankenhäuser abtelefoniert, aber dort ist sie nirgends, und ich hab all ihre Freunde angerufen, die mir eingefallen sind. Niemand hat etwas von ihr gehört.«

»War das denn nicht geplant, dass sie so etwa um die Mittagspause gehen würde?«

»Nein, soweit ich weiß, hätte sie den ganzen Tag dort sein sollen. Zumindest ist Jackson davon ausgegangen. Er ... war nicht begeistert.«

»Was meinen Sie damit?«, fragt Bryant in komplett neutralem Ton, auch wenn sie aufgemerkt hat wie eine Katze, die eine Maus ins Visier nimmt.

»Er hat es nicht direkt gesagt, aber ...« Ich zögere kurz, will Jackson nicht anschwärzen – er hat mit der Sache rein gar nichts zu tun. Allerdings darf ich die Polizei auch nicht anlügen, nicht in dieser Situation. »Er hat vermutet, dass sie früher von der Arbeit weg ist, weil sie jemanden treffen wollte. Hat sie aber nicht, das weiß ich genau.«

»Wir wissen nicht immer alles über unsere Freunde, nicht mal über diejenigen, denen wir am nächsten stehen.«

»Ich schon«, entgegne ich. »Sie ist meine beste und älteste Freundin. Wir erzählen uns alles.«

»Okay«, sagt Bryant mit nervtötender Gelassenheit. »Was für einen Eindruck hat sie am Donnerstagabend gemacht? War sie wie immer?«

»Ja«, antworte ich, denn was sollte ich sonst sagen? Ich kann schließlich nicht erzählen, dass sie anders als sonst war, unglaublich launenhaft: in einem Moment charmant, im nächsten ein Albtraum von einer Zicke. Manche Leute sind damit nie klargekommen. Sie hat wie ein Buschfeuer durch Freundschaften gewütet, ihre Opfer ausgebrannt und erschöpft am Wegesrand zurückgelassen; erleichtert womöglich auch, aber ohne Sasha im Leben definitiv auch viel ärmer. Bei mir war das anders. Ich hätte sie nie aufgegeben. Sie braucht mich, würde ich sagen, auch wenn unsere Freunde wahrscheinlich überrascht wären, so etwas zu hören und es eher andersherum erwarten würden. Aber sie ist nicht so hart, wie es den Anschein hat. Nicht tief im Innern.

»Und wie war sie davor, in letzter Zeit? Ist vielleicht etwas passiert, worüber sie sich aufgeregt hat? Hat sie mit jemandem Streit gehabt?«

Ich muss wieder daran denken, wie sie am vergangenen Freitag hier reingerauscht war. Hatte sie sich da wegen der Musik aufgeregt, die ich aufgelegt hatte? Sie war den ganzen Abend nicht mehr aus ihrem Zimmer gekommen, und später dann nahm ich eine gewisse Kälte an ihr wahr, einen Hauch Abwesenheit.

»Nein«, antworte ich trotz allem. Denn weswegen auch immer sie so abweisend war – ich könnte es der Polizistin ohnehin nicht erklären. »Sie hat mal mit ihrem Freund gestritten, aber das ist schon ein bisschen her.«

»War er ihr gegenüber gewalttätig?«, hakt sie nach.

»Nein, nie im Leben. Reden Sie auch mit ihm?« Mir ist leicht mulmig bei dem Gedanken, Jackson in diese Sache mit reinzuziehen. Dann bringe ich mich zur Räson. Er wird auch helfen wollen – er ist genauso besorgt, wie ich es bin.

»Ja, selbstverständlich«, sagt sie. »Haben Sie mal in ihrem Zimmer nachgesehen? Fehlt dort irgendwas? Ein Koffer? Kleidungsstücke?«

»Ich hab ihre Sachen nach …« Ich spreche den Satz nicht zu Ende, weil ich mir nicht sicher bin, ob dies der Zeitpunkt ist, an dem ich Daniel erwähnen sollte – oder ob ich ihn überhaupt zur Sprache bringen darf. »Ich glaube nicht, dass etwas fehlt. Ihr Koffer ist jedenfalls da und ihr Reisepass auch.«

»Wäre es in Ordnung, wenn ich auch selbst einen Blick in ihr Zimmer werfen würde?«

Sie folgt mir den Flur entlang zu Sashas Zimmer und sieht sich mit kaum verhohlenem Entsetzen die herumliegenden Kleidungsstücke an, die Staubschicht auf sämtlichen Oberflächen, die schmutzigen Becher auf dem Nachttisch.

»Ist das ... normal, dass ihr Zimmer so unordentlich ist?«, will sie betont beiläufig wissen.

»Ja«, antworte ich, gehe in die Hocke und sehe unter dem Bett nach. »Ich putze im Rest der Wohnung, aber sie dreht durch, wenn ich hier in ihrem Zimmer sauber machen will. So hat sie es einfach gern.« Ich schiebe ein Paar Stiefel beiseite, die aussehen, als würden sie schimmeln, und kann dahinter den glänzend pinkfarbenen Koffer sehen. »Ihr Koffer ist da drunter«, sage ich und stelle mich wieder hin. »Ich bin mir sicher, dass hier aus dem Zimmer nichts fehlt, auch wenn es wirklich nicht ganz leicht zu sagen ist.«

»Okay.« Bryant sieht sich weiter um. »Würden Sie sagen, dass Sasha depressiv war? Hat sie über Selbstmord nachgedacht?«

»Nein!« Die Nachdrücklichkeit in meiner Stimme überrascht uns beide. »Sorry, ich wollte nicht schreien. Nein, so jemand ist sie nicht.«

»Eine Depression kann jeden treffen, und die Zeichen sind nicht immer leicht zu erkennen.«

»Ja, das ist mir schon klar – aber sie hatte nie irgendwelche psychischen Probleme. Sie ist nicht depressiv.«

»Das ist gut«, erwidert sie. »Dann würden Sie sie also nicht als irgendwie ... *verletzlich* beschreiben?«

»Nein«, antworte ich sofort, obwohl Sasha durchaus verletzlich ist, wenn auch nicht so, wie Bryant meint. Sie ist stark und stressresistent. Wie aus Titan. Ich weiß nicht, was ihr zugestoßen ist, aber bei einer Sache bin ich mir vollkommen sicher: Sie hat sich nicht von einer Brücke gestürzt – da hätte sie verloren, aber Sasha hat immer schon unbedingt gewinnen wollen.

»Das hier muss ich jetzt fragen: Hat Sasha je mit der Polizei zu tun gehabt? Ist sie je festgenommen worden?«

»Nein.« Ihr einziger Kontakt zur Polizei war der gleiche wie bei mir selbst: vor elf Jahren, am Küchentisch der Monktons, an dem die lebhafte Fröhlichkeit schlagartig in hämmernde Kopfschmerzen und ein krankhaftes Bedrohungsgefühl umgeschlagen ist.

»Ist sie je einem Verbrechen zum Opfer gefallen?«

»Nein.«

»Sie würden also sagen, dass es ihr nicht ähnlich sieht, einfach so zu verschwinden? Ohne jemandem Bescheid zu geben?«

»Genau«, sage ich ohne Zögern, doch dann schießt mir etwas durch den Kopf, und sie muss es mir angesehen haben, weil sie mich urplötzlich hellwach ansieht.

»Hat sie das noch nie gemacht?«, will sie wissen.

»Also ...«

»Ja?« Sie sieht mich unverwandt an.

»Vor Jahren mal, als wir noch deutlich jünger waren. Aber das hat mit diesem Mal nichts zu tun.«

Sie bedenkt mich mit einem Blick, der mir sagt, dass sie das beurteilen wird. »Selbst wenn nicht«, sagt sie dann, »könnte es nützlich sein. Wenn sie so etwas in der Art schon mal gemacht hat, könnte es Ihnen – oder uns – einen Hinweis darauf geben, wo wir diesmal nach ihr suchen sollten.«

Ich sehe mich in ihrem Zimmer um. Ihre Habseligkeiten sind mir so vertraut wie meine eigenen, und die Angst davor, sie zu verlieren, ist dermaßen überwältigend, dass ich kaum noch Luft bekomme.

»Das war 2006.« Jetzt, da ich beschlossen habe, davon zu

erzählen, sprudelt es nur so aus mir heraus. »Da waren wir siebzehn – im Sommer, nachdem wir in die Oberstufe gekommen waren. Wir hatten davon gesprochen, vielleicht zusammen durch Europa zu fahren, aber noch nichts gebucht, erst mussten wir uns das Geld dazu verdienen. Also, zumindest ich.«

»Sie hatte Geld?«, hakt Bryant nach.

»Irgendwie hatte sie immer welches, ja. Ich hatte einen Aushilfsjob, samstags im Body Shop, aber sie ist nie arbeiten gegangen. Ich glaube, Olivia und Tony waren da relativ großzügig.«

»Olivia und Tony?«

»Ihre Paten. Bei denen hat sie gewohnt, seit sie sechzehn war.«

»Was ist in dem Sommer passiert?«

»Wie schon gesagt, wir hatten geplant zu verreisen. Ich hatte ein paar zusätzliche Schichten bei Body Shop organisiert und dachte, ich würde es mir vielleicht leisten können, die letzten Ferienwochen weg zu sein, bevor die Schule wieder losgehen würde. Ich bin zu ihr rüber, um alles zu besprechen – sie hat nur ein Stück die Straße runter gewohnt –, und … na ja. Weg war sie.«

»Wie meinen Sie das?«

»Olivia war damals allein zu Hause, und sie sagte erst nur, Sasha sei nicht zu Hause, allerdings wusste sie auch nicht, wohin sie gegangen war. Also hab ich sie angerufen, aber das Handy war aus …« Wie ähnlich die beiden Geschichten klingen; schlagartig ist mir die ganze Situation unangenehm.

»Erzählen Sie weiter«, fordert Bryant mich auf.

»Olivia hat versprochen, Sasha Bescheid zu geben, dass sie mich anrufen soll, sobald sie wieder zu Hause ist. Aber ich wollte stattdessen dort auf sie warten.« Olivia war nicht begeistert gewesen, als wäre sie sauer oder wüsste etwas, was sie mir lieber nicht erzählen wollte.

»Dort bei ihrer Patentante? Obwohl Sasha nicht zu Hause war?«, hakt Bryant nach.

»Ja. Wir ... standen uns einigermaßen nahe. Ich kam damals mit Olivia und Tony besser klar als mit meinen eigenen Eltern.« Tränen brennen mir in den Augen, und ich ahne, dass meine Stimme gleich bricht. Auch wenn Olivia irgendwie abwesend wirkte, weiß ich noch, dass sie gut drauf war. Wir setzten uns an den zerkratzten Eichentisch, tranken Earl Grey und redeten über meine Zukunft. In der Schule war im vergangenen Jahr bei mir einiges schiefgelaufen. Ich hatte mich zu sehr in die Dramen und Aufregungen des Lebens im Hause Monkton verwickeln lassen, was sich am Schuljahresende in meinen Noten niedergeschlagen hatte. Trotzdem will ich diese Zeit nicht missen, in der ich häufiger dort als bei mir zu Hause war. Ich mochte die Abende an diesem Tisch, an denen Tony mir unerlaubterweise ein Glas Wein zuschob und ich mich in lautstarke Debatten um Politik, Bücher, Kunst einmischte. Wenn die Monktons nicht gewesen wären, hätte ich niemals den Weg eingeschlagen, der mich zu meinem Traumjob geführt hat – ganz egal, wie schlecht bezahlt und unsicher er auch ist. Ich wäre wahrscheinlich nie an die Uni gegangen. Ich wäre dem Rat meiner Mutter gefolgt, hätte mich glücklich geschätzt, überhaupt eigenes Geld zu verdienen, und als Vollzeitkraft bei Body Shop die Schüler verteufelt, die dort einfielen und für ein paar Wochen im Jahr stundenweise in den Ferien dort jobbten, nur um auf die Vollzeitangestellten hinabzuschauen, weil die ein derart bedauernswertes, triviales Leben führten. Genau das hätte ich ohne Olivia und Tony gehabt – ein triviales Leben.

»Was ist dann passiert?«, fragt Bryant und reißt mich zurück in die kalte Realität von Sashas verwaistem Zimmer.

»Sie ist nicht nach Hause gekommen. Ich war an dem Nachmittag so gegen drei zu den Monktons gegangen und hab bis etwa sechs Uhr mit Olivia zusammengesessen, doch Sasha kam nicht mehr nach Hause, also bin ich wieder gegangen. Ich hatte meiner Mutter versprochen, dass ich zum Abendessen zurück wäre.« Das weiß ich noch haargenau, weil Mum und ich darüber in Streit geraten waren. Sie hatte mir vorgeworfen, mehr Zeit bei den Monktons als bei uns zu Hause zu verbringen. Heute schäme ich mich insgeheim, wenn ich daran denke, wie ich sie gefragt habe, warum sie das überhaupt stört. Tony und Olivia haben über meine Mutter nie auch nur ein schlechtes Wort verloren, aber ich wusste natürlich, wie vorstädtisch, wie fast schon lächerlich kleinbürgerlich sie Leute wie uns fanden. Da ging es nicht um Geld – irgendwie schienen sie selbst nie viel zu haben, und es ging sogar so weit, dass sie genau darauf fast schon stolz zu sein schienen. Nein, es war subtiler – eine Art intellektueller, künstlerischer Snobismus, würde ich sagen, auch wenn ich es damals nicht als solchen erkannt habe. Ich glaubte damals schlicht und ergreifend, sie hätten recht, und erzählte deshalb auch so wenig wie möglich von zu Hause, damit ich mich bloß nicht verplapperte.

»Olivia hat abends um zehn bei mir angerufen«, fahre ich fort. »Sie hat sich Sorgen gemacht. Sasha war immer noch nicht wieder nach Hause gekommen, und angerufen hatte sie auch nicht. Ihr Handy war immer noch ausgeschaltet, und von den Freunden, die Olivia kannte und angerufen hatte, wusste keiner, wo sie steckte.«

»Hat sie damals die Polizei alarmiert?«, will Bryant wissen.

»Nein, sie ...« Ich weiß noch, dass ich mich gewundert habe, weil sie es nicht getan hat. Warum, weiß ich nicht, aber das will ich Bryant nicht erzählen. »Ich glaube, sie ist davon ausgegangen, dass Sasha irgendwo unterwegs war und die Zeit aus den Augen verloren hat oder so.« Doch selbst in meinen Ohren klingt das zu einfach.

»Ist das denn öfter passiert?«

»Nein«, antworte ich widerstrebend. »Aber wir waren damals siebzehn und keine zwölf mehr, da ist Sasha gekommen und gegangen, wie es ihr gefiel. Aber egal – sie ist an dem Abend jedenfalls nicht mehr nach Hause gekommen. Olivia hat am nächsten Morgen wieder durchgeklingelt, und ich glaube, da wollte sie auch die Polizei alarmieren, aber dann hat Sasha angerufen ... irgendwann im Lauf des Vormittags war das, glaube ich.«

»Und wo war sie?«, fragt Bryant.

»In Frankreich.«

»In Frankreich? Was hat sie denn dort gemacht?« Sie klingt, als könnte sie sich wirklich nicht vorstellen, wie man auf die Idee kommen könnte, ausgerechnet dorthin zu reisen.

Ich beschließe, ihr die offizielle Version zu erzählen. Sie hat keinen Einfluss darauf, was jetzt gerade passiert, und ich will nicht, dass sie glaubt, Sasha wäre schon wieder mit jemandem aneinandergeraten und hätte deshalb beschlossen, das Weite zu suchen. Die Polizei muss nach ihr suchen.

»Sie hatte ein paar alte Bekannte getroffen – ein Pärchen, das sie noch aus der Zeit kannte, bevor sie zu den Monktons gezogen ist. Die beiden waren unterwegs nach Frankreich, um dort auf einem Weingut zu arbeiten, und sie hat spontan beschlossen, sich ihnen anzuschließen. Als sie zu Hause vorbeikam, um ihren Pass zu holen und ein paar Klamotten zu packen, war niemand da. Die Aussicht auf das Abenteuer war einfach wichtiger, und sie hat schlicht vergessen, Bescheid zu geben, dass sie für eine Weile weg sein würde.«

Damals konnte ich an gar nichts anderes mehr denken als daran, wie sie mir das hatte antun können: einfach ohne mich nach Frankreich abzuhauen und mich bei Body Shop zwischen White-Musk-Flakons sitzen zu lassen, obwohl wir doch andere Pläne gehabt hatten. Ich war am Boden zerstört und enttäuscht. An der Glaubwürdigkeit ihrer Geschichte habe ich damals keine Sekunde gezweifelt.

»Und wie lange war sie weg?«

»Für den Rest der Ferien. Etwas mehr als vier Wochen.«

Es fühlte sich an wie eine Ewigkeit. Karina lag mir in einem fort in den Ohren, ich solle mit zu den Monktons kommen und Nicholas und Daniel fragen, ob sie mit uns ausgehen wollten, aber ohne Sasha fühlte es sich für mich komisch an rüberzugehen. Da war diese eine, ziemlich seltsame Party bei den Monktons gewesen, aber ansonsten hatte ich von der Familie kaum noch etwas mitbekommen. Olivia hatte einen eigenartigen Unterton gehabt, als sie mich anrief, um mir zu erzählen, dass Sasha sich gemeldet habe – eine Stimmlage, die ich an ihr zuvor noch nie gehört hatte. Natürlich war sie – verständlicherweise – sauer auf Sasha gewesen, immerhin hatte sie eine schlaflose Nacht hinter sich gehabt und war drauf und dran gewesen, die Polizei hinzuzuziehen. Aber das war noch nicht alles. Früher hatte sie über Sasha immer wohlwollend gesprochen, und ich hatte das Gefühl gehabt, dass sie sich als Mutter zweier Söhne darüber freute, mit einem Mal eine Quasi-Tochter bekommen zu haben. Doch an jenem Tag am Telefon hatte sie so unterkühlt geklungen, wie ich sie noch nie erlebt hatte. So distanziert, als würde sie von jemandem sprechen, den sie kaum kannte.

Sasha selbst hatte sich in der ganzen Zeit kaum bei mir gemeldet. Hier und da war eine Nachricht gekommen, als wollte sie mir signalisieren, dass sie mich nicht komplett vergessen hatte. Ich antwortete ihr sogar, weil ich nicht wollte, dass sie merkte, wie sehr sie mich verletzt hatte. Als sie wieder da war, war das Band zwischen uns ein wenig ausgeleierter und dünner als zuvor. Womöglich drohte es sogar zu reißen, aber noch weigerte ich mich, sie gehen zu lassen. Wenn ich nicht so sehr an ihr festgehalten hätte, wären wir zu diesem Zeitpunkt vielleicht auseinandergedriftet, und alles wäre anders gekommen.

»Also«, schlussfolgert Bryant in einem Tonfall, bei dem mir klar ist, dass mir nicht gefallen wird, was von ihr als Nächstes kommt. »Dann sieht es Sasha auch nicht ganz unähnlich, einfach mal so zu verschwinden, ohne jemandem Bescheid zu geben?«

»Das war vor elf Jahren! Da waren wir siebzehn! In diesem Alter machen Leute alles Mögliche. Das hier ist etwas anderes. Sie ruft immer an, wenn sie nicht nach Hause kommt.«

Mein Gott, sie glaubt mir nicht! Wird sie dann überhaupt nach ihr suchen?

»Ich weiß, dass das schwer ist«, sagt sie und berührt mich am Arm. Instinktiv wische ich ihre Hand beiseite. »Aber Erwachsene dürfen verschwinden. Es klingt wirklich nicht so, als wäre Sasha gefährdet oder könnte womöglich Selbstmord begehen oder eine Gefahr für die Allgemeinheit darstellen, insofern ist ihr Verschwinden derzeit wohl als wenig riskant einzustufen.« Ich will schon protestieren, doch sie hebt die Hand. »Das bedeutet nicht, dass wir nichts unternehmen, Ellen. Hat Sasha ein Auto?«

»Nein. Aber ich hab eins, ich fahre sie überallhin, wo

sie sonst nicht hinkommt. Da braucht sie kein eigenes, erst recht nicht in London.«

»In Ordnung. Was ich von Ihnen außerdem noch bräuchte, wären sämtliche Informationen, die Sie mir geben können, also Telefonnummern, Providerdaten, Konten bei sozialen Netzwerken, Bankkonten, Hausarzt ... Das gehen wir am besten alles noch gemeinsam durch. Wir geben die Details an diverse Fahndungsstellen für vermisste Personen weiter, jagen ihren Namen durch unsere Datenbanken, um zu sehen, ob sie mit der Polizei Kontakt aufgenommen hat, und checken sämtliche Krankenhäuser. Ich weiß schon, Sie haben gesagt, Sashas Freund hat das schon gemacht« – wieder berührt sie mich dabei am Arm –, »aber wir wollen auf Nummer sicher gehen – für den Fall, dass er eins übersehen hat. Außerdem bräuchte ich bitte die Kontaktdaten ihres Freundes, ihrer Arbeitsstelle und von Familie, Freunden und anderen Kontaktpersonen. Wer immer sie in letzter Zeit gesehen oder mit ihr gesprochen haben könnte.«

Familie. Ergibt es Sinn, die Monktons zu kontaktieren, obwohl ich doch weiß, dass Sasha sie seit Jahren nicht mehr gesehen hat? Auch ihre Mutter erwähnt sie nie auch nur mit einer Silbe, und ich frage auch nicht, weil mir klar ist, dass es ein Tabuthema ist, auch wenn ich den Grund dafür nie so recht begriffen habe. Widerwillig gebe ich Bryant die Adresse der Monktons, nenne ihr den Namen von Sashas Mutter, erkläre ihr aber, dass ich von Letzterer keine Kontaktdaten habe, weil Sasha selbst keinen Kontakt mehr zu ihr hat. Bryant meint, sie wird es sich ansehen.

»Also«, sagt sie überdies, »dann ist das hier die Adresse von Tony und Olivia Monkton, Sashas Paten? Hat Sasha sonst noch Familie? Brüder? Schwestern?«

Womit wir beim Thema wären. »Keine Brüder oder Schwestern, nein.«

»Aber?«

»Es ist ... Vielleicht hat es ja nichts zu bedeuten, aber ...«

»Sprechen Sie weiter. Was immer Sie mir erzählen, könnte am Ende hilfreich sein, um sie zu finden.«

O Gott. »Als wir noch jünger waren, hat der ältere Sohn der Monktons, Daniel, eine unserer Freundinnen während einer Party vergewaltigt. Sasha und ich haben bei Gericht gegen ihn ausgesagt. Er war ... stinkwütend auf uns. Hat uns zumindest teilweise die Schuld gegeben.«

»Inwiefern?«

»Er hat uns vorgeworfen, bei Gericht gelogen zu haben. Was total wahnhaft war. Wir haben einfach nur die Wahrheit gesagt. Er war derjenige, der gelogen hat.«

»Ist er verurteilt worden?«

»Ja. Hat zehn Jahre bekommen, saß fünf davon im Gefängnis ab. Ist vor fünf Jahren auf Bewährung freigekommen.«

»Dann ist die Bewährungsfrist kürzlich erst abgelaufen?«

»Ich glaube schon. Ich weiß es nicht genau. Er hat in Schottland gelebt, glaube ich, aber ... Meine Mutter wohnt immer noch in der Nähe der Monktons, und sie glaubt, ihn kürzlich erst auf der Straße erkannt zu haben. Wie er zu seinem Elternhaus lief.«

»Sie haben gesagt, er sei wütend gewesen ...«

»Ja, er hat uns Briefe geschickt. Einen unmittelbar vor dem Urteilsspruch und dann ein paar, nachdem die Haftstrafe auf Bewährung ausgesetzt wurde.«

»Hat er Sie bedroht?«

»Er hat geschrieben, dass wir ... dass wir für das, was wir getan haben, bezahlen würden.«

»Haben Sie diese Briefe hier?« Inzwischen sieht sie alarmiert aus und sitzt gleich ein Stück aufrechter.

»Nein. Sasha hat sie aufgehoben, und ich hab in ihrem Zimmer überall danach gesucht, aber nichts gefunden.«

»Hat sie sie vielleicht vernichtet?«

»Schon möglich.«

»Sind Sie damit je bei der Polizei gewesen?«

»Nein. Sasha meinte damals, es hätte keinen Sinn.« Genauer gesagt meinte sie, dort würden sie ohnehin nichts unternehmen – oder noch schlimmer: Es könnte sie auf die Idee bringen, dass da etwas dran sei, dass wir tatsächlich gelogen hätten. Sie behauptete, wir seien nicht wirklich in Gefahr. Und natürlich hatte sie recht: Explizite Drohungen waren es nicht – nicht mehr nach dem ersten Brief. *Eines Tages werdet ihr dafür bezahlen.*

»Was glauben Sie? Könnte Daniel etwas damit zu tun haben, wo Sasha gerade steckt?«

»Vielleicht ... keine Ahnung.« Ich muss an den anhaltenden, heimlichen Missbrauch denken, dem Karina ausgesetzt war, während er nach außen hin immer das Unschuldslamm gegeben hat; an seinen Gesichtsausdruck, als er von der Anklagebank weggeführt und in einen Polizeitransporter verfrachtet wurde; an all die Tage seit seiner Entlassung, die ich in Angst verbracht habe. »Könnten Sie ... ich weiß nicht ... ihn vielleicht überprüfen?«

»Natürlich können wir versuchen, mit ihm ins Gespräch zu kommen. Mit den Eltern sprechen wir definitiv, insofern können wir verifizieren, ob sie Daniel in letzter Zeit gesehen haben.«

Nachdem ich ihr alle Informationen geliefert habe, die ich ihr geben kann, drückt sie mir noch ihre Karte in die Hand und fordert mich auf, mich bei ihr zu melden, sobald

Sasha ein Lebenszeichen von sich gäbe – oder ich weitere Gründe zur Sorge hätte. Weitere Gründe zur Sorge? Sie ist verschwunden – welchen anderen Grund könnte es geben?

Anschließend sitze ich allein auf Sashas Bett und starre mein Spiegelbild in ihrem Wandspiegel an. Ich bin blass und habe dunkle Ringe unter den Augen – eine Mischung aus Wimperntusche vom Vortag und Erschöpfung. Was, wenn sie nie wiederkommt? Was, wenn ich nie wieder von ihr höre oder sie nie wieder sehe? Ich habe hauptsächlich Angst um sie: weil ich nicht weiß, was ihr zugestoßen ist; ob sie selbst Angst hat, Schmerzen; ob sie gestorben ist. Aber ich habe auch Angst davor, was ich als Nächstes tun muss. PC Bryant hat mir versichert, dass sie mit den Monktons sprechen wird. Doch die Vorstellung, dass meine erste Kontaktaufnahme mit Olivia nach mehr als zehn Jahren über die Polizei stattfinden soll, ist für mich unerträglich. Ich muss sie erreichen, bevor es die Polizei tut.

Olivia

Juli 2007

Jetzt ist es also so weit. Da ist sie: Züchtig und zurückhaltend mit ihrem hübschen, kleinen grauen Kostümchen und Pumps sieht sie jünger aus als ihre achtzehn Jahre. Anscheinend hätte sie bei Gericht sogar wegen Fracksausens – aus Angst vor der Aussage – einen Antrag stellen und ihren Teil via Videoübertragung beitragen können. Doch sie hat beschlossen – oder ist überredet worden –, davon Abstand zu nehmen. Ich kann nur mutmaßen, dass die Vertreter der Anklage glauben, ihr offenkundig jugendliches Alter und die augenscheinliche Schüchternheit könnten zu ihren Gunsten ausschlagen.

Jeder hier bekommt eine Atempause; jeder, der vortreten und seine Aussage machen muss, wird anschließend in einen Nebenraum geschleust, wo er einen Becher Tee kriegt. Nur mein Junge muss dort Stunde um Stunde hinter Glas sitzen, wie ein Tier, und sich jede einzelne schmerzhafte Sekunde lang anhören, was vorgetragen wird. Ich versuche, mich auf all das zu konzentrieren, was ich von ihm weiß und was wahrhaft ist: seine Freundlichkeit, seine Intelligenz, die Fähigkeit, ein ihm bekanntes Klavierstück zu interpretieren und so zu spielen, dass ich das Gefühl habe, ich hätte es noch nie zuvor gehört. Ich versuche, mich daran festzuhalten, um die andere Stimme in meinem Kopf auszublenden, die Zweifel anmeldet.

Genau wie der Richter selbst scheint auch der Vertreter der Staatsanwaltschaft einem Fernsehcasting entsprungen zu sein: elegant gekleidet, makellose Haut, hohe Wangenknochen, das Haar – irgendwas zwischen Aschblond und Grau – wie ein junger Michael Heseltine aus dem Gesicht gekämmt. Ich kann ihn regelrecht vor mir sehen, wie er reihum Portwein anbietet, sobald die Damen sich in ihren Raum zurückgezogen haben. Ist das Absicht? Hätte eine jüngere Frau – wie Daniels Verteidigerin – bei den Geschworenen womöglich den Eindruck erweckt, dass es sich um eine Art feministischen »Alle Männer sind Vergewaltiger«-Rachefeldzug handelte? Sollen die Geschworenen glauben, wenn selbst dieser konservative, frauenfeindliche Dinosaurier Daniel für schuldig hält, dann wird er es gewiss auch sein?

Karina legt die zitternde Hand auf die Bibel und wispert ihren Eid.

»Könnten Sie bitte ein wenig lauter sprechen, Miss Barton?«, fordert der Richter sie auf und lächelt sie, wie er wohl hofft, freundlich und onkelhaft an. »Einige von uns hören nicht mehr ganz so gut wie früher mal.«

»Sorry«, sagt sie ein bisschen lauter und schlägt den Blick nieder.

Als sie fertig ist, steht der Staatsanwalt auf, hält aber noch für einen Moment den Mund, wie um den Geschworenen noch ein klein bisschen Zeit zu geben, sich die nervöse junge Frau im Zeugenstand anzusehen.

»Miss Barton«, hebt er schließlich an, »ich werde jetzt mit Ihnen gemeinsam die Ereignisse des 31. Dezember 2006 durchsprechen. Wenn Sie zu irgendeinem Zeitpunkt eine Pause benötigen, sagen Sie bitte Bescheid.«

Sie nickt, starrt aber immer noch zu Boden.

»Im Haus Ihrer Freundin Sasha North, in der 112 Stirling Road, hat am besagten Abend eine Party stattgefunden, ist das korrekt?«

»Ja.« Ihr Blick huscht von ihm zu den Geschworenen. Ich habe es nachgeschlagen – man wird ihr geraten haben, ihre Antworten an die Geschworenen zu richten. Doch gleich zwölf Augenpaaren dort auf der Bank zu begegnen, die sie zu durchbohren scheinen, die sie beurteilen, muss ihr unendlich schwerfallen.

»Um welche Uhrzeit sind Sie dort auf dieser Party erschienen?«

»Ungefähr um acht.« Sie legt die Hand auf das Geländer vor ihr, als müsste sie sich abstützen.

Ich weiß noch, dass ich ihr nervöses Lachen gehört und mich gefragt habe, ob ich hingehen und sie vor diesem grässlichen Roland Wiltshire retten sollte, der ihr die Tür aufgemacht hatte. Er und Amelia waren die ersten Gäste an jenem Abend, und Roland ließ die nachfolgenden herein, während Tony und ich uns um das Essen kümmerten und sicherstellten, dass genügend Gläser da waren. In der ersten Stunde habe ich gar nichts anderes gehört als Frauen und Mädchen, die mehr oder weniger verzweifelt versuchten, von der Tür und von ihm wegzukommen.

»Haben Sie Daniel Monkton gesehen, als Sie dort ankamen?«

»Nein. Ich bin ins Wohnzimmer gegangen und habe mich dort mit Freunden unterhalten, dann bin ich hoch in Sashas Zimmer.«

»Sasha ist Ihre Freundin und die Patentochter von Daniels Eltern, Mr. und Mrs. Monkton, ist das richtig?«

Sie nickt.

»Könnten Sie bitte die Antwort laut aussprechen, Miss Barton?«, fordert der Richter sie auf.

»Entschuldigung.« Sie sieht erst ihn, dann den Staatsanwalt an. »Ja, das ist richtig.«

Sie ist jetzt schon drauf und dran, in Tränen auszubrechen, und wir sind noch nicht mal beim schlimmen Teil angekommen. Ich zwinge mich auf der Stelle, hartherzig zu sein – ich kann mir nicht leisten, Mitleid mit ihr zu empfinden.

»Wer war noch in Sashas Zimmer?«

»Nur ich und sie und Ellen Mackinnon – sie ist auch eine Freundin von uns.«

»Und wie lange sind Sie dort geblieben?«

»Vielleicht fünf Minuten. Dann bin ich wieder runter und hab mir was zu trinken geholt.«

»Sie haben Alkohol getrunken?«

»Ja. Es war eine Party. Silvester.«

»Natürlich, Miss Barton. Dafür verurteilen wir Sie nicht. Sie haben sich nicht anders verhalten als jeder andere junge Mensch, der bei Freunden zu Hause auf eine Silvesterparty geht.«

»Ja«, sagt sie, diesmal ein bisschen nachdrücklicher. »Und ich dachte ja, ich wäre dort sicher.«

Blut schießt mir in die Wangen, und ich muss den Blick von ihrem geröteten, ernsten Gesicht abwenden. Sie *war* sicher. Sie war in meinem Haus, bei meinem Sohn. *Er* war nicht sicher – er war nicht sicher vor ihren falschen Anschuldigungen. Vor Anschuldigungen, die nicht nur sein Leben, sondern auch meins ruiniert haben. Ich habe die Blicke im Supermarkt an der Ecke gespürt, habe gemerkt, wie man mich im Zug in die Londoner Innenstadt angestarrt hat. Da ist sie – die Mutter des Vergewaltigers. Was hat sie ihm angetan, dass so etwas aus ihm geworden ist? Wie kann sie ihn noch verteidigen, obwohl sie doch weiß, was er gemacht hat? Derlei Fragen verfolgen mich, verfolgen mich wie ein Gestank, den man einfach nicht loswird, ganz egal, wie lange man sich abschrubbt.

»Um wie viel Uhr haben Sie Daniel Monkton erstmals zu Gesicht bekommen?«

»Als ich aus Sashas Zimmer nach unten kam. Ich glaub, das war so um zwanzig nach acht.« Sie klingt jetzt selbstsicherer, und ich kann ihr anhören, dass sie diese Antworten Mal ums Mal eingeübt hat. »Ich bin mit Daniels Bruder, Nicholas, in die Küche gegangen, um mir was zu trinken zu holen. Daniel stand dort mit ein paar Freunden und hat sich Bier aus dem Kühlschrank genommen.«

»Haben Sie sich unterhalten?«

»Ja. Ich hab ›Hallo‹ gesagt – und ›Frohes neues Jahr‹.«

»Und hat er irgendetwas gesagt?«

»Nicht viel. ›Hallo, wie läuft's?‹, solche Sachen. Ich bin dann eine Weile im Wohnzimmer geblieben und von dort in der nächsten Stunde oder so immer mal wieder in die Küche gegangen.«

»Und wann haben Sie Daniel Monkton das nächste Mal gesehen?«

»So um halb zehn, glaub ich. Ich bin ihm im Flur begegnet, da haben wir uns unterhalten.«

»War noch jemand bei Ihnen?«

»Nein, da waren nur Daniel und ich. Ein paar Leute sind natürlich an uns vorbeigelaufen. Ich glaube, Sasha und Ellen waren gerade in der Küche.«

Beim Gedanken an Sasha und Ellen und bei der Vorstellung, was sie gleich vor meinen Augen dort vorn tun werden, verzerrt sich der Stahl, mit dem ich mein Herz ummantelt habe.

»Könnten Sie uns bitte in Ihren eigenen Worten beschreiben, was als Nächstes passiert ist?«

»Wir haben uns ewig unterhalten, einfach nur wir zwei. Dann, so gegen zehn, haben wir ...« Sie kommt ins Stocken, holt dann tief Luft und fährt fort: »Wir haben angefangen zu knutschen. An der Haustür gibt es so eine Art Kammer, wo die Jacken hängen, und da sind wir rein. Wir haben uns gegen die Jacken gelehnt und geknutscht, und dann hat er mich gefragt, ob ich mit in sein Zimmer will.«

»Und was haben Sie geantwortet?«, fragt der Staatsanwalt sachte.

»Ich hab ›Ja‹ gesagt.« Sie presst die Lippen zusammen. »Aber das sollte nicht heißen ... Ich hab doch nicht gesagt ...«

»Ist schon in Ordnung, Miss Barton, lassen Sie sich Zeit.«

Sie ist gut, das muss ich ihr lassen. Ich lasse den Blick über die Sitzreihe schweifen, in der Karinas Mutter sitzt. Dilys. Sie hat sich so weit wie nur möglich von mir weggesetzt und sich in den letzten Sitz der Reihe gequetscht. Sie weint tonlos und wischt sich mit einem altmodischen Taschentuch mit eingestickten lila Blüten übers Gesicht.

»Wir sind in sein Zimmer gegangen.« Karina hat sich wieder im Griff, umklammert aber erneut das Geländer. »Er hatte da ein paar Flaschen Bier, das wir getrunken haben, und wir haben noch eine Weile geredet. Dann haben wir wieder angefangen zu knutschen. Wir haben uns auf sein Bett gelegt. Er hat mir den Rock hochgeschoben. Ich hab gesagt, er soll damit aufhören, aber er hat weitergemacht.«

»Hat er zu diesem Zeitpunkt irgendetwas zu Ihnen gesagt?«

»Er hat gesagt: ›Das …‹« Ihre Stimme bricht, dann schnieft sie und versucht es noch einmal. »Er hat gesagt: ›Das willst du doch, oder?‹«

Ich bohre mir die Fingernägel in die Handballen, so fest ich nur kann, und versuche, an etwas anderes zu denken, an irgendetwas anderes. Ich werde hier jeden einzelnen Tag anwesend sein, aber ich kann mir nicht jedes Wort anhören. Das ist einfach unmöglich.

»Und was haben Sie darauf erwidert?«, fragt der Staatsanwalt.

»Ich hab ›Nein‹ gesagt.« Sie spricht mit fester Stimme, und zum ersten Mal überhaupt richtet sie das Wort direkt an die Geschworenen. Ich kann Daniel nicht ansehen. Ich traue mich nicht, den Ausdruck in seinem Gesicht zu sehen.

»Und hat Mr. Monkton aufgehört?«

»Nein.« Jetzt flüstert sie wieder. »Ich hab seine Hand weggeschoben. Ich hab meinen Rock wieder runtergezogen, aber er hat ihn wieder hochgeschoben. Dann hab ich mich unter ihm rausgewunden und versucht, aus dem Zimmer zu kommen, aber er hat mich zurück aufs Bett gezerrt und mich runtergedrückt. Er hat seine Bierflasche zerschlagen und mir die abgebrochene Kante an … an den Schritt gehalten. Er hat mir angedroht, mich … mich … mich da unten zu verletzen.«

Mein Körper will aufspringen und mich von hier wegbringen. Ich kann mir das nicht länger anhören. Ich klammere mich an die Sitzkante. Ich darf jetzt keine Szene machen, es ist gleich vorbei. Ich sage mir immer wieder: Sie lügt, sie lügt. Aber irgendetwas daran klingt wahr. Ich kann mir nicht helfen, ich muss mich zu ihm umdrehen, um seine Reaktion zu sehen. Doch als ich sie sehe, wünschte ich mir, ich hätte es nicht getan. Sein gequälter Blick ist auf mich gerichtet, und mir graut davor, dass er den Zweifel in meinem Blick erkannt hat.

»Was ist als Nächstes passiert, Miss Barton?«

Sie ringt die Hände, leckt sich die Lippen und versucht, ihre Atmung unter Kontrolle zu kriegen.

»Es tut mir leid, ich weiß, dass das schwer für Sie ist.«

»Schon okay«, bringt sie hervor. »Er ist in mich eingedrungen. Er hat mich vergewaltigt. Und dann sagt er zu mir, wenn ich irgendwem davon erzähle, wird er mir ernsthaft wehtun. Er hat ein T-Shirt unter mir ausgebreitet und mir mit der Flasche in die Oberschenkel geschnitten. ›Als Erinnerung‹, hat er gesagt. Damit ich den Mund halte. Und wenn doch, würde er beim nächsten Mal etwas noch Schlimmeres machen. Als er fertig war, ist er aufgestanden und ins Bad gegangen. Wir würden uns gleich unten sehen, hat er noch gemeint. Ich konnte nicht aufstehen. Ich bin noch eine Weile liegen geblieben. Keine Ahnung, wie lang, aber irgendwann hab ich es dann aus dem Bett geschafft und bin raus auf den Flur gestolpert. Da war niemand. Ich wusste nicht, was ich machen sollte, aber mir war so heiß, dass ich das Gefühl hatte, ich müsste nach draußen. Also bin ich raus in den Garten gelaufen. Es muss eisig gewesen sein, aber für mich hat sich das nach Erleichterung angefühlt. Ich hab mich unter den Maulbeerbaum gesetzt. Da hat Ellen mich dann gefunden.«

»Danke, Miss Barton«, sagt der Staatsanwalt. »Ich weiß, das war nicht leicht für Sie. Sie haben gerade erwähnt, Mr. Monkton habe Ihnen schlimmere Verletzungen angedroht, wenn Sie jemandem erzählen würden, was er getan hatte. Wie hat es sich angefühlt, als er das gesagt hat?«

»Ich hatte eine Heidenangst. Ich hab geglaubt, er würde mich schwer verletzen.«

»Können Sie uns auch sagen, warum Sie das geglaubt haben?«

»Daniel und ich hatten eine Art ... Beziehung. Drei Monate lang.«

Eigentlich dachte ich, wir hätten das Schlimmste überstanden, ich hätte gewusst, was das Schlimmste wäre, aber da habe ich mich getäuscht. Ich ahne eine Bewegung auf der Anklagebank, und mir dämmert, dass Daniel den Kopf gedreht hat, um sie anzusehen. Er sieht vollkommen entsetzt aus. Von meinem Platz aus kann ich das Gesicht seiner Verteidigerin nicht sehen, aber an der Körperhaltung kann ich ihr ansehen, dass auch sie schockiert ist. Ihr Stift verharrt über den Unterlagen, die vor ihr liegen.

»Können Sie uns bitte schildern, was für eine Beziehung das war, Miss Barton?«

Sie lässt den Kopf hängen. »Eine ... eine sexuelle Beziehung.«

Mein Herz rast. All die Gelegenheiten, bei denen sie bei uns zu Hause war. Das hätte ich doch wohl mitbekommen? Von dieser ... anderen Sache habe ich doch auch schnell erfahren. Will sie jetzt allen Ernstes sagen, dass das schon länger vor sich ging?

»Erzählen Sie uns bitte, wie Mr. Monkton Sie im Lauf dieser Beziehung behandelt hat?«

»Er war gewalttätig.« Jetzt klingt sie fast trotzig. »Er hat mich mehrmals geschlagen. Und einmal hat er eine Zigarette auf meinem Rücken ausgedrückt.«

Daniel kann den Blick gar nicht mehr von ihr abwenden. Ich bin entsetzt darüber, dass ich mich frage, ob er schockiert ist, weil sie das gerade erfindet, oder weil sie die Wahrheit sagt.

»Außerdem war er ...« Wieder presst sie die Lippen aufeinander. Dann reißt sie sich zusammen. »Er war auch im Bett gewalttätig. Da hat er mich nicht vergewaltigt, aber … er war gewalttätig.«

Der Staatsanwalt sieht sie ernst an. »Würden Sie uns bitte erklären, was Sie damit meinen?«

»Manchmal … wollte ich es eigentlich nicht tun, da wollte ich keinen Sex, oder es hat wehgetan, aber da hab ich nie was gesagt. Da hab ich nicht Nein gesagt. Aber ich glaube, er wusste es trotzdem. Ich glaube, er wusste, dass ich es nicht wollte, und das … fand er gut.«

Meine Finger krallen sich zusehends fest um die Sitzkante. Eine Schraube, mit der der Sitz an den Beinen verschraubt ist, lockert sich, und die scharfe Kante bohrt sich in meine Handfläche. Der Schmerz ist wohltuend, und ich erhöhe den Druck, bis ich die Feuchtigkeit spüre, das Blut, weil das die Stimme in meinem Kopf dämpft. Jene Stimme, die mir einredet, dass Karina die Wahrheit sagt, und schlimmer noch: dass ich an allem schuld bin.

Ellen

September 2017

Es ist Jahre her, seit ich dem Haus der Monktons zu Fuß zuletzt so nah gekommen bin. Ich fahre dort öfter vorbei, um meine Eltern zu besuchen, aber ich gehe hier nicht mehr entlang. Es ist kleiner, als ich es in Erinnerung habe, wie Dinge aus der Vergangenheit nun mal sind. Ich versuche, nicht zu dem Haus gegenüber zu blicken, wo Karina früher gewohnt hat.

Ich muss um sechs wieder im Sender sein, also habe ich nur rund eine Stunde Zeit. Es ist durchaus möglich, dass Olivia gar nicht mit mir reden will; allein die Vorstellung tut ein bisschen weh.

In all den Jahren habe ich die Monktons nie ganz aus den Augen verloren, auch wenn ich unsere Verbindung in der Branche tunlichst geheim gehalten habe. Wenn auch nur einer der Redakteure, für die ich gearbeitet habe, oder meine Chefin beim Radio geahnt hätte, dass ich die unglaubliche Olivia Monkton persönlich kenne, hätten sie mir in einem fort zugesetzt, ich solle ein Interview mit ihr in die Wege leiten. Sie wird mitunter in Artikeln erwähnt, steht aber nur selten für ein Gespräch zur Verfügung. Ich kann mich nur an ein einziges Interview erinnern, das vor ein paar Jahren in *Opera Today*, einem Online-Magazin, erschienen ist; damals war sie mit der *Hochzeit des Figaro* auf Tournee und wahrscheinlich zur Pressearbeit verdonnert worden. Der Journalist war offenkundig gebrieft worden, damit er sie nicht nach ihren Kindern befragte, aber eine Frage hatte er dann doch gestellt: Wie bringe sie Familienleben und Karriere unter einen Hut? Sie ging elegant darüber hinweg und erzählte, welche Stütze Tony ihr sei, dass die Kunst flexibler sein könne, als man gemeinhin glaube, aber ich konnte die Anspannung aus ihren vorformulierten Antworten heraushören, konnte die wahre Geschichte herauslesen.

Über Tony findet man online nicht annähernd so viel, aber wahrscheinlich war von den beiden immer schon Olivia der Star. Nicht mal die Musikpresse ist sonderlich an einem zweiten Fagott interessiert. Nicholas ist auf LinkedIn, arbeitet als Unternehmensentwickler für eine Softwarefirma, aber ansonsten ist über ihn nicht viel zu finden. Auf anderen sozialen Netzwerken scheint er nicht unterwegs zu sein, oder aber er hat nichts Nennenswertes zu berichten. Über Daniel kann man aus der Zeit des Gerichtsverfahrens natürlich einiges nachlesen, aber aus jüngerer Zeit ist da nur ein großes Nichts.

Als ich den Gartenweg entlanggehe, mache ich mich innerlich auf alles bereit. Von außen hat sich nicht viel an dem Haus verändert, es ist einfach nur ein bisschen in die Jahre gekommen. Die Eingangstür ist, seit ich zuletzt dort war, nicht mehr neu gestrichen worden, die Fensterbänke sind abgesplittert, und ein paar Dachziegel hängen gefährlich schief an der Dachkante. Die alte Garage rechter Hand, in der nie ein Auto gestanden hat, sieht noch baufälliger aus als schon vor elf Jahren.

Die Klingel hört sich wie damals an – *bing bong, bing*

bong, wie Big Ben. Mein Magen zieht sich zusammen, als ich von drinnen Schritte höre und dann hinter den Buntglaseinsätzen eine Gestalt auftaucht. Kurz sieht sie mich verständnislos an, und ich rechne schon damit, ihr erklären zu müssen, wer ich bin, doch dann erkennt sie mich wieder. Olivia atmet scharf ein, und ihre Hand schnellt nach oben zu der Schmetterlingskette, die sie um den Hals trägt. An die Kette kann ich mich noch gut erinnern. Die Schmetterlingsflügel bestehen aus dunklem Bernstein, der mit spinnenbeindünnen Goldfäden eingefasst ist. Sie nestelt daran. Die Haut an ihrer Hand sieht trocken und faltig aus.

»Oh.« Es ist eher ein Urlaut, ein Ausatmen denn ein Wort. Statt mich zu begrüßen, starrt sie mich nur weiter an – überrascht, hoffe ich, und nicht entsetzt.

»Hallo, Olivia.« Es klingt dünner, als ich es beabsichtigt hatte, und ich räuspere mich. Ich nehme ihre ganze Gestalt in mir auf, ihr Haar, das inzwischen fast vollständig grau ist, die Schlüsselbeine, über denen früher ein gesundes Fettpölsterchen lag, die Konturen ihres Gesichts. Ich frage mich, ob sie die Art und Weise, wie ich mich verändert habe, genauso registriert.

»Ellen ...« Ihre Stimme hat sich kein bisschen verändert. Sie ist immer noch melodiös, warm und volltönend. »Was ... Was machst du hier?«

»Tut mir leid, ich hätte anrufen sollen, aber ... ich musste dich persönlich treffen. Mit dir sprechen. Es geht um Sasha.«

Ihr Gesichtsausdruck verfinstert sich. »Um Sasha? Was meinst du? Ich hab sie nicht mehr gesehen, seit ... Also, ich hab sie nicht gesehen.«

»Ich weiß. Darf ich reinkommen? Bitte? Ich muss mit dir reden.«

»Natürlich.« Sie schüttelt sich innerlich, und dann

kommt wieder die alte Olivia zum Vorschein: die Gastgeberin, das Herz des Haushalts, die Person, die immer am liebsten alle um den Küchentisch versammelt hat. »Komm rein.«

Auch drinnen ist alles wie immer. Ich glaube nicht, dass sie umdekoriert haben, und durch die Tür zum Klavierzimmer kann ich sehen, dass dort immer noch stapelweise Bücher und alte Zeitungen herumliegen. Sogar das Telefon auf dem staubigen Elefantentisch ist immer noch dasselbe – es ist kaum zu glauben, aber der vergilbte Hörer hängt immer noch an seinem Spiralkabel in der Halterung. An dem riesigen Bücherregal aus Eiche vorbei führt sie mich in die Küche, und ohne großes Nachdenken setze ich mich auf den Küchenstuhl, den mein Körper anscheinend immer noch als »meinen« Stuhl abgespeichert hat – direkt gegenüber von dem alten Aga-Ofen. Von hier aus kann ich durchs Fenster hinaus in den Garten sehen; der Rahmen sieht nach wie vor genauso lackverklebt aus wie vor elf Jahren. Draußen wuchert das Gras, und unwillkürlich muss ich daran denken, wie Karina und ich, lange bevor die Monktons hier einzogen, einst den Garten erkundeten.

Olivia füllt den Wasserkessel und stellt ihn auf den Herd, ehe sie mir gegenüber Platz nimmt.

»Tut mir leid, dass ich so schockiert ausgesehen habe. Schön, dich wiederzusehen, Ellen. Es ist bloß ... Es ist so lange her, und nach allem, was passiert ist ...«

»Ich weiß«, sage ich eilig. »Ich find's auch schön, dich wiederzusehen. Ich hab schon früher vorbeikommen wollen, aber ich war mir nicht sicher ...«

Es entspricht der Wahrheit – ich habe sie oft besuchen wollen. Ich habe oft den Wunsch verspürt, ihr zu erzählen, welchen Beruf ich ergriffen habe. Ich will es auch jetzt erzählen, obwohl es wichtigere Dinge gibt, die ich ihr sagen muss. Ein Teil von mir fragt sich, ob sie mir wohl die abgeschmackteste aller Dinnerparty-Fragen stellen wird – was ich beruflich mache. Meine Eltern sind natürlich unendlich stolz auf mich, auch wenn ich mir sicher bin, dass sie sich für mich etwas Solideres gewünscht hätten als freiberufliche Musikjournalistin im Bereich Klassik. Trotzdem sind sie stolz, dass ich mich mit dem, was ich liebe, über Wasser halten kann, wenn auch nur mit Müh und Not. Allerdings war ich auch immer überzeugt davon, dass es Olivia etwas bedeuten würde zu erfahren, wie sehr sie mich inspiriert hat.

»Ich wollte, du wärst mal vorbeigekommen«, sagt sie jetzt. »Ich hätte dich liebend gern wiedergesehen. Ich hab über die Jahre immer mal wieder Artikel von dir gelesen.«

Oh. Dann weiß sie also Bescheid, hat immer schon Bescheid gewusst, und trotzdem hat sie mich nicht kontaktiert, um mir zu sagen ... Na ja, was hätte sie auch sagen sollen? Für eine normale Konversation waren wir zu weit auseinandergedriftet. Es war immer klar, dass erst irgendetwas in dieser Art, irgendein umwälzendes Ereignis uns wieder zusammenbringen würde.

»Ich hab nicht gedacht, dass du mich sehen willst ... sehen wollen würdest«, erwidere ich. »Ich dachte, nachdem du nicht mal mehr Sasha sehen wolltest, dann mich doch erst recht nicht ...«

»Es ist ja nun nicht so, als hätte ich sie nicht mehr sehen wollen«, entgegnet sie, und die Falte zwischen ihren Augenbrauen wird tiefer. »Aber ... bis zum Prozess hätte sie hier einfach nicht mehr wohnen bleiben können ...« Mit einem potenziellen Vergewaltiger unter einem Dach, gegen den sie aussagen sollte. Sie spricht es nicht aus, trotzdem hängen die Worte zwischen uns in der Stille. »Und anschließend ... ist sie an die Uni gegangen, und das war's dann, wir haben sie nie wieder gesehen. Ich hab's versucht, Ellen, ehrlich. Aber sie ist nicht mehr ans Telefon gegangen. Was hätte ich also tun sollen?«

»Sie hätte dich gern getroffen, da bin ich mir sicher«, sage ich, auch wenn ich mir alles andere als sicher bin.

»Ich weiß nicht, Ellen«, sagt sie. »Nachdem sie aus Frankreich zurückkam, war es nicht mehr das Gleiche.«

»Wegen des Geldes?«, hake ich vorsichtig nach. Über das Thema haben wir nie gesprochen.

»Was meinst du? Welches Geld?«

»Das Geld, das aus deinem Portemonnaie fehlte. Sie hat erwähnt, dass ihr euch darüber zerstritten hattet. Und als sie dann diese Bekannten getroffen hat, die nach Frankreich wollten, ist sie einfach spontan mitgefahren.« Ich weiß noch genau, wie sie mir an einem Abend endlich die Wahrheit über jenen Sommer erzählt hat. Es war kurz nachdem wir nach London gezogen waren, irgendwann nach der Uni. Wir saßen noch spät zusammen und leerten eine Weinflasche nach der anderen, und irgendwann ist es nur so aus ihr herausgesprudelt. Die Anschuldigungen. Dass Olivia ihr nicht hatte glauben wollen.

»Das war nicht … Nein, so ist es nie passiert. Daran hat es doch überhaupt nicht gelegen.«

Der Wasserkessel fängt an zu pfeifen, und sie steht auf und hantiert mit dem Rücken zu mir mit Bechern, Teebeuteln und Milch herum.

»Was war es dann?«, will ich wissen.

Sie stellt meinen Tee vor mir ab. Sie hat Earl Grey gemacht, ohne erst fragen zu müssen, und zwar genau so, wie ich ihn mag: mit wenig Milch. Aber warum sollte Sasha mich belogen haben? Oder lügt Olivia mich gerade an?

»Das ist alles so lange her«, sagt sie. »Ehrlich, ich kann

mich nicht mal mehr daran erinnern. Wir haben uns sicher über irgendetwas gestritten – aber egal. Du meintest, du seist ihretwegen hier?«

»Ja.« Ich konzentriere mich wieder auf das Wesentliche. »Sie ist verschwunden. Ich hab schon mit der Polizei gesprochen, und die wird auch mit euch sprechen wollen. Ich wollte nur, dass du Bescheid weißt, und … ich dachte, vielleicht wüsstest du irgendwas, oder … keine Ahnung … könntest helfen.«

»Sasha ist verschwunden?« Sie ist bei meinen Worten blass geworden, und ich kann deutlich das Rouge auf ihren Wangen erkennen.

»Ja, sie ist gestern nicht von der Arbeit heimgekommen, und es hat sie auch niemand mehr gesehen. Heute Morgen habe ich die Polizei alarmiert; die glauben, sie ist weder gefährdet noch eine Gefahr für die Allgemeinheit, insofern stufen sie das Ganze nicht als Risiko ein, zumindest nicht fürs Erste.«

Irgendwas huscht über Olivias Gesicht, sei es beim Wort »gefährdet« oder bei der Vorstellung, Sasha könnte für andere eine Gefahr darstellen; aber es geht zu schnell vorüber, als dass ich es hätte deuten können. Im nächsten Moment sieht sie verschlossen aus.

»Tut mir leid, Ellen. Wie gesagt, ich hab sie seit mehr als zehn Jahren nicht mehr gesehen. Seit sie an die Uni gegangen ist, hab ich nichts mehr von ihr gehört. Der Polizei kann ich ganz sicher nicht helfen. Aber dann wohnt ihr zusammen?«

»Ja, seit wir mit der Uni fertig waren.«

»In London?«

»Ja.«

Für den Bruchteil einer Sekunde verzerrt sie schmerzhaft das Gesicht, und schlagartig habe ich ein schlechtes Gewissen. Warum habe ich Sashas Version nie angezweifelt? Andererseits – warum hätte ich das tun sollen? Sie hätte doch gar keinen Grund gehabt, mich anzulügen. Allerdings musste sie gute Gründe gehabt haben, warum sie so wütend auf Olivia war.

»Ich bin mir nicht ganz sicher, warum du hergekommen bist«, sagt sie, und ich kann eine gewisse Schärfe, eine Unterkühltheit heraushören, die zuvor nicht da gewesen ist. »Ich bin die Letzte, die wüsste, wo sie gerade steckt. Und was die Polizei angeht ... Seien wir ehrlich: Es ist nicht das erste Mal, dass sie ohne ein Wort verschwunden ist, stimmt's? Klingt, als hätte sie wieder mal ausbrechen müssen. Sie kommt schon wieder.«

»Sie hat sich verändert«, sage ich, weil ich es nicht ertragen kann. Ich weiß schon, dass Olivia Sasha seit Jahren nicht mehr gesehen hat, aber es ist doch wohl offensichtlich, dass hier irgendetwas nicht stimmt? »Ihr ist etwas zugestoßen, da bin ich mir sicher. Sonst gibt sie immer Bescheid, wo sie ist. Wir wohnen seit sieben Jahren zusammen, und in all der Zeit hat sie so etwas noch nie gemacht. Ich habe Angst, Olivia.«

Sie sieht mich ein wenig sanfter an, bleibt aber bei ihrer Meinung.

»Es tut mir sehr leid, dass du das mitmachen musst, Ellen. Ich weiß genau, wie viel sie dir bedeutet hat, und wie ich sehe, hat sich daran nichts geändert.«

Es klingt fast, als fände sie das seltsam, als sollte Sasha mir nichts bedeuten, und ich will schon etwas erwidern, als sie mir ins Wort fällt.

»So was macht sie einfach, fürchte ich – ich weiß schon, du siehst nur das Beste in ihr, aber ...« Sie steht auf und stellt unsere Becher ans Spülbecken, auch wenn keine von uns mehr als ein paar Schluck getrunken hat.

Ich stehe ebenfalls auf, bin drauf und dran, mich geschlagen zu geben, doch eine Sache muss ich noch wissen. »Olivia, da ist noch etwas. Es ... Es geht um Daniel.« Es fühlt sich an, als würde ein Vögelchen in meiner Brust feststecken und jetzt verzweifelt mit den Flügeln schlagen, um zu entkommen.

Sie steht mit dem Rücken zu mir am Spülbecken, sodass ich ihr Gesicht nicht sehen kann, aber sie verspannt sich, zieht kaum merklich die Schultern hoch. Dann fängt sie an zu spülen, gibt einen großen Schuss Spülmittel in einen der Becher und schrubbt ihn mit der Spülbürste sauber.

»Was ist mit ihm?«, fragt sie, immer noch mit dem Rücken zu mir.

»Ist er ... Er ist doch immer noch in Schottland, oder?«

»Soweit ich weiß«, antwortet sie beiläufig, als ginge es um einen entfernten Bekannten.

»Aber du bist dir nicht sicher?«, hake ich nach und balle unwillkürlich die Fäuste, sodass sich meine Fingernägel in die Handballen bohren.

Sie wirbelt herum, und Spülwasser trieft von der Bürste auf den Terrakottaboden.

»Ellen, ich bete zu Gott, dass du nie auch nur annähernd durchmachen musst, was ich durchgemacht habe.« Zum ersten Mal heute kann ich ihr wahres Ich sehen – die Frau, deren komplettes Leben vor elf Jahren auf den Kopf gestellt wurde. »Aber wenn, dann verstehst du mich vielleicht. Ich musste Sachen hören, die keine Mutter je hören sollte. Ich hab versuchen müssen, meinen Frieden mit dem Mann zu machen, zu dem mein Sohn geworden war. Aber das geht nur, indem ich so tue, als gäbe es ihn nicht. Wenn du jetzt glaubst, dass mich das zu einem Monster macht, dann bitte schön.« Sie stellt den Becher kopfüber aufs Abtropfbrett und wischt sich die Hände am Geschirrtuch trocken. »Es war schön, dich wiederzusehen, Ellen, aber ich hab leider noch einiges zu tun«, sagt sie und schlüpft wieder in ihre alte Rolle zurück.

»Aber meine Mutter ...« Darf ich das überhaupt sagen? Mum war sich immerhin nicht ganz sicher. Aber ich muss jetzt an Sasha denken und gebe mir einen Ruck. »Mum meint, sie hat gesehen, wie Daniel am letzten Wochenende hierher, in dieses Haus, gegangen ist ...«

»Da irrt sie sich«, sagt Olivia knapp. »Hast du nicht gehört, was ich gerade gesagt habe?« Dann marschiert sie hinaus auf den Flur, und ich habe keine andere Wahl, als ihr hinterherzulaufen.

»Was ist mit Tony?«, frage ich noch, weil ich ihrem Rückzugsmanöver verzweifelt Einhalt gebieten will. »Könnte Daniel hergekommen sein, um ihn zu besuchen?«

»Nein!« Sie wirbelt zu mir herum. »Bitte, Ellen, du solltest jetzt gehen.«

»Kann ich dir zumindest meine Nummer dalassen, für den Fall, dass dir noch etwas einfällt?«

Widerstrebend willigt sie ein und tippt sie ins Handy. Dann macht sie die Eingangstür für mich auf, und fast hätte ich es übersehen, weil ich mich umblicke, um all dies ein letztes Mal in mich aufzunehmen; ich bin sicher, dass dies mein letzter Besuch ist. Trotzdem sehe ich gerade so, wie Olivia die Treppe hinaufspäht. Ich folge ihrem Blick, aber da redet sie auch schon wieder auf mich ein und erzählt mir, was sie am Nachmittag noch erledigen muss – ein Treffen mit einem Dirigenten, mit dem sie schon mal gearbeitet hat. An der Tür halte ich kurz inne, will sie umarmen, will mich in ihre Umarmung fallen lassen, will sie wie früher riechen und spüren, aber sie weicht einen Schritt zurück und verschränkt die Arme.

»Auf Wiedersehen, Ellen.«

Ich blinzele die Tränen zurück, die mir in die Augen steigen, und laufe eilig die Straße hinunter. Als ich die letzte Stelle erreiche, von der aus man das Haus sehen kann, bevor es um die Kurve geht, werfe ich einen flüchtigen Blick über die Schulter. Im Fenster, das früher mal Sasha gehört hat, kann ich gerade so eine Bewegung ausmachen, und die Vorhänge schwingen leicht vor und zurück, als hätte sie jemand zurückgezogen und wieder zufallen lassen. War das Olivia, die mir einen letzten Blick zugeworfen hat – dem Mädchen, dem sie mal so nahegestanden ist?

Oder war da noch jemand anders im Haus?

Ellen

Oktober 2005

Ich erzählte Karina nicht, dass Sasha mich zu der Party eingeladen hatte. Ich wusste, dass sie mich bitten würde, Sasha zu fragen, ob sie auch kommen dürfe, dabei wollte ich sie für mich allein haben. Ich lief zwar Gefahr, dass Karina mich dabei ertappen könnte, wenn ich dort hinginge, aber das Risiko war ich bereit einzugehen. Was hätte sie da auch sagen sollen? Ich durfte doch wohl eigene Freunde haben? Doch noch während ich es vor mir selbst rechtfertigte, wusste ich insgeheim, dass es nicht in Ordnung war. Dass Karina unter Garantie traurig wäre – und ich es trotzdem tat.

Mum schien gutzuheißen, dass ich eine neue Freundin gefunden hatte. Dass ich derart von Karina abhängig gewesen war, hatte ihr immer schon Kopfzerbrechen bereitet. Nicht dass an ihr etwas verkehrt gewesen wäre – tatsächlich waren unsere Mütter ebenfalls so was wie befreundet –, aber sie machte sich Sorgen, dass ich zu sehr auf Karina fixiert war und plötzlich ohne Freunde dastünde, auf die ich zurückgreifen könnte, wenn es mit uns mal nicht mehr funktionieren würde. Sie sagte nicht einmal etwas, als sie sah, wie ich mich für die Party angezogen hatte – in einen verdammt kurzen Rock, den ich extra für den Anlass gekauft hatte.

Am liebsten wäre ich noch kurz an der Straße stehen geblieben, um mich zu sammeln, aber je länger ich dort rumgestanden hätte, umso wahrscheinlicher wäre es gewesen, dass Karina aus dem Fenster gesehen und mich entdeckt hätte, also eilte ich durchs Gartentor und den kurzen Weg zur Haustür mit den Buntglaseinsätzen hinauf. Ich hatte Gänsehaut auf den Armen, als ich dort im Schatten des Eckhauses, das so viel größer war als alle anderen Häuser an unserer Straße, darauf wartete, dass mir jemand aufmachte. Als ich Schritte hörte, riskierte ich dann doch noch einen Blick nach hinten. Womöglich war es bloß Einbildung, oder das Licht war komisch, aber vielleicht war da wirklich eine Bewegung an Karinas Fenster gewesen – jemand, der eilig zurückgewichen war. Aber was immer es gewesen war, ich drehte mich schnell wieder zur Haustür um, wo Sasha aufgetaucht war und ein silbrig glitzerndes Paillettenkleid trug, das mir im Licht der Straßenlaterne entgegenblitzte.

Der Flur war mit zierlichen Lichterketten dekoriert, und aus der Küche wehten Gesprächsfetzen herüber. An der Wand hing die riesige Skizze einer nackten Frau, deren dunkle Konturen sich träge über die Leinwand erstreckten. Zu meiner Linken stand ein niedriges Telefontischchen. Die staubige Platte wurde von einem aufwendig geschnitzten Elefanten getragen. Durch eine halb offene Tür zur Linken konnte ich Bücherregale sehen, die vom Boden bis zur Decke reichten, und einen offenen Kamin mit Holzscheiten zu beiden Seiten. In der Ecke stand der Flügel, den Karina und ich im Sommer beim Einzug der Familie gesehen hatten.

»Komm, wir gehen hoch.« Sasha packte mich am Arm und zog mich auf eine breite Treppe zu, die aus der Mitte des Eingangsbereichs nach oben führte. Links hinter der Treppe lag die Tür zur Küche, wie ich annahm, und daneben stand ein weiteres riesiges Regal aus Eichenholz mit noch mehr Büchern. Als wir die ersten Stufen hinaufgegangen waren, kam der Vater aus der Küche und trällerte wie ein Opernsänger vor sich hin. Er hatte wieder dieses Paisley-Ding um den Hals und ein Weinglas in der Hand.

»Hallo!«, rief er mir zu.

»Hallo«, antwortete ich und wurde rot, weil ich mich prompt wieder daran erinnerte, was Karina am ersten Tag über ihn gesagt hatte. Sie hatte recht: Er sah wirklich gut aus. Also, für einen Vater.

»Warum kommt ihr zwei nicht in die Küche und lernt die anderen kennen?«

»Vielleicht später«, erwiderte Sasha. »Komm, Ellen.«

»Meinetwegen. Dann mal viel Spaß«, sagte er und lief singend weiter.

In Sashas Zimmer – dort, wo Karina und ich sie am ersten Tag aus dem Fenster hatten starren sehen – ließ sie sich auf ihr Bett fallen.

»Gott sei Dank bist du da!«

Ich glühte vor Stolz, auch wenn ich nicht hätte sagen können, warum es sich so gut anfühlte, hier zu sein. Aber es war mir egal. Es hatte mir noch nie jemand das Gefühl gegeben, unverzichtbar zu sein, erst recht niemand so Glamouröses, der den Eindruck erweckte, als gehörte er zu den Coolen.

»Diese ganzen Leute, die angeblich meinetwegen hier sind«, fuhr sie fort, »denen bin ich doch scheißegal, die meisten haben nie auch nur ein einziges Wort mit mir gewechselt. Das sind alles ihre Freunde.«

»Wessen Freunde?«, fragte ich verwirrt. Sasha hatte mir gar nicht erzählt, dass es ihre Party sein sollte, sie hatte nur erwähnt, dass eine Party stattfinden würde, und mich dazu eingeladen. Das war vor ein paar Tagen gewesen, und ich hatte sie danach in der Schule nicht mehr gesehen, um nachzufragen. Wir hatten unterschiedliche A-Level-Kurse, außerdem war Karina wieder zurück, und aus Gründen, die ich nicht hätte benennen können, hatte ich nicht gewollt, dass sie von Sasha und mir erfuhr.

»Freunde von Olivia und Tony.«

»Du sprichst deine Eltern mit den Vornamen an?« Ich hatte schon von Hippies und diesen alternativen Leuten gehört, die das so machten, aber nie jemanden im echten Leben kennengelernt.

»Das sind nicht meine Eltern.«

»Oh. Aber was ...«

»Olivia und Tony sind meine Paten. Meine Mutter ist Model und wird weltweit für Jobs gebucht, hauptsächlich in den USA.« Sie klang, als würde sie einen einstudierten Text vortragen, wie bei einer Theateraufführung. »Früher hat sie mich überallhin mitgenommen, aber inzwischen findet sie, ich müsste an einem Ort bleiben, wegen der Schule. Sie will, dass ich meine Ausbildung hier in Großbritannien abschließe, also hat sie mich bei Olivia und Tony einquartiert. Sie sind immer schon eng befreundet gewesen.«

»Dann ... kanntest du sie schon, bevor du bei ihnen eingezogen bist?« Ich versuchte, nicht allzu schockiert zu klingen.

»Entfernt«, antwortete sie. »Ich hatte sie ein paarmal getroffen, als wir hier zu Besuch waren.« Sie bedachte mich mit einem flüchtigen Blick. »Ist schon in Ordnung«, sagte sie und lachte, »guck nicht so entsetzt! Olivia und Tony sind echt cool. Und ich bin sechzehn und keine fünf mehr.«

»Dann sind diese Jungs ...« Ich sah wieder vor mir, wie sie die dunkelhaarigen Köpfe zusammensteckten, als sie am

Tag ihres Einzugs das Haus betreten hatten und Sasha allein hinterhergeschlendert war.

»Ihre Söhne, ja.«

»Und wie alt sind sie? Ich hab sie an der Schule noch nie gesehen.« Und Karina hatte davon gar nicht mehr aufgehört: Wo stecken diese Jungs?

»Nick ist sechzehn, hat ein Stipendium vom Dulwich College, und Daniel ist achtzehn. Er hat gerade am Royal College of Music angefangen.« Irgendwie konnte ich knapp unter der Oberfläche einen leisen Spott heraushören.

»Krass, da muss er ja echt talentiert sein.« Sogar ich hatte schon vom Royal College of Music gehört.

»Ja«, sagte sie. »Er spielt Klavier. Sie sind alle echt musikalisch. Olivia ist Opernsängerin, und zwar ziemlich bekannt, und Tony spielt Fagott im London Symphony Orchestra.«

»Wow! Ernsthaft?« Bei Feiern holte mein Onkel Tim manchmal seine E-Gitarre raus und spielte *Stairway to Heaven*, aber soweit ich wusste, hatte ich noch nie einen klassischen Musiker kennengelernt.

Sasha zuckte sichtlich unbeeindruckt mit den Schultern. Ich war kurz davor, noch mehr Fragen zu stellen, als es an der Tür klopfte.

»Sasha, Liebes, bist du da drin?« Die Stimme klang voll und vornehm, kein bisschen so wie die durchdringende Stimme meiner Mutter.

»Komm rein«, rief Sasha, und die Tür ging auf. Olivia war größer und stämmiger, als sie von Karinas Fenster aus gewirkt hatte. Sie trug eine lange, dunkelrote Tunika über einer schwarzen Marlenehose, und über die Brust bis hinab auf Hüfthöhe baumelten mehrere Glasperlenketten. Das dunkle Haar mit den ersten silbrigen Strähnchen hatte sie sich auf dem Oberkopf zu einem unordentlichen Dutt zusammengezwirbelt, der von einer Art Essstäbchen gehalten wurde.

»Oh, hallo.« Bei meinem Anblick machte sich ein Lächeln auf ihrem Gesicht breit. »Du musst Ellen sein, die Freundin aus der Schule. Sasha hat erzählt, dass du vielleicht vorbeikommst.«

»Hallo, Mrs. ...« Ich wurde rot im Gesicht, weil mir erst in diesem Moment klar wurde, dass ich keine Ahnung hatte, wie sie hieß.

»Monkton, aber bitte, sag doch Olivia. Mrs. Monkton ist für mich immer Tonys Mutter, und mit dem alten Schrapnell soll mich bei Gott niemand verwechseln.« Sie grinste verschwörerisch, und ich konnte gar nicht anders, als sie sympathisch zu finden. »Geht's euch Mädels hier oben gut? Oder wollt ihr etwas essen? Trinken? Unten ist Cola, und im Kühlschrank steht Essen.«

»Alles gut, danke«, sagte Sasha unterkühlter, als ich es erwartet hätte, nachdem sie doch gerade erst ihrer Zufriedenheit mit ihrer Wohnsituation Ausdruck verliehen hatte.

»In Ordnung, dann lass ich euch wieder allein«, sagte sie und lächelte immer noch, auch wenn ich einen Hauch Enttäuschung erahnte. »Wenn ihr irgendwas wollt – einfach Bescheid sagen!«

Als sie die Tür hinter sich zugezogen hatte, ließ Sasha sich wieder aufs Bett fallen.

»Cola! Was glaubt die eigentlich, was wir sind? Kleinkinder? Ich geh später mal runter, wenn die alle betrunken sind, und hole uns ein paar echte Drinks.«

»Super.« Ich versuchte, begeistert zu klingen; allerdings hatte ich bislang nie mehr als mal einen Schluck vom Bier meines Vaters getrunken, wenn wir im Urlaub gewesen waren – und im letzten Sommer auf Tamara Greggs Party ein paar Alcopops. Meine Eltern tranken daheim nicht, insofern hatten wir nie Alkohol im Haus, mit Ausnahme einer uralten Flasche Brandy, die ganz hinten im Küchenschrank stand und die Mum mal gekauft hatte, als sie – mit mäßigem Erfolg – versucht hatte, Mince Pies zu backen.

Draußen auf dem Treppenabsatz wurde es laut, und im nächsten Moment wurde die Tür erneut aufgestoßen, und die zwei Brüder stürmten herein. Mit ihrem dichten dunklen Haar und den langen, geraden Nasen sahen sie einander zum Verwechseln ähnlich. Derjenige, den ich für den jüngeren hielt, war ein paar Zentimeter kleiner, nicht ganz so breit gebaut und hatte ein paar Aknepusteln auf Stirn und Wangen.

»Ihr sollt anklopfen, schon vergessen?« Sasha setzte sich im Bett auf.

Unbeholfen zupfte ich meinen Rock zurecht und presste die Beine zusammen. Der Rock fühlte sich schlagartig tausendmal kürzer an als zuvor, als ich von zu Hause losgegangen war.

»Sorry«, lallte der ältere Bruder und starrte unverhohlen meine Beine an. »Bin leicht betrunken.«

»Leicht?«, rief der jüngere. »Du hast schon den ganzen Nachmittag gesoffen! Tut mir leid«, sagte er an uns beide gerichtet. »Wir lassen euch wieder allein.«

»Du bist neu«, stellte der ältere fest und musterte mich von Kopf bis Fuß, als dämmerte ihm jetzt erst, dass er mich nicht kannte. »Ich bin Daniel.« Er ließ sich neben mich aufs Bett fallen. Ich rutschte ein Stück von ihm weg, und sein Bruder brach in Gelächter aus.

»Sieh sie dir an, Dan, die versucht, von dir wegzukommen! Lass das arme Mädchen in Ruhe!«

»Scheiße verdammt, Nicky, ich versuch doch nur, freundlich zu sein – wie jeder normale Mensch auch. Nur weil du nicht mit Mädels umgehen kannst, ohne dich zu blamieren!«

Der Jüngere wurde rot.

Daniel schüttelte übertrieben meine Hand. »Sehr erfreut, dich kennenzulernen ...«

»Ellen.«

»Ellen. Natürlich! Hab alles von dir gehört.«

Ich hatte keine Ahnung, ob er das nur aus Höflichkeit sagte, aber er war jetzt schon der Zweite, der behauptete, von mir gehört zu haben, und das schmeichelte mir natürlich. Hatte Sasha tatsächlich von mir erzählt? Ich war es nicht gewohnt, Gesprächsthema zu sein.

»Nachdem ihr schon mal da seid, könntet ihr euch eigentlich auch nützlich machen und Ellen und mir was Anständiges zu trinken besorgen«, forderte Sasha die beiden kühl auf.

Daniel kam auf die wackligen Beine und machte einen Diener. »Ihr Wunsch ist mir Befehl, Lady Sasha.«

Sein Bruder gab ihm einen Klaps, und ich hatte den Eindruck, als wäre das der Spitzname, den sie ihr hinter ihrem Rücken gaben.

»Schon in Ordnung, Nick«, sagte Sasha. »Ich weiß schon, dass ihr mich so nennt.« Nicholas, der nach Daniels vorigen Kommentaren gerade erst wieder eine normale Gesichtsfarbe angenommen hatte, wurde erneut rot. »Holt uns einfach einen verdammten Drink, okay?«

»Sorry«, murmelte Nicholas Sasha zu, und die beiden schlurften aus dem Zimmer.

Fünf Minuten später war Nicholas wieder da, stellte eine halb volle Flasche Wein mitsamt zwei teefleckigen Bechern aus der Küche auf Sashas Nachttisch und ließ uns wieder allein. Beim ersten Schluck zuckte ich schier zusammen, aber nachdem ich den Becher intus hatte, bemerkte ich den sauren Geschmack nicht mal mehr. Vom Wein ermutigt, fragte ich sie weiter aus.

»Und, wie findest du es bislang? Also, mit ihnen hier zu wohnen?«

»Ist schon okay«, sagte sie. »Ich komm aber sowieso ganz gut allein klar. Ich meine, ich war es auch schon früher gewohnt, selbst auf mich Acht zu geben. Ich muss mich nicht fühlen wie ... Teil einer Familie. Ich bin ganz zufrieden damit, mein eigenes Ding zu machen.«

»Ich fühle mich auch nicht immer wie ein Teil meiner Familie«, eröffnete ich ihr. Das hatte ich zuvor noch nie laut ausgesprochen, aber noch während ich es sagte, dämmerte mir, dass es schon eine ganze Weile in irgendeiner Nische meines Gehirns gelauert hatte. »Manchmal komme ich mir vor wie ein Kind, das meinen Eltern untergejubelt wurde – du weißt schon, wie in einem Märchen? Ich mag Bücher und Kunst und will wissen, was in der Welt draußen vor sich geht. Meine Eltern sind nur an *Eastenders* interessiert und an Fußballergebnissen – oder an Johns und Lindas neuem Gewächshaus.«

»Klingt doch nett«, sagte Sasha. »Ist doch nichts verkehrt daran, ein bisschen langweilig zu sein.«

»Ich weiß, es ist nur ... Na ja, so was hier würde bei mir daheim niemals passieren.« Ich deutete vage in Richtung Tür. Unten hatte sich jemand an den Flügel gesetzt, und ein Mann sang dazu eine Opernarie. Begeisterte Stimmen, Gelächter und Musik wehten zu uns herauf. Genau wie in dem Klassenzimmer am ersten Schultag wanderte Sashas Hand zu ihrer Wange, wo ich unter der meisterhaft aufgetragenen Foundation die blasse Narbe erahnen konnte. Ich nahm noch einen Schluck Wein.

»Wie ist das eigentlich passiert, das mit deinem Gesicht? Wenn ... Wenn es dir nichts ausmacht, dass ich frage.«

»Warum sollte es mir etwas ausmachen?« Sie ließ die Hand sinken. »Ich hab mich mal ausgesperrt, in unserem alten Haus. Hatte meinen Schlüssel vergessen. Meine Mutter wollte erst Stunden später zurück sein, also musste ich ein Fenster einschlagen, um reinzukommen. Wirklich bescheuert. Zum Glück gibt es Make-up.« Sie kippte den Rest ihres Weins in sich hinein und nahm die Flasche zur Hand, nur dass die inzwischen leer war. »Wir brauchen mehr Alk. Los!«

Ich stand auf, um ihr hinterherzugehen, torkelte leicht und dachte insgeheim, ich sollte womöglich nicht noch mehr trinken. Vom unteren Treppenabsatz aus lief Sasha in die Küche, um sich auf die Suche nach mehr Wein zu machen, doch statt ihr zu folgen, steuerte ich das vordere Wohnzimmer an – das mit dem Flügel und den Büchern überall. Von der Schwelle aus konnte ich Daniel sehen, der am Flügel saß. Er wollte gerade aufstehen, doch Olivia rief ihm vom Sofa am Fenster aus zu: »Oh nein, Dan, spiel noch was! Wie wär's mit Schubert?«

»Ich glaub, wir hatten jetzt alle genug, Mum«, erwiderte er und sah sich im Zimmer um.

»Aber nein, das war *wunderbar*«, rief eine dünne Frau mit dunklem Teint und einem kanariengelben Hosenanzug. »Ich würde liebend gern noch etwas hören.«

»Na gut.« Dann stand er auf und hob den Deckel vom Klavierhocker, um nach Noten zu suchen.

»Hach, wenn es sein muss ...«

Ich wirbelte nach links herum, weil ich mir nicht sicher war, ob ich es richtig verstanden hatte. In der Ecke stand Nicholas, grinste mich an und verdrehte die Augen.

»Mein Bruder, das musikalische Wunderkind«, flüsterte

er. »Ich glaub, ich hatte genug, auch wenn's Mum anders geht.«

Als er an mir vorbei aus dem Zimmer ging, richtete ich meine Aufmerksamkeit auf Olivia, die Daniel nicht aus den Augen ließ, während seine Finger erneut über die Tasten tanzten. Sie sah wie gebannt aus, schien sich komplett in der Musik zu verlieren, und ich meinte sogar, Tränen in ihren Augen schimmern zu sehen. Daniel war ebenfalls völlig in die Melodie versunken, die seine Finger ohne die geringste Mühe hervorzauberten, den Raum anfüllte und das Geplauder zum Schweigen brachte. Er schien das Notenblatt kaum zu brauchen, und ein paar wenige verwirrende Sekunden lang glaubte ich, er sähe stattdessen mich an – mit einem Gesichtsausdruck, den ich nicht deuten konnte. War das Hass? Oder Sehnsucht? Vielleicht beides? Dann dämmerte mir, dass er gar nicht mich ansah; sein Blick war auf etwas zu meiner Rechten fixiert, etwas hinter meiner Schulter. Als ich mich umdrehte, stand Sasha mit einer Flasche in der Hand hinter mir, das Gesicht im Schatten, doch ihr Haar sah im Licht der Deckenlampe im Flur aus wie ein Heiligenschein. Sie machte einen Schritt vor, um mir Wein einzuschenken, und während sie das tat, erhaschte ich den Hauch eines verstohlenen Lächelns auf ihrem Gesicht, das nicht mir gegolten hatte.

Ellen

September 2017

Als ich mich im Sender auf meinen Einsatz vorbereite, lastet das Treffen mit Olivia immer noch auf meinen Schultern wie ein schwerer Mantel. Mit den Jahren habe ich mir zigmal ausgemalt, wieder mit ihr zusammenzusitzen, allerdings hatte ich immer angenommen, es wäre mein Beruf, der uns wieder zusammenführen würde. Ich hätte nie gedacht, dass es Sasha wäre. In meinen Tagträumen hatte Olivia mich mit offenen Armen empfangen und war über die Maßen begeistert gewesen, dass sie die lebenslange Liebe für klassische Musik in mir entfacht hatte. Dass sie immer schon über meinen Job Bescheid gewusst hat, fühlt sich an wie ein Schlag in die Magengrube, und während ich wiederholt darüber nachdenke, zucke ich angesichts der Beiläufigkeit, mit der sie es erwähnt hat, ein ums andere Mal zusammen.

Ich frage mich, ob PC Bryant schon etwas in Erfahrung gebracht hat oder ob sie überhaupt nach meiner ungefährdeten und ungefährlichen Freundin fahndet. Ich muss an all die Fragen denken, die Bryant mir gestellt hat. Eine davon galt Sashas Social-Media-Konten, und mit einem Mal fällt mir ein, dass ich die gar nicht gecheckt habe. Ich greife zum Handy und rufe Twitter auf. Tatsächlich hat sie dort einen Account, auch wenn ich glaube, dass sie nicht oft aktiv ist. Meinen eigenen benutze ich nur im beruflichen Zusammenhang, um Nachrichten aus der Welt der klassischen Musik zu empfangen oder den Sender zu bewerben – oder meine Artikel. Sie hat seit neun Monaten nichts mehr getwittert, und auch damals war es bloß ein Zeitungsartikel über häusliche Gewalt, den sie retweetet hat. Ich gehe auf Facebook. Meinen Facebook-Account checke ich selten und poste noch seltener, aber ich weiß, dass Sasha dort aktiver ist. Ihr jüngstes Update stammt vom vorigen Wochenende. Es ist ein Foto von ihr und Rachel von der Southbank in der Abenddämmerung, die Londoner Skyline ist hinter ihnen klar zu erkennen. *Unterwegs in der geilsten Stadt der Welt*, lautet die Bildunterschrift. Sasha blickt direkt in die Kamera und scheint über einen Witz zu lachen, der dem Betrachter vorenthalten bleibt. Sie hatte erwähnt, dass sie mit Rachel und ein paar Freunden von der Uni ausgehen wollte, das weiß ich noch. Samstagabends arbeite ich immer im Sender – als ich dort gerade frisch angefangen hatte, habe ich angeboten, die Schicht zu übernehmen, weil ich wild darauf war, sofort Eindruck zu schinden. Jetzt werde ich sie nicht mehr los, sonst wäre ich mit dabei gewesen. Es war nicht das erste Mal, dass die Arbeit meinem Privatleben im Weg stand, aber bislang hat mir das nie etwas ausgemacht. Ich bin immer noch froh, das zu tun, was ich tue, und leben zu können von einer Tätigkeit, die ich liebe. Ich glaube, Sasha stört das ein bisschen, hin und wieder stichelt sie, dass ich immer viel zu beschäftigt bin, um mich mit Freunden zu treffen. Dann schickt sie mir Fotos von sich und Rachel, wenn sie an einem Samstagabend ausgegangen sind – zwei Cocktails auf dem Tisch oder ein Selfie der beiden, wie sie die Köpfe zusammenstecken und Wange an Wange vor Lebenslust nur so leuchten. *Guck mal, was du gerade verpasst!*

Ich klicke die Likes an und kontrolliere, ob ich auch wirklich niemanden vergessen habe, als ich für Bryant die Liste ihrer Freunde erstellt habe. Ich kenne sie alle, zumindest namentlich. Arbeitskollegen, frühere Kommilitonen, der ein oder andere Ex, mit dem sie in Kontakt geblieben ist. Bei einem Namen verharrt meine Hand wie erstarrt über dem Display, und plötzlich ist mein Atem in der Stille deutlich zu hören. Leo Smith. Er hat nicht nur den Like-Button geklickt, sondern das Foto zusätzlich mit einem roten Herzchen markiert. Ich wusste schon, dass sie auf Facebook mit ihm befreundet ist – das bin ich auch, seit wir zur Schule gegangen sind –, aber meine Fotos liked oder kommentiert er niemals. Ich hatte keine Ahnung, dass sie mit ihm noch Kontakt oder in den letzten Jahren überhaupt noch mal von ihm gehört hat. Eine alte, lang vergessene Eifersucht macht sich bemerkbar, ein winziges Flämmchen, von dem ich gedacht hätte, es wäre längst ausgelöscht. Ich scrolle durch ihre Timeline, checke die Fotos und Status-Updates nach Leos Namen. Er taucht nicht allzu häufig auf, aber hier und da »liebt« er eins ihrer Fotos, sogar eins, auf dem sie eine ganz besondere Schnute zieht; noch seltener verfasst er einen Kommentar darunter. *Wir sehen uns dort*, hat er unter einen Post geschrieben, in dem sie mitteilt, sie sei auf dem Weg zu einer Party. Wir sehen uns dort? Wo denn bitte? Es ist etwa einen Monat her, und ich kann mich nicht daran erinnern, dass sie eine Party erwähnt hätte. Auch das war ein Samstag, insofern muss ich gearbeitet haben. Warum hat sie mir denn nicht erzählt, dass sie Leo getroffen hat? Sie weiß doch, dass ich das hätte wissen wollen, dass es mich interessiert hätte. Meine Gedanken verselbstständigen sich, und ich sehe die beiden eng umschlungen vor mir, wie ich sie mir als Teenager so oft vorgestellt habe. Ich weiß genau, dass er hinter ihr her war, als die Monktons damals frisch hinzugezogen waren; allerdings hat sie damals Stein und Bein geschworen, dass sie nicht an ihm interessiert wäre. Und als er und ich irgendwann endlich zusammenkamen, damals in jenem langen, heißen Sommer, in dem sie weg war, hab ich alles gegeben, um es ganz zuhinterst in meinen Hinterkopf zu verbannen. Er war mit mir zusammen, und das allein zählte. Und auch wie es zu Ende ging, hatte mit ihr rein gar nichts zu tun. Wenn nicht die Silvesterparty gewesen wäre und alles, was danach kam, wären wir vielleicht noch immer zusammen.

Augenblicklich bringe ich mich zur Räson. Wer bitte bleibt mit seinem Freund aus Schulzeiten zusammen? Wir hätten uns früher oder später sicher ohnehin getrennt.

Aber das spielt jetzt keine Rolle mehr. Wichtig ist nur, Sasha wiederzufinden, und wenn Leo etwas weiß, was helfen könnte, dann muss ich meinen Stolz und meine lächerliche, jahrzehntealte Eifersucht hinunterschlucken und mit ihm in Kontakt treten. Ich kann nicht riskieren, dass er mir nicht antwortet, ich muss sicherstellen, dass er weiß, dass die Lage ernst ist.

Er schreibt sofort zurück: **Was soll das heißen, verschwunden? Sicher, dass das nicht wieder eine ihrer Reißaus-Nummern ist? PS: Schön, von dir zu hören, hoffe, dir geht's gut.**

Nein, da hätte sie mir Bescheid gesagt, schreibe ich zurück. **Nach Facebook zu urteilen habt ihr euch kürzlich erst gesehen. Können wir uns treffen? Ich mache mir echt Sorgen um sie.**

Klar, wann?

Ich muss heute arbeiten, aber vielleicht auf einen Kaffee morgen Vormittag? Wo immer es dir recht ist.

Er schlägt ein Café in Soho vor, und wir verabreden uns dort für elf.

Meine Sendung vergeht wie im Nebel, und als ich an Matthew übergebe, der die Nachtschicht hat, dämmert mir, dass ich keine Ahnung habe, welche Stücke ich gespielt habe.

»Alles in Ordnung?«, fragt Matthew, als er sein erstes Stück anspielt und sich den Kopfhörer vom Ohr schiebt. »Du warst irgendwie nicht bei der Sache. Ich hab dir auf dem Weg hierher zugehört.«

»Oh Gott, wirklich?« Ich hätte gedacht, ich hätte einen halbwegs guten Job gemacht und meinen Zustand einigermaßen verheimlicht. »Ich hoffe nur, Anna hat nicht zugehört.« Anna ist unsere Chefin und mal hinreißend, mal absolut furchterregend, und wir leben in ständiger Angst, sie zu enttäuschen.

»An einem Samstagabend? Nee, die wird ganz sicher draußen herumpoussieren.« Auch wenn er gerade erst Mitte dreißig ist, hat Matthew die Ausdrucksweise eines älteren Herrn, eines Kriegsveteranen. »Wie geht es der duftigen Sasha?« Matthew hat Sasha ein einziges Mal getroffen, vor einigen Monaten, als sie mich nach der Schicht abholen kam, und hat sie seither nicht vergessen. Er ist verheiratet, insofern gehe ich davon aus (na ja, und hoffe sehr), dass sein Interesse an ihr rein ästhetisch ist und sie ihm auf die gleiche Weise gefällt wie ein Gemälde oder eine besonders malerische Aussicht.

»Sie ist ... Ich weiß es ehrlich gesagt nicht. Sie ist gestern Nacht nicht nach Hause gekommen, sie ...« Und dann breche ich in Tränen aus.

»He, komm mal her!« Er legt mir unbeholfen die Hand auf die Schulter und späht verstohlen zum Bildschirm, um zu sehen, wie lange das aktuelle Stück noch läuft.

»Tut mir leid«, sage ich und stehe auf. »Du musst auf Sendung. Ich hätte es gar nicht erwähnen dürfen. Bis dann!« Ich stürme aus dem Sender und lasse ihn mit einem verblüfften Gesichtsausdruck und insgeheim erleichtert stehen.

Draußen in der nächtlichen Kälte hole ich erst einmal tief Luft und gehe dann in Richtung U-Bahn. Wenn ich bei Classic FM arbeiten würde, wäre ich jetzt am Leicester Square und würde mich an Straßenkünstlern und Touris und Junggesellinnenhorden vorbeidrücken, die unterwegs sind zu einem turbulenten Abend in der Stadt. In Wahrheit jedoch laufe ich die Wandsworth Road entlang, den Mantel eng um mich geschlungen. Ein paar Männer kommen aus einem Pub, als ich gerade vorbeigehe, und diskutieren, ob sie noch in einen Club gehen sollen. Einer von ihnen stolpert und rempelt mich an, und ich zucke erschrocken zurück.

»Sorry«, sagt er und reißt übertrieben bedauernd die Hände hoch.

Ich eile weiter. Ich bin wesentlich zittriger, als es nach so einem Zwischenfall angemessen gewesen wäre. Es wird zusehends leer auf den Straßen, die Pubs und Dönerläden weichen Wohnhäusern, und ich sehe über die Schulter und gehe immer schneller. Matthew nimmt sich meistens ein Taxi, wenn er nach der Nachtschicht fertig ist, allerdings hat seine Frau auch einen gut bezahlten Job in der City, insofern kann er es sich im Gegensatz zu mir leisten, sein halbes Gehalt für Taxifahrten zu verschleudern. Es ist nicht mehr weit bis zur U-Bahn, trotzdem ist mir zusehends mulmig, außerdem habe ich das Gefühl, dass jemand mich verfolgt. Ich habe niemanden gesehen oder gehört, aber für solche Sachen hab ich einen siebten Sinn entwickelt, wie alle Frauen, seit sie das erste Mal allein durch die Nacht nach Hause gelaufen sind – Schlüssel zwischen die Fingerknöcheln geklemmt und adrenalinbefeuert, bereit zum Kampf oder zur Flucht. Ich zwinge mich, ruhig weiterzugehen, auch wenn das Klackern meiner Absätze immer schneller zu werden scheint. Ich werfe noch einen Blick über die Schulter, aber da ist niemand. Ich kann den erleuchteten Bahnhof schon vor mir sehen, als ich es nicht länger aushalte. Ich klemme mir meine Handtasche unter den Arm und renne los, keuche angestrengt, und meine Sohlen klatschen aufs Pflaster, und dann bin ich endlich da und tauche in die Lichter ein. Für einen kurzen Moment bleibe ich in der Schalterhalle stehen, bis mein Atem wieder normal geht, und wühle in meiner Tasche nach meiner Fahrkarte.

Ich bin in Sicherheit. Wahrscheinlich war ich das die ganze Zeit. Es sei denn ... Es sei denn, ich war niemals in Sicherheit. Vielleicht war Sicherheit immer nur eine Illusion, eine zehn Jahre andauernde Fiktion, die sich jetzt dem letzten Kapitel nähert.

Ellen

September 2017

Ich habe Leo entdeckt, bevor er mich entdeckt. Er sitzt am Fenster auf einem Barhocker und schaut in die falsche Richtung die Straße entlang. Er sieht noch aus wie früher, genau wie ich es mir gedacht habe. Sein Gesicht ist vielleicht nicht mehr ganz so kantig, und sein sirupblondes Haar ist eine Nuance dunkler geworden. Ich bleibe einen Moment lang auf der Straße stehen. Der Regen klatscht mir mein sorgsam geföhntes Haar an den Kopf. Insgeheim will ich einfach nur auf dem Absatz kehrtmachen und davonlaufen und ihm – oder der Sache, was immer es ist – lieber nicht entgegentreten. Dann muss ich an Sasha denken, und ich weiß, ich habe keine Wahl. Niemand sucht nach ihr. Es spielt keine Rolle, was sie getan hat. Sie braucht mich, wie seit eh und je. Ich drücke die Tür auf, beim Klingeln des Glöckchens über der Tür dreht er sich um, und als er mich sieht, macht sich ein Grinsen auf seinem Gesicht breit.

»Ellen!« Er steht auf und begrüßt mich mit Küsschen auf beiden Wangen. Er war immer schon selbstbewusst, aber die Zeit hat ihm definitiv den letzten Schliff verpasst. »Kann ich dir einen Kaffee holen?«

»Ja bitte.« Ich bin froh über ein paar Minuten, in denen

ich meine Gefühle sortieren und mir zurechtlegen kann, wie ich das hier gleich angehen muss.

Er kommt mit meinem Kaffee wieder und setzt sich neben mich. »Immer noch keine Nachricht von ihr?«

»Nein.«

»Gott, das ist beängstigend. Wann hast du sie zuletzt gesehen?«

»Am Donnerstagabend, aber am Freitag ist sie noch zur Arbeit gegangen. Ich hab geschlafen, als sie aus dem Haus ist – wir wohnen zusammen.«

»Ich weiß.« Er sieht mich merkwürdig an. »Hat sie dir gar nicht erzählt, dass wir zusammen waren?«

»*Zusammen waren?*« Ich stelle die Tasse ein wenig zu hart auf dem Tisch ab, und Kaffee schwappt mir über die Finger.

»Entschuldigung, ich meinte nicht ... Wir waren zusammen weg, also, sind zusammen ausgegangen. Hin und wieder. Wie Freunde.«

Mein Puls beruhigt sich wieder ein bisschen. »Nein, hat sie nicht erwähnt. Wann ... Wie seid ihr denn wieder in Kontakt getreten?«

»Wir waren die ganze Zeit Facebook-Freunde – wie du und ich auch. Dann bin ich ihr zufällig mal im Pub begegnet, das war – lass mich nachdenken – vor ein paar Monaten. Wie sich herausgestellt hat, haben wir diverse gemeinsame Freunde und waren beide ein paar Wochen später zur selben Party eingeladen.«

Wir sehen uns dort.

»Seither haben wir uns ein paarmal auf einen Drink getroffen. Da waren auch andere Leute dabei«, fügt er eilig hinzu. »Hat Spaß gemacht, sich wieder zu sehen. Ihr Freund war auch mal dabei – Jack, oder?«

»Jackson.« Er hat es nie erwähnt, aber vielleicht weiß er

einfach nicht, dass ich Leo ebenfalls kenne. Ich frage mich, ob er auf Leo eifersüchtig war oder diese wiederaufgewärmte alte Freundschaft als verdächtig empfand. Jedenfalls war er auf so gut wie alle anderen eifersüchtig, mit denen Sasha je gesprochen hat.

»Hast du die Polizei alarmiert?«

»Ja. Allerdings ist die keine große Hilfe. Sie haben sie als gering gefährdet eingestuft. Behaupten, sie wäre kein Risikofall.«

»Ah. Vielleicht nicht verkehrt.«

»Was meinst du damit?« Mir stellen sich die Nackenhaare auf.

»Du weißt schon, was ich meine. Sasha – die ist zäh wie Leder.«

Ist sie das wirklich?

»Du kennst sie nicht so gut wie ich.« Ich versuche, nachdrücklich zu klingen, kann aber nicht verhindern, dass mir eine leichte Verunsicherung anzuhören ist.

»Nein, ich weiß schon, aber ich kenne sie auch noch von früher. Die bringt nichts aus der Ruhe.«

Nichts stimmt nicht ganz.

»Die Sache ist die ... Ich war gestern bei meiner Mum, und die meint, sie hätte ... Also, sie glaubt, sie könnte vielleicht Daniel gesehen haben. In unserer Straße.«

»Daniel Monkton?« Leo sieht mich entsetzt an, und mir fällt wieder ein, wie sehr ihm die Sache damals zugesetzt hat. Er war besser mit Nicholas befreundet, aber Daniel war eben auch ein Kumpel von ihm. Nach der Silvesterparty hat Leo sich zurückgezogen, sich eingekapselt. Wir haben versucht, das mit uns beiden am Laufen zu halten, aber es war einfach zu schwer für uns beide, und irgendwann hat er unter unsere hinkende Beziehung einen Schlussstrich gezogen.

»Sie kann sich natürlich getäuscht haben. Es könnte genauso gut Nicholas gewesen sein – die zwei haben sich immer stark geähnelt, auch wenn ich nicht wirklich weiß, wie die beiden heute aussehen.«

»Nein, ich auch nicht«, sagt Leo und trommelt mit den Fingern auf den Tisch.

»Sie hat die zwei nicht erwähnt, oder? Die Monktons? Als ihr euch getroffen habt?«

»Gott, nein, darüber haben wir nicht gesprochen. Habt … Redet ihr je darüber?«

»Nicht wirklich.« Es ist die große unausgesprochene Wahrheit zwischen uns, die uns voneinander trennt und die uns zugleich zusammenschweißt.

»Hat sie irgendwas erwähnt, was uns einen Hinweis darauf geben könnte, wo sie gerade steckt? Ganz egal was?«

»Nein, tut mir leid. Wir haben uns über nichts Tiefergehendes unterhalten. Es war alles eher … oberflächlich, du weißt schon. Nichts Ernstes.«

Ich nehme einen Schluck Kaffee. Das hier führt doch nirgendwohin. Ich hätte nicht kommen sollen. Mein Handy klingelt in der Tasche, und ich ziehe es gerade noch rechtzeitig heraus und drücke den Anruf aus Versehen fast weg, als ich über das Display wische und es mir in ein und derselben Bewegung ans Ohr halte.

»Hallo?«

»Spreche ich mit Ellen Mackinnon?«

Ich erkenne PC Bryants Stimme sofort wieder, und um mich herum läuft schlagartig alles in Zeitlupe ab. Weshalb ruft sie an? Ich habe Bilder vor Augen …

»Ja, am Apparat«, bringe ich mühsam hervor.

»Keine Sorge, es gibt keine schlechten Nachrichten«, sagt sie, als hätte sie meine Gedanken lesen können. »Wir haben die Krankenhäuser abtelefoniert, sie ist nirgends aufgenommen worden, und sie taucht auch nicht in unserer Datenbank auf.«

Sind das dann etwa gute Nachrichten für sie?

»Ich habe außerdem Zugang zu Sashas Mobilfunkdaten und ihrem Konto erhalten. Das Handy ist seit Freitagvormittag nicht mehr aktiv, es scheint seither ausgeschaltet zu sein. Dem gehen wir natürlich weiter nach, sobald gute Gründe vorliegen.«

Sobald gute Gründe vorliegen? Was soll das denn heißen? Irgendetwas muss doch am Freitagvormittag passiert sein, dass sie einfach so aus ihrem Alltagsleben rausmarschiert ist.

»Und ihr Konto?«

»Tja, dazu hab ich eine Frage an Sie«, sagt sie, und ich habe sofort das Gefühl, dass es nicht angenehm werden wird. »Letzte Woche ist eine größere Summe von Sashas Konto abgehoben worden.«

»Wie groß?«

»Sie hat das Konto mehr oder weniger leer geräumt. Es waren rund zwanzigtausend Pfund drauf. Haben Sie irgendeine Idee, warum Sasha das gemacht haben könnte?«

Mein Magen überschlägt sich, als säße ich in einer Achterbahn, die soeben aus höchster Höhe die Schussfahrt eingeleitet hat.

»Nein«, antworte ich. »Nicht die geringste.«

»Als wir uns das letzte Mal unterhalten haben«, fährt sie vorsichtig fort, »haben Sie es für unwahrscheinlich gehalten, dass Sasha sich eine Auszeit genommen haben könnte.«

»Ja.« Ich weiß, worauf sie hinauswill, aber Sasha wäre nicht einfach so abgereist, ohne etwas zu sagen.

Wäre sie nicht?, hakt die Stimme in meinem Kopf nach.

»Dass sie das Geld abgehoben hat, könnte womöglich

darauf hindeuten, dass sie geplant hatte zu verreisen«, sagt Bryant.

»Aber ihr Pass – sie hat ihren Reisepass nicht mitgenommen«, halte ich verzweifelt dagegen.

»Vielleicht ist sie ja nicht ins Ausland gereist«, wendet Bryant sachte ein.

Ich kann ihr anhören, dass sie hier nach einem Strohhalm greift, und vielleicht tue ich das ja auch. Vielleicht bin ich in den letzten zwölf Jahren einfach nur blind gewesen.

»Da ist noch etwas«, sagt sie dann. »Wir haben mit Sashas Freund gesprochen, Jackson Pike.«

»Ja?«

»Er meint, die beiden hätten ein paar Tage vor ihrem Verschwinden einen Streit gehabt.«

»Sie streiten andauernd. Das hat nichts zu bedeuten.«

Leo sieht mich aufmerksam an. *Die Polizei*, bedeutete ich ihm tonlos.

»Ja, den Eindruck hatte ich auch«, sagt Bryant. »Trotzdem hat Jackson erzählt, dass er sie im Verdacht hatte, sich mit einem anderen Mann zu treffen, und im Lauf dieses Streits hat Sasha wohl erwähnt, dass sie eine Auszeit bräuchte und für eine Weile wegwollte. Dass sie all das satthätte.«

»Das hat doch nichts zu bedeuten! Er hat sie ständig verdächtigt, noch andere Männer zu treffen. Er war eifersüchtig – ist der eifersüchtige Typ. Und dass sie zu ihm gesagt hat, dass sie wegwollte – genau so was würde sie sagen, ohne es ernst zu meinen, einfach nur so als dahingeworfene Bemerkung.«

»Aber Sie müssen auch verstehen, Ellen ... Wir schließen die Akte hiermit noch nicht, aber was Jackson uns da erzählt hat, in Kombination mit dem Umstand, dass sie auch in der Vergangenheit schon mal ohne Erklärung ausgerissen ist, plus die Summe, die sie von ihrem Konto abgehoben hat – all das legt für uns den Schluss nahe, dass wir nicht von einem Hochrisikofall auszugehen brauchen. Wir würden nur zu gern für jede vermisste Person jeden Stein umdrehen, aber wir müssen Prioritäten setzen. Wir halten weiter nach ihr Ausschau, reden mit Leuten und checken Überwachungskameras, aber ich kann daraus zum jetzigen Zeitpunkt keine ausgewachsene Fahndung einleiten. Wie schon gesagt: Wir bleiben in Verbindung, geben Sie mir Bescheid, wenn etwas passiert, was die Lage verändert, oder natürlich sobald Sie von Sasha selbst hören.«

Ich verspreche ihr, dass ich mich melde, aber ich weiß, dass ich von Sasha nichts hören werde. Entweder ist ihr etwas zugestoßen, und dann höre ich nie wieder etwas, oder ... oder da geht etwas anderes vor sich.

»Was ist mit Daniel?«, frage ich sie. »Haben Sie ihn auch überprüft?«

»Ja, habe ich. Er taucht natürlich in unserer Datenbank auf, immerhin ist er 2007 verurteilt worden, aber seither hat er sich nichts mehr zuschulden kommen lassen. Seit seine Haftstrafe 2012 ausgesetzt wurde, ist er nicht mehr mit der Polizei in Berührung gekommen. Seine Bewährungsfrist ist kürzlich abgelaufen, und ich habe noch nicht herausfinden können, wo er inzwischen wohnt. Seine Eltern sagen, sie haben seit Jahren nichts mehr von ihm gehört. Diesbezüglich kann ich nicht viel mehr tun, fürchte ich, nachdem keine konkrete Drohung vorliegt.«

Wir verabschieden uns, und ich berichte Leo, was Bryant erzählt hat. Er hört aufmerksam zu und verleiht seiner Besorgnis Ausdruck, aber mir ist klar, dass ihm Sashas Verschwinden nicht so nahegeht wie mir. Ich habe das Gefühl, wenn ihr irgendwas zugestoßen sein sollte, dann bin ich die

Einzige, die sie aufspüren kann, die Einzige, die wirklich nach ihr sucht. Und wenn irgendetwas anderes dahintersteckt, muss ich in Erfahrung bringen, was es ist.

Ich fühle mich, als würde ich durch eine neblige, feuchte Wolke hindurch einen Berg hinaufsteigen. Vielleicht ist Sasha ja irgendwo dort oben auf dem Gipfel, sitzt in der Sonne über den Wolken, wirft den Kopf in den Nacken und lacht, während ihr goldenes Haar im Wind hin- und herpeitscht.

Ich hoffe nur, dass sie mich nicht auslacht.

Ellen

September 2017

Am Sonntagabend um sechs Uhr bekomme ich eine Textnachricht. Sasha ist inzwischen seit mehr als achtundvierzig Stunden verschwunden.

Kann ich vorbeikommen? Muss reden.

Oh Gott. Jackson. Was will der denn von mir? Ich wäre versucht, ihn zu ignorieren, wenn ich nicht wüsste, dass er trotzdem vorbeikäme. Ich überlege kurz, wie ich mich herausreden könnte, aber ich kann ihn auch nicht auf ewig auf Abstand halten. Und überhaupt: Ich sollte tatsächlich noch mal mit ihm reden, vielleicht weiß er ja was. Ich glaube nicht, dass er etwas mit Sashas Verschwinden zu tun hat. Er ist völlig vernarrt in sie, auch wenn er manchmal eine komische Art hat, es zu zeigen. Aber möglicherweise kann er ein bisschen Licht ins Dunkel bringen.

Als es an der Tür klingelt, habe ich bereits eine Drittelflasche Wein intus. Normalerweise wäre das genug, um allem ein bisschen die Schärfe zu nehmen, aber heute Abend bin ich hoch aufmerksam. Ich laufe auch nicht sofort zur Tür. Stattdessen bleibe ich noch kurz in der Küche stehen und sehe mir das Foto von Sasha und mir am Kühlschrank an. Es ist vor ein paar Jahren aufgenommen worden, als wir – an Rachels Geburtstag, glaube ich –, abends ausgegangen sind. Sasha trägt einen schwarzen Catsuit und hat sich die Wangen mit silbern glitzernder Schminke akzentuiert. Sie sieht aus wie von einem anderen Stern, wie ein Einhorn oder eine Nymphe. Sie lächelt direkt in die Kamera, und ich sehe sie bewundernd an.

Das erneute Klingeln an der Tür reißt mich aus den Gedanken. Ich mache ihm auf und spähe durch den Türspion, bis er raufkommt, sich ungeduldig das dunkle Haar aus dem Gesicht streicht und sich dann draußen auf dem Flur in beide Richtungen umsieht. Ich öffne die Wohnungstür, und er tritt ein, ohne dass ich ihn hereingebeten hätte. Er hat dunkle Augenringe, riecht vage nach selbst gedrehten Zigaretten und kaltem Rauch.

»Willst du was trinken?«, frage ich seinen Rücken, während er bereits ins Wohnzimmer marschiert.

»Ja, ein Glas Wein wäre gut, danke«, antwortet er über die Schulter.

Als ich mit seinem Wein und meinem eigenen nachgefüllten Glas ins Wohnzimmer komme, hat er sich breitbeinig aufs Sofa gefläzt und wippt nervös mit dem Knie.

»Was ist hier los, Ellen?«, fragt er. »Wo ist sie?«

»Ich weiß es nicht.« Ich setze mich leicht pikiert auf den Sessel – das ist Sashas Platz, dort sitzt sie immer, ich kann sogar ihre Konturen im Sitzpolster spüren. »Wenn ich es wüsste, hätte ich ja wohl nicht die Polizei angerufen, oder?« Was glaubt er eigentlich, wer er ist – hier einfach so reinzuspazieren, ohne Hallo zu sagen und vielleicht mal zu fragen, wie es mir geht?

»Was hat die Polizei dir erzählt?«, fragt er und lehnt sich nach vorn. Er stützt den Ellbogen aufs Knie, und das nervöse Wippen hört auf.

»Die wird nicht viel unternehmen. Sie wurde nicht als

gefährdet eingestuft, nicht als Risikofall, und außerdem ...«
Aus Gründen, die mir selbst nicht ganz klar sind, will ich ihm nichts von dem Geld erzählen.

»Was? Was noch?«

Scheiße, warum habe ich nicht einfach den Mund gehalten? Ich versuche, mir irgendwas einfallen zu lassen, aber mein Kopf ist zu langsam, meine Gedanken sind zäh wie Sirup. Aber egal. Vielleicht weiß er ja etwas über das Geld, was mir weiterhelfen könnte.

»Sie hat letzte Woche ihr Konto leer geräumt. Hat alles abgehoben – zwanzigtausend Pfund.«

»Was? Und warum?«

»Weiß ich doch nicht! Ich dachte, du wüsstest vielleicht etwas?«

»Nein.« Er sieht aufrichtig verwirrt aus, fährt sich mit den gespreizten Fingern durchs Haar, dass es ihm vom Kopf absteht.

»Sie hat nichts dergleichen erwähnt oder ... keine Ahnung ... ist irgendwo gewesen?« Ich stochere im Nebel, aber er runzelt die Stirn und schüttelt bedächtig den Kopf.

»Sie war ein paarmal nicht dort, wo sie hätte sein sollen.«

»Was meinst du damit?«

»Ich hab sie einmal nachmittags bei der Arbeit angerufen, aber da war sie nicht. An ihrem Arbeitsplatz ist sofort der Anrufbeantworter angesprungen, und ihr Handy war aus, also habe ich in der Zentrale angerufen, aber die haben mir gesagt, sie hätte Urlaub genommen. Als ich sie später darauf angesprochen habe, hat sie behauptet, sie wäre in einer Besprechung gewesen, das hätte die Zentrale wohl irgendwie durcheinandergebracht.«

»Wann war das?« Mich beschleicht ein mulmiges Gefühl, genau wie zuvor schon, wenn jemand etwas über sie sagt, was keinen Sinn ergibt oder was ich nicht nachvollziehen kann.

»Vor ein paar Wochen? Ich dachte ...«

Ich weiß genau, was er dachte. Ich hätte unter den gleichen Umständen das Gleiche gedacht.

»Sie hat dich nicht betrogen, Jackson, da bin ich mir hundertprozentig sicher.« Ich bin mir da nicht sicher, ich bin mir bei gar nichts mehr sicher, aber meine Loyalität zu Sasha nötigt mich dazu, diese Rolle zu spielen. Ich frage mich erneut, weshalb sie am Freitag vor ihrem Verschwinden in dieser merkwürdigen Stimmung war. »Die Polizei hat mir erzählt, dass ihr gestritten habt – ein paar Tage bevor sie verschwunden ist.«

»Ich wünschte mir, ich hätte der Frau nichts erzählt!« Er springt auf, geht ans Fenster und starrt wütend nach draußen. »Ich hab nur versucht, ganz ehrlich zu sein, dachte mir, es wäre das Beste, denen alles zu erzählen, was möglicherweise helfen könnte. Was, wenn die jetzt glauben, es hätte damit zu tun?« Ich bin nicht schnell genug mit meiner Antwort, und er wirbelt herum. »Hast du dazu gar nichts zu sagen? Vielleicht glaubst du ja auch, dass ich ihr etwas angetan habe?«

»Nein! Glaub ich nicht, Jackson! Ehrlich.« Ich bin drauf und dran, ihm von meiner Angst in Bezug auf Daniel zu erzählen, aber ich weiß nicht, was Sasha ihm von damals erzählt hat, also halte ich mich zurück.

»Nein, sie ist abgehauen«, sagt er. »Ich bin mir da zusehends sicher. Irgendwas hatte sie geplant.«

»Wie kommst du darauf, dass sie selbst dahintersteckt?« Urplötzlich könnte ich platzen vor Wut – wie eine Rakete, die sich langsam nach oben jault und dann in einem Regen aus weiß glühenden, brennenden Lichtern explodiert. »Was macht dich so sicher, dass sie diejenige ist, die diesen ganzen Schlamassel angerichtet hat? Du bist hier am Freitag reingetrampelt und hast wissen wollen, wo sie ist, und jetzt deutest du an, dass sie irgendwas Komisches *geplant* hätte? Dass sie mit irgendwem durchgebrannt wäre oder so? Kannst du mal bitte für eine Minute dein dummes, selbstherrliches Hirn abschalten und zugeben, dass es durchaus möglich sein könnte, dass ihr etwas zugestoßen ist? Dass jemand sie verletzt oder verschleppt hat? Oder ist dir das egal?«

»Natürlich nicht!« Er sieht mich mit loderndem Blick an. »Was glaubst du eigentlich, warum ich hier bin?«

»Ich glaube einfach nur, dass du ihr irgendwelche grässlichen Sachen unterstellst ... dass sie dich betrogen hat ... Wie kannst du es wagen!«

»Ach, verdammt noch mal, Ellen – sie ist doch keine Heilige! Sie kann die totale Zicke sein, wenn sie sich etwas in den Kopf gesetzt hat. Was ist das bitte mit euch beiden? Warum springst du immer für sie in die Bresche? Es sieht doch ganz danach aus, als wäre sie abgehauen, ohne sich die Mühe zu machen, dir Bescheid zu geben, wo sie hinwollte! Und trotzdem verteidigst du sie noch!«

Ich versuche, tief durchzuatmen, aber ich schaffe es nicht. Seine Wutrede hat mir die Luft abgeschnürt. Er dreht sich um, marschiert zur Tür und schießt, bevor er geht, noch eine letzte Salve auf mich ab.

»Ich glaube, du schiebst das zu sehr von dir weg. Du weißt genau, dass es wahr ist, und willst es bloß nicht zugeben. Du weißt genau wie ich, wie sie in Wahrheit ist. Tschüss, Ellen.«

Und mit diesen Worten ist er weg und lässt eine verbitterte, finstere Wolke zurück. Jedes Mal, wenn ich einatme, fühlt es sich an, als würde ich sein Gift inhalieren. Seine Vorwürfe hallen in meinem Kopf wider, sickern durch meine Adern, schneller und immer schneller, bis ich fast ohnmächtig werde. Das Schlimmste ist das Körnchen Wahrheit – es tut am meisten weh.

Ich muss etwas tun, um seine Stimme aus meinem Kopf zu verbannen. Irgendwas Praktisches, um Sasha zu helfen. Ich muss wieder daran denken, was Olivia über Daniel gesagt hat; ich kann natürlich verstehen, warum sie ausblenden musste, was er getan hat – das hab ich weiß Gott jahrelang selbst versucht. Und Sasha ganz sicher auch, sonst hätten wir doch irgendwann mal darüber gesprochen. In den fünf Jahren, die er im Gefängnis gesessen hat, konnte ich atmen, aber im selben Moment, da er auf freien Fuß kam, hat sich alles verändert. Wir wussten von Anfang an, dass er wahrscheinlich nach fünf Jahren rauskommen würde, insofern hätten wir nicht überrascht sein dürfen – wir waren es trotzdem. Ich hatte damals fast schon daran geglaubt, dass es nie so weit kommen würde, dass er wie von Zauberhand irgendwie verschwunden wäre und ich nie wieder an ihn denken müsste. Es war das erste Mal, dass wir seit dem Prozess von Karina gehört haben. Sie hat uns nicht direkt kontaktiert, aber ihre Mutter gebeten, es meiner Mutter zu sagen. Von Gesetzes wegen waren sie damals verpflichtet, Karina davon in Kenntnis zu setzen, dass er auf Bewährung freikäme. Allerdings hätten wir es auch so erfahren, denn nicht mehr lange, und die ersten Briefe trudelten ein.

Ich google ihn natürlich hin und wieder, da kann ich nicht aus meiner Haut. Es gibt nie etwas Neues, trotzdem schießt mir jedes Mal Adrenalin durch die Adern, sobald ich auch nur den Laptop aufklappe, und meine überkreuzten Beine werden ganz warm. Ich tippe »Daniel Monkton« in die Suchmaske ein. Die anderen Daniel Monktons dort draußen kenne ich mittlerweile ganz gut. Einer davon ist Zauberer in den USA und auf Kindergeburtstagen unterwegs. Ein anderer twittert gern rassistische Memes. Die Artikel, die sich auf *ihn* beziehen, sind allesamt älter und handeln vom Gerichtsverfahren – ich habe sie alle gelesen. Ich gehe die üblichen Schritte – Facebook, Twitter, Instagram, LinkedIn. Nichts. Nicht eine einzige aktuelle digitale Spur – in der heutigen Zeit eine beachtliche Leistung. Es ist wirklich, als würde er nicht existieren.

Ich trommle mit den Fingern auf den Laptop ein, kann meine Gedanken nicht daran hindern, immer wieder zu ein und derselben Person zu wandern – zu derjenigen, die wahrscheinlich die Letzte wäre, die irgendwas wüsste, die Letzte, die ihn würde wiedersehen wollen. Mich will sie auch nicht wiedersehen, aber Sasha und ich, wir sind für Karina ein enormes Risiko eingegangen. Wir haben bei Gericht gegen Daniel ausgesagt. Ich war immer insgeheim der Ansicht, dass sie dankbarer hätte sein müssen; dann wiederum nehme ich an, es ist unvernünftig von mir, überhaupt irgendwas von ihr zu erwarten – nach allem, was sie hat durchmachen müssen. Trotzdem frage ich mich, ob sie etwas weiß, immerhin wurde sie auch darüber informiert, dass er freikommen würde. Vielleicht halten sie Karina ja auch über seinen Wohnort auf dem Laufenden? Und wenn nicht, bin ich dann nicht verpflichtet, sie vorzuwarnen? Wenn Daniel Sasha etwas angetan hat, dann schwebt auch Karina in Gefahr. Ich auch – aber diesen Gedanken halte ich wohlweislich unter Verschluss. Für Sasha muss ich jetzt funktionieren. Ich darf sie nicht im Stich lassen.

Nach Karina habe ich früher schon auf Facebook gesucht, aber sie scheint keinen Account zu haben. Trotzdem versuche ich es erneut, überfliege die Trefferliste, aber wie zuvor auch schon ist sie nicht dabei. Wahrscheinlich hat sie geheiratet oder ihren Namen aus anderen, düstereren Gründen geändert. Ich google sie, kann aber nur andere Karina Bartons finden, die an Wohltätigkeitsläufen teilnehmen, auf Instagram Bilder posten oder Aromatherapiesitzungen anbieten. Ich gehe jeden einzelnen Eintrag durch, nur für alle Fälle.

Meine Finger huschen übers Handydisplay, ohne dass ich darüber nachdenke, und nach einer Weile geht sie ran.

»Hallo?«

»Mum, hallo, ich bin's. Ist ... Ist alles okay?« Auch wenn ich natürlich weiß, dass sie am Telefon immer klingt, als wäre sie gerade von einer Katastrophe heimgesucht worden, habe ich jedes Mal kurz Angst, dass diesmal wirklich etwas passiert sein könnte.

»Ja, alles gut. Gibt es ein Lebenszeichen von Sasha?«

»Nein, deshalb rufe ich an. Die Polizei wird nichts unternehmen, zumindest noch nicht, deswegen versuche ich, mit jedem zu sprechen, der eine Idee haben könnte, wo sie steckt. Ich dachte, ich sollte vielleicht auch mit Karina reden?« Ich spüre, wie ihre Bedenken in Wellen durch die Leitung strömen, und spreche weiter, damit sie ihnen nicht Ausdruck verleihen kann. »Ich hab mich gefragt, ob du vielleicht ihre Nummer hast – oder die Kontaktdaten ihrer Mutter? Ich weiß ja, sie sind umgezogen, aber ich habe keine Ahnung, wohin.«

»Ist das wirklich eine gute Idee?«, fragt sie und versucht, wertfrei zu klingen.

»Ich weiß es nicht, Mum!« In mir sprudelt der Frust nach oben. »Hast du nicht gehört, was ich gesagt habe? Sasha ist verschwunden, und da versuche ich alles und spreche mit wem auch immer.«

»Aber ist es so eine gute Idee, das alles wieder aufzuwühlen? Bist du dir sicher, dass Sasha nicht doch aus freien Stücken irgendwohin verreist ist? Du weißt doch, wie sie ist.«

Ich dachte, ich wüsste es, aber ich habe immer noch Jacksons Worte im Ohr, kann sie immer noch spüren.

»Bitte, Mum, ich muss wissen, was da passiert ist. Weißt du, wo Karinas Mutter wohnt?«

Sie seufzt, doch dann höre ich ein Rascheln, als sie durch ihr Adressbuch blättert, ein altes Büchlein, in dem sie die Toten mit einem schwarzen Faserschreiber durchgestrichen hat.

»Ich hab eine Adresse«, sagt sie. »Die hat Dilys mir gegeben, als sie umgezogen sind. Sie meinte damals, sie würde Bescheid geben, wenn der Telefonanschluss funktioniert, das hat sie aber nie gemacht. Ich hab's auch nicht wirklich erwartet. Sie hat mir geschrieben, als Daniel auf Bewährung freikam, aber ihre Nummer hat sie nie durchgegeben.«

Sie diktiert mir die Adresse. Es ist eine Straße in Forest Hill, die ich kenne, zehn Minuten von meiner alten Wohnung entfernt.

»Dann sind sie ja nicht weit weggezogen«, stelle ich fest.

»Nein. Dilys' Leben hat sich aber auch hier abgespielt, oder nicht? Nur konnte sie nicht länger gegenüber von ... Na ja, du weißt schon.«

Gegenüber der Familie wohnen, deren Sohn das Leben ihrer Tochter zerstört hat, das damals doch gerade erst angefangen hatte. Ich beende das Gespräch, so schnell ich kann, und starre dann auf den Zettel hinab, auf dem ich die Anschrift notiert habe. Mir gehen widersprüchliche Dinge durch den Kopf.

Als ich ins Bett gehe, bin ich immer noch hochgradig angespannt und kann unmöglich einschlafen. Ja, ich mache mir Sorgen um Sasha, ich muss an Karina denken, und außerdem hallt der Streit, den ich mit Jackson hatte, immer noch in mir wider. Aber es ist nicht nur das. Nach ein paar Minuten, in denen ich daliege, jede Faser meines Körpers angespannt, wird mir klar, was es in Wahrheit ist: Ich habe die Ohren gespitzt. Ich bin allein in der Wohnung, und die einzige Person, die außer mir noch einen Schlüssel besitzt, ist diejenige, die ich jetzt mehr als jeden anderen auf der Welt vor mir sehen will. Trotzdem lausche ich, und mehr als das: Ich warte. Ich warte auf das Knarzen einer Bodendiele, auf ein Klirren, auf irgendein Zeichen, dass heute der Tag ist, auf den ich seit fünf Jahren gewartet habe. Der Tag, an dem Daniel mich für alles zur Rechenschaft zieht.

Olivia

Juli 2007

Ich muss dringend aufs Klo, aber Dilys sitzt am Ende der Sitzreihe im Weg. Wir haben eine Stunde Mittagspause, und ich habe angenommen, sie würde sofort aufstehen und gehen, aber es sieht ganz danach aus, als wäre sie an ihrem Platz festgenagelt. Entweder muss ich sie bitten aufzustehen oder mich an ihr vorbeiquetschen, ihre Körperwärme spüren und den Hass, der ihr aus jeder Pore quillt. Ich überlege zu warten, aber ich kann nicht mehr, die zwei Tassen Kaffee, die ich gebraucht habe, um mich für den heutigen Prozesstag hier zu wappnen, drücken mir auf die Blase. Kurz denke ich darüber nach, in die Reihe vor uns zu klettern und mich dort hindurchzuschieben, aber so ein Verhalten wäre lächerlich; außerdem würde ich so ganz genauso ihre Aufmerksamkeit auf mich ziehen. Also stehe ich auf und schiebe mich durch die Reihe, bis ich neben ihr stehe.

»Entschuldigung ...«

Sie blickt nicht mal auf, nimmt mich gar nicht zur Kenntnis.

»Dilys, bitte ...«

»Sprechen Sie mich nicht an!«, faucht sie, sieht mich dabei aber noch immer nicht an. »Wagen Sie es nicht, mich anzusprechen.«

»Tut mir leid«, sage ich, auch wenn ich nicht genau weiß, wofür ich mich gerade entschuldige. Dafür, ihren Namen ausgesprochen zu haben? Sie darum bitten zu müssen aufzustehen? Einen verdorbenen Sexualverbrecher großgezogen zu haben? »Bitte, ich muss mal ...« Ich verfluche mich dafür, mich dermaßen lächerlich auszudrücken. So etwas habe ich nicht mehr gesagt, seit ich ein kleines Mädchen war und meine Mutter mir beigebracht hat, dass »Klo« kein schöner Ausdruck ist.

»Oh, bitte entschuldigen Sie – Sie *müssen mal?*« Äfft sie mich nach. »Warum zur Hölle sagen Sie das denn nicht gleich?«

Sie steht auf, damit ich an ihr vorbeikomme. Ich bin schon fast zur Tür hinaus, die zu den Toiletten führt, aber sie ist noch nicht fertig mit mir.

»Warum konntet ihr sie nicht einfach in Ruhe lassen?«

Ich habe das untrügliche Gefühl, als hätte sie das lieber nicht sagen wollen; als hätte sie es zugleich für sich behalten und unbedingt rauslassen wollen. Und jetzt sprudelt es nur mehr so aus ihr heraus.

»Mit eurer Musik und euren Bildern und diesen ganzen Büchern? Den ganzen Sommer lang hat sie aus dem Fenster gestarrt! Sie dachte, ich würde es nicht bemerken, aber sie konnte über gar nichts anderes mehr reden! Bevor ihr aufgetaucht seid, war sie komplett zufrieden mit sich und der Welt.«

»Tut mir leid«, sage ich leise.

»Tja, dafür ist es jetzt ja wohl zu spät. Viel zu spät.« Wir starren einander sekundenlang an, halten Blickkontakt, bis ich zu Boden sehe.

»Ich muss ...«, murmele ich und flüchte durch die Tür, renne die Treppe nach unten, und das Herz hämmert in meiner Brust. Mein Bauchgefühl sagt mir, dass ich schleunigst aus dem Gerichtsgebäude verschwinden und davonrennen sollte, so weit weg von Dilys, wie es nur geht. Aber das geht nicht. Das kann ich nicht. Andere, stärkere Instinkte ketten mich hier fest, bis es vorüber ist, ganz gleich, wie es ausgeht.

Als ich wiederkomme, mache ich einen Bogen um sie und setze mich mit dem Rücken zur Wand in die letzte Reihe, aber sie ignoriert mich ohnehin, ist komplett auf Karina fokussiert, die gerade wieder ihren Platz im Zeugenstand einnimmt und nervöser aussieht denn je.

Daniels Verteidigerin steht auf, und erstmals fällt mir auf, wie klein und zierlich sie ist. Das dunkle Haar hat sie sich zu einem glänzenden Pferdeschwanz gebunden und unter die Perücke geschoben.

»Miss Barton«, hebt sie an. »Hat Daniel Monkton Ihnen am Abend des 31. Dezember 2006 neben den Wunden an Ihren Oberschenkeln weitere Verletzungen hinzugefügt? Gab es weitere physische Spuren, die darauf hingedeutet hätten, dass Sie zum Geschlechtsverkehr gezwungen worden sind?«

»Nein.« Sie klingt verunsichert, und zum wiederholten Mal bin ich hin- und hergerissen zwischen meinem solidarisch-weiblichen Impuls, ihr zu glauben, und meinem widerstreitenden mütterlichen Beschützerinstinkt.

»Es gibt Zeugen, die behaupten, dass Sie … sagen wir mal … an der Monkton-Familie interessiert gewesen sein sollen, noch ehe Sie sie überhaupt kennengelernt hatten. Dass Sie deren Einzug im Sommer 2005 ins Haus gegenüber beobachtet und anschließend viele Stunden darauf verwendet haben, sie von Ihrem Fenster aus zu observieren. Dass Ihr Interesse an Obsession grenzte. Würden Sie sagen, das entspricht der Wahrheit?«

»Nein«, sagt sie und hört sich jetzt wieder sicherer an. »Natürlich hab ich gesehen, wie sie eingezogen sind – immerhin war das bei uns gegenüber. Aber ich würde nicht sagen, dass es eine Obsession war. Absolut nicht.«

Sie lügt, da bin ich mir sicher. Ich habe den Hunger in ihrem Blick gesehen, aber dummerweise geglaubt, er wäre harmlos. In Wahrheit war es sogar mehr als das: Ich habe mich geschmeichelt gefühlt und mich in dem Gefühl gesonnt, dass sie mich zum Herzstück dieser künstlerischen, musikalischen Familie erkoren hatte – einer Familie, die um Welten spannender war als ihre eigene. Ich dachte, ich würde ihren Horizont erweitern und ihr zeigen können, was das Leben noch zu bieten hat. Hier und jetzt fühlt sich das nur mehr lächerlich eitel an. Aber damals war ich nicht ganz bei der Sache; ich habe in die andere Richtung gesehen, habe geglaubt, dass von anderer Seite Gefahr drohte. Ich war so damit beschäftigt, diese andere Sache in den Griff zu kriegen, dass ich auf das hier gar kein Augenmerk legte.

»Okay«, sagt die Verteidigerin nachdenklich. »Diese Beziehung, die Sie angeblich in den drei Monaten vor dem Silvesterabend 2006 mit Daniel Monkton hatten – hatte irgendjemand davon Kenntnis?«

»Nein, nicht dass ich wüsste.«

»Sie haben Ihren Freundinnen nichts davon erzählt?«

»Nein. Er wollte, dass wir es für uns behielten. Er wollte nicht, dass irgendwer davon erfuhr.«

»Und weder Ihre Angehörigen noch Ihre Freunde haben sich je gewundert, wohin Sie unterwegs waren, wenn Sie beide sich getroffen haben?«

»Nein. Wir ... Wir haben uns aber auch nicht wahnsinnig oft getroffen. Er war ... sehr beschäftigt.«

Ich kann einen Hauch von Scham heraushören, weil sie zugeben muss, dass sie bereit war, sich mit so wenig zufriedenzugeben. Irgendwas regt sich in mir, wie jedes Mal, wenn sie etwas sagt, was sich wahr anhört.

»Und Sie haben auch nicht miteinander kommuniziert – über SMS, E-Mails, Telefon?«

»Er wollte nicht, dass wir uns anriefen oder SMS schrieben oder so. Immer wenn wir uns getroffen haben, haben wir unser nächstes Treffen gleich mit ausgemacht. Normalerweise waren das Zeiten, zu denen er wusste, dass niemand sonst daheim sein würde. Aber selbst wenn, wäre das nicht weiter schlimm gewesen, weil ich immer so tun konnte, als würde ich Sasha besuchen.«

Ich versuche, mir ins Gedächtnis zu rufen, ob sie tatsächlich mal vor unserer Tür gestanden hat und überrascht war, mich zu sehen. Aber vergebens. Sie und Ellen haben so viel Zeit bei uns zu Hause verbracht, dass ich die Besuche nicht mehr voneinander unterscheiden kann.

»Dann gibt es also keinerlei Beweise dafür, dass es diese dreimonatige Beziehung überhaupt je gegeben hat?«

»Nein, aber das liegt nur ...«

»Ich deute Ihre Aussage folglich so«, geht sie elegant dazwischen, »dass diese Beziehung niemals existiert hat. Dass Sie am Abend des 31. Dezember 2006 einvernehmlichen Geschlechtsverkehr mit Daniel Monkton hatten. Und aus Gründen, über die ich nur mutmaßen kann, haben Sie anschließend seine Bierflasche genommen, sie zerbrochen und sich in die Oberschenkel geritzt – und ihn dann fälschlicherweise beschuldigt, Sie vergewaltigt zu haben.«

»Nein, das stimmt nicht!« Ihre Fingerknöchel auf dem Geländer sind ganz weiß.

»Als Sie elf Jahre alt waren«, fährt die Verteidigerin fort, »haben Ihre Eltern Sie da zur Schulpsychologin geschickt?«

Ein paar Reihen vor mir wird Dilys' Rücken ganz steif, und sie hält den Blick unverwandt nach vorn gerichtet. Karina wirft einen panischen Blick herauf zur Zuschauerempore.

»Ja?« Es klingt eher nach einer Frage denn nach einer Antwort.

»Könnten Sie uns bitte darlegen, worum es da ging?«

»Das war nichts ... Ich bin auch nur ein paarmal da gewesen. In der Schule haben sie ... Sie haben sich Sorgen um mich gemacht.«

»Sorgen? Weshalb denn?«

»Ich hab ... mir Sachen ausgedacht. Sachen, die zu Hause passiert sein sollten.«

»Was für *Sachen* waren das genau?«, fragt sie und sieht Karina eisig an.

»Ich hatte einer Lehrerin erzählt, dass mein Vater ... mit mir rumgemacht hätte.« Ihre Stimme ist nur mehr ein Flüstern, und Dilys scheint den Kopf einzuziehen.

»Und das war gelogen? Ihr Vater hat sich Ihnen gar nicht sexuell genähert?«

»Nein«, sagt sie zu Boden gerichtet, und zwei rote Flecken prangen auf ihren Wangen.

»Und hat die Schulpsychologin Ihnen helfen können herauszufinden, warum Sie diese Lügen erzählt haben?«

»Sie hat geglaubt ...« Wieder sieht Karina hilfesuchend zu Dilys. »Sie meinte, ich wollte bloß Aufmerksamkeit heischen. Weil ich Probleme hatte, mich an der weiterführenden Schule zurechtzufinden.«

»Dann haben Sie bereits im Alter von elf Jahren derlei schwerwiegende Vorwürfe gegen Ihren Vater erfunden –

Vorwürfe, die ihm eine Menge Ärger und sogar ein Gerichtsverfahren hätten einhandeln können, nur weil Sie *Aufmerksamkeit* wollten?«

»So war es nicht ...«

Ihr Sätzchen hängt hilflos in der Luft. Sie weiß, dass sie keine andere Wahl hat, als zu antworten. Die Verteidigerin sitzt es aus und sieht sie bloß herausfordernd an, weil sie es ebenfalls weiß.

»Ja«, wispert Karina schließlich.

Ich sehe zu, wie sie mit hängenden Schultern vom Zeugenstand abtritt, und in mir sprießt die beschämende Saat des Triumphs.

Ellen

Oktober 2005

Karina hatte mich gesehen, natürlich, ich weiß auch nicht, wie ich glauben konnte, dass sie es nicht mitbekommen würde, so besessen, wie sie jedes Kommen und Gehen bei den Monktons verfolgte. Am Montagmorgen auf dem Schulweg klingelte ich wie immer bei ihr, aber als Dilys mir aufmachte, sah sie mich bloß verwirrt an.

»Karina ist schon losgegangen, Schätzchen. Hat sie dir gar nicht Bescheid gesagt?«

»Oh.« Ich dachte fieberhaft nach. Ich wollte nicht, dass ihre Mutter es mitbekäme, wenn Karina mir hiermit die Freundschaft aufgekündigt hätte. »Ach klar, sorry, sie hat mir erzählt, dass sie heute früher losmüsste. Das hab ich ja ganz vergessen.«

»Zum Glück ist dein Kopf angeschraubt«, lachte sie freundlich, »sonst würdest du den glatt auch mal vergessen.« Sie hatte mich immer schon gern, meinte immer, ich sei quasi Teil der Familie, besonders seit Karinas Vater gestorben war.

»Ich geh besser los. Sorry noch mal!«

Draußen auf dem Gehweg blieb ich kurz stehen und tat so, als wühlte ich in meiner Tasche. Sollte ich es bei Sasha versuchen? Wir hatten bei der Party viel Spaß gehabt, aber trotz ihrer Versicherung, dass Tony und Olivia cool seien, hatte ich spüren können, dass sie nicht vollends Teil der Familie war. Kein Kuckuckskind oder so – aber eben doch irgendwie eine Fremde. Es hatte eine gewisse Spannung in der Luft gelegen, sobald die Jungs aufgetaucht waren, aber ich war mir nicht sicher, ob Sasha der Grund dafür war oder einfach nur das kratzbürstige Verhältnis der drei. Die Party war immer noch in vollem Gange gewesen, als ich nach Hause gegangen war. Ich hatte versprochen, um elf zurück zu sein, und mir hatte der Kopf nicht nur vom Wein geschwirrt, sondern auch von der Mischung aus Sashas Reife, dem Haus, der Musik … Sie hatte kein Wort darüber verloren, wann wir uns das nächste Mal treffen oder ob wir zusammen zur Schule laufen würden, und als ich gerade beschlossen hatte, es bleiben zu lassen und allein loszugehen, ging ihre Haustür auf, und die komplette Familie kam raus. Die zwei Jungs diskutierten hitzig miteinander und bemerkten mich gar nicht. Sie marschierten einfach los, Daniel ein paar Schritte vorneweg, Nicholas wild gestikulierend hinterher, und Olivia rief ihnen noch ein paar Dinge zu, ehe sie auf dem Beifahrersitz ihres zerbeulten Citroën Platz nahm. Noch während Tony auf den Fahrersitz rutschte, rief er Sasha nach: »Sollen wir dich mitnehmen?«

Sie zog die Haustür hinter sich zu und lächelte mir entgegen. »Nein danke, ich laufe.« Dann hakte sie sich bei mir unter.

Ich versuchte, nicht darüber nachzudenken, was Karina wohl sagen würde, wenn sie uns so sähe.

»Ich bin so froh, dass du zu der Party kommen konntest«, sagte Sasha. »Ohne dich wäre es noch viel komischer gewesen.«

»Was meinst du damit?«, hakte ich nach, während mir gleichzeitig ganz warm wurde, weil ich diejenige gewesen sein sollte, derentwegen es besser für Sasha gelaufen war.

»Ach, du weißt schon, worüber wir gesprochen haben – dass ich in die Familie passe und so. Sie geben sich *so viel Mühe*. Na ja, zumindest Olivia und Tony.«

»Die Jungs nicht?«

»Ach, ich weiß nicht. Das sind halt … *Jungs*. Denken immer nur an das Eine.«

»Was, du glaubst, die … stehen auf dich?«, fragte ich leicht entsetzt. Mir war schon klar, dass es nicht ihre Brüder waren – trotzdem …

»Nein«, sagte sie, »nicht so. Es ist einfach nur – du weißt doch, wie Jungs so sind.«

Ich wusste es nicht wirklich, schließlich hatte ich bloß das Geknutsche bei Tamaras Party im Sommer zu bieten. Mein Freundeskreis bestand nur aus Mädchen, und von meiner Warte aus waren Jungs eine Spezies für sich.

»Erzähl aber keinem, dass ich das gesagt habe, okay?«, legte sie nach.

»Natürlich nicht.« Bei diesem Vertrauensbonus war ich gleich umso aufgeregter. »Ich bin echt froh, dass du hierhergezogen bist«, fügte ich hinzu.

Sie drückte meinen Arm. »Ja, ich auch.«

Karina entdeckte ich, als wir am Schultor ankamen. Sie stand am anderen Ende des Schulhofs und unterhielt sich mit Roxanne und Stacey – zwei Mädchen, die wir sonst immer ganz grässlich fanden – sowie Leo Smith. Karina warf ihr Haar zurück, lachte und ließ Leo nicht aus den Augen. Auch wenn sie ihm an den Lippen hing, sprach er selbst hauptsächlich mit Roxanne und Stacey und beachtete Karina kaum. Ich war mir ziemlich sicher, dass er an ihr keinerlei Interesse hatte und auch nie haben würde, und verspürte irgendwie Mitleid mit ihr. Mitleid für Karina zu empfinden war mir neu; wir waren immer so was wie auf einem Level gewesen, hatten nie zu der beliebten Clique gehört, allerdings auch nicht zu den Unglücklichen mit den dicken Brillengläsern, den strähnigen Haaren oder schrulligen Eltern – zu denen eben, die gehänselt wurden. Aber in diesem Moment sah ich sie, wie Roxanne und Stacey sie wahrscheinlich sahen – und Leo ganz sicher auch, wenn er überhaupt einen Gedanken an sie verschwendete. Sie wirkte erbärmlich, wie ein Anhängsel, jemand, der alles gibt, um dazuzugehören, und damit idiotensicher genau das Gegenteil heraufbeschwört.

Wieder warf sie ihr Haar zurück, und noch in der Bewegung entdeckte sie mich. Eine Sekunde lang sah sie panisch aus, dann lächelte sie. Es war ein brüchiges Lächeln, und ich war mir nicht sicher, was dahinter lauerte – trotzdem war es ein Lächeln, und vielleicht war sie doch nicht sauer auf mich. Roxanne sagte etwas zu Leo, dann schlenderten sie und Stacey in Richtung Schuleingang. Karina und Leo blieben noch kurz unschlüssig zusammen stehen, und keiner von beiden schien mehr zu sprechen. Dann sagte Leo etwas und ging den Mädchen hinterher, sodass Karina allein zurückblieb und die Hände rang, als wüsste sie nicht, wohin damit.

»Ich sag Karina nur schnell Hallo«, teilte ich Sasha mit.

»Warte, ich komme mit.«

»Ähm, wäre es okay, wenn ich erst allein gehe? Ich glaube, sie könnte sauer auf mich sein. Ich will erst die Lage checken ... wenn du nichts dagegen hast«, fügte ich eilig hinzu.

»Oh Gott, ist das so eine, die gleich sauer wird, wenn du mal mit jemand anderem sprichst?« Sasha verdrehte die Augen. »Wie alt ist sie – acht? Beste Freunde für immer, Hand aufs Herz, ich schwör?«

»So was in der Art«, murmelte ich und kicherte, fühlte mich gleichzeitig aber ganz grässlich illoyal gegenüber dem Mädchen, das mich beim Kauf meines ersten BHs begleitet hatte. »Wir sehen uns gleich, okay?«

Sasha winkte zum Abschied und kehrte mir den Rücken. Noch während ich auf Karina zulief, war ich mir für einen Moment sicher, dass sie am liebsten losgelaufen und im Schulgebäude verschwunden wäre, aber irgendetwas hielt sie zurück. Herausfordernd sah sie mich an.

»Bist früh losgegangen heute Morgen«, rief ich ihr zu, als mir dämmerte, dass sie von mir erwartete, als Erste etwas zu sagen.

»Tut mir leid, mir war nicht klar, dass wir alles zusammen machen müssen.«

»Müssen wir nicht. Aber sonst laufen wir immer zusammen zur Schule.«

»Und wir machen auch sonst nicht alles zusammen, nicht wahr?«

»Was willst du damit sagen?« Natürlich wusste ich das nur zu genau, aber nun hatten wir diesen unbehaglichen Kampf eröffnet und tänzelten umeinander herum. Die Konfrontation stand unmittelbar bevor.

»Gottverdammt, du weißt genau, was ich meine, Ellen.« Und schon war es vorbei mit der Tänzelei.

»Sasha hat mich eingeladen, als du krank warst. Was hätte ich denn tun sollen – absagen?«

»Natürlich nicht. Aber hast du sie vielleicht gefragt, ob ich auch kommen darf?« Ich antwortete nicht, und sie lachte verbittert. »Siehst du.«

»Ich kenne sie doch kaum, Karina. Wäre es da nicht ein

bisschen seltsam gewesen, wenn ich gleich jemanden mitgebracht hätte? Sie kennt dich doch nicht mal!«

»Du weißt genau, wie gern ich das Haus mal gesehen hätte. Und du weißt, dass ich ihren Bruder gut finde – den älteren.«

»Er ist übrigens gar nicht ihr Bruder.«

Für den Bruchteil einer Sekunde hellte sich ihr Gesicht auf. Sie gierte nur so nach Einzelheiten, doch dann verfinsterte es sich wieder, als sie sich daran erinnerte, dass sie nach wie vor sauer auf mich war.

»Was auch immer. Sorry, dass ich das falsch interpretiert habe. Aber du weißt ja jetzt anscheinend gut über sie Bescheid.«

»Komm schon, Karina, hören wir auf damit. Wenn sie mich noch mal einlädt, frage ich, ob du mitkommen darfst, Ehrenwort. Okay?«

Sie zögerte und war sichtlich hin- und hergerissen zwischen der Sehnsucht, in Sashas Welt vorzudringen, und ihrem Bedürfnis, mich abzustrafen. Die Sehnsucht gewann Oberhand, wie so oft.

»Okay.« Sie legte eine Pause ein, und ich ahnte, dass sie mit ihrer Neugier rang. »Erzähl schon, wie war's?«

»Genau, wie wir es uns gedacht haben«, antwortete ich. »Überall Staub, Bücherregale und -stapel, riesige Bilder an der Wand. Die Erwachsenen haben sich betrunken, Klavier gespielt und Opernarien gesungen.«

»Oh mein Gott! Und die Jungs? Wer sind sie, wenn sie nicht die Brüder sind?«

»Sie selbst gehört nicht zur Familie«, sagte ich und erntete ein zufriedenstellendes Aufkeuchen von Karina. »Ihre Mum ist irgend so ein internationales Model. Sie meinte, Sasha bräuchte eine gewisse Stabilität, also hat sie ihre Tochter bei den Monktons untergebracht. Olivia und Tony sind ihre Paten, die Jungs ihre Söhne.«

»Und hast du sie kennengelernt?«, hauchte Karina. »Wie sind sie so?« Da war ein Hunger in ihrer Stimme, und zum ersten Mal überhaupt dämmerte mir, was diese Familie in Wahrheit für sie darstellte. Den ganzen Sommer über durchs Fenster zu starren war für mich bislang eher nur Zeitvertreib gewesen, um die langen, heißen Tage totzuschlagen, während andere Mädchen zu irgendwelchen exotischen Urlauben aufgebrochen waren. Doch für Karina war es mehr als das gewesen. Sie war ... von ihnen wie in einen Bann geschlagen. Kein Wunder, dass sie sauer auf mich war, weil ich dort als Erste Zutritt bekommen hatte.

»Ja, hab sie getroffen. Wir haben aber nicht allzu viel Zeit miteinander verbracht. Sie sind ziemlich ... auf Wettbewerb aus. Verbringen die meiste Zeit damit, sich gegenseitig zu piesacken. Ich glaube, dass Sasha nicht besonders gut mit ihnen auskommt.«

»Vielleicht sind sie ja in sie verknallt?«, argwöhnte Karina. »Ich meine, sie sind immerhin nicht verwandt, stimmt's? Das wäre sooo romantisch!«

»Finde ich nicht.« Ich musste daran denken, was Sasha auf dem Schulweg erzählt hatte – und natürlich, wie Daniel mich von Kopf bis Fuß angestarrt hatte, als ich auf ihrem Bett gesessen hatte. Doch davon erzählte ich Karina nichts, sondern redete mir stattdessen ein, dass ich sie damit bloß eifersüchtig machte und ich nicht noch mehr Öl ins Feuer gießen wollte. In Wahrheit aber wollte ich Sasha für mich allein, wollte unsere aufkeimende Freundschaft von allem abschirmen. Ich hatte zuvor nie Geheimnisse vor Karina gehabt, und auch wenn ich mich insgeheim dafür schämte, war die Vorstellung für einen Teil von mir durchaus ein Genuss.

»Warum unternehmen wir nicht mal was?«, schlug ich vor, um mein schlechtes Gewissen zu besänftigen. »Wir drei – du, ich und Sasha?«

Wieder war sie hin- und hergerissen, wollte Teil dessen sein, was zwischen Sasha und mir entstanden war, und gleichzeitig auf Abstand bleiben und so tun, als wäre sie nicht im Geringsten interessiert. Doch bis wir bei unserem Klassenzimmer angekommen waren, hatten wir beschlossen, Sasha zu fragen, ob sie am Wochenende mit uns ins Kino gehen wollte.

Als wir das Klassenzimmer betraten, erblickten wir als Erstes Sasha, die mit zusammengepressten Knien auf ihrem Pult saß. Leo Smith stand ein Stück zu nah an ihr dran und redete leise auf sie ein. Sasha warf weder ihr Haar zurück noch kicherte sie, wie Karina es zuvor getan hatte, und trotzdem schien Leo jedes ihrer Worte in sich aufzusaugen.

Karina verzog das Gesicht.

»Ist doch nicht ihre Schuld, dass er sie gut findet«, raunte ich ihr zu, weil ich befürchtete, dass meine Überzeugungsarbeit drauf und dran war zu verpuffen. »Sie ist an ihm nicht interessiert. Sie meint sogar, er wäre gruselig.«

»Ernsthaft?«, hakte Karina misstrauisch nach. »Aber sonderlich interessiert sieht sie wirklich nicht aus.«

Und das entsprach der Wahrheit – auch wenn Leo sich alle Mühe gab. Dann fing Sasha meinen Blick auf, und Erleichterung machte sich auf ihrem Gesicht breit. Lächelnd winkte sie uns zu sich rüber. Mitten im Satz fiel sie Leo ins Wort: »Dann bis später.«

»Oh, okay…« Er sah enttäuscht aus. Ich kannte ihn bislang anders, stets randvoll gefüllt mit Selbstvertrauen, und dieser Anblick war merkwürdig befriedigend. Er trollte sich an sein Pult und suchte in seiner Tasche nach etwas, das mit Sicherheit gar nicht existierte.

»Gott sei Dank seid ihr beide aufgetaucht«, flüsterte Sasha. »Ich dachte schon, ich würde gleich sterben vor Langeweile.«

Ich spürte, wie Karina sich neben mir entspannte.

»Das ist Karina«, sagte ich. »Sie wohnt gegenüber von euch.«

»Ah ja, dich hab ich schon mal gesehen«, sagte Sasha freundlich.

Sofort verspannte Karina sich. Mir war klar, dass sie sich fragte, ob Sasha ihre Überwachungsaktion den Sommer über mitbekommen hatte.

»Willst du am Wochenende mit uns ins Kino gehen?«, fragte ich in der Hoffnung, sie beide von alledem abzulenken, was ihnen übereinander durch den Kopf gehen mochte.

Sasha sah erst zu Karina, dann wieder zu mir.

»Klar, gerne«, antwortete sie.

Wir verabredeten uns für Samstagabend, und als Miss Cairns kam und wir uns auf unsere Plätze setzten, spähte ich noch kurz zu Leo hinüber. Er hatte aufgehört, so zu tun, als wühlte er in seiner Tasche, und starrte Sasha stattdessen begierig an. Ich wusste, dass ich diesen Gesichtsausdruck schon mal irgendwo gesehen hatte, aber es dauerte ein paar Sekunden, bis ich ihn einordnen konnte. Ich hatte mein Lebtag nie jemanden einen anderen auf diese Weise anstarren sehen, und jetzt war es binnen drei Tagen gleich zweimal passiert: Leo sah Sasha genauso an, wie Daniel es bei der Party getan hatte.

Ellen

September 2017

Nachdem Jackson gegangen war, trank ich den restlichen Wein aus der Flasche und machte gleich eine neue auf. Mit pelziger Zunge und völlig übernächtigt quetsche ich mich tags drauf einige Meter von Karinas Haus entfernt in eine Parklücke, und erst da dämmert mir, dass ich mir nicht mal Gedanken darüber gemacht habe, wie ich das Ganze angehen soll. Ich kann wohl einfach nur ehrlich sein, trotzdem bekomme ich das Zittern meiner Hand nicht unter Kontrolle, als ich sie in Richtung Klingelknopf ausstrecke. Als die Tür aufgeht, schießt Adrenalin durch meine Adern. Eine verwirrende Sekunde lang halte ich die Frau vor mir für Karinas Mutter, Dilys, dann wiederum sieht sie zu jung aus. Ich brauche einen Moment, bis mir aufgeht, dass ich nicht die wundersam verjüngte Dilys vor mir sehe, sondern Karina selbst, die inzwischen zehn Jahre älter geworden ist, zugenommen hat und ein wuchtiges Brillengestell auf der Nase trägt. Sie ist füllig geworden, die zusätzlichen Kilos haben ihre harten Konturen seit unserer letzten Begegnung weicher gemacht. Ich weiß, dass sie mich auf den ersten Blick wiedererkennt, weil sie die Hand ans mausbraune Haar hebt und die Spitzen um die Finger zwirbelt. Die Geste ist mir derart vertraut, dass ich beinahe in Tränen ausbreche. Sie sagt nichts, also ergreife ich das Wort.

»Hi. Tut mir leid, ich weiß, dass das hier ein Schock für dich ist.«

Sie starrt mich an, als könnte sie mich einfach, indem sie Blickkontakt hält, wieder verschwinden lassen.

»Darf ich reinkommen?«

Sie dreht den Kopf und sieht hilfesuchend über die Schulter.

»Nein«, flüstert sie. Dann macht sie einen Schritt auf mich zu. »Bist du seinetwegen hier? Oder hat sie etwas gesagt?«

»Was? Wer?«

»Karina! Wer ist denn da?«, ruft jemand von drinnen. Dilys.

»Ach, niemand«, antwortet sie wenig überzeugend über die Schulter, doch dann knarzt eine Treppe, jemand stapft angestrengt näher, und Dilys kommt in Sicht. Sie hat ebenfalls zugelegt, atmet schwer und sieht mich verständnislos an, ehe der Groschen bei ihr fällt und sich ein Lächeln auf ihrem Gesicht breitmacht.

»Ellen! Was machst du denn hier? Nicht, dass ich mich nicht freuen würde, dich wiederzusehen. Dich hat sie doch hoffentlich nicht auch mit diesem Blödsinn angesteckt, oder?«

»Was meinen Sie? Was denn für Blödsinn?«

»Ich hab sie mit gar nichts angesteckt«, blafft Karina sie an. Dann dreht sie sich erneut zu mir um. »Hast du ihn gesehen?«, haucht sie, auch wenn abgesehen von Dilys sonst niemand zuhört.

»Wen gesehen?« Weshalb sprechen die beiden in Rätseln? »Karina, ich bin wegen Sasha hier. Sie ist verschwunden, und ich hab Angst. Die Polizei unternimmt nichts. Tut mir leid, wenn mein Besuch bei dir wieder Dinge aufwirbelt, an die du nicht mehr denken willst, aber ich bin echt verzweifelt. Ich kann immer nur darüber nachdenken, dass es zu tun haben könnte mit ... allem, was passiert ist.«

»Sasha ist verschwunden? Wann?«, fragt Karina, und ihre Finger wandern wieder zu ihren Haaren. Sie sieht fassungslos aus – die einzige Person, die bislang eine aus meiner Sicht angemessene Reaktion an den Tag legt.

»Am Freitag.«

Sie nickt, und dann sagt sie etwas, was mir die Kälte in die Knochen jagt: »Ich hab Daniel gesehen.«

»Was? Wo?« Mein Herz rast wie wild. Oh Gott. Mum hatte recht.

»Vorletzte Woche. Hier in Forest Hill.«

»Aber ... ich dachte, er war in Schottland? Er wohnt in Schottland.«

Jetzt sieht sie fast mitleidig aus. »Menschen können umziehen, Ellen. Es hat ihn in den letzten fünf Jahren nichts davon abhalten können, hierher zurückzukommen.«

»Aber er ist nicht zurück. Olivia sagt, sie hat ihn seit Jahren nicht mehr gesehen und kaum noch von ihm gehört.«

Mir jagen Gedanken durch den Kopf, die sich zu einem Gesamtbild zusammenzufügen versuchen.

»Du weißt doch gar nicht, ob er es war«, sagt Dilys, deren Lunge immer noch pfeift.

»Er war es, Mum.« Ihre Stimme hat eine Schärfe, die ich von ihr nicht kenne.

»Du hast schon öfter geglaubt, dass du ihn gesehen hast, oder nicht?« Sie sieht mich an. »Am Anfang hat sie ihn überall gesehen, und das war, als er noch im Gefängnis gesessen hat.« Dilys klingt siegessicher. »Du musst ihn vergessen und dich auf dich selbst konzentrieren«, wendet sie sich an Karina. »Du musst wieder anfangen zu leben. Guck doch mal, Ellen ist hier – das ist doch ein Zeichen.«

»Das war was anderes, Mum«, entgegnet Karina leise. »Das war direkt nach … Da hab ich nicht klar denken können.« Dann dreht sie sich wieder zu mir um. »Ich hab ihn erkannt, Ich weiß es genau.«

»Hat er dich auch gesehen?«, will ich wissen.

»Nein.«

Wir sehen einander direkt an, und ich kann ihren Blick nicht deuten – ist es ein schlechtes Gewissen? Komplizenschaft? Angst?

»Warum, glaubst du, könnte er wieder zurückgekommen sein?« Ich mache einen Schritt auf sie zu, und noch währenddessen meldet sich das Muskelgedächtnis unserer früheren Freundschaft zurück: Ich weiß wieder genau, wie es sich angefühlt hat, sie zu umarmen, sich bei ihr unterzuhaken, im selben Bett mit ihr zu schlafen – mit dem Kopf an ihrem Fußende. Ich weiß genau, wie es sich angefühlt hat, sie zum Lachen zu bringen, bis ihr die Tränen kamen. Doch diese Frau kann ich mir gar nicht mehr lachend vorstellen – das aufgedunsene Gesicht mit Fältchen, die abgekauten Fingernägel. Ich kann mir denken, wie sie mich wahrnimmt: dünn, blass, dunkle Schatten unter den Augen. Das hat er mit uns gemacht, mit uns beiden. Sieh sich einer an, was er aus uns gemacht hat.

Karina scheint etwas abzuwägen. »Ich weiß nicht«, antwortet sie, und diesmal ist es definitiv Angst, die über ihr Gesicht huscht.

»Karina«, sage ich nachdrücklich und berühre sie am Arm. »Was ist passiert?«

»Nichts.« Sie zieht den Arm zurück, als hätte ich sie mit der Berührung versengt.

»Hast du irgendeine Idee, wie ich Sasha aufspüren könnte?«, frage ich und dürste regelrecht nach jeder noch so nichtigen Information. »Hast du von Daniel gehört, seit er das Gefängnis verlassen hat? Weißt du, wo in Schottland er gewohnt hat?«

Schlagartig ist ihr Gesichtsausdruck verschlossen, und sie schüttelt den Kopf. »Ich weiß nichts, Ellen.«

»Sasha und ich ... Wir haben Briefe von ihm bekommen, nachdem er freigekommen war. Darin stand, wir wären Lügnerinnen und schuld daran, dass er im Gefängnis gelandet ist. Hast du ...«

»Ich hab nichts mehr von ihm gehört, und ich will auch nichts hören. Ich weiß nur, dass er wieder in London ist.« Sie kommt auf mich zu. »Wenn du ihn siehst, wag es nicht, ihm zu erzählen, wo ich wohne.«

»Natürlich nicht! Aber wenn du ihn noch mal irgendwo entdeckst, könntest du mir Bescheid geben? Bitte?«

Sie zuckt mit den Schultern, was ich als stillschweigendes Einverständnis deute, und schreibe ihr meine Nummer auf einen Zettel. Widerwillig nimmt sie ihn entgegen. Dilys hat uns die ganze Zeit beobachtet und scheint ihrerseits etwas sagen zu wollen.

»Du solltest Ellen einladen«, sagt sie schließlich zu Karina, während ich meinen Stift zurück in die Tasche stecke.

»Was? Sei nicht albern, Mum«, sagt Karina und errötet leicht.

Ich sehe erst die eine, dann die andere an. Ich habe nicht das Bedürfnis, zu irgendwas eingeladen zu werden, aber ich kann auch nicht einfach so tun, als hätte Dilys gar nichts gesagt.

»Worum geht es denn?«, frage ich.

»Karina hat diese Woche Geburtstag. Am Freitagabend machen wir eine kleine Party hier bei uns zu Hause. Hauptsächlich Familie, aber es wäre schön, wenn du auch kommen könntest.«

Ich kann Dilys ansehen, wie sehr sie sich wünscht, dass es für Karina noch nicht zu spät ist, ein normales Leben zu führen, eine normale Freundin zu haben. Ich versuche, mir eine überzeugende Ausrede zurechtzulegen, doch dann sehe ich Karina an, und jenseits der Scham kann ich Hoffnung erkennen: Sie will ebenfalls, dass ich komme. Ich werde niemals bereuen, mit Sasha befreundet zu sein, aber ich frage mich unwillkürlich, wie Karinas Leben – und sogar mein eigenes – ausgesehen hätte, wenn Sasha damals nicht zu den Monktons gezogen wäre.

»Ja, das wäre schön«, sage ich kraftlos. »Dann sehen wir uns Freitag.«

Als ich über den South Circular zurückfahre, ist Karinas Geburtstagsfeier meine geringste Sorge. Auch wenn Schottland nun wirklich nicht das Ende der Welt ist, hat es sich immer hinreichend weit weg angefühlt, als dass ich nicht an jeder Ecke nach ihm Ausschau halten musste. Aber hier – in London? Wenn es nur Mum gewesen wäre, die ihn gesehen hätte, wäre es ein Leichtes, es einfach abzutun, aber so leicht ist es nicht mehr, nicht nachdem ich den Ausdruck in Karinas Gesicht gesehen habe. Dilys behauptet, ihre Tochter hätte es sich eingebildet, aber das glaube ich nicht. Ich habe ihre Angst gesehen, das Echo jenes langen Tages damals bei Gericht, wo im Licht, das durch die hohen Fenster fiel, der Staub geflirrt hat. In meiner Kehle bahnt sich ein Schluchzer an, als ich darüber nachdenke, was das für Sasha bedeutet. Gott, wo ist sie nur? Was in aller Welt hat er ihr angetan? Und während ich mir diese Fragen stelle, wispert mir eine seidenweiche, geschmeidige Stimme eine weitere Frage zu: Bin ich die Nächste?

Olivia

Juli 2007

Diesen Tag habe ich in gewisser Hinsicht mehr als alle anderen gefürchtet. Wie gern würde ich Sasha sagen, dass sie wie eine Tochter für mich ist, aber ich kann es einfach nicht. Es hat schon immer etwas zwischen uns gestanden – eine Mauer, die sie um sich herum errichtet hatte. Ich verstehe natürlich, warum das so ist, aber ich dachte, ich könnte sie einreißen, um an Sasha heranzukommen – bis ich herausfand, was da tatsächlich vor sich ging; da hat sich alles verändert. Wir haben uns nie davon erholt, nicht mal vor jenem Silvesterabend.

Nein, es war Ellen, die wie eine Tochter für mich war, mehr als Sasha es sich je hätte erhoffen können. Das arme Ding bekam zu Hause in Sachen Kultur – oder auch nur hinsichtlich anregender Unterhaltungen – nicht allzu viel mit, und es war wunderbar anzusehen, wie sehr sie aufblühte, je mehr Zeit sie bei uns verbrachte. Seit diese schreckliche Sache unser Leben in tausend Stücke zerschlagen hat, vermisse ich sie mehr als jeden anderen.

Nach Daniels Verhaftung ist Sasha zu Ellen gezogen. Seit sechs Monaten habe ich kaum mehr mit den beiden gesprochen. Seit sie weg ist, ist unser Haus weitestgehend still geworden. Daniel war auf Kaution frei, hat sein Zimmer aber kaum verlassen. Nicholas treibt sich herum, wann immer er kann. Wir haben sogar separat gegessen, zu verschiedenen Zeiten. Und auch ich selbst bin öfter aus dem Haus geflüchtet, als dringend notwendig gewesen wäre. Tony ist immer häufiger im Pub. Er ist ins Gästezimmer umgezogen, angeblich weil wir beide nicht gut schlafen und uns gegenseitig aufwecken, aber das ist nicht der wahre Grund, das wissen wir beide. Diesbezüglich hat unsere Ehe schon länger gekriselt – Betrunkene sind einfach keine guten Liebhaber –, und jetzt ist es damit vollends aus.

Hin und wieder setzen Tony und ich uns zusammen an den Tisch, wenn wir beide zu Hause sind, aber wir haben Schwierigkeiten, überhaupt Worte zu finden. Am Ende sitzen wir unbehaglich schweigend da, würgen unser Essen in uns rein und verziehen uns dann in unsere jeweiligen Rückzugsräume, so schnell wir können. Ein Familienleben gibt es nicht mehr. Ich dachte, wir würden noch jahrelang mit Freundinnen, Freunden, Bekannten, Besuchern zusammen an diesem Tisch sitzen – in unserem Haus an der Ecke wäre jeder willkommen, ich wäre die Gastgeberin, die für ihre Gastfreundschaft so gerühmt wird, Tony mit dem Korkenzieher in der Hand. Doch dieser Traum ist ein für alle Mal geplatzt.

Jetzt ist Ellen dran. Ich kann sehen, wie sie schwer atmend und mit zittriger Stimme ihre persönlichen Daten bestätigt und unter Eid genommen wird. Ich frage mich, ob sie so nervös ist, weil das hier die wichtigste, ernsteste Sache ist, die sie je im Leben getan hat, oder ob es zugleich eine Art Show, eine Art Auftritt ist.

Der Mann mit den Wangenknochen ist zurück, sieht nobler aus denn je, und die Behauptung der Verteidigerin, Karina sei keine glaubwürdige Zeugin, scheint seiner Selbstsicherheit keinen Abbruch getan zu haben.

»Miss Mackinnon, ich will auch mit Ihnen die Ereignisse des 31. Dezember 2006 durchgehen.«

Dann legt er los, erwähnt jedes Detail, fängt an mit Ellens Ankunft, als sie auf ihren viel zu hohen Absätzen wie Bambi bei uns hereinstakste und älter und zugleich viel jünger aussah, als sie tatsächlich war. Ich weiß noch, dass sich Tony in der Küche auf sie stürzte, ich mich fragte, ob er das arme Mädchen gerade zu Tode langweilte, und Nicholas sich schließlich ihrer erbarmt und sie gerettet hat. Danach geht es ans Eingemachte, jetzt kommt der Teil, der wichtig ist.

»Haben Sie gesehen, wie Mr. Monkton und Miss Barton sich geküsst haben?«

»Ja, habe ich.«

Sie spricht eindeutig mit ihrem »gebildeten« Akzent, den sie immer anwendet, wenn sie jemanden beeindrucken will. Den hat sie auch bei mir benutzt. Erst als sie sich bei uns halbwegs zu Hause fühlte, hat sie ihrem natürlich schleppenden, südostenglischen Akzent freien Lauf gelassen.

»Ich ging gegen zehn Uhr aus der Küche, dort drinnen wurde es allmählich zu voll. Draußen auf dem Flur habe ich Daniel und Karina gesehen. Sie hatten sich halb versteckt zwischen die Mäntel gedrückt. Und haben geknutscht.«

»Und hat Miss Barton den Eindruck erweckt, als würde sie das aus freien Stücken machen?«

»Ja.«

»Was haben Sie als Nächstes gesehen?«

»Er hat irgendwas zu ihr gesagt – was, konnte ich nicht hören –, und dann sind sie zusammen die Treppe hochgegangen.«

»Könnten Sie bitte schildern, wie Miss Barton sich da verhalten hat?«

Ellen zögert. »Ich weiß nicht …«

»Was wissen Sie nicht?«

»Also … Sie sah aus, als wäre sie nicht ganz sicher …«

»Sah sie nervös aus?«, fragt der Staatsanwalt, und auf seinem adligen Gesicht macht sich Besorgnis breit. »Als wollte sie insgeheim eher nicht mitgehen?«

»Euer Ehren.« Daniels Verteidigerin ist aufgesprungen. »Der verehrte Kollege stellt Suggestivfragen.«

»Stattgegeben«, sagt der Richter. »Mr. Parkinson, bitte, nicht auf diese Weise.«

»Natürlich, Euer Ehren. Also, Miss Mackinnon, zu welchem Zeitpunkt haben Sie Miss Barton wiedergesehen?«

»Etwa eine Stunde später, ungefähr um elf. Ich habe mich auf dem Flur mit jemandem unterhalten, als Karina die Treppe heruntergestolpert kam und an uns vorbeigerannt ist. Sie sah aufgewühlt aus und ein bisschen … wacklig auf den Beinen.«

»Sind Sie ihr nachgegangen?«

»Nicht sofort. Ich war mitten im Gespräch, um uns herum war einiges los, und ich hatte getrunken. Mir ist zwar aufgefallen, dass sie aufgewühlt aussah, aber ich hielt es zunächst für nichts Ernstes. Ich dachte, sie wäre einfach betrunken.«

»Haben Sie Daniel Monkton auch gesehen?«

»Nein.«

»Und zu welchem Zeitpunkt haben Sie Miss Barton als Nächstes gesehen?«

»Das war vielleicht fünf Minuten später – ich dachte mir, ich sollte mal nachsehen, ob es ihr gut ging, konnte sie dann aber nirgends finden. Ich hab im Erdgeschoss überall nach ihr gesucht, aber da war sie nicht, dabei wusste ich, dass sie nicht zurück nach oben gegangen war. Das hätte ich mitbekommen. Also bin ich raus in den Garten, und dort habe ich sie gefunden.«

»Sie war mitten im Winter draußen im Garten?«

»Ja, und es war eiskalt.«

»Was für Kleidung trug sie?«

»Nur dieses Kleidchen ... Sie hatte nicht mal ihre Jacke angezogen. Sie saß unter dem Maulbeerbaum am hinteren Ende des Gartens auf dem Boden. Ich hab mich neben sie gesetzt und ihr den Arm um die Schultern gelegt. Sie war eiskalt, hat am ganzen Körper gezittert. Ihre Hände waren blutverschmiert.«

»In welcher Verfassung war sie?«

»Sie stand komplett neben sich und hat geweint. Sie schien betrunken zu sein, also hab ich ihr zurück nach drinnen geholfen.«

»Was hat sie zu diesem Zeitpunkt zu Ihnen gesagt – wenn sie denn überhaupt etwas gesagt hat?«

»Sie hat mir erzählt, dass Daniel sie vergewaltigt und verletzt hat, sie mit einer zerbrochenen Flasche geschnitten hat.«

Ich sehe zu Daniel, der reglos nach vorn starrt. Ich will ihm zurufen, dass es schon okay ist – das kommt alles bloß aus zweiter Hand. Alles, was Ellen sagt, ist nur die Wiedergabe dessen, was Karina behauptet. Ellen selbst hat nichts gesehen. Sie weiß nichts. Ihre Zeugenaussage hat nichts zu bedeuten, beweist rein gar nichts.

»Wir haben von Miss Barton erfahren, dass sie in den drei Monaten vor dem Silvesterabend 2006 eine Beziehung mit Mr. Monkton unterhielt. Wussten Sie von dieser Beziehung?«

»Ja. Ich wusste Bescheid.«

Ohne es zu wollen, entschlüpft mir ein Geräusch, eine

Art unfreiwilliger Schluchzer. Ich schlage die Hände vor den Mund, aber da ist es schon zu spät, jeder hat es gehört. Dilys wirbelt auf ihrem Sitz herum und bedenkt mich mit einem triumphierenden Blick, der mich mit voller Wucht trifft. Daniel starrt nur weiter geradeaus, aber seitlich an seinem Gesicht zuckt ein Muskel.

»Hat Miss Barton geahnt, dass Sie über die Beziehung Bescheid wussten?«

»Nein, das glaube ich nicht.«

»Wie haben Sie davon erfahren?«

»Ich wusste, dass da was im Busch war – ich hab es ihr ganz einfach angemerkt. Sie hat geglaubt, sie könnte es geheim halten, aber in Wahrheit war es total offensichtlich.«

»Euer Ehren.« Daniels Verteidigerin ist wieder aufgestanden. »Ich gehe nur ungern dazwischen, solange der werte Kollege an der Reihe ist, aber das hier ist reine Spekulation vonseiten der Zeugin und beruht auf keinerlei Tatsachen. Die Aussage ist null und nichtig.«

»Ich bin geneigt, Ihnen zuzustimmen«, sagt der Richter und sieht den Staatsanwalt streng an. »Mr. Parkinson, könnten Sie bitte zum Wesentlichen kommen?«

Inzwischen sind alle Augen auf Ellen gerichtet, und sie zittert leicht, wirkt aber gefasst.

»Meinetwegen. Miss Mackinnon, wie konnten Sie wissen, dass Miss Barton mit Daniel Monkton eine Beziehung unterhielt?«

»Es war vielleicht zwei Wochen vor der Silvesterparty, und ich war nach der Schule nach Hause zu Sasha unterwegs. Sasha selbst war in der Schule geblieben, weil sie noch Proben hatte – für das Weihnachtskonzert –, aber sie hatte mich zum Abendessen eingeladen und mir ihren Hausschlüssel gegeben. Ich bin also alleine hingegangen.«

»Haben Sie das öfter gemacht?«

»Nein, das war das erste Mal, aber ich wusste, dass es Olivia und Tony – also Mrs. und Mr. Monkton – nichts ausmachen würde. Ich war ...« Sie wirft mir einen flüchtigen Blick zu. »Die Monktons waren so etwas wie Familie für mich.«

Der Kloß in meinem Hals schwillt zusehends an. Nicht mehr lange, und mir bleibt die Luft weg.

»In der Küche hab ich mir einen Tee gemacht«, fährt sie fort. »Den hab ich dann mit hoch in Sashas Zimmer genommen, wo ich mich aufs Bett gesetzt und eine Zeitschrift gelesen habe. Irgendwann ging die Haustür auf, und jemand kam nach Hause. Ich wollte schon runter, um Hallo zu sagen, dachte mir dann aber, ich warte noch kurz, um zu hören, wer es ist. Dann hab ich Karinas Stimme erkannt. Sie lachte, und es war ein Typ bei ihr ... Daniel. Sie kamen die Treppe hoch, und irgendwas an ihrem Gespräch hat mich dazu gebracht, dass ich den Mund gehalten habe. Sie sind in Daniels Zimmer verschwunden – das liegt direkt neben dem von Sasha –, und ... Die Wände sind ziemlich dünn. Ich konnte sie drüben hören.«

»Was haben Sie gehört, Miss Mackinnon?«

»Dass sie Sex hatten.«

Beim Wort »Sex« senkt sie die Stimme, wie ein Kind, kann es nicht aussprechen, ohne peinlich berührt zu sein.

»Nach einer Weile habe ich dann eine Art Klopfgeräusch gehört. Es klang fast, als würde ein Kopf gegen die Wand schlagen, auch wenn ich mir nicht sicher war ... Dann hab ich gehört, wie sie sagte: ›Du tust mir weh.‹ Er antwortete nicht, sondern hat einfach weitergemacht.«

»Was ist dann passiert?«

»Sie sind aus dem Zimmer gegangen und haben das Haus wieder verlassen.«

»Und was haben Sie gemacht?«

»Ich war ein bisschen ... schockiert, kann man sagen. Ich hab Sasha eine Nachricht geschickt, dass ich doch nicht zum Abendessen bleibe, und bin nach Hause gegangen.«

»Dann haben Sie also zwei Wochen vor dem Abend, um den es hier geht, mit angehört, wie Daniel Monkton und Miss Barton Geschlechtsverkehr hatten – und zwar möglicherweise gewaltsamen, im Zuge dessen sie zu ihm gesagt hat, er tue ihr weh? Und trotzdem weist er seinerseits weit von sich, dass die beiden eine Beziehung eingegangen waren?«

»Ja.«

Der Richter verkündet eine Pause, und Ellen verlässt den Zeugenstand. Sie hat die Lippen zusammengepresst, und mit jeder Faser ihres Körpers reißt sie sich zusammen, um gerade zu stehen und die Contenance zu wahren.

Oh, Ellen, wie konntest du nur? Meine Fast-Tochter! All diese Gelegenheiten, da wir an meinem Küchentisch beisammensaßen, als du mir beim Kochen geholfen hast, mir aus deinem Schulalltag erzählt hast! Ich habe ihr ein Stück Kultur nahegebracht, ein Fenster zu einer anderen Welt aufgestoßen als zu jener, die sie von zu Hause und ihren kleingeistigen Eltern kannte. Ich habe ihr etwas Besseres gezeigt. Wenn ich darüber nachdenke, dass sie es mir auf diese Art heimzahlt, dann brenne ich innerlich vor verstörender Wut.

Ellen

Oktober 2005

Sasha hat fürs Kino abgesagt, allerdings mit einem großartigen Grund: Nicholas und Daniel haben sich wohl beschwert, weil die Party am vorigen Wochenende so lahm gewesen sei, also haben Olivia und Tony beschlossen, eine zweite Party zu geben, diesmal allerdings nur mit ihren eigenen und Sashas Freunden – also ohne Erwachsene. Olivia und Tony wären zwar da, aber sie haben versprochen, sich zurückzuziehen, es sei denn, die Sache gerät außer Kontrolle. Die zwei sind echt so coole Eltern!

Diesmal ist Karina auch eingeladen. Sie hat versucht, komplett entspannt darauf zu reagieren, aber ich konnte ihr ansehen, wie aufgeregt sie war. Sie kam vorher bei mir vorbei, und wir haben uns zusammen fertig gemacht. Sie hatte nur das eine Thema: wer dort wäre, welche Jungs aus unserer Klasse ebenfalls eingeladen waren, ob Leo Smith auch käme und wenn, ob er was mit Sasha anfangen würde oder sie eine Chance hätte, wie die zwei Brüder wären, ob einer von ihnen an ihr Gefallen fände. Sie konnte gar nicht mehr aufhören, bis ich sie irgendwann am liebsten angebrüllt hätte, dass sie endlich Ruhe geben sollte. Wie viel cooler und lustiger Sasha war! Karina war einfach so schrecklich verkrampft.

Als wir dort ankamen, machte Daniel uns die Tür auf. Er sah kurz aus, als wüsste er nichts mit uns anzufangen, dann erkannte er mich wieder.

»Oh, hi. Sashas Freundin. Ellen, oder? Kommt rein.« Er machte einen Schritt zurück, um uns reinzulassen, und Karina quetschte sich unnötig dicht an ihm vorbei.

»Hi, ich bin Karina«, sagte sie und streckte die Hand aus.

Es war total schräg. Ich meine, wer außer alten Leuten gibt sich bitte die Hand? Doch Daniel nahm sie, beugte sich darüber und hauchte ihr einen Handkuss darauf.

»Sehr erfreut«, gab er sich gespielt vornehm.

Karina war ganz pink im Gesicht und grinste dümmlich. Kapierte sie gar nicht, dass er sie auf den Arm genommen hatte?

»Sasha ist in der Küche«, sagte er dann und verschwand im Wohnzimmer, dem Raum mit dem Flügel und den Bücherstapeln. Karina sah ihm sehnsüchtig nach, als würde sie ihm am liebsten sofort hinterherdackeln. Ich zog sie den Flur weiter nach hinten.

»Komm schon, und keine Sorge, du siehst ihn später noch.«

»Ich mache mir keine Sorgen«, sagte sie, auch wenn ich nicht wusste, warum sie sich überhaupt die Mühe machte. Sie kam mir vor wie eine läufige Hündin. Ich hoffte nur, dass ihr vor Sasha nicht irgendeine Peinlichkeit unterlief.

In der Küche saß Sasha mit dem Rücken zu uns am Küchentisch, ein Glas Rotwein in der Hand. Die anderen Mädchen hatten, soweit ich es sehen konnte, Jeans oder Jeansröcke und darüber knappe Oberteile an – nur Sasha selbst trug ein langes schwarzes Kleid, das vorn hochgeschlossen, aber im Rücken tief ausgeschnitten war, sodass ihr das seidige Haar über den nackten, gebräunten

Rücken fiel. Es hätte lächerlich overdressed wirken können – tat es an ihr aber nicht. Sie sah fantastisch aus, und im Vergleich wirkten die anderen wie dumme kleine Gören. Leo Smith saß mit dem Gesicht zur Tür ihr gegenüber, blickte allerdings nicht einmal auf, als wir hereinkamen. Sasha sah sich nach uns um, als sie uns kommen hörte, und sprang sofort auf, um uns zu begrüßen. Sie war barfuß und hatte sich die Zehennägel in einem leuchtenden Scharlachrot lackiert. Sie nahm erst mich, dann Karina in den Arm.

»Ich bin so froh, dass ihr da seid!« Ihre ehrliche Freude fühlte sich an wie ein Löffel voll warmer Honig. Ich hatte mich noch nie so wichtig gefühlt, so erwünscht, so im Reinen mit mir. »Was wollt ihr trinken?«

»Lassen sie uns Alkohol trinken? Deine El … Ich meine, deine Paten?« Karina sah mit offenem Mund zu, wie Sasha die Kühlschranktür aufzog. Dahinter lagen aufgestapelte Bierflaschen, und in der Tür stand Wein.

»Oh ja, die sind da fürchterlich liberal, stimmt's nicht, Sash?«, fragte jemand in unserem Rücken. Als wir uns umdrehten, lehnte Daniel am Küchentisch und sah aus, als amüsierte er sich prächtig.

»Ganz grässlich«, sagte sie, grinste und nahm eine Flasche Wein aus dem Kühlschrank. »Allerdings keinen Schnaps. Auch wenn ich mir sicher bin, dass ein paar ältere Jungs welchen mitgebracht haben.«

»Die Standpauke zu den älteren Jungs und wie man ihnen aus dem Weg geht, die hast du bekommen, oder?«, fragte Daniel und lachte.

»Möglich«, antwortete sie. »Aber apropos – wir sehen uns dann später. Kommt, Mädels!« Sie nahm drei Plastikbecher von der Arbeitsplatte und rauschte aus der Küche, und Karina und ich blieben ihr dicht auf den Fersen. Daniel sah ihr breit grinsend nach.

Oben schlich Tony auf Zehenspitzen aus dem Badezimmer über den Flur in Richtung eines Zimmers, von dem ich annahm, dass es sein und Olivias Schlafzimmer war.

»Tut mir leid, wirklich!« Er hielt beide Hände hoch, um seine Entschuldigung zu unterstreichen. »Ich musste nur schnell auf die Toilette. Das war das letzte Mal, dass ihr mich zu Gesicht bekommt, versprochen. Ihr seht alle bezaubernd aus, Ladys«, sagte er und verbeugte sich leicht. »Und jetzt viel Spaß!«

Dann schlüpfte er ins Schlafzimmer und zog die Tür hinter sich zu.

Karina warf mir einen vielsagenden Blick zu, und mir fiel wieder ein, wie sie am Tag des Monkton-Einzugs von ihm geschwärmt hatte. Ich schüttelte den Kopf und versuchte, sie davon abzuhalten, irgendetwas zu sagen. Es wäre vor Sasha einfach *zu* merkwürdig. Sie musste mich verstanden haben, weil sie bloß lächelte und dann gemeinsam mit mir und Sasha in deren Zimmer verschwand.

Wir setzten uns auf ihr Bett und nippten am Wein. Karina würgte ihn regelrecht runter und hatte offenkundig Probleme, sich nicht allzu deutlich anmerken zu lassen, dass sie mit Alkohol keine Erfahrung hatte.

»Ihr scheint ja wieder gut miteinander auszukommen«, sagte ich zu Sasha.

»Wer?«

»Du und Daniel. Beim letzten Mal wart ihr irgendwie komisch miteinander.«

»Ach, das. Ja, er ist schon in Ordnung.«

»Und der andere?«, wollte Karina wissen.

»Nick? Der ist auch okay. Die beiden sind wirklich okay.«

Wir warteten darauf, dass sie noch mehr sagen würde.

»Was?«, fragte sie und sah irritiert von mir zu Karina. »Seid ihr in die verschossen oder was? Oder warum wollt ihr die ganze Zeit über sie sprechen?«

»Nein!«, gaben wir wie aus einem Mund zurück.

»Ich glaube, es ist ...« Karina hielt inne, und ich sah ihr an, welche Mühe es sie kostete, uns hinsichtlich unseres Stalker-Sommers nicht zu verraten. »Es ist einfach komisch«, fuhr sie fort. »Du hast erst bei deiner Mutter gelebt, und dann urplötzlich ist das hier deine neue Familie, inklusive der zwei Jungs, nur dass sie nicht deine Brüder sind, insofern ...«

Sasha zuckte mit den Schultern. »Ist schon in Ordnung. Dazu gibt es nichts weiter zu sagen.«

»Aber du musst doch ...« Würde ich mich wirklich trauen? Sie hatte ihre Mutter bislang nie erwähnt. Ich nahm all meinen Mut zusammen. »Du musst deine Mutter vermissen.«

Sasha zog die Knie an, und ihre nackten Füße verschwanden in den Falten ihres Kleids.

»Ja, klar«, sagte sie leise.

Dann herrschte für eine Weile Stille. Karina und ich nippten an unserem Wein, als ginge es um Leben und Tod.

»Siehst du sie denn bald wieder?«, wagte Karina sich vor.

»Ja«, antwortete Sasha. »Sie kommt nächste Woche aus L. A., um mich zu besuchen.«

»Cool. Vielleicht lernen wir sie dann ja kennen?«, schlug ich vom Wein ermutigt vor.

»Vielleicht«, sagte Sasha. »Sie bleibt allerdings nicht lange, und womöglich wollen wir die Zeit zu zweit verbringen.«

»Klar.«

Dann wurde es wieder still, und ich zerbrach mir den Kopf nach einem einfacheren Gesprächsthema. Wir landeten schließlich bei Lästereien über unsere Lehrer und Mitschüler. Wir lachten über diesen Jungen aus unserer Klasse, den niemand je außerhalb der Schule gesehen hatte – ob er da überhaupt lebensfähig war? –, als plötzlich Leo den Kopf durch die Tür steckte. Karinas Hände schossen hoch zu ihren Haaren, und sogar ich zupfte mein Oberteil runter, weil es über meinem unappetitlichen Bauchspeck ein, zwei Zentimeter nach oben gerutscht war. Sasha war die Einzige, die nicht reagierte.

»Können wir dir irgendwie helfen?«, fragte sie frostig.

»Wir wollen Wahrheit oder Pflicht spielen«, sagte er grinsend, und ihre Unterkühltheit schien komplett an ihm abzuprallen. »Wollt ihr mitmachen?«

Karina war vom Bett aufgesprungen, noch ehe irgendjemand hätte antworten können.

»Ernsthaft?«, fragte Sasha mit hochgezogenen Augenbrauen.

Karina ließ sich wieder aufs Bett sinken. Sie glaubte wohl, wenn sie dabei nur langsam genug wäre, würde niemand mitbekommen, wie übereifrig sie gewesen war.

»Ach, komm schon, das könnte lustig werden«, sagte ich, um Karina den Steigbügel zu halten. Sie sollte doch immerhin meine beste Freundin sein.

»Ja, möglicherweise«, sagte sie zaudernd.

»Gott, na, meinetwegen.« Sasha seufzte theatralisch, dann stand sie auf und kippte den Rest ihres Weins hinunter. »Aber gebt mir nicht die Schuld, wenn das in die Hose geht!«

Leo joggte regelrecht vor uns her über den Flur und sah sich immer wieder um, damit wir ihm auch garantiert folgten. Wir liefen hinter ihm her die Treppe hinunter und ins Wohnzimmer. Ein Junge mit langen dunklen Haaren und Akne saß auf dem Klavierhocker und spielte Gitarre, und ein paar Mädchen sahen ihn dabei bewundernd an. Ich habe festgestellt, dass ein Junge noch so unattraktiv sein kann – wenn er Gitarre spielt, scheint er gleich tausendmal begehrenswerter zu sein.

Die meisten Partygäste hatten sich inzwischen hier im Wohnzimmer versammelt, saßen in kleinen Grüppchen auf den Sofas, auf Stühlen und am Boden zusammen. Viele kannte ich nicht; wahrscheinlich waren es Freunde von Daniel und Nicholas. Ein paar von Leos Kumpels aus der Schule waren ebenfalls da – und ein paar Mädchen aus unserem Jahrgang, die ich vom Sehen kannte, aber mit denen ich nie auch nur ein Wort gewechselt hatte. Wer sie eingeladen hatte, wusste ich nicht. In der Mitte des Zimmers lag eine leere Bierflasche am Boden.

»Okay, alle miteinander, dann legen wir jetzt los«, verkündete Leo, der anscheinend das Kommando übernommen hatte. Ich fragte mich, ob er auch auf die Idee mit dem Spiel gekommen war, um irgendwie die Gelegenheit zu bekommen, Sasha zu küssen.

Karina, Sasha und ich quetschten uns ans Ende eines langen, abgewetzten Sofas mit einem verspielten Muster aus Blättern und Vögeln. Mir schwirrte jetzt schon der Kopf vom Wein, und ich nahm an, Karina ging es nicht anders. Sie war kein bisschen mehr an Alkohol gewöhnt als ich selbst.

»Wir gehen im Kreis herum«, erklärte Leo. »Jeder entscheidet für sich, ob er Wahrheit, Pflicht oder Kuss will. Dann wird die Flasche gedreht, und derjenige, auf den sie zeigt, stellt die Frage oder Aufgabe.«

Im Zimmer wurde ein bisschen Brummen und Geächze laut, aber auch fröhliches Plaudern und Lachen. Rechts von mir konnte ich Karina ansehen, wie aufgeregt sie war, während Sasha links von mir eher müde Gleichgültigkeit ausstrahlte. Ich selbst lag wohl irgendwo dazwischen.

»Okay«, sagte Leo. »Ich drehe jetzt die Flasche. Wollen wir doch mal sehen, wer anfängt.« Er gab der Flasche ordentlich Schwung. Sie wirbelte eine Weile herum und wurde dann langsamer. Mir schlug das Herz bis zum Hals, weil ich schon befürchtete, sie würde auf mich zeigen, doch dann drehte sie sich noch ein Stückchen weiter und blieb auf Karina gerichtet liegen, die halb lachend, halb entsetzt die Hand vor den Mund schlug.

»Okay«, rief Leo erneut. »Karina heißt du, oder? Los, komm hierher in die Mitte.«

Mit glühenden Wangen kam Karina auf die Beine und nahm ihren Platz in der Mitte des Kreises ein. Um sie herum johlten und pfiffen die anderen. Sasha hatte ein leichtes Schmunzeln im Gesicht, sah gleichzeitig aber auch irgendwie angespannt aus.

»Geht's dir gut?«, fragte ich sie.

»Ja, nur ... Ich will nicht, dass sie sich zum Affen macht, weißt du?«, flüsterte sie mir zu. »Sie ist doch jetzt schon betrunken.«

»Wofür entscheidest du dich?«, fragte Leo nach bester Fernsehmoderator-Manier.

»Äh ... Wahrheit«, antwortete Karina.

»Okay, dann drehe ich die Flasche jetzt noch einmal«, erklärte Leo. »Und derjenige, auf den sie dann zeigt, darf dir eine Frage stellen.«

Er drehte die Flasche erneut. Sie blieb bei einem von Leos Freunden aus der Schule liegen, einem stämmigen, dunkelhaarigen Jungen namens Alex. Leo warf sich neben Alex aufs Sofa, als wollte er sich die Show von dort aus ansehen. Auf seiner anderen Seite saß Nicholas, und sie machten ein paar blöde Sprüche und lachten, als wären sie alte Kumpels, auch wenn ich nicht glaubte, dass sie sich schon vor heute Abend kennengelernt hatten.

Dann stellte Alex seine Frage. »Bist du noch Jungfrau?«

Das Pink auf Karinas Wangen verdunkelte sich und breitete sich über ihren Hals und die Brust aus. Das war die schlimmste Frage, die man ihr hätte stellen können. Ich wusste genau, dass sie noch Jungfrau war, und zumindest die Leute von unserer Schule konnten es sich denken und würden wissen, wenn sie jetzt flunkerte. Und es war ohnehin eine Gratwanderung – wenn man Ja sagte, galt man als naiv, unerfahren und kindisch. Bei Nein war man im Handumdrehen eine Schlampe. Ich hoffte inständig, dass sie es schnell hinter sich brächte. Je länger sie dort stünde, umso schlimmer wäre es für sie.

Nach einer gefühlten Ewigkeit murmelte sie ein leises »Ja« und ließ sich wieder auf den Platz neben mir fallen. In ihrem Gesicht loderte die Scham. Allerdings hatte ich keine Zeit, mir um sie Gedanken zu machen, weil jetzt ich an der Reihe war. Mit klopfendem Herzen trat ich vor in die Mitte des Kreises.

»Was darf's für dich sein?«, fragte Leo, stand wieder auf und stellte sich neben mich. Das Licht der Stehlampe in der Ecke spiegelte sich in seinen Augen, sodass sie im Halbdunkel schimmerten. Während Karina an der Reihe gewesen war, hatte ich mich ständig umentschieden. Meine größte Angst bei Pflicht war, dass ich irgendein Kleidungsstück ausziehen müsste, was jenseits von erniedrigend wäre. Doch nachdem ich Karinas Frage mit angehört hatte, war mir auch nicht nach Wahrheit zumute. Wahrscheinlich war Kuss immer noch das geringste Übel. Ich atmete flach durch.

»Ich nehme Kuss«, sagte ich bemüht gleichgültig.

Um mich herum wurden »Ooohs« und Pfiffe laut.

»Sie hat sich für Kuss entschieden, Ladys und Gentlemen«, rief Leo, der sich jetzt zusehends wohlfühlte in seiner Rolle. »Gut, ich drehe jetzt die Flasche, und derjenige, auf den sie zeigt, entscheidet, wen sie küssen muss. Los geht's!« Er gab der Flasche Schwung. Sie blieb am Teppich hängen und kam fast sofort zum Stillstand – und zwar auf Daniel gerichtet, der sich vorfreudig die Hände rieb.

»Hmm ... ich finde, du solltest ... meinen lieben Bruder Nicky küssen.«

Nicholas ächzte, schlug die Hände vors Gesicht, sah dann flüchtig auf und sagte: »Sorry, ist nicht persönlich gemeint, aber ... Also echt, schönen Dank, Dan! Außerdem heiße ich Nicholas oder Nick, wenn's sein muss, aber nicht Nicky.« Dann rammte er seinem Bruder den Ellbogen in die Rippen und stand auf.

»Aaah, Nickys erster Kuss!«, rief Daniel und lachte sich schlapp.

»Halt die Klappe!«, fuhr Nicholas ihn an und bedachte ihn mit einem finsteren Blick.

»Nicht die Zunge vergessen, Leute!«, trällerte Leo. »So steht's in den Regeln!«

»Was für Regeln? Von Regeln war nie die Rede!«, protestierte Nicholas, noch während er auf mich zumarschierte.

»Die habe ich hiermit verkündet«, entgegnete Leo und schubste mich gegen Nicholas' Brust.

Nicholas blickte auf mich hinunter und zog die Augenbrauen in die Höhe.

»Okay, dann mal los«, sagte er und beugte sich zu mir herab. Seine Lippen fühlten sich überraschend weich und warm an, und ich verspürte ein Flattern in der Magengrube, als er mir die Zunge in den Mund schob. Es war erst das zweite Mal, dass ich einen Jungen küsste – im vergangenen Sommer bei Tamara Greggs Party hatte ich mich mit einem Jungen unterhalten, den sie von den Pfadfindern kannte. Irgendwann hatte der sich mitten im Gespräch unverhofft runtergebeugt und dabei regelrecht meinen Mund verschlungen, dass seine Zähne über meine Haut geschrammt hatten. Am nächsten Tag waren meine Lippen so wund gewesen, dass ich mich fühlte, als hätte er mir eine Ohrfeige verpasst. Das hier war komplett anders, zärtlich und liebkosend, und mein Mund öffnete sich ganz wie von selbst, mein ganzer Körper fühlte sich zu ihm hingezogen. Erst ein lauter Pfiff brachte mich wieder zu Sinnen, ich machte einen Schritt von ihm weg und kehrte errötend auf meinen Platz zurück. Sasha schob ihre Hand in meine, und ich drückte leicht ihre Finger. Zum Glück war es vorbei.

Leo sah Sasha triumphierend an. Sie ließ meine Hand los und schlenderte lässig in die Mitte. Ihr Kleid umspielte ihre Konturen wie Wasser.

»Die süße Sasha«, sagte Leo. »Was soll's für dich sein?«

»Wahrheit«, sagte sie und sah ihm dabei unverwandt in die Augen.

»In Ordnung«, erwiderte er und versuchte, nicht allzu enttäuscht zu klingen, weil sie nicht Kuss gewählt hatte, obwohl er doch selbst die Flasche drehte. »Dann kommt jetzt Wahrheit.« Er stieß die Flasche an, und erneut landete sie bei seinem Freund Alex. Während alle anderen ihn ansahen, ließ ich Leo nicht aus den Augen, der wiederum Alex ansah, die Augenbrauen nach oben zog und auf sich selbst zeigte, wahrscheinlich damit Alex Sasha fragte, ob sie auf ihn stand. Doch Alex schien heute nur ein Thema zu kennen (womöglich nicht nur heute) und feuerte, ohne zu zögern, seine Frage ab.

»Befriedigst du dich selbst?«

Eine Sekunde lang herrschte entsetzte Stille, dann schockiertes Gekicher vonseiten der Mädchen und Gejohle von den Jungs. Ich sah Sasha an, die mir unendlich leidtat, weil sie diese Erniedrigung über sich ergehen lassen musste, aber sie lächelte nur und sagte beiläufig: »Klar, ständig.«

Als sie sich wieder hinsetzte, ließ ich den Blick schweifen, um zu sehen, wie diese Bombe eingeschlagen hatte. Die Mädchen kicherten immer noch und flüsterten einander zu, während die Jungs ...

Ich hätte gedacht, ihr Geständnis wäre peinlich gewesen, doch sie alle sahen Sasha nur mit blanker, unverhohlener Begierde an.

Das Spiel ging weiter und damit diverse Variationen von Wahrheit, Pflicht und Geknutsche. Als Daniel an der Reihe war, wählte er Kuss, und die Flasche blieb bei Nicholas liegen.

»Du küsst Sasha«, verkündete Nicholas.

»Moment mal, die sind doch verwandt«, ging Leo dazwischen.

»Sind sie nicht, du Trottel«, entgegnete Nicholas. »Unsere Eltern sind ihre Paten.«

Leo sah alarmiert von einem zum anderen und versuchte, sich einen weiteren Grund auszudenken, doch am Ende stand Daniel auf und gab Sasha zu bedeuten, dass sie es ihm gleichtun solle. In der Mitte beugte er sich zu ihr hinunter und gab ihr einen flüchtigen, züchtigen Kuss auf die Lippen. Dann hielten die beiden noch kurz Blickkontakt und setzten sich wieder.

»Hey!«, rief Nicholas. »Er meinte doch, die Regel wäre: mit Zunge. Das da war ja wohl nichts!«

»Ich mache, was ich will«, sagte Daniel.

»Dann mal weiter«, ging Leo eilig dazwischen. »Wer ist der Nächste?«

Noch während Nicholas Daniel finster anstarrte, nahm ich aus dem Augenwinkel eine Bewegung auf dem Flur wahr. Für einen winzigen Moment glaubte ich, es wäre Daniel, aber der stand immer noch in der Mitte des Kreises und betrachtete Sasha. Als ich über die Schulter sah, war dort niemand mehr. Ich raunte Sasha und Karina zu, dass ich zur Toilette müsse, und lief raus auf den Flur. Ein Mann eilte die Treppe hinauf, als hätte man ihn ertappt. Als er meine Schritte auf dem Parkettboden hörte, blieb er stehen und sah sich um.

»Ich bin nie da gewesen«, sagte er, als er mich erkannte. Dann hob er den Finger an die Lippen und lächelte. »Du hast mich nie gesehen.«

Es war Tony Monkton.

Ellen

September 2017

Zurück in der Wohnung sehe ich immer noch Karinas Gesicht vor mir, wie sie mich misstrauisch und feindselig anstarrt. Ich konnte immer noch das Mädchen in ihr erkennen, das mal meine beste Freundin war, aber auch nur gerade so – und ich bete, Dilys hat recht damit, dass Karina sich Daniel einfach nur mal wieder eingebildet hat und ihn sogar dort zu erkennen glaubt, wo er gar nicht ist, genau wie es auch mir eine Zeit lang erging. Allerdings glaube ich das nicht wirklich. Irgendwas sagt mir, dass er diesmal wirklich zurück ist.

Und Olivia – weiß sie wirklich nicht, wo er ist, oder hat sie mich angelogen? Und was ist mit Tony – hat er Daniel gesehen? Die Person oben im ersten Stock des Eckhauses könnte er gewesen sein, aber wenn ja – warum ist er dann nicht nach unten gekommen? Ich kann unmöglich noch mal dorthin zurückfahren. Mehr Feindseligkeit von Olivia könnte ich nicht ertragen. Allerdings gibt es da noch jemanden, der etwas wissen könnte: Nicholas. Ich habe keine Ahnung, wie eng er seit dem Prozess mit Daniel in Kontakt gestanden hat. Hat er ihn im Gefängnis besucht? Hat ihn überhaupt irgendjemand besucht?

Ich rufe Nicholas' Profil auf LinkedIn auf. Es ist Montagnachmittag, kurz nach zwei Uhr, und höchstwahrscheinlich sitzt er bei AVI Solutions an seinem Schreibtisch. Keine Sekunde lang will ich zum Telefon greifen und ihn anrufen – in Wahrheit bekomme ich allein bei der Vorstellung eine Gänsehaut –, aber ich sehe Sasha vor mir: ihr Gesicht, ihre Selbstsicherheit, ihr Talent, mich selbst in der verzweifeltsten Lage zum Lachen zu bringen. Ich tue es für sie. Also greife ich zum Handy.

»AVI Solutions, wie kann ich Ihnen helfen?« Seine Sekretärin klingt gelangweilt, als würde sie auf die Uhr starren, auf der sich die Zeiger quälend langsam auf fünf Uhr zubewegen.

»Hallo, könnte ich bitte mit Nicholas Monkton sprechen?«

»Und Sie sind ...?«

Verdammt. Ich war derart damit beschäftigt, mich auf dieses Gespräch einzupeitschen, dass ich darüber gar nicht nachgedacht habe. Ich will nicht, dass er dieses Telefonat verweigert.

»Sally ... äh ... Wright.« Der Name ist komplett willkürlich gewählt.

Es ist ein paar Sekunden lang still in der Leitung, dann sagt eine Männerstimme: »Nicholas Monkton?« Er klingt leicht herrisch, als hätte ich ihn bei etwas Wichtigem unterbrochen.

Für einen Augenblick glaube ich fast, ich hätte die falsche Person in der Leitung. Er klingt so anders. Aber ich habe seine LinkedIn-Seite immer noch vor mir – er ist es eindeutig.

»Hi, Nicholas.«

»Ja? Wie kann ich helfen?«, fragt er ungeduldig.

»Okay ... entschuldige. Hier ist nicht Sally Wright.«

Im selben Moment, da ich es sage, spricht ihn jemand am anderen Ende von der Seite an. Eine Frau. Ich stelle mir vor, wie die Sekretärin den Kopf durch seine Bürotür steckt und ihm Bescheid gibt, dass sein nächster Termin da ist.

»Moment bitte«, sagt er zu ihr, dann ist er wieder am Telefon. »Was? Sorry, wer ist da?«

Ich bin kurz versucht, ihm zu sagen, dass ich mich verwählt habe oder so, um dann aufzulegen, aber das kann ich nicht, das darf ich nicht tun. Ich zwinge mich zu einer Antwort.

»Hier ist Ellen Mackinnon.«

Stille in der Leitung.

»Ich muss mit dir über Daniel sprechen«, fahre ich stammelnd fort, »und über Sasha. Sie ist verschwunden, und Karina meint, sie hätte Daniel in London gesehen, auch wenn sie ihn anscheinend überall sieht, auch wenn er gar nicht da ist, und ...«

»Bleib kurz dran.«

Ich verstumme, weiß ohnehin nicht, was ich noch sagen soll.

»Gibst du mir noch einen Moment?«, fragt er, und kurz glaube ich, er meint mich, aber er spricht mit der anderen Person in seinem Büro. »Sorry, Ellen, du erwischst mich hier gerade in einem schlechten Moment. Ich kann jetzt nicht reden, ich bin bei der Arbeit.«

»Ich weiß, tut mir leid. Können wir später telefonieren?«

Er antwortet nicht, und ich warte ab. Er ist mir nichts schuldig.

»In Ordnung ... Wollen wir uns auf einen Drink treffen?«, schlägt er dann vor. »Sofern du immer noch in London bist.«

»Ja, das wäre toll. Ich wohne in Clapham. Ich muss allerdings um sieben in Wandsworth bei der Arbeit sein. Wann machst du Feierabend?«

»Nicht vor fünf. Ich könnte für eine Stunde bei dir vorbeikommen, wenn das einfacher für dich wäre? Clapham liegt auf meinem Heimweg. Du willst wahrscheinlich nicht für eine Stunde hier in die City kommen und dann wieder zurückfahren?«

Ich zögere kurz. »Okay.« Tatsächlich ist es so leichter für mich.

Ich gebe ihm meine Adresse und lege auf, und dann atme ich erst einmal durch. Ich bin immer noch ganz zittrig. Es ist das erste Mal seit Silvester 2006, dass ich mit ihm gesprochen habe, und es hat mich in die damalige Zeit zurückkatapultiert. Ich fühle mich wieder wie achtzehn – und zwar nicht auf positive Weise.

Ein paar Stunden später sehe ich vom Küchenfenster aus, wie er zügig den Gehweg entlangläuft wie ein Mann, der genau weiß, wo er hinwill, sowohl geografisch als auch im Leben an sich. Von seiner jugendlichen Zaghaftigkeit ist nichts mehr zu sehen. Auch wenn sie einander immer ähnlich waren, hat Daniel immer schon besser ausgesehen. Doch Nicholas hat sich gemacht, und die markanten Gesichtszüge, die an ihm als Teenager zu wuchtig wirkten, sehen an ihm als Erwachsenem gut aus. Ich frage mich, wie es Daniel diesbezüglich ergangen ist, was die Jahre hinter Gittern mit seinem dunklen, attraktiven Äußeren gemacht haben.

Es klingelt, und ich lasse ihn rein, warte darauf, dass er aus dem Dämmerlicht tritt. Als er vor meiner Wohnungstür steht, ist er sehr viel größer, als ich ihn in Erinnerung hatte, und breiter gebaut. Wir zögern beide und sind unsicher, wie wir einander begrüßen sollen. Schließlich wird es ein verlängertes Händeschütteln und ein verlegenes Küsschen auf die Wange. Er folgt mir nach drinnen.

»Schöne Wohnung«, stellt er höflich fest, als er sich umsieht. »Wohnst du hier ... allein?«

»Nein, ich ... wohne mit Sasha zusammen.«

»Wirklich? Ich hab nicht gewusst, dass ihr euch immer noch so nahesteht.«

»Ja, deshalb ...« Unwillkürlich verziehe ich das Gesicht, um nicht loszuweinen.

Er sieht alarmiert aus. »Sorry, ich wollte nicht ...«

»Schon in Ordnung, es waren einfach ein paar harte Tage. Ich hab nicht viel geschlafen ... Magst du vielleicht etwas trinken? Oder einen Tee?«

»Ich würde ein Glas Wein nehmen, wenn du welchen dahast«, sagt er und sieht erleichtert aus, weil er damit wieder auf sicherem Terrain ist. »Rot oder weiß ist egal.«

Ich gehe in die Küche und schenke uns beiden ein Glas ein. Als ich wiederkomme, steht er immer noch unbeholfen im Flur und betrachtet eine Collage aus Fotos von Sasha und mir, die wir mit den Jahren geschossen haben.

»Oh«, entschlüpft es mir, ich bleibe abrupt stehen, und Wein schwappt mir über die Hand.

»Sorry, ich wusste nicht, wo ich hingehen sollte«, sagt er.

»Komm.« Ich führe ihn ins Wohnzimmer. Er ist immer der Unbeholfenere der beiden gewesen, deshalb habe ich ihn auch immer mehr gemocht.

Er setzt sich steif aufs Sofa und sieht sich um, als wollte er jedes Detail in sich aufsaugen. Ich setze mich ihm gegenüber in den Sessel.

»Also ... du meintest, Sasha ist verschwunden«, sagt er.

»Ja. Vor drei Tagen. Sie ist am Freitag nicht von der Arbeit heimgekommen, und seither hat sie auch keiner mehr gesehen. Ich bin heute bei Karina vorbeigefahren, und ...«

»Karina Barton?«, unterbricht er mich. »Mein Gott, die hab ich ja schon seit Jahren nicht mehr gesehen, seit ... Du weißt schon. Wie geht es ihr?«

»Nicht besonders. Ich glaube, sie ist nie darüber hinweggekommen. Über das, was passiert ist.«

»Nein, wahrscheinlich nicht«, sagt er düster. »Daniel, dieses Arschloch.«

»Genau deshalb wollte ich mit dir sprechen«, sage ich und ergreife die Gelegenheit beim Schopf. »Karina meinte, sie hätte Daniel vorletzte Woche hier in London gesehen. Ich dachte, er wohnt in Schottland? Ist er nicht dort hingezogen, als er aus dem Gefängnis kam?« Die Fragen sprudeln nur so aus mir heraus, und ich verhaspele mich.

»Ja, er hat seither in Schottland gewohnt«, sagt Nicholas. »Soweit ich weiß, ist er auch immer noch dort. Allerdings hab ich seit Jahren keinen Kontakt mehr zu ihm, Ellen, ich habe also keine Ahnung, wo er sich rumtreibt oder was er gerade macht. Er könnte genauso gut eine Tür weiter wohnen.«

Er muss mir das Entsetzen angesehen haben, weil er die Hände hebt, als hätte ich ihm gerade mit einer Knarre vor der Nase herumgewedelt.

»Hey, das war doch nur so dahingesagt! Sorry, ich wollte dich nicht ... Gott, Ellen! Ich sehe schon, es ist nicht nur Karina, die nicht darüber hinweggekommen ist.« Er drückt zwei Finger auf die Nasenwurzel. »Tut mir echt leid, ich hatte ja keine Ahnung!«

Keine Ahnung wovon?, will ich am liebsten fragen. Keine Ahnung, dass dein Bruder mir nach mehr als zehn Jahren, nachdem er meine Freundin brutal vergewaltigt hat, immer noch eine Heidenangst einjagt? Keine Ahnung, dass ich mich bei der Vorstellung, er könnte wieder zurück sein, einfach nur verstecken und nie wieder aus meinem Versteck herauskommen will? Keine Ahnung, dass die Nachwehen all dessen, was an Silvester 2006 in deinem Elternhaus passiert ist, immer noch mein Leben erschüttern?

»Ist schon okay«, murmele ich stattdessen und nehme einen großen Schluck Wein. »Wann hast du ihn denn zuletzt gesehen?«

»Vor fünf Jahren, als er freikam. Da hat er für eine Weile bei uns gewohnt – bei Mum und Dad, meine ich. Ich habe ehrlich gestanden versucht, ihm aus dem Weg zu gehen. Ich hatte da schon eine eigene Wohnung, also bin ich auf Abstand geblieben, trotzdem sind wir uns ein- oder zweimal über den Weg gelaufen.«

»Das hat deine Mutter mir gar nicht erzählt.«

Bei dem Gedanken an Olivia halte ich mein mittlerweile leer getrunkenes Weinglas wie eine Waffe vor mich.

»Du hast mit Mum gesprochen?« Er klingt misstrauisch, fast wütend.

»Ja, ich bin zu ihr gefahren. Sorry, hätte ich … Ich dachte, sie könnte vielleicht etwas wissen, hätte vielleicht etwas von Daniel gehört. Ich … Ich hab Angst, Nicholas. Dass er zurück sein könnte. Dass er … Sasha entführt haben könnte.«

»Wie kommst du denn darauf?« Jetzt klingt er aufrichtig verwirrt.

»Na ja, wo soll sie denn sonst sein? Sie ist wie vom Erdboden verschluckt – und das im selben Moment, da dein Bruder anscheinend nach London zurückkommt, und außer mir scheint sich niemand Gedanken zu machen. Er hat uns geschrieben, Nicholas, nachdem er aus dem Gefängnis freikam – Drohbriefe. Hat uns beschuldigt, im Prozess gelogen zu haben. Wenn er sie sich nicht geschnappt hat, wo ist sie dann?«

Nicholas sieht mich merkwürdig an, als wüsste er, dass er mir gleich etwas Unangenehmes sagen müsste, wovon er nicht glauben kann, dass ich es nicht längst weiß.

»Aber Ellen, glaubst du nicht ... Ich meine, ist das nicht typisch Sasha, so was zu machen? Einfach abzuhauen, ohne jemandem Bescheid zu geben? Es wäre schließlich nicht das erste Mal, stimmt's?«

»Ich weiß«, sage ich und versuche diesmal, nicht wieder die Beherrschung zu verlieren. »Aber ich kann nicht glauben, dass sie einfach verreist ist, ohne mir etwas zu sagen. Diesmal nicht.«

»Aber ...« Er breitet die Hände zu einer hilflosen Geste aus. »Nach ... allem, was passiert ist, war sie von uns zutiefst enttäuscht. Ist sie nicht sogar bei dir und deinen Eltern eingezogen? Für eine Weile? Und dann ist sie an die Uni, und Mum hat sie nie wiedergesehen. Sie kann ... keine Ahnung ... Leute von sich wegschieben. Sie hat dieses Talent, ihre Gefühle einfach abzuschalten, wenn sie sich nicht mehr ... angemessen anfühlen. Vielleicht ist es ja wegen ihrer Mutter.«

»Was meinst du damit? Wegen ihrer Mutter?«

»Oh, weißt du gar nicht ... Ich dachte, ihr wärt eng befreundet?« Er schiebt einen Finger in den Ärmel der anderen Hand und fummelt an seinem Hemdenknopf herum. »Mum meinte immer, wir sollten es Sasha überlassen, es zu erzählen, insofern haben wir nie ... Ich dachte, du wüsstest Bescheid. Ich hätte es nicht erwähnen dürfen.«

»Bitte, erzähl einfach.« Ich habe ein mulmiges Gefühl im Bauch, das sich nach oben ausbreitet. Ich schlucke es hinunter.

»Okay ... Was hat Sasha dir über ihre Mutter erzählt?«

»Dass sie Model war und die beiden überall auf der Welt gewohnt haben. Ihre Mutter habe sich irgendwann mehr Stabilität für Sasha gewünscht. Sie sollte das Abitur machen und sei deshalb zu euch gezogen. Und dass die Mutter in den USA lebe.«

»Das ist alles? Das hat sie dir erzählt?«

»Ja ... Was soll das heißen? Ich dachte mir schon, dass sie nicht allzu gut miteinander auskommen, weil sie sich ja auch so selten sehen, aber Sasha wollte ganz offensichtlich nicht mehr über sie erzählen, also habe ich nie nachgefragt.«

»Und du fandst es nie komisch, dass du sie nie getroffen hast?«

»Nicht wirklich ... Ich habe eine Menge Freunde, deren Eltern ich nie kennengelernt habe, und die wohnen nicht mal im Ausland.« Rachel zum Beispiel – ihre Eltern habe ich nie getroffen. Ich versuche, die Stimme in meinem Kopf zum Verstummen zu bringen, die mir einflüstert, dass Rachel und ich einander auch nie so nahegestanden haben wie Sasha und ich.

»Sie wohnt nicht im Ausland, Ellen.«

»Was?« Ich schiebe beide Hände unter meine Oberschenkel, um nicht weiter an meinen Fingernägeln zu kauen.

Er lehnt sich vor, stützt die Ellbogen auf die Knie und wendet mir sein Gesicht zu. »Sie ist ein Junkie. Wahrscheinlich obdachlos, auch wenn seit Jahren niemand mehr etwas von ihr gehört hat. Sie könnte inzwischen sogar gestorben sein.«

Das Zimmer um mich herum dreht sich, und für einen Moment kneife ich die Augen zusammen.

»Hör mal, Ellen, tut mir leid, dass ich dir das erzählen muss. Ich kann dir ansehen, dass du mit so etwas nicht gerechnet hast. Aber du kannst es genauso gut von mir erfahren. Sasha hat nie in den USA gelebt. Sie ist nicht bei uns eingezogen, weil ihre Mutter wollte, dass sie das Abitur macht. Sie ist zu uns gekommen, weil ihre Mutter sich nicht mehr um sie kümmern konnte. Sie hat … Sasha verletzt.«

»Was? Was soll das heißen?«

»Mum hat geahnt, dass das die Geschichte war, die Sasha überall herumerzählt hat, und sie hat es zugelassen – es hätte ja doch nicht weitergeholfen, wenn Mum eingeschritten wäre und allen erzählt hätte, dass es gelogen war. Sie hat damals nicht einmal uns die ganze Geschichte erzählt, auch wenn wir alle wussten, dass Sasha über Alice – so heißt ihre Mutter – Geschichten herumerzählt hat, die nicht stimmten. Mum hat uns das Versprechen abgenommen, es nie jemandem zu erzählen. Es ist noch gar nicht lange her, dass sie mir die Wahrheit gesagt hat. Alice war in der Jugend ihre beste Freundin, ist dann aber irgendwie vom Weg abgekommen. Mum hat den Kontakt gehalten, und die beiden haben sich noch öfter gesehen, als Sasha ein Baby war, Mum hat für sie babygesittet und so. Aber dann ist Alice abgetaucht, hat in irgendeiner Kaschemme in Nord-London gewohnt, und dann sind sie irgendwo in den Norden gezogen, ich glaube, es war Hebden Bridge. Da hat Mum den Kontakt verloren. In dem Jahr, als Sasha bei uns eingezogen ist, hatte Mum zuvor einen Anruf von Alice bekommen – das Jugendamt wollte ihr Sasha wegnehmen. Da war Sasha fünfzehn, hätte also noch nicht allein wohnen dürfen, und Alice wollte nicht, dass sie zu Pflegeeltern käme.«

Meine komplette Welt, die seit Sashas Verschwinden mehr oder weniger unkontrolliert durcheinandergewirbelt wurde, schießt hinaus ins Universum und lässt mich vollends desorientiert zurück.

»Was war passiert? Warum haben sie ihr Sasha weggenommen?«

»Kannst du dich noch an ihr Gesicht erinnern, als sie bei uns eingezogen ist?«

»Ja.« Die wärmende Sonne auf meinen Unterarmen, die raue Ziegelmauer unter meinen Oberschenkeln, der durchdringende Geruch von Karinas metallicblauem Nagellack – und dann mein Herzschlag, als sie ihr goldblondes Haar zurückwarf und die Narbe über ihrer Wange sichtbar wurde.

»Hast du sie je gefragt, wie das passiert ist?«

»Sie meinte, es wäre eine Glasscherbe gewesen. Hatte ihren Schlüssel vergessen und musste ein Fenster einschlagen, um in ihr eigenes Haus zu kommen.«

»Tja, das war gelogen. Das war Alice – sie war betrunken oder auf Drogen, hat wild um sich geschlagen und dann irgendwie ... versehentlich Sasha geschubst, die sich das Gesicht am Kaminsims aufgeschlagen hat.«

»Versehentlich?«

»Wahrscheinlich. Zumindest hat so Sashas Version gelautet und auch die von Alice, allerdings glaube ich nicht, dass das Jugendamt es geschluckt hat. Und sogar Alice hat gedämmert, dass sie es ihr nicht durchgehen lassen würden, also hat sie Olivia gefragt, ob Sasha eine Weile bei uns bleiben könnte.«

»Für eine Weile?«

»Ja. Sasha sollte ursprünglich wieder zurück zu ihr, aber dann ist Alice ... verschwunden. Erst rief sie noch hin und wieder an, um mit Sasha und Mum zu sprechen. Aber irgendwann ist das im Sande verlaufen, und eines Tages hat Mum bei ihr angerufen, und der Typ, der ans Telefon ging, meinte nur, dass sie dort nicht mehr wohnt. Und dass auch keiner weiß, wo sie hingegangen ist. Sie hatte kein Handy, insofern war's das also. Mum hat's noch über die Behörden versucht und über die Polizei, aber die hatten keine Ahnung, wo Alice stecken könnte. Mum hat nie mehr von ihr gehört.«

»Und wann war das?« Ich versuche, mir in Erinnerung zu rufen, zu welchen Gelegenheiten Sasha von ihrer Mutter erzählt hat – was genau und wann.

»Das war etwa sechs Monate, nachdem sie bei uns eingezogen ist – da hat sie das letzte Mal von Alice gehört.«

»Aber diese Wohnung ... Die gehört Sasha. Sie meinte, die hat ihre Mutter ihr gekauft.«

»Ich weiß, dass Sashas Großmutter – Alices Mutter – Sasha ein bisschen Geld in einer Art Treuhandfonds hinterlassen hat. Das wird sie bekommen haben, als sie achtzehn wurde. Vielleicht hat sie die Wohnung damit finanziert. Dann zahlst du ihr Miete, ja?«

»Ja.« Wenn man es Miete nennen kann. Es sind Peanuts verglichen mit dem, was sie bekommen würde, wenn sie mein Zimmer annoncieren würde. Ich habe immer geglaubt, sie will mir damit einen Gefallen tun, weil sie weiß, wie wenig ich verdiene. Aber jetzt frage ich mich doch, ob es noch einen anderen Grund gibt, warum sie will, dass ich bei ihr wohne. Ob sie mich vielleicht genauso sehr braucht wie ich sie. Oder womöglich noch mehr.

»Warum hat sie mir das nie erzählt?« Wie oft haben Karina und ich sie nach ihrer Mutter gefragt und dieses todschicke Model treffen wollen, die in meinem Kopf wie eine Mischung aus Jerry Hall und Cindy Crawford aussah. Ich kann nicht glauben, dass ich es nicht mal komisch fand, dass ich nie ein Foto von ihr gesehen habe.

»Sie hat sich geschämt«, sagt Nicholas. »Sie wollte nicht, dass irgendjemand Bescheid weiß und sie wegen ihrer Mutter verurteilt. Ich nehme an, sie wollte einfach noch mal ganz neu anfangen.«

In mir macht sich ein dumpfer Schmerz breit – teils um meiner selbst willen, teils wegen der Lügen, die ich erzählt bekommen habe. Aber auch um ihretwillen, wegen alledem, was sie hat erleiden – und verheimlichen – müssen.

»Vielleicht ist es ja das, was sie jetzt wieder will – einen Neustart?«, fährt er fort.

»Nicht, ohne mir Bescheid zu sagen«, wiederhole ich stur, eher um mich selbst zu überzeugen als alles andere. »Du verstehst das nicht. Du hast sie seit Jahren nicht mehr gesehen, und trotzdem marschierst du hier rein und erzählst mir, was sie will und was nicht und was sie getan haben könnte. Du kennst sie nicht. Du kennst sie kein bisschen.« Hitze steigt mir ins Gesicht, und ich werde rot.

»Hör mal, es tut mir echt leid, dass ich der Überbringer der schlechten Nachricht war«, sagt Nicholas, trinkt seinen Wein aus und steht auf. »Vielleicht gehe ich besser.«

Ich bringe ihn noch zur Wohnungstür. Diesmal stehen ein Händeschütteln oder ein Wangenküsschen nicht zur Debatte. Doch als ich die Tür gerade hinter ihm zuschieben will, dreht er sich noch einmal zu mir um.

»Vielleicht hast du recht«, sagt er. »Vielleicht kenne ich sie nicht. Aber weißt du was, Ellen? Vielleicht kennst du sie auch nicht annähernd so gut, wie du glaubst.«

Und mit diesen Worten lässt er mich allein in der Wohnung, die ich mir mit Sasha teile – mit meiner besten Freundin, die mein komplettes Erwachsenenleben da gewesen ist. Ja, sie war hier und da nicht zu greifen, aber sie hat sich niemals zuvor so angefühlt wie heute: wie ein Phantom, das sich wegduckt und versteckt, sobald ich mich nach ihm ausstrecke, und sich meinem Zugriff für alle Zeiten entzieht.

Olivia

Juli 2007

»Miss Mackinnon, als Sie am Abend des 31. Dezember 2006 gesehen haben, wie Miss Barton und Daniel Monkton sich geküsst und zärtlich berührt haben, hat Miss Barton auf Sie gewirkt, als tue sie dies aus freien Stücken, war es nicht so?« Daniels Verteidigerin streicht sich ein imaginäres Haar aus der Stirn.

»Ja, wie gesagt ... Aber das bedeutet nicht ...«

»Beantworten Sie bitte nur meine Fragen, Miss Mackinnon.« Sie bedenkt Ellen mit einem bohrenden Blick, und innerlich jubiliere ich.

»Ja«, erwidert Ellen. Sie wird immer leiser, worüber ich heilfroh bin.

»Als Sie die beiden anschließend um kurz nach zehn Uhr hoch in Daniel Monktons Zimmer gehen sahen, hat Mr. Monkton Miss Barton da hinter sich hergezerrt oder sie sonst wie unter Druck gesetzt?«

»Nein.«

»Haben Sie hören können, wie sie sagte, dass sie nicht mit ihm nach oben gehen wolle?«

»Nein.«

»Und Sie waren auch nicht im Zimmer zugegen, in dem die vermeintliche Vergewaltigung stattgefunden haben soll?«

»Nein, natürlich nicht ...«

»Sie haben auch nicht gesehen, wie Daniel Monkton Miss Barton irgendwelche Verletzungen zugefügt hat?«

»Nein.«

»Als Sie Miss Barton später gegen elf aufgewühlt an Ihnen vorbeirennen sahen, haben Sie da Blut gesehen oder Kratzer oder andere Verletzungen an ihr bemerkt?«

»Nein, aber ...«

»Nur die Fragen, bitte.« Sie lächelt nur mit dem Mund, ihr Blick ist weiter hoch wachsam.

»Nein, ich habe nichts dergleichen bemerkt.«

»Dann haben Sie also keinen Grund anzunehmen – und keine Beweise, mal abgesehen von dem, was Ihnen anschließend berichtet wurde –, dass Daniel Miss Barton vergewaltigt hätte?«

»Na ja ...« Sie sieht sich hilfesuchend um.

»Haben Sie einen Grund oder Beweise, Miss Mackinnon?«

»Nein«, murmelt sie in Richtung Fußboden.

»Dann wäre es also denkbar, dass Miss Barton und Daniel vollkommen einvernehmlichen Geschlechtsverkehr hatten und die Verletzungen an Miss Bartons Oberschenkeln, die Sie bezeugen können, später entstanden sind, nachdem sie Daniels Zimmer verlassen hatte – entweder durch einen der beiden oder durch Miss Barton selbst?«

»Aber warum sollte sie ...«

»Wäre es denkbar, Miss Mackinnon?«

Ellen starrt auf ihre Hände hinab; die eine umklammert die andere, um sie am Zittern zu hindern.

»Ja, es wäre denkbar«, sagt sie schließlich.

Für einen Moment herrscht Stille. Alle warten darauf, was als Nächstes kommt.

»Ich möchte mit Ihnen noch mal zurück zu dem Tag Mitte Dezember gehen, an dem Sie – wie Sie sagen – Miss Barton und Daniel beim Geschlechtsverkehr gehört haben.«

Ellen sieht jetzt entspannter aus, als fühle sie sich auf diesem Terrain wesentlich sicherer. Gänzlich unerwartet macht sich in mir ein Unwohlsein breit. Dabei halte ich mich für halbwegs aufgeklärt. Ich weiß, wozu Teenager imstande sind, aber bei der Vorstellung, dass all diese Zwiesprachen, diese Begierden an den kerzenerleuchteten Abenden rund um meinen Küchentisch unter der Oberfläche gebrodelt haben sollen, stelle ich mit einem Mal alles infrage. Nein, nicht alles; Daniels Unschuld darf ich nicht infrage stellen, das kann ich nicht, sonst bin ich verloren.

»Haben Sie zu irgendeinem Zeitpunkt das Zimmer verlassen, in dem Sie gewartet haben – Sashas Zimmer?«

»Nein.«

»Haben Sie Miss Barton und Daniel zu irgendeinem Zeitpunkt mit eigenen Augen gesehen?«

»Nein. Nachdem sie ... fertig waren, haben sie das Haus verlassen. Keine Ahnung, wohin sie gegangen sind.«

»Mr. Monkton hat immer von sich gewiesen, vor dem Abend des 31. Dezember 2006 sexuellen Kontakt zu Karina Barton gehabt zu haben. Können Sie sich zu hundert Prozent sicher sein, dass Miss Barton an jenem Tag mit Daniel zusammen war?«

Ich selbst bin mir da nicht so sicher, und ich meine, auch auf ihrem Gesicht einen Hauch von Zweifel zu erkennen, der noch mit etwas anderem vermischt ist. Angst?

»Ja«, sagt sie nachdrücklich.

»Was hat Daniel gesagt?«

»Ich ... Ich konnte keine einzelnen Wörter verstehen, ich ...«

»Dann konnten Sie ihn also nicht deutlich genug hören, um zu wissen, was er zu ihr gesagt hat? Und trotzdem sind Sie sich sicher und über jeden Zweifel erhaben, dass es Daniel Monkton war, den Sie beim Geschlechtsverkehr mit Miss Barton gehört haben?«

»Sie waren in seinem Zimmer!«

»Ja, und es tut mir leid, wenn ich mich wiederholen muss, aber ich glaube, dass dies hier ein wesentlicher Punkt ist: Sie konnten ihn weder sehen noch deutlich genug hören, um zu verstehen, was er sagte.«

Ellen sieht sich um, als hoffte sie auf Unterstützung, aber niemand steht ihr bei. Die Geschworenen starren sie bloß unverwandt und wenig hilfreich mit ausdruckslosen Gesichtern an. Sie sieht ungläubig zurück zu Daniels Verteidigerin.

»Ich weiß, dass er es war. Ich hab seine Stimme erkannt.«

»Beantworten Sie bitte meine Frage. Haben Sie Daniel Monkton gesehen oder ihn klar genug gehört, um zu verstehen, was er gesagt hat?«

Sie schiebt die Hände ins Haar, lässt sie dann schnell wieder sinken; unter Garantie ist ihr geraten worden, einen so selbstsicheren Eindruck wie nur möglich zu machen.

»Nein«, antwortet sie. »Aber ...«

»Danke«, unterbricht sie die Verteidigerin sanft. »Sie haben überdies ausgesagt, Miss Barton gehört zu haben, wie sie sagte: ›Du tust mir weh‹?«

»Ja.«

»Aber wenn Sie nicht klar genug hören konnten, was der Mann in dem Zimmer sagte, wie können Sie sich dann bei diesem Satz sicher sein?«

»Er hat leise gesprochen. Sie lauter.«

»Aber Sie haben nicht gehört, wie Miss Barton ihn gebeten hat aufzuhören? Haben Sie gehört, dass sie Nein gesagt hätte?«

»Nein.«

»Dann wäre es möglich, dass die Person – wer immer dort mit Miss Barton zusammen war – tatsächlich etwas getan hat, was ihr wehgetan haben könnte, wenn auch unbeabsichtigt? Vielleicht hat er auf ihren Haaren oder versehentlich zu schwer auf ihr draufgelegen? Und als sie zu ihm sagte, dass er ihr wehtue – hat er vielleicht sofort reagiert? Wäre das möglich, Miss Mackinnon?«

»Ja, wahrscheinlich, aber ...«

»Danke, Miss Mackinnon. Keine weiteren Fragen.«

Als sie den Zeugenstand verlässt, kann ich ihr ansehen, dass ihre Beine sie kaum mehr tragen. Ich versuche, den nicht enden wollenden Strom aus Fragen in meinem Kopf abzuwürgen, die Angst, den düsteren Verdacht. Ich muss mich auf Daniel konzentrieren, darauf, für ihn da zu sein. Er trägt dort auf der Anklagebank eine reglose Maske, nur sein Teint ist vielleicht einen Hauch grauer als zuvor. Er versucht, unverwandt geradeaus zu starren, doch im allerletzten Moment, da Ellen abtritt und aus seinem Sichtfeld zu verschwinden droht, dreht er sich nach ihr um. Die Qualen und die Verzweiflung, die man ihm in den letzten Tagen ansehen konnte, sind wie weggefegt. Was ich jetzt sehen kann, ist die pure, ungetrübte Wut, und für eine Sekunde frage ich mich, was zur Hölle Ellen Mackinnon getan hat.

Ellen

September 2017

»Hast du über Sashas Mutter Bescheid gewusst?«

»Was meinst du?« Leo klingt verwirrt, was daran liegen mag, dass ich ihm die Frage ohne jede Vorrede gestellt habe. Er hat abweisend geklungen, als ich angerufen habe, um mich mit ihm in meiner Stammkneipe, dem Forresters, auf einen Drink zu verabreden, aber er war zu höflich, um mir die Bitte abzuschlagen.

»Dass sie gar kein Model war. Dass sie nie in Amerika gelebt hat. Sie war ein Junkie. Das Jugendamt hat ihr Sasha weggenommen.«

»Wie bitte? Davon hatte ich keine Ahnung. Wer hat dir das denn erzählt?«

»Nicholas. Ich habe ihn gestern Abend getroffen. Deshalb dachte ich auch, dass du vielleicht Bescheid wissen könntest. Immerhin wart ihr doch gute Freunde damals?«

»Ja, kann man so sagen ... Aber er hat nie etwas erwähnt. Die arme Sasha.«

»Ich weiß ... Sie hat mir gegenüber auch nie ein Wort gesagt.«

Meine Erleichterung, dass noch jemand anderes mit Sasha Mitleid hat, statt ihr Vorwürfe zu machen, ist nur von kurzer Dauer.

»Aber gibt dir das nicht zu denken«, fährt er behutsam fort, »dass du sie gar nicht so gut kanntest, wie du immer geglaubt hast? Kannst du dir denn absolut sicher sein, dass sie nicht doch aus freien Stücken verschwunden ist?«

Ich nippe an meinem Drink, bin nicht imstande, etwas zu sagen, kann nicht zugeben, dass er möglicherweise doch recht hat.

»Du stellst sie immer noch auf ein Podest, was?«, fragt er dann, wenn auch freundlich. »Nach all den Jahren. Selbst jetzt noch – obwohl du erfahren hast, dass sie dich angelogen hat.«

»Sie war damals sechzehn, als sie mir das mit ihrer Mutter erzählt hat«, wende ich ein. Ich brauche verzweifelt eine Erklärung, die mir nicht wehtut. »Wir hatten uns gerade erst kennengelernt. Da kann ich schon verstehen, warum sie mir die Wahrheit nicht hat erzählen wollen.«

»Und später dann? Als ihr euch nähergekommen wart? Warum hat sie da nichts gesagt?«

»Das wäre schwierig gewesen, nachdem die Lüge ja schon im Raum stand«, antworte ich langsam. »Das alles noch mal aufs Tapet zu bringen ... Warum nicht einfach dabei bleiben? Und je länger man all das aufrechterhält, umso schwieriger wird es ja.«

»Woher weißt du, dass sie dich nicht auch hinsichtlich anderer Dinge belogen hat? Wenn du davon keine Ahnung hattest, kannst du dann ernsthaft behaupten, dass das die einzige Sache war, bei der sie gelogen hat?«

»Was ist eigentlich dein Problem? Warum bist du so darauf erpicht, mich davon abzubringen, nach ihr zu suchen?« Mir ist klar, dass ich gerade zu hart mit ihm umspringe, aber ich kann mir nicht leisten, mir einzugestehen, dass sie mich von A bis Z belogen haben könnte. Das wäre vermintes Terrain.

»Mach ich doch gar nicht!« Das Pärchen am Nachbartisch sieht zu uns rüber, und er senkt die Stimme. »Das wollte ich damit doch gar nicht gesagt haben. Ich will doch nur ... Ich will wohl einfach nicht, dass du verletzt wirst.«

»Danke.« Heiße Tränen brennen hinter meinen Augenlidern. Ich möchte nicht, dass er sieht, wie sie mir übers Gesicht laufen. »Ich hätte dich nicht hierherbitten dürfen«, sage ich dann und stehe auf, obwohl mein Drink noch nicht leer ist. »Das war dumm von mir. Tut mir leid.«

»Ist doch in Ordnung. Bleib sitzen, trink zumindest dein Getränk aus.«

»Nein, ich gehe jetzt besser. Ich muss sowieso gleich zur Arbeit.«

Ich kann seinen verwirrten Blick in meinem Rücken spüren, als ich zwischen den Tischen hindurchlaufe. Ich habe es fast bis zur Tür geschafft, als jemand meinen Namen ruft und mich am Arm berührt.

»Oh! Hallo, Rachel.« Eigentlich sollte es keine Überraschung sein, sie hier zu sehen – das Forresters ist unser Stammlokal, hier treffen wir uns häufig. Sie hat mir in den letzten Tagen mehrere Nachrichten geschickt und gefragt, ob es schon Neuigkeiten gebe, aber seit Samstag haben wir nicht mehr miteinander gesprochen.

»Was machst du denn hier?« Sie lässt den Blick über die Tische schweifen, um zu sehen, mit wem ich hier war.

»Ach, ich habe nur einen alten Bekannten auf einen Drink getroffen. Niemanden, den du kennst.«

Ihr Blick bleibt an dem Tisch hängen, den ich gerade verlassen habe, und sie reißt die Augen auf. »Hast du dich mit Leo getroffen?«

»Ja.« Schlagartig habe ich ein hohles Gefühl im Magen. »Woher kennst du ihn?«

»Ist das nicht ein alter Freund von Sasha? Er war auf einer Party, auf der wir waren – ist vielleicht einen Monat her. Dort hab ich ihn kennengelernt.«

»Ach, hast du gar nicht erwähnt.«

»Ich glaube, seitdem haben wir beide uns auch gar nicht mehr gesehen, oder? Egal, ich habe damals kaum mit ihm gesprochen. Wäre also kaum der Rede wert gewesen.« Mich beschleicht das Gefühl, als würde sie einen Rückzieher machen, um nicht ihre wahren Gefühle zu offenbaren, wie immer die aussehen mögen.

»Hat er mit Sasha ... viel Zeit verbracht?«

»Nein, glaube ich nicht. Ich bin mir nicht mal sicher, ob sie wusste, dass er auch da sein würde.« Ihr Blick huscht erneut flüchtig zu ihm hinüber.

»Hat die Polizei sich schon bei dir gemeldet?«, will ich wissen. Ich habe ihnen am Samstag auch Rachels Kontaktdaten gegeben.

»Ja, sie haben angerufen. Bin mir allerdings nicht sicher, ob ich groß weiterhelfen konnte. Willst du noch etwas trinken, oder ...?«

»Nein danke. Muss gleich zur Arbeit.« In Wahrheit habe ich noch eine volle Stunde Zeit, aber ich bin nicht davon ausgegangen, dass mein Treffen mit Leo so kurz ausfallen würde.

»Verstehe.« Bilde ich es mir nur ein, oder sieht sie erleichtert aus? »Gib Bescheid, wenn du irgendwas von Sasha hörst, okay? Ganz egal was.«

»Klar, mach ich.«

Weil ich sonst nichts mit mir anzufangen weiß, beschließe ich, zur Arbeit zu laufen, statt den Bus zu nehmen. Es ist immer noch hell draußen, und auf den Straßen ist jede Menge los. Eigentlich sollte ich mich nicht verletzlich fühlen, trotzdem habe ich allmählich das Gefühl, als würde ich beobachtet. Nicht dass es dafür einen konkreten Anhaltspunkt gäbe, es ist einfach nur in meinem Kopf, und ich kann das Gefühl nicht abschütteln. Es gibt da eine Abkürzung durch einen kleinen Park, und am Tor bleibe ich stehen, um einer Mutter mit einem mürrischen, maulenden Kleinkind an der Hand den Vortritt zu lassen. Sie hat Schwierigkeiten, gleichzeitig einen Buggy mit ihrem zweiten heulenden Kind vor sich herzuschieben, und lächelt mich mit zusammengebissenen Zähnen dankbar an. Allmählich verlassen die letzten Familien den knallbunten Spielplatz und weichen einigen Teenagern, die mit Zigaretten und billigem Dosenbier in den Händen das Terrain übernehmen. Die Mädchen klettern auf das Karussell und fangen an zu kreischen, als die Jungs sie anschieben.

Ich durchquere den Park über den weitläufigen, verwitterten Rasen jenseits des Spielplatzes. An warmen Tagen treffen sich Freunde hier, um zu picknicken und zu grillen, auch wenn das eigentlich verboten ist. Doch heute liegt hier nur ein Obdachloser inmitten verschlissener Plastiktüten unter einem Baum und schläft. Immer wieder werfe ich einen Blick über die Schulter, aber hinter mir ist niemand. Der letzte Teil der Abkürzung führt durch ein kleines Wäldchen. Um mich herum ist es leise, selbst der Straßenverkehr ist nur mehr ein entferntes Brummen. Im Unterholz knackst ein Zweig, und unwillkürlich laufe ich schneller, dann fange ich an zu rennen, der Schweiß kitzelt mich in den Achseln, mein Herz rast, und die Tasche schlägt gegen meine Hüfte. Als ich um die Ecke biege, werfe ich noch einen letzten Blick zurück – und stoße auf dem Weg, der mich zurück zur Straße bringt, mit jemandem zusammen. Ich schreie halb auf, und er packt mich bei den Schultern.

»Hey, Ellen, alles in Ordnung?«

Es ist Matthew, mein Kollege.

»Ist etwas passiert?« Mit dem Blick sucht er das Areal hinter mir ab.

Ich bin so außer Atem, dass ich gar nicht sprechen kann.

»Ellen, was ist los?«

Ich zwinge mich, langsam und tief durchzuatmen. »Alles okay«, bringe ich endlich hervor. »Ich hab mich nur gegruselt, als ich durch das Wäldchen gelaufen bin.«

»Sicher?«

»Ja.« Ich lächele ihn gezwungen an.

»Okay ... Tja ... Komm«, sagt er dann, »ich begleite dich zum Sender.«

Ich widerspreche nicht, und Matthew lenkt mich mit seinen üblichen Fragen zu Sasha ab, besteht darauf, mich bis zur Tür zu bringen und zu warten, bis ich geklingelt habe und eingelassen werde. Erst als ich mich im Studio mit Kopfhörern auf den Ohren niedergelassen habe und gleich das erste Stück abspielen werde, fällt mir mit einem Mal auf, dass ich den ganzen Tag Simply Classical laufen hatte und Matthew gar nicht moderiert hat. Er wohnt am anderen Ende der Stadt. Was zur Hölle hatte er also hier verloren?

Ellen

Dezember 2005

»Ich rate dir, nimm dir ein Buch mit«, sagte Mum. »Ich hatte vor Jahren mal einen Freund, der meinte, er könnte mich beeindrucken, indem er mich in die Oper ausführt. Gott, das war der längste Abend meines Lebens!« Sie klappte den Mülleimerdeckel auf und warf die Teebeutel weg. »Ich hatte ehrlich gesagt keine Ahnung, worum es ging, und es hörte und hörte gar nicht mehr auf …« Sie hielt inne, als sie mir meinen Tee in die Hand drückte und mein versteinertes Gesicht sah. »Sorry, Schätzchen. Ich bin mir sicher, dass es toll wird.«

»Olivia ist eine der renommiertesten Sopranistinnen des Landes, Mum. Das ist nicht irgend so eine Laienaufführung im Gemeindehaus. Wir sind im Barbican.«

»Ich weiß, ich weiß. Wie gesagt, ich bin sicher, es wird große Klasse.«

Ich lehnte ihren Tee ab, marschierte hinaus und spürte ihren besorgten Blick in meinem Rücken. Sie nervte mich zu Tode – sie kapierte ganz einfach nicht, was ein Leben bei den Monktons bedeutete. Sie und Dad interessierten sich nicht für Musik oder Politik oder Bücher. Sie redeten bloß über Bekannte oder das Fernsehprogramm oder beratschlagten, welches Zimmer im Haus sie als Nächstes renovieren wollten. Das war dermaßen langweilig! Am Vorabend bei Sasha war ein Journalist zum Abendessen zu Besuch gewesen, und alle hatten lang und breit über den Irakkrieg diskutiert. Nicht dass ich genau verstanden hätte, welche Einzelheiten wie gedeutet werden mussten oder auf wessen Seite ich mich schlagen sollte, aber es war schlichtweg elektrisierend gewesen, all diese Leidenschaft zu spüren. Mit Leuten zusammenzusitzen, die sich Gedanken machten, die ihre eigene Meinung vertraten. Sasha hatte während eines besonders hitzigen Wortwechsels die Augen verdreht, und Daniel und Nicholas hatten an ihrem Tischende eine eigene Debatte geführt, doch ich hatte Sasha ignoriert und den Argumenten und Überzeugungen gelauscht, die in der Küche ausgetauscht worden waren.

In meinem Zimmer ging ich die Kleiderbügel in meinem Kleiderschrank durch. Was zog man zu einem klassischen Konzert bloß an? Olivia hatte natürlich ihren ganz eigenen Stil: knallige Farben, jede Menge wallender Schichten, auffälliger Schmuck. Auch Sasha hatte ein angeborenes Talent, sich so anzuziehen, wie sich sonst keiner anzog, und trotzdem für jede Gelegenheit perfekt gekleidet zu sein. Nie im Leben hätte ich die beiden imitieren können – ich hätte einfach lächerlich ausgesehen. Und es wäre auch zu offensichtlich und peinlich gewesen, wenn ich versucht hätte, sie zu kopieren. Zu guter Letzt entschied ich mich für ein Kleid mit einem (für meine Verhältnisse) gewagten Muster und hohe Stiefel. Ich hoffte einfach nur, dass ich halbwegs gestylt aussah, ohne dass es allzu bemüht wirkte.

»Du siehst aber schick aus!«, rief Mum aus, als ich die Treppe runterkam. Bei ihrem Versuch, sich wieder bei mir beliebt zu machen – mir verzweifelt eine Erfahrung schlechtzureden, die sie selbst nie verstehen würde –, knirschte ich insgeheim mit den Zähnen. Gott, ich hoffte nur, dass sie nicht versuchen würde, sich eines Tages selbst bei den Monktons einzuladen. Die Vorstellung, dass sie versuchen könnte, mit Olivia ein Gespräch darüber zu führen, wie sie bei Sainsbury's das Kaffee- und Tee-Regal umgezogen hätten, war für mich unerträglich.

»Danke.« Kritisch beäugte ich im Flurspiegel mein Make-up.

»Du siehst toll aus«, wiederholte Mum. »Außerdem ist es doch bloß ein Konzert. Du bist nicht in den Buckingham Palace eingeladen.«

»Ach, verdammt noch mal, ich sehe doch nur nach, ob ich keinen Lippenstift auf den Zähnen habe! Wenn wenigstens das noch gestattet wäre!« Dann schnappte ich mir Mantel und Tasche vom Pfosten des Treppengeländers. »Bis morgen dann. Ich übernachte bei Sasha.«

»Schon wieder?«, rief Mum, während ich bereits die Haustür aufzog und kalte Luft hereinwehte.

»Verdammt, Mum! Olivia würde mich nie wegen so etwas anmaulen! Manchmal wünschte ich mir wirklich, sie wäre meine Mutter.« Dann schlug ich die Tür hinter mir zu, konnte aber gerade noch einen Blick auf ihre zutiefst verletzte Miene erhaschen.

Ich eilte die Straße entlang. Mein schlechtes Gewissen fühlte sich an wie eine giftige Chemikalie, die durch meine Adern sickerte. Dann stand ich bei den Monktons vor der Tür, und Daniel machte mir auf.

»Oh, hast dich schick gemacht«, stellte er fest.

»Danke«, erwiderte ich, auch wenn es nicht als Kompliment gemeint war. »Ist Sasha oben?«

»Jupp.« Er lief hinter mir her die Treppe hinauf, und ich fürchtete schon, er würde auch mit in Sashas Zimmer kommen, doch dann bog er in letzter Sekunde ab, verschwand in seinem eigenen Zimmer und machte sofort die Tür hinter sich zu.

Sasha lag in ihrem Morgenmantel auf ihrem Bett und starrte aus dem Fenster.

»Du bist ja noch gar nicht angezogen«, stellte ich dümmlich fest.

»Messerscharf geschlussfolgert, Sherlock.« Sie schwang die Beine über die Bettkante und setzte sich auf. »Ich weiß nicht, ob ich wirklich mitwill.«

»Was? Warum denn nicht?« Ich war zuvor nie mit den Monktons irgendwo hingegangen, und bei der Vorstellung, ohne Sasha mitzugehen, wurde ich regelrecht panisch – und unter der Panik lag noch etwas, eine Art mulmiges Lampenfieber vielleicht.

»Ach, ich weiß nicht ... Erst wird es langweilig, und anschließend müssen wir Olivia bejubeln und ihr erzählen, wie toll wir sie finden. Keine Ahnung, ob ich das hinkriege.«

»Oh, okay ...« Ich rieb den Ärmelsaum zwischen meinen Fingern.

»Willst du da wirklich hingehen?«, hakte sie ungläubig nach.

»Eigentlich ... Ich bin noch nie bei einem klassischen Konzert gewesen.«

»Na und? Ich auch nicht.«

Ich zuckte mit den Schultern. Insgeheim war es mir fast peinlich, wie sehr ich mich in den Wochen, seit Olivia mich eingeladen hatte, zusehends darauf gefreut hatte – und wie aufgeregt ich gewesen war, als ich mich zuvor fertig gemacht hatte. Bei der Aussicht, sie auf der Bühne zu sehen, hatte ich allen Ernstes ein Flattern im Bauch gehabt.

»Ach, meinetwegen.« Sie streifte den Morgenmantel ab,

stakste bloß in einen schwarzen BH und den passenden Slip gekleidet auf ihren Kleiderschrank zu, zog augenscheinlich wahllos ein Kleid von der überfüllten Kleiderstange und schlüpfte hinein. Das schwarze Kleid lag eng an, war tailliert und hochgeschlossen, gab aber trotzdem eine Menge preis. Sie band sich ihre Haare mit mehreren Haargummis zu einem unordentlichen Dutt.

»Okay, fertig.« Womöglich bildete ich es mir nur ein, aber ich glaubte, einen leicht hämischen Unterton herauszuhören, als wüsste sie ganz genau, wie sehr ich auf den Abend hingefiebert hatte. »Dann mal los!«

Schier zittrig vor Erleichterung lief ich hinter ihr her nach unten. Die Monktons hatten sich in der Küche versammelt. Tony sah in seinem dunkelblauen Anzug, dem blassblauen Hemd und der Seidenkrawatte noch smarter aus denn je, und sogar Daniel hatte sich zur dunklen Jeans Hemd und Jackett angezogen. Nur Nicholas trug seine Alltagsklamotten: eine abgewetzte Jeans und ein Longsleeve.

Ich verspürte einen lächerlichen Anflug von Eifersucht, als ich Leo neben Nicholas sitzen sah. Mit seinem grauen Anzug machte er beim Kampf um Platz eins der bestgekleideten Person sogar Tony Konkurrenz. Ich wusste, dass er und Nicholas sich angefreundet hatten, weil ich ihn in letzter Zeit schon öfter bei den Monktons gesehen hatte. Trotzdem hatte ich nicht damit gerechnet, dass er heute Abend auch mitkommen würde. Ich war davon ausgegangen, dass ich das einzige Nicht-Familienmitglied wäre.

Mir fiel auf, wie sämtliche Augenpaare auf Sasha gerichtet waren, sobald sie sich am Küchentisch niederließ. Das Licht der höhenverstellbaren Esstischlampe fiel vor ihr über die Tischplatte und schimmerte in ihrem Haar. Unbeholfen blieb ich hinter ihr im Schatten stehen. Einige Augenblicke lang herrschte Stille, als hätten die vier zuvor irgendetwas besprochen, wovon ich – oder auch Sasha – keinen Wind bekommen sollte. Dann schob Tony seinen Stuhl zurück.

»Okay«, sagte er. »Sind wir so weit?«

Sasha und ich schlenderten hinter den anderen her in Richtung Bahnhof. Im Zug saßen Tony und die Jungs an einem Vierertisch, Sasha und ich in der Zweierreihe dahinter. Ich versuchte, mit Sasha ein Gespräch zu führen, aber sie würgte es Mal ums Mal ab, sodass ich am Ende aufgab und aus dem Fenster starrte, hinter dem das dunkle London an uns vorbeiraste.

In der U-Bahn wurde die Stimmung ein wenig besser. Sie war voll besetzt, und ich wurde ein paarmal an Tony gepresst, der mir – nachdem er erfahren hatte, dass ich noch nie bei einem klassischen Konzert gewesen war –, die unterschiedlichen Stücke erklärte, die wir zu hören bekämen. Vordergründig handelte es sich um ein Weihnachtskonzert, es wären also eine Handvoll Weihnachtschoräle dabei und Lieder, die ich wiedererkennen würde. Aber Olivia würde auch ein paar Opernstücke zum Besten geben, und er erzählte mir, wovon die Werke jeweils handelten und was die Geschichten hinter den einzelnen Arien waren. Daniel, der zwischen uns eingeklemmt war, mischte sich ein, wann immer Tony etwas Falsches sagte. Nicholas, Leo und Sasha unterhielten sich auf der anderen Seite des Waggons. Sasha hatte ihre schlechte Laune abgelegt, lachte mit Leo und berührte hier und da seinen Arm.

Als wir das Foyer des Barbican betraten, schlugen uns Lärm und Wärme entgegen. Überall funkelten Lichter, und es gab sogar einen Weihnachtsbaum. In kleinen Grüppchen standen Leute zusammen und plauderten, lachten, winkten Bekannten quer durch die Eingangshalle zu, und die Atmosphäre war von freudiger Erwartung geprägt. Diese Leute wollten die berühmte Sängerin hören, wie sie bekannte Lieder zum Besten gab. Sie wussten, dass ihnen ein schöner Abend bevorstand. Sasha, Leo und Nicholas hatten immer noch die Köpfe zusammengesteckt und lachten. Daniel und Tony studierten das Programmheft und merkten nicht mal, wie eine glamouröse Frau in einem seidenen Hosenanzug auf uns zugesteuert kam. Sie war etwa halb so alt wie Tony, und ihr schwarzes Haar wallte ihr nur so über die Schultern.

»Tony, mein Lieber!«

Überrascht blickte er auf. »Oh – hallo, Elizabeth!« Sie hauchten einander Küsschen auf die Wangen.

Allmählich gewöhnte ich mich an diese Sitte, die ich vor den Monktons noch nie bei irgendwem erlebt hatte.

»Wie *geht's* dir, mein Lieber?«, fragte sie ihn mit mitfühlend zur Seite geneigtem Kopf.

»Gut«, antwortete Tony und warf Daniel, der sich zu Nicholas und den anderen gesellt hatte, einen verstohlenen Blick zu. Er schien komplett vergessen zu haben, dass ich auch noch da war.

»Ich hab's *läuten hören*«, sagte sie. »So ein Pech!«

»Ach, ist schon in Ordnung«, erwiderte er und lächelte gekünstelt. »Für einen willigen Fagottisten ist immer genug Arbeit da.«

»Ach, natürlich, mein Lieber! Aber die Londoner Symphoniker sind doch nun mal ein Riesending, oder nicht? Für jemanden wie dich? Ich meine ...«

»Ich habe tatsächlich sogar gehofft, dass ich irgendwann die Chance bekäme, noch mal etwas ganz anderes auszuprobieren, insofern kam es zur rechten Zeit.«

Sie legte ihm die Hand an den Arm und wollte noch etwas sagen, als über Lautsprecher die Ansage kam: »Ladys und Gentlemen, bitte nehmen Sie jetzt Ihre Plätze ein. Die heutige Aufführung beginnt in fünf Minuten.«

»Ah, wir gehen besser mal und suchen unsere Plätze«, sagte Tony sichtlich erleichtert. »War schön, dich wiederzusehen. Okay, alle miteinander, los geht's!«, rief er den anderen zu. »Wo ist denn Ellen? Ah, da bist du ja. Kommt, gehen wir rein.« Dann streckte er den Arm zur Seite aus, um die anderen in die richtige Richtung zu scheuchen, und hielt die andere Hand beschützend vielleicht ein, zwei Zentimeter hinter meinen Rücken, während das Publikum durch die Türen in den Konzertsaal strömte. Als wir die Treppe zu unseren Sitzen hinaufgingen, dämmerte mir, dass ich keinen Gedanken darauf verschwendet hatte, neben wem ich wohl sitzen würde, und dass es jetzt zu spät war, noch irgendwas einzufädeln. Nicholas lief als Erster durch die Reihe, dann Leo, dann Sasha. Daniel kam als Nächster, und Tony drehte sich zu mir um.

»Ich sitze lieber am Rand, wenn dir das recht ist – da kann ich die Beine ausstrecken«, sagte er, also setzte ich mich neben Daniel.

Leo erzählte gerade irgendwas von einer Party, die er besucht hatte, doch Daniel hörte ihm nicht zu, sondern blickte angespannt zur leeren Bühne und rang die Hände.

»Bist du … Bist du ihretwegen aufgeregt?«, wollte ich wissen.

Er gluckste peinlich berührt. »Ich weiß, es ist albern – aber ich weiß ja selbst, wie sich das anfühlt.«

»Hast du schon viele Konzerte gegeben?«, hakte ich nach. Erst jetzt wurde mir klar, wie schlecht ich über ihn und sein musikalisches Talent Bescheid wusste; ich hatte ihn bloß hier und da bei den Monktons zu Hause spielen hören, üblicherweise wenn Olivia darauf bestanden hatte.

»Ja, ein paar waren's schon. Am College natürlich – aber einige andere auch.«

»Was, für Geld?« Ich war beeindruckt.

»Na ja, schon. Nicht dass man damit reich werden würde – nicht mal auf ihrem Niveau.« Er nickte in Richtung Bühne.

»Was? Aber Olivia ist doch berühmt!«

»Innerhalb des klassischen Genres, ja, aber nicht *berühmt-berühmt*. Oder hast du sie schon mal im Fernsehen gesehen?«

»Nein, aber ihr habt dieses riesige Haus, den Flügel und ...«

»Und eine Riesenhypothek – die haben wir.« Er sprach leise jetzt und wollte augenscheinlich nicht, dass Tony mithörte. »Das – und gewaltige Kreditkartenrechnungen.«

Ich wusste nicht, was ich darauf erwidern sollte, und ließ stattdessen den Blick durchs Publikum schweifen, das überwiegend aus grauen Haaren und kahlen Schädeln zu bestehen schien. Dann blieb ich an jemandem hängen, der vielleicht zehn, fünfzehn Reihen vor uns fast schon in der ersten Reihe saß: eine junge Frau, neben der beide Nachbarplätze frei geblieben waren. Irgendetwas an der Art, wie sie sich das braune Haar hochgesteckt hatte, kam mir bekannt vor. Als sie nach links blickte, bestätigte sich mein Verdacht. Es war Karina. Was zur Hölle machte sie hier – noch dazu ganz allein? Ich hatte ihr nicht erzählt, dass die Monktons mich eingeladen hatten, weil ich nicht gewollt hatte, dass sie sich dazwischendrängelte, was sie meines Erachtens garantiert getan hätte.

Ich wollte mich gerade über Daniel beugen und Sasha von meiner Entdeckung berichten, als die Orchestermusiker anfingen, ihre Instrumente zu stimmen, und es im Publikum wie erwartet still wurde. Einen Augenblick später bat eine körperlose Stimme das Publikum, Olivia Monkton auf der Bühne willkommen zu heißen – und dann war sie mit einem Mal da: in einem langen schwarzen Seidenkleid, das ich noch nie an ihr gesehen hatte, tief ausgeschnitten, sodass man ihre blassen Schultern sehen konnte. Sie trug das Haar zu einem kunstvollen Knoten gezwirbelt, an dem eine rote Rose befestigt war. Donnernder Applaus brandete auf. Sie lächelte herzlich und ließ den Blick übers Publikum schweifen, bis der Beifall allmählich wieder verebbte.

»Guten Abend zusammen. Es ist ganz wunderbar, Sie alle hier vor mir zu sehen. Weihnachten gehört zu meinen liebsten Jahreszeiten, ich hätte also nicht begeisterter sein können, als ich für diesen Konzertabend angefragt wurde. Wie Sie dem Programmheft entnehmen können, singe ich später auch ein paar Weihnachtsklassiker, aber anfangen möchte ich mit einem meiner Lieblingsstücke: mit Didos Klage aus Purcells *Dido und Aeneas.*«

Sie machte einen kleinen Schritt vom Mikrofon weg und sah nach unten in den Orchestergraben. Nach einigen Sekunden Stille drang von dort ein Akkord herauf, auch wenn ich nicht sicher war, von welchem Instrument. Ich hätte erwartet, dass Olivia gleich ganz tief Luft holte, und war komplett unvorbereitet, als sie wie beiläufig den Mund aufmachte, als wollte sie mir einen Tee anbieten, und dann dieser Ton aus ihr herauskam – der schönste, den ich jemals gehört hatte. Abgesehen von dem bisschen, was Tony erzählt hatte, wusste ich nicht, wovon die Oper handelte, aber es spielte auch gar keine Rolle: Ich konnte den Schmerz und die Verzweiflung in jeder Note hören, die über Olivias Lippen kam. Ich war mir vollkommen bewusst, dass ich mit offenem Mund dasaß wie eine total verdutzte Zeichentrickfigur. In meinen Augenwinkeln sammelten sich Tränen, und ich ließ ihnen freien Lauf. Ich hörte es nicht nur mit meinen Ohren. Es schwoll in mir an, jagte mir eine Gänsehaut nach der anderen vom Nacken aus über den gesamten Körper.

Nach einer Weile fühlte ich mich in meiner Trance gestört und blickte leicht verärgert auf, um nachzusehen, wer bitte schön es für angemessen erachtete, sich während eines solch erhabenen Erlebnisses zu unterhalten. Es war Nicholas, der Sasha irgendetwas zuflüsterte, die daraufhin eine Grimasse schnitt und antwortete. Eine ältere Dame aus der Reihe hinter uns rief sie mit einem scharfen Zischen zur Räson. Sie sahen einander übertrieben bedauernd an, und Sasha schlug die Hand vor den Mund, als müsste sie sich obendrein ein Lachen verkneifen.

Mir dämmerte, dass ich mit meiner Einschätzung falschlag, dass hier alle die gleiche Reaktion wie ich an den Tag legen müssten, und lehnte mich in meinem Sitz zurück – ich wollte nicht, dass Sasha meine nassen Wangen sah. Im selben Moment fiel mir auf, wie stocksteif Daniel neben mir saß. Er schien nicht einmal bemerkt zu haben, dass Nicholas und Sasha miteinander getuschelt hatten. Sein Blick war auf seine Mutter gerichtet, die Qual in ihrer Stimme spiegelte sich auf seinem Gesicht wider, und mir dämmerte, dass er genauso berührt war wie ich – wenn nicht noch mehr. Ich sah ihn einen Moment lang an, dachte noch, dass er niemals bemerken würde, wie ich ihn musterte, doch dann drehte er den Kopf und entdeckte meine Tränen. Ich lächelte, wollte schon einen blöden Spruch machen, doch er schüttelte bloß stumm den Kopf, nahm meine Hand und drückte sie, ehe er sie wieder losließ. Diese eine überirdische Sekunde lang empfand ich etwas: nicht Liebe, nicht Lust, nichts dergleichen. Es war, als wäre ich in seinem Kopf gewesen oder er in meinem, und im selben Moment wusste ich, dass wir das Gleiche empfanden. Ich nehme an, dies war der Moment, in dem mir erstmals klar wurde, was Musik leisten konnte, wenn sie von der richtigen Person kam. Ich ahnte, dass ich nie wieder dieselbe sein würde.

Ellen

September 2017

Auf dem Weg zum Abendessen bei Mum und Dad kann ich nicht widerstehen und spähe hinüber zum Haus an der Ecke. Merkwürdig, dass ich mir früher nichts Besseres hatte vorstellen können, als jede Minute dort zu verbringen, Tag und Nacht. Damals dachte ich, dass ihr Lebensstil alles andere in den Schatten stellte – er war so aufregend, so lebensfroh. Im Vergleich dazu wirkten meine eigenen Eltern unaussprechlich langweilig. Inzwischen weiß ich natürlich, dass so was wie Silvester 2006 im Haus meiner Eltern nie hätte passieren können. Olivia und Tony dachten, sie würden das Richtige tun, nehme ich an; aber war es nicht vielleicht doch just ihre Toleranz, die all das erst ermöglicht hat? Oder bin ich jetzt unfair?

Ich befinde mich auf Höhe ihres Hauses, als Olivia mit einer Handvoll Jutetaschen herauskommt. Sie steigt ins Auto und fährt davon. Ich gehe vom Gas, werfe einen Blick auf die Uhr am Armaturenbrett. Mum und Dad wird es nichts ausmachen, wenn ich ein paar Minuten später komme. Ich fahre an den Bordstein und bleibe dort stehen, bis Olivias Wagen um die Ecke verschwunden ist. Eine bessere Gelegenheit, allein mit Tony zu sprechen, wird so schnell nicht mehr kommen.

Während ich darauf warte, dass er mir die Tür aufmacht, frage ich mich, ob Nicholas seinen Eltern von unserem Treffen erzählt hat. Seit wir uns wiedergesehen haben, hab ich ein leicht mulmiges Gefühl, auch wenn ich den Grund dafür nicht genau benennen könnte. Ich schüttele den Kopf, weil mein Gehirn in einem Spinnennetz aus seidenen Fäden festzuhängen scheint, die luftig und harmlos aussehen, aber mich zusehends einwickeln – so fein und zart, dass ich nicht einmal merke, wie ich in Fesseln gelegt werde.

Als Erstes fällt mir auf, dass er – genau wie Olivia – abgenommen hat. Seine Gesichtsfarbe hat einen leicht gelblichen Touch, seine Wangen sind hohl, mit staubgrauen Stoppeln. Seine Augen sehen fast milchig aus, auch wenn sie rot geädert sind, und sein verwegen gutes Aussehen ist einer verheerenden Erscheinung gewichen. Er ist maximal sechzig, sieht aber wesentlich älter aus, und der Sommer, in dem Karina so für ihn geschwärmt hat, scheint nur mehr eine verblasste, weit entfernte Erinnerung zu sein. Für ein paar Sekunden sieht er mich erwartungsvoll an, scheint damit zu rechnen, dass ich ihm gleich Doppelglasfenster verkaufen will oder so etwas in der Art. Dann erkennt er mich wieder.

»Ellen!« Sein Gesicht hellt sich auf, und ein Hauch des alten Tony wird sichtbar: Tony, der Gastgeber mit einer Weinflasche in der Hand. Er nimmt mich in die Arme und überrumpelt mich damit – ich mache mich ganz steif und starr, und angesichts des säuerlichen Geruchs, der von ihm ausgeht, rümpfe ich die Nase. »Komm rein, komm rein! Liv hat mir erzählt, dass du gestern da warst. Ich ... Ich hab mich nicht wohlgefühlt, sonst wäre ich runtergekommen.«

Dann war er gestern also zu Hause. War Olivia deshalb derart angespannt? Aber warum wollte sie nicht, dass ich ihn zu Gesicht bekäme?

»Schon okay«, sage ich und folge ihm den Flur entlang. »Ist Olivia zu Hause?«

»Nein, sie ist unterwegs, kommt aber gleich wieder. Warte doch hier, sie freut sich bestimmt, dich zu sehen.«

Da bin ich mir nicht so sicher.

»Willst du was trinken?«, fragt er und steuert den Kühlschrank an.

»Nein danke. Ich bin mit dem Auto da.«

»Ja, sicher, ich meinte auch Tee oder Kaffee«, sagt er und lacht, aber damit kann er niemanden täuschen. Dann nimmt er die Milchtüte aus der Kühlschranktür. Auf seinem Handrücken prangt ein violettes Hämatom, das sich wütend vom üblichen Farbton der Haut abhebt.

»Tee wäre gut, danke. Wie lange ist Olivia denn weg?«

»Ach, nicht lang, gar nicht lang«, antwortet er und befüllt den Wasserkocher. »Aber was ist denn nun mit Sasha? Ist sie wieder da?«

»Olivia hat es dir also erzählt?«

»Natürlich hat sie es mir erzählt.« Er sieht mich verblüfft an. »Wir haben sie nie aufgegeben, Ellen. Ich weiß, dass Sasha dir gegenüber womöglich einen anderen Eindruck erweckt hat, aber es vergeht kein Tag, an dem wir nicht an sie denken. Wir konnten ... Na ja, wir konnten es ja nicht für immer versuchen. Sie hat uns deutlich zu verstehen gegeben, dass sie nichts mehr mit uns zu tun haben wollte. Sie weiß, dass wir für sie da sind, wenn sie uns braucht. Aber hast du denn inzwischen von ihr gehört?«

»Nein.« Meine Stimme schwankt, und er lehnt sich gegen den Ofen und sieht mich mitfühlend an.

»Wann ist sie gleich wieder verschwunden?«

»Am Freitag.« Vor fünf endlosen Tagen.

»Hmm.« Ich kann ihm ansehen, dass er etwas sagen will, wovon er aber glaubt, dass es mich aufregen wird. Ich erspare ihm die Mühe.

»Ich weiß, was du sagen willst. Dass sie eben so ist, dass sie so was eben macht – abhauen, verschwinden, sich nicht darum scheren, wen sie damit verletzt. Dabei dachte ich, dass sie das nur mit anderen macht – nicht mit mir.« Ich weiß, dass ich verrückt klinge, als all das aus mir herausplatzt, aber je länger sie weg ist, umso weniger kümmern mich soziale Gepflogenheiten.

»Ja, ihr habt euch immer schon nahegestanden, ich weiß. Wir waren heilfroh, als sie dich kennengelernt hat. Es war toll für sie, eine Freundin zu haben, besonders nach ...« Er weiß offenbar nicht, was ich wissen darf und was nicht.

»Ist schon okay, ich weiß über ihre Mutter Bescheid. Nicholas hat mir alles erzählt.«

»Du hast Nicky getroffen?« Der Spitzname aus Nicholas' Kindheitstagen rutscht ihm einfach heraus. Ich hab ganz vergessen, dass sie ihn damals so genannt haben. Er hat es gehasst, fand immer, Nicky sei ein Mädchenname.

»Ja. Er hatte angenommen, dass ich über Sashas Mutter Bescheid gewusst hätte.«

»Sie hat es dir nie erzählt? Aber Liv hat doch erwähnt, dass ihr seit Jahren zusammenwohnt.«

»Ja, tun wir auch«, erwidere ich knapp. Genau diesen Tiefschlag will ich ganz besonders von mir fernhalten – dass sie derlei Dinge vor mir verheimlicht hat, während ich stets glaubte, sie hätte mir alles erzählt.

Er stellt einen Tee vor mir ab, und ich kann seine Hand ganz leicht zittern sehen.

»Tony, glaubst du, Sashas Mutter könnte mit alledem hier zu tun haben? Hat sie je wieder Kontakt aufgenommen?«

»Nein.« Er setzt sich mir gegenüber und blickt finster drein. »Und das werde ich ihr auch nie verzeihen. Ich weiß schon, dass sie Probleme hatte, und vielleicht hätte sie es ja wirklich nicht geschafft, Sasha wieder zu sich zu holen, aber einfach komplett aus ihrem Leben zu verschwinden ... Egal. Wenn sie wieder mit Sasha Kontakt hätte aufnehmen wollen, hätte sie bei uns angerufen, da bin ich mir sicher, und wir haben seit mehr als zehn Jahren keinen Mucks mehr von ihr gehört.«

»Hast du vielleicht eine Adresse? Meinetwegen auch eine alte?«

»Du liebe Güte, ich weiß nicht, ob das eine gute Idee wäre, meine Liebe. Nein, wirklich nicht.«

»Bitte, Tony.« Ich gebe mir einen Ruck und lege über den Küchentisch hinweg meine Hand auf seine. »Ich will auch nichts Unangenehmes ans Licht zerren, ich mache mir nur Sorgen um Sasha.« Unsere Köpfe sind nur mehr auf Armeslänge voneinander entfernt. Auf seinem Gesicht kann ich trockene Flecken sehen, und ein paar längere Haare ragen aus seiner Nase.

»Gut, ich schau mal im Adressbuch nach, welche Adresse wir zuletzt von ihr hatten. Warte kurz.«

Er tritt an die Kommode und nimmt das abgegriffene schwarze Adressbuch zur Hand. Auf dem Umschlag sind immer noch Reste der goldenen Lettern vom Aufdruck *Adresses* zu sehen. Er blättert zu N, fährt mit dem Finger über die Seite, runzelt dann aber die Stirn.

»Was?«, frage ich sofort.

»Es ist nur ... Mir war nicht klar, dass Olivia noch eine neuere Adresse kannte. Ich dachte, die letzte, die wir bekommen hätten, war von irgendwo im Norden, aber die hat sie durchgestrichen und eine Londoner Adresse dazugeschrieben.«

»Sarahs Mutter wohnt in London?«

»Anscheinend. Hier.« Er hält mir das Büchlein hin, und ich tippe die Adresse in mein Handy ein.

»Gut, tja, war schön, dich wiederzusehen, Ellen.« Sein Blick huscht für den Bruchteil einer Sekunde zum Kühlschrank. Er will mich loswerden, damit er trinken kann.

Ich nehme all meinen Mut zusammen. »Was ist mit Daniel?«

»Was soll mit ihm sein?« Er ist auf der Hut, aber das Visier ist noch nicht vollends runtergeklappt wie bei Olivia, als ich sie nach ihm gefragt habe.

»Karina hat gesagt ...«

»Karina Barton? Hast du mit ihr gesprochen?«, fragt er entsetzt.

»Ja.« Dann schlage ich mit der flachen Hand auf den Tisch. »Natürlich hab ich das! Sasha ist verschwunden! Ich tue gerade alles, was ich kann, um sie wiederzufinden, weil sich ansonsten keiner um sie Sorgen zu machen scheint.«

»Tut mir leid«, sagt er leise. »Erzähl weiter.«

»Sie meinte, sie hat Daniel gesehen. In London. Und meine Mum glaubt auch, ihn neulich gesehen zu haben – wie er hier zu euch gelaufen ist.«

»Und?« Die Kameraderie, die er Sekunden zuvor ausgestrahlt hat, ist wie weggefegt. »Da glaubst du natürlich sofort, dass er Sasha etwas angetan hat?«

»Du hast ihn also gesehen?«

»Er ist mein Sohn! Natürlich hab ich ihn gesehen! Was denkst du denn? Um mal ganz brutal ehrlich zu sein, Ellen: Ich sterbe.« Das Zittern der Hand, die gelbliche Haut.

Irgendwie habe ich es geahnt. »Ich bin nicht bereit abzutreten, solange ich mich nicht mit meinem Sohn versöhnt habe, der rein gar nichts falsch gemacht hat.«

»Der nichts falsch gemacht hat?« Ich weiß, dass sie beide, Olivia und Tony, durch die Hölle gegangen sind, aber das kann ich nicht stehen lassen.

»Ja, Ellen. Glaubst du wirklich immer noch, dass Karina Barton die Wahrheit gesagt hat?«

»Ja. Ja, glaube ich. Und ich im Übrigen auch.«

»Ach, Ellen ...«

Als wir einen Schlüssel in der Eingangstür hören, hält er inne, und nur Sekunden später rauscht Olivia in die Küche.

»Ich hab die verdammte Liste vergessen ... Oh!« Sie bleibt wie angewurzelt stehen. »Was machst du denn hier?« Sie klingt unfreundlich, ohne den Hauch von Wärme, den sie bei meinem letzten Besuch an den Tag gelegt hat.

»Ich hab gestern Abend Nicholas getroffen. Er hat mir von Sashas Mutter erzählt.«

»Das wusstest du nicht?« Ihr Gesichtsausdruck wird ein wenig weicher. »*Das* hat sie dir nie erzählt?«

»Nein.« Mehr kann ich nicht sagen, ansonsten sehen sie mir an, wie enttäuscht ich bin, dass sich Sasha mir nie anvertraut hat.

»Hat sie sich immer noch nicht gemeldet?«, fragt sie.

Ich schüttele den Kopf, traue meiner verräterischen Stimme nicht mehr.

»Aber du denkst doch hoffentlich nicht, dass Alice irgendetwas damit zu tun haben könnte? Es hat seit Jahren niemand mehr etwas von ihr gehört.«

Du hast von ihr gehört. Du hast ihre neue Adresse ins Adressbuch geschrieben. »Ich dachte, vielleicht hat sie ja mit Sasha Kontakt aufgenommen, oder ...«

»Alice North hat absolut keinerlei Interesse an ihrer Tochter – oder an jemand anderem, wenn du es genau wissen willst«, erwidert Olivia, schnappt sich die Einkaufsliste und wirft noch einen Blick in den Kühlschrank, für den Fall, dass sie etwas vergessen hat. »Ich würde keine Zeit darauf verschwenden, sie ausfindig zu machen, und selbst wenn du es versuchst, wirst du aus ihr kein vernünftiges Wort rausbekommen. Ganz ehrlich, Ellen, du bist auf dem falschen Dampfer.«

»Und was ist mit Daniel?«, frage ich und fühle mich mit einem Mal furchtlos. »Ist der auch ein falscher Dampfer?«

Sie donnert die Kühlschranktür zu. »Ich hab dir beim letzten Mal schon gesagt, dass ich weder weiß, wo er ist, noch was er gerade treibt. Es tut mir wirklich leid um Sasha, wirklich. Aber ich finde, du solltest jetzt besser gehen.«

»Tony hat erzählt, dass ihr ihn getroffen habt.«

»Ach, verdammt noch mal!«

Tony zuckt entschuldigend die Schultern, steht auf und nimmt sich ein kleines Glas aus dem Schrank. Dann gießt er sich den Whisky ein, der daneben stand. Olivia sieht ihn verzweifelt an.

»Er hat kein Recht, dir so was zu erzählen!« Sie packt mich am Arm und zieht mich auf den Flur. »Hör mal, Ellen, du darfst nicht alles für bare Münze nehmen, was Tony erzählt.« Jetzt spricht sie leiser, vertraulicher. »Wie du wahrscheinlich selbst sehen konntest, trinkt er zu viel. Hat er schon immer, aber seit all das passiert ist, ist es viel schlimmer geworden. Um ganz ehrlich zu sein, kriegt er kaum mehr etwas auf die Reihe. Du gibst besser nichts auf das, was er von sich gibt. Ja, wir haben Daniel getroffen, aber das ist eine Weile her. Tony ... Es geht ihm nicht gut.« Sie holt tief Luft. »Er hat mich gebeten, unsere Entscheidung noch mal zu überdenken, dass wir Daniel nicht mehr wiedersehen wollen, und unter den Umständen konnte ich schlecht Nein sagen. Aber wo immer Sasha steckt, hat mit ihm nichts zu tun, das schwöre ich dir.«

Mit dem bernsteinfarben gefüllten Glas kommt Tony aus der Küche. »Ich musste ihn wiedersehen, das verstehst du doch, Ellen?« Er nimmt einen Schluck, und seine Miene wird weicher. »Das ist doch alles schon so lange her.«

Während ich die beiden ansehe, empfinde ich plötzlich Mitleid mit ihnen, mit diesen Gespenstern, diesen Schatten ihrer früheren Persönlichkeiten. Ich verabschiede mich, und während Olivia stehen bleibt und weiter fest die Arme vor der Brust verschränkt, tritt Tony auf mich zu, drückt meinen Arm und drückt mir ein Küsschen auf die Wange. Ich versuche, nicht zu winseln, als mir sein Atem in die Nase steigt.

Als ich die Straße entlang auf das Haus meiner Eltern zulaufe – einen Weg, den ich vor Jahren unendlich oft gegangen bin –, kann ich immer noch seine Hand an meinem Arm spüren, und meine Wange brennt wie eine Fackel an der Stelle, wo er mich geküsst hat.

Ellen

März 2006

Wahrscheinlich war das fehlende Geld das erste Anzeichen, dass etwas nicht in Ordnung war. Es war ein paar Monate her, irgendwann kurz nach Weihnachten. Ich war bei den Monktons, saß am Küchentisch und habe mitgeholfen, die Weihnachtsdeko zu verpacken, während Olivia am Herd stand und Bœuf bourguignon fürs Abendessen zubereitete. Sasha war anfangs auch da gewesen, war dann aber shoppen gegangen, und Olivia hatte mich überredet zu bleiben, bis sie wieder zurück wäre. Nicht dass es großer Überredungskunst bedurft hätte. Seit dem Konzert im Barbican hatte ich so viel Zeit wie möglich mit Olivia verbracht und jede Sekunde als wertvolles Geschenk wahrgenommen. Nicht nur war ich angesichts ihres Talents voller Ehrfurcht – sie war obendrein alles, was ich mir je von einer Mutter gewünscht hatte: entspannt und tolerant, aber zugleich warmherzig und liebevoll. Sie behandelte mich wie eine Erwachsene und gab mir gleichzeitig das Gefühl, bei ihr sicher und beschützt zu sein. Eine solche Beziehung hatte ich mit einem Erwachsenen nie zuvor gehabt. Sasha hatte es durchaus bemerkt und hier und da Witze darüber gerissen, genau wie Nicholas, wenn er zu Hause war. Daniel dagegen niemals. Wir hatten nicht darüber gesprochen, aber seit jenem

Moment, den wir geteilt hatten, als Olivia auf der Bühne diesen reinen ersten Ton angestimmt hatte, der uns eingehüllt hatte, bestand eine Art stillschweigendes Einverständnis zwischen uns.

Bei mir zu Hause wurde Jahr für Jahr der Weihnachtsbaum vom Dachboden geholt, aufgeklappt und mit einer kitschigen Fee auf der Spitze, bevor wir ihn mit Unmengen Lametta, glitzernden Kugeln und bunten Lichterketten schmückten. Die Monktons indes hatten einen echten Baum, der mit winzigen weißen Lichtern bestückt wurde. Bei dem Tannengeruch sehnte ich mich unwillkürlich nach einem nostalgischen Bilderbuch-Weihnachten, das ich nie erlebt hatte – mit selbst gebauten Pfefferkuchenhäusern und einem Abendspaziergang durch knirschenden Schnee zur Mitternachtsmesse – statt trockenem Truthahn und Einschlafen vor dem Fernseher. Olivias Weihnachtsdeko bestand aus selbst gebasteltem Holzschmuck, Bauernkaro, gedrehten Zuckerstangen und verbeulten Nikoläusen und Rentieren, die die Jungs gebastelt hatten, als sie noch klein gewesen waren.

»Ich kann sie einfach nicht wegwerfen«, hatte sie an dem Tag zu mir gesagt, während ich gerade eine verschlissene Rentierfell-Glocke in altes Seidenpapier wickelte, dessen Knicke und Falten von früheren Weihnachtsfesten zeugten. Ehrfürchtig legte ich es in den dunkelgrünen Clarks-Schuhkarton mit einem Aufkleber für Schuhgröße 47 auf der Seite.

»Vielen lieben Dank, dass du mir hilfst«, fuhr sie fort. »Von den anderen hier macht das keinem mehr Spaß. Willst du einen Tee?«

»Ja bitte«, sagte ich und glühte regelrecht vor Vorfreude, als sie zur Earl-Grey-Dose griff.

»Ach, verdammt«, sagte sie, nachdem sie einen Blick

in den Kühlschrank geworfen hatte. »Diese unmöglichen Jungs haben die Milch ausgetrunken. Wärst du so lieb und läufst schnell zum Laden an der Ecke? Ich kann den Herd gerade nicht unbeaufsichtigt lassen.« Sie zeigte auf den blubbernden Le-Creuset-Schmortopf.

»Na klar.«

»Wir brauchen auch noch Dosentomaten, wenn sie dort welche haben – und könntest du auch noch die Zeitung mitbringen?«, fragte Olivia und wühlte in ihrer Tasche nach ihrem Geldbeutel. »Ach.« Als sie ihn öffnete, sah sie schlagartig genervt aus. »Daniel! Nicky! Seid ihr an meinen Geldbeutel gegangen?«

Beide kamen aus ihren Zimmern und postierten sich streitlustig auf dem oberen Treppenabsatz.

»Was?«, rief Daniel zurück.

»Seid ihr an meinem Geldbeutel gewesen?«, wiederholte sie. »Da waren vorhin noch drei Zwanziger drin!«

»Nee«, antwortete Daniel.

»Ich auch nicht«, sagte Nicholas.

»Keine Sorge, ich hab Geld dabei«, rief ich vom Küchentisch aus und war froh, behilflich sein zu können.

Seufzend kam Olivia zurück in die Küche. »Diese vermaledeiten Jungs«, sagte sie. »In Ordnung, meine Liebe, aber dann hol nur die Milch, mach dir um den Rest keine Gedanken.«

Als ich wiederkam, hatte ich nicht nur Milch, sondern auch die Tomaten, die Zeitung (natürlich den *Guardian*) und ein paar feine Schokokekse gekauft, von denen ich wusste, dass sie die mochte. Als Sasha irgendwann mit Einkaufstüten beladen nach Hause kam, hätte ich eigentlich erwartet, dass Olivia sie nach dem fehlenden Geld fragen würde, aber sie erwähnte es mit keiner Silbe.

Einige Zeit später jedoch kam es anders. Ich hatte Sasha am Wochenende nicht treffen können, weil meine Tante und mein Onkel zu Besuch gewesen waren, und Mum hatte mich nicht ziehen lassen. Als ich Sasha am Montagmorgen abholen und mit ihr zur Schule gehen wollte, kam sie quasi schon raus, noch während ich die Hand hob, um zu klingeln. Sie hatte einen blassen Teint und gerötete Augen.

»Alles in Ordnung?«

»Gehen wir einfach.« Sie packte mich am Arm und zog mich auf die Straße.

»Was ist denn los?« Verwirrt warf ich einen Blick zurück zum Haus.

»Ich will einfach nur weg von hier«, sagte sie und biss die Zähne zusammen. Erst als wir knapp hundert Meter gegangen waren, ergriff sie wieder das Wort. »Diese Scheiß-Olivia!«

»Was ist passiert?«, fragte ich entsetzt.

»Ihr fehlt schon wieder Geld aus dem Geldbeutel.«

»Was soll das heißen – schon wieder?«, fragte ich, obwohl ich im selben Moment wieder den Duft von schmurgelndem Rindfleisch in Wein in der Nase hatte, das Knistern des Seidenpapiers unter meinen Fingern spürte und Sasha vor mir sah, wie sie mit zig Einkaufstaschen nach Hause geschlendert kam.

»In letzter Zeit ist öfter Geld aus ihrem Portemonnaie verschwunden«, sagte sie und bedachte mich mit einem flüchtigen Seitenblick. »Weißt du nicht mehr? Beim ersten Mal warst du dabei. Kurz nach Weihnachten.«

»Stimmt«, sagte ich, als würde ich mich erst jetzt wieder daran erinnern. Es war einer meiner – vergeblichen – Ablenkungsversuche, weil ich nicht wollte, dass Sasha wusste, wie wichtig mir die Monktons und insbesondere Olivia geworden waren; sie hätte es wahrscheinlich für seltsam gehalten.

»Das ist seither ein paarmal passiert – und immer hat sie Nicholas und Daniel gefragt, ob sie es sich genommen haben. Nie mich. Bis heute.«

Schweigend wartete ich ab. Ich bekam das Bild nicht mehr aus dem Kopf, wie sie mit den Einkaufstaschen in die Küche spaziert war.

»Sie hatte wohl mehrere Hundert Pfund in der Tasche – Spesen von einem Engagement, bei dem sie Geld für Essen und so ausgelegt hatte. Die anderen Male war es nie so viel, da dachte sie, sie wäre vielleicht bloß schusselig gewesen. Aber diesmal wusste sie genau, wie viel Geld es hätte sein sollen und dass es definitiv verschwunden ist.«

»Und sie hat dich in Verdacht?«

»Nicht wirklich in Verdacht ... Sie hat sich gestern früh mit mir zusammengesetzt und meinte, sie mache sich ›Gedanken‹.« Sasha malte mit den Fingern ironische Anführungszeichen in die Luft. »Ob ich ihr nicht etwas sagen müsste. Ob ich das Geld für etwas Spezielles gebraucht hätte. Weiß der Geier, was sie glaubt, was ich damit gemacht habe.«

»Dann glaubt sie wirklich, du hättest es ihr geklaut? Das ist doch unfair! Was ist denn mit Daniel? Der scheint immer Geld in der Tasche zu haben.«

»Was – ihr Mustersöhnchen?« Wütend schulterte sie ihre Tasche. »Er schwört hoch und heilig, dass er es nicht war, und sie glaubt ihm jedes Wort. Und bei Nick ist es genau das Gleiche.«

»Und Tony?«, frage ich und greife nach dem letzten Strohhalm. »Vielleicht hat er ... keine Ahnung ... Vielleicht ist er spielsüchtig oder so?«

»Ach was. Sie hat sich auf mich eingeschossen. Das Kuckuckskind.«

»So denkt sie nicht, Sash!«

»Aber das bin ich doch wohl, oder nicht?« Sie war von Kopf bis Fuß angespannt. »Ich passe dort nicht rein. Sie gibt ihr Bestes, trotzdem bin ich immer die Außenseiterin für sie. Und werde das auch immer bleiben, genau so will sie es haben. Sie will nicht, dass ich zu sehr dazugehöre.«

»Aber du bist nicht allein, Sash, das weißt du doch?«, entgegnete ich. »Das muss so hart für dich sein – dass Olivia dir so was vorwirft! Aber du hast immer noch mich. Ich bin auf deiner Seite.« Ich hätte sie gern nach ihrer Mutter gefragt und ob sie mit ihr darüber gesprochen hatte, oder ob Olivia und Tony sich mit ihr unterhalten hatten. Aber das Thema war derart tabu, dass ich Angst hatte, es überhaupt anzuschneiden. Trotzdem atmete ich tief durch und gab mir einen Ruck.

»Was ist mit deiner Mutter? Kann sie nicht mit Olivia reden?«

Sasha machte sofort dicht. »Ich will sie damit nicht belasten.«

»Aber sie würde es doch sicher erfahren wollen?« Ich versuchte, mir vorzustellen, wie meine Mutter reagieren würde, wenn ich bei einer anderen Familie wohnen und grundlos verdächtigt würde, etwas getan zu haben. Sie würde Amok laufen, dort reinmarschieren und sie zur Rede stellen. Mum war normalerweise nicht gerade auf Konfrontation aus, aber ein paarmal hatte sie sich tatsächlich vor mich gestellt: einmal in der Grundschule, als ein Mädchen namens Joanne Speer mir das Leben zur Hölle gemacht hatte. Als meine Mutter das herausfand, hat sie getobt vor Wut.

»Diese kleine Schlampe«, hat sie zu meinem Vater gesagt,

als sie glaubte, ich würde schon schlafen. Es war das einzige Mal, dass ich sie ein Schimpfwort habe benutzen hören. Keine Ahnung, was sie gesagt hat, als sie tags drauf in die Schule marschiert ist, aber Joanne hat mich anschließend in Ruhe gelassen.

»Ach was, sie wird ja auch nichts tun können und sich nur Sorgen machen«, fuhr Sasha fort, und ich wollte schon protestieren, aber sie fiel mir ins Wort: »Glaub mir, Ellen, es ist besser, wenn sie es nicht weiß.«

»Was hat Olivia denn genau gesagt? Und wie seid ihr verblieben?«

»Ach, sie war tatsächlich ganz nett dabei – ich meine, auch wenn sie glaubt, dass ich ihr das Geld geklaut habe. Und ich kann es ihr nicht mal verübeln. Sie hat gesagt, wenn ich Geld bräuchte, müsste ich doch nur fragen, und wenn es irgendwas gäbe, was mir schwer im Magen läge, sollte ich mit ihr darüber sprechen.«

»Und wer war es jetzt? Wer hat sich das Geld genommen?«

»Einer der Freunde der Jungs vielleicht? Oder Karina? Sie ist im Moment ständig bei uns. Oder Leo – er und Nicholas sind wie Siamesische Zwillinge! Ich weiß auch nicht – es geht doch ständig jemand bei uns ein und aus. Du weißt doch selbst, wie es ist.«

Sie hatte recht. Genau das war einer der Gründe, warum ich mich dort so wohlfühlte: weil die Tür für alle offen stand, weil Olivia und Tony die Kinder ermunterten, Freunde einzuladen, weil es genauso gut ihr Haus war wie das von Olivia und Tony. Und aus reinem Eigennutz hoffte ich, dass das verschwundene Geld nichts daran ändern würde.

»Sie soll einfach von jetzt an vorsichtiger sein«, sagte

Sasha. »Wenn sie das Geld nicht herumliegen lässt, nimmt es sich auch keiner, oder?«

»Glaubst du nicht ... dass einer der Jungs es gemacht hat und dir dafür die Schuld in die Schuhe schieben will?«

»Quatsch! Warum sollten sie?«

Schweigend liefen wir weiter. Erst nach ein paar Minuten ergriff Sasha erneut das Wort. Ihr Tonfall war beschwingt, als wollte sie zu guter Letzt über etwas anderes reden.

»Dann fahren wir also wirklich weg, ja?«

»Definitiv!« Ich hatte meine Mutter schlussendlich überredet, dass sie mich in den Sommerferien mit Sasha nach Frankreich und Spanien reisen ließ. Was ich bei meinem Samstagsjob bei Body Shop verdiente, legte ich dafür beiseite. Ich war mir nicht sicher, woher Sasha das Geld nehmen würde, aber irgendwie schien sie immer welches zu haben.

»Hast du schon mit Karina gesprochen?«, wollte Sasha wissen. Als der Urlaub in der Schule erstmals thematisiert wurde, war auch Karina dabei gewesen und hatte sofort mitkommen wollen. Später in ihrem Zimmer hatte Sasha dann aber zugegeben, dass sie lieber ohne Karina verreisen wollte, dass es nur wir beide sein sollten, und insgeheim hatte ich mich erleichtert – und schlecht – gefühlt. Sasha hatte mich gebeten, Karina die Nachricht zu überbringen. Zum Glück musste es erst gar nicht so weit kommen.

»Ach, ist schon geregelt. Ihre Mutter hat's ihr verboten.«

»Gott sei Dank!«, rief Sasha und kicherte, und wie eine Verräterin lachte ich mit. Seit ich Karina allein bei dem Konzert entdeckt hatte, war mir bei ihrem Interesse an den Monktons zusehends mulmig gewesen. Ich hatte niemandem gegenüber erwähnt, dass ich sie dort gesehen hatte, nicht einmal Sasha gegenüber, wahrscheinlich aus einem letzten Rest Loyalität heraus, den ich für meine einstmals beste Freundin empfand. Allerdings hatte ich Karina darauf angesprochen, und sie war sofort in die Defensive gegangen, hatte mich angefaucht und gefragt, ob es verboten sei, zu einem Konzert zu gehen. Sie habe Olivia genauso gern singen hören wollen wie ich – und dabei hatte sie auf die Neckereien angespielt, die ich mir bei unserem letzten gemeinsamen Besuch bei den Monktons von Nicholas und Leo hatte anhören müssen: dass ich Olivia regelrecht verfallen sei. Ich beließ es dabei – denn sie hatte ja recht. Es gab keinen Grund, warum sie nicht dort hätte sein sollen, aber der Umstand, dass ich sie dort allein hatte sitzen sehen, hatte einen schalen Nachgeschmack auf meiner Zunge hinterlassen, eine vage, nicht ausformulierte Frage in meinem Hinterkopf.

Ellen

September 2017

»Warum hast du mir damals denn nicht von den Briefen erzählt?«, fragt Mum und schaufelt mir zu viele Kartoffeln auf den Teller.

»Was hätte das genutzt? Außerdem wollte ich nicht, dass du dir Sorgen machst.«

»Du hättest sie zur Polizei bringen müssen«, sagt Dad.

»Die hätte doch auch nichts tun können! Er hat uns ja nicht bedroht – also, nur einmal ganz vage, im ersten Brief. In den anderen stand nur, dass wir gelogen hätten.«

»Ich weiß, dass du nicht gelogen hast, Schätzchen«, sagt Mum. »Und Karina auch nicht. Ich bin am nächsten Tag bei Dilys gewesen, um zu fragen, ob ich irgendwas für sie tun könnte.« Das ist mir neu. »Ich hab ihr armes Mädchen gesehen – sie sah fürchterlich aus.«

Das weiß ich noch. Sie hatte sich auf dem eisigen Boden zusammengekrümmt, der Rock war hochgeschoben, und sie war schockstarr gewesen. »Aber Sasha ... Bei ihr wäre ich mir nicht so sicher.«

Mir bleibt ein Stück Hühnchen im Hals stecken. Ich nehme einen Schluck Wasser und zwinge mich, den Mund zu halten. Dass Mum und ich über die Monktons im Clinch lagen, ist Schnee von gestern; damals war ich einfach dermaßen borniert, dass ich nicht hatte wertschätzen können, wie liebevoll und stabil mein eigenes Elternhaus war.

»Sasha hat nicht gelogen, Mum«, sage ich gleichmütig. »Aber fangen wir jetzt nicht davon an.«

»Hast du immer noch nichts gehört?«, fragt Dad.

»Nein, nichts. Die Polizei scheint nicht sonderlich interessiert zu sein, und auch …« Ich bin hin- und hergerissen zwischen dem Wunsch, ihnen zu erzählen, dass Daniel zurück ist – damit irgendwer endlich begreift, wie ernst es wirklich ist –, und dem Bedürfnis, all das von ihnen fernzuhalten. Sollte Daniel Sasha wirklich aufgelauert haben, bin ich ebenfalls in Gefahr.

»Und auch was?«, fragt sie und sieht mich sorgenvoll an.

»Nichts. Es ist nur … Olivia und Tony waren mir nicht gerade eine Hilfe.«

»Du hast mit ihnen gesprochen?« Ich kann den Hauch einstiger Animosität heraushören. Keiner von uns hat je wieder den Abend von Olivias Konzert erwähnt oder die verletzende Bemerkung, die ich habe fallen lassen, als ich gegangen bin, aber ich weiß, dass auch sie wieder daran zurückdenkt. Ein Teil von mir wundert sich, dass es sie immer noch verletzt, aber wahrscheinlich sollte ich nicht überrascht sein, weil die ganze Sache mir ja auch immer noch nachhängt. Heißt es nicht: Lebe in der Gegenwart? Sieh nach vorn, nie zurück. Aber sosehr man es auch versucht – der Vergangenheit entkommt man nicht. Gewisse Dinge, die früher passiert sind, prägen einen nun mal.

»Ja, ich bin sie am Wochenende besuchen gefahren – und vorhin noch einmal. Ich dachte, sie könnten mir vielleicht helfen, sie wüssten vielleicht etwas, was mich auf ihre Spur bringen könnte.«

»Warum sollten sie irgendwas wissen?«, fragt Dad. »Um

ehrlich zu sein, würde ich heutzutage Tony kein Wort mehr glauben. Ich hab ihn neulich auf der Straße gesehen, um zehn Uhr vormittags, und er torkelt dort herum und stinkt nach Alkohol.« Ich kann einen leichten Anflug von Genugtuung hören und frage mich, ob er damals ebenfalls unter meiner Teenagerobsession mit den Monktons gelitten hat.

»Ja, das hat Olivia mir erzählt. Und dass es ihm nicht gut geht. Er meinte ... Er hat gesagt, dass er nicht mehr lange zu leben hat.«

»Ach, der arme Mann ...« Mum kann gar nicht anders, als Mitleid zu haben. Rachsüchtig ist sie von Natur aus nicht.

»Ich hab noch etwas herausgefunden ... über Sashas Mutter.«

»Ach ja?« Sie klingt verdächtig neutral.

»Hast du das etwa gewusst?«, frage ich und bin fassungslos.

»Na ja, *gewusst* ... Ich hab nur ... Ich wäre nicht überrascht, wenn ihre Version der Geschichte nicht ganz der Wahrheit entspricht. Für mich hat es sich immer erfunden angehört.«

»Warum hast du denn damals kein Wort gesagt?«

»Machst du Witze?« Mum lacht. »Du hättest mir doch bei der ersten Andeutung den Kopf abgerissen! Außerdem hab ich mir schon gedacht, dass es etwas halbwegs Unangenehmes gewesen sein muss, was sie lieber für sich behalten wollte. Wer wäre ich bitte schön gewesen, wenn ich die Wahrheit von ihr eingefordert hätte?«

»Na ja, du hast schon recht. Ihre Mutter war kein Jetset-Model. Sie war drogenabhängig, und das Jugendamt hat ihr Sasha weggenommen. Deshalb hat sie bei den Monktons gewohnt.«

»Ah, verstehe.« Mum sagt das so, als würde das vieles erklären.

»Was verstehst du?«

Sie sieht Dad an.

»Mum meint, sie hat einfach wie eine unglückliche Seele gewirkt.«

Mein erster Impuls ist dagegenzuhalten, sie zu verteidigen, aber natürlich stimmt es, was sie sagen, stimmte schon immer, in jeglicher Hinsicht. Ich war einfach zu nah an Sasha dran, zu nah an den Monktons. Ich hatte Herz und Hirn an sie verloren, und seither ist nichts mehr so, wie es mal war.

»Tut mir leid«, sage ich und stochere in meinem Brokkoli herum.

»Was in aller Welt tut dir denn leid, mein Schatz?«, fragt Mum.

»Ihr wisst schon – wie ich damals drauf war. Dass ich ständig nur von den Monktons gesprochen habe …«

»Schnee von gestern«, sagt Dad nachdrücklich.

»Alle Teenager streiten sich mit ihren Eltern«, sagt Mum. »Da brauchst du dich nicht zu entschuldigen.« Sie fängt an, den Tisch abzuräumen. »Aber danke«, fügt sie hinzu, während sie die Teller in die Durchreiche stellt und in die Küche verschwindet.

In meiner Tasche vibriert mein Handy. Es ist eine Nachricht von Rachel: **Hast du heute Abend schon etwas vor? Können wir uns auf einen schnellen Drink im Forresters treffen?**

Es ist gerade erst halb neun. Mum und Dad rechnen womöglich damit, dass ich den ganzen Abend bleibe, trotzdem antworte ich: **Klar, kann um 9 dort sein. Alles okay?**

Ja, alles bestens, schreibt sie zurück. **Bis gleich!**

Ich verabschiede mich von Mum und Dad, die enttäuscht sind, aber mich ohne viel Aufhebens ziehen lassen, und springe ins Auto. Als ich um kurz vor neun ankomme, ist Rachel schon da und sieht wie immer makellos aus in ihrer dunklen Jeans und der frisch gebügelten weißen Bluse. Vor ihr steht ein großes, schon halb leer getrunkenes Weinglas auf dem Tisch.

»Hast du was gehört?«, fragt sie ohne Vorrede, sobald ich mich mit meinem Getränk zu ihr gesetzt habe.

»Nein.« Mir rutscht das Herz in die Hose. Sie hat auch keine neuen Infos, scheint aber unbedingt dranbleiben und mitten im Geschehen sein zu wollen – wie immer. »Du?« Ich weiß genau, dass sie nichts gehört hat. Warum sollte sie auch.

»Nein, aber ... da gibt es was, worüber ich mit dir reden muss.« Sie tut argwöhnisch, aber bei ihr weiß man nie, ob sie nicht überdramatisiert, um sich wichtig zu machen.

»Und was?«

»Ich hab hin- und herüberlegt, ob ich etwas sagen soll, aber letztendlich beschlossen, dass es womöglich ja doch irgendwie mit Sasha zu tun hat und ich es dir deshalb erzählen sollte.«

»Was ist los?« Das Gemurmel um uns herum tritt in den Hintergrund, ich sehe nur noch ihre dunklen Augen, den angespannten Gesichtsausdruck.

»Als ich dich gestern Abend hier mit Leo gesehen habe, hab ich gesagt, ich wusste, dass er ein alter Bekannter von Sasha ist. Was ich dir allerdings nicht gesagt habe: Ich wusste auch, dass er dein Exfreund ist. Sasha hat es mir erzählt.«

»Da waren wir Teenager. Und?«

»Genau deshalb wollte ich gestern nichts sagen. Ich war mir nicht sicher, ob du dich aufregen würdest oder ...«

»Was wolltest du mir nicht sagen?«

»An dem Abend – vor ungefähr einem Monat –, als ich Leo bei dieser Party kennengelernt habe ... Da war Jackson nicht dabei, und ...«

Ich ahne, was als Nächstes kommt, aber ich warte, bis sie es sagt und gönne mir so noch ein, zwei wertvolle Sekunden der Ahnungslosigkeit. Ein Teil von mir will augenblicklich aufspringen und davonlaufen und nie wieder stehen bleiben, damit ich nicht hören muss, was sie sagt.

»Sasha hat mit ihm geschlafen. Aber ich bin mir sicher, dass er nur eine Eintagsfliege war.«

Irgendetwas in mir zerbricht und fällt in sich zusammen wie ein Hochhaus, das gesprengt und abgerissen wird. Es ist albern und beschämend, wie verletzt ich mich fühle. Leo und ich waren sechs Monate lang zusammen, als wir achtzehn waren. Er ist mir nichts schuldig. Warum also fühle ich mich, als hätten die beiden mich auf scheußlichste Art hintergangen?

»Sie hat mir eingebläut, dir nichts zu sagen. Sie meinte, du würdest dich fürchterlich aufregen. Es war nur das eine Mal. Sie wollte nicht, dass es passiert. Sie hat sich fürchterlich gefühlt.« Es sprudelt nur so aus ihr heraus – all das, was sie für sich behalten musste, strömt jetzt wie ein Wasserfall.

Dann hatte Jackson doch recht. Unter der Wut und der Verzweiflung macht sich ein Teil meines alten Teenager-Ichs bemerkbar, der sich bestätigt fühlt, dass er jedes Mal zusammengezuckt ist, als Leo in Sashas Richtung geschaut hat. Ich war also nicht paranoid. Was immer ich gespürt habe, was ich befürchtet habe – es war berechtigt. Ich konzentriere mich auf meine Atmung. Ich muss bei der Sache bleiben. Ich muss es hören, um es vollends zu verstehen.

»Wie? Wie ist das passiert?«

Sie sieht weg, sieht durchs Fenster hinaus in die Dunkelheit. »Hilft das? Wirklich, Ellen?«

»Bitte.« Ich strecke mich und packe sie am Arm. »Ich will es wissen.«

Sie schluckt. »Okay.« Es hat sie Mut gekostet hierherzukommen und es mir zu erzählen, das sehe ich ihr an.

»Danke«, sage ich und ziehe ruckartig meine Hand zurück.

»Ich weiß nicht viel ... Sie waren betrunken. Ich hab sie bei dieser Party stundenlang in der Ecke stehen gesehen. Ich weiß natürlich keine Einzelheiten, und ich bin sicher, du würdest die auch nicht hören wollen.«

Nicht? Ein Teil von mir schon; ein Teil von mir will sehen, wie die Konturen ihres Körpers mit seinen verschmelzen, und die Laute hören, die sie von sich gibt, um zu wissen, ob er mit ihr die gleichen Sachen gemacht hat wie mit mir.

»Ich hab gesehen, wie sie geknutscht haben. Ich wusste damals nicht, dass er dein Ex ist, aber ich wusste, dass sie eigentlich mit Jackson zusammen war. Tags drauf hat sie mich angerufen. Meinte, sie fühlt sich schuldig, wegen Jackson, aber auch deinetwegen. Sie hat zu mir gesagt, das müsste sie loswerden – sie bräuchte jemanden, dem sie sich anvertrauen könnte –, aber ...«

»Was?«

»Das macht sie gern, oder? Jemanden ins Vertrauen ziehen. Jemanden glauben machen, dass man ein Geheimnis teilt.« Sie redet leise, und mir dämmert, wie tapfer sie gerade ist, indem sie zugibt, dass ihr das genauso gefallen hat wie mir selbst. Dass wir es beide genossen haben, Sashas Vertraute zu sein, ihr Ein und Alles. Dass wir uns nach ihrer Aufmerksamkeit verzehrt haben, nach ihrer Zuneigung, und darin aufgeblüht sind.

»Ich wollte wirklich nichts sagen, aber als ich dich gestern mit ihm gesehen habe, hab ich mich gefragt, ob er irgendwie mit der Sache zu tun haben könnte. Vielleicht weiß er ja was – tut mir leid! Ich hoffe, ich hab das Richtige getan!«

»Schon okay.« Ich bin nicht sauer auf Rachel. Ich bin mir nicht mal sicher, ob ich überhaupt sauer bin. Ich bin am Boden zerstört, ja, aber auch irgendwie resigniert.

Natürlich hat das irgendwann mal passieren müssen. Es fühlt sich nicht richtig, aber zumindest folgerichtig an. Ich hab insgeheim damit gerechnet, seit ich sie auf ihrem Schulpult gesehen habe, wie sie mit den Beinen gebaumelt hat und er seinen Blick nicht von ihr abwenden konnte. In mir sprießt ein Körnchen Zorn – und der ist auf Sasha gerichtet. Ganz gleich, wie albern es von mir ist – sie hat doch wissen müssen, wie ich mich fühle, wenn sie mit Leo geschlafen hätte – und genau deshalb hat sie es mir auch nicht erzählt. Trotzdem ist sie einfach losgezogen und hat es gemacht. Der Zorn lodert auf, nur weiß ich nicht, was ich damit anfangen soll. Ich bin es nicht gewöhnt, zornig auf sie zu sein.

Noch während ich Rachel nachblicke, die eine zweite Runde holt, kommt mir ein anderer Gedanke. Ich habe mich derart auf Sashas Verrat eingeschossen (und es fühlt sich nach Verrat an, ganz egal, wie ich es mir selbst gegenüber zu erklären versuche), dass ich komplett übersehen habe, dass Leo mich auch belogen hat. Weil er wusste, dass er mir ansonsten wehtun würde? Oder hatte er noch einen anderen Grund, warum er seine Verbindung zu Sasha vor mir geheim halten wollte?

Ellen

Mai 2006

»Irgendjemand war in meinem Zimmer.«

»Was soll das heißen? Wer?« Ich lecke über den Rand meines Eishörnchens, damit das Eis nicht auf meine Finger tropft. Das Wetter war in der ersten Jahreshälfte ungewöhnlich warm gewesen, sodass Karina, Sasha und ich beschlossen hatten, das Beste aus den letzten Ferientagen zu machen, und mitsamt Picknickdecke, Snacks und ein paar Zeitschriften in den Park gegangen waren.

Ein paar Jungs, die ich vom Sehen aus der Schule kannte, unter anderem Leo Smith, hatten nicht weit von uns entfernt ihr Lager aufgeschlagen und versuchten von dort aus, Sasha mit ihren Fußballtricks zu beeindrucken; oder sie fluchten großmäulig und nahmen einander nach allen Regeln der Kunst auf die Schippe. Allerdings zeigte Sasha sich wie immer komplett unbeeindruckt.

»Ich weiß nicht«, sagte sie, stemmte sich auf die Ellbogen hoch und sah in die Ferne. »Aber ein paar Sachen sind bewegt worden. Nichts Wichtiges – ein Buch, das ich gerade lese, mein Schminktäschchen, mein Mäppchen ... Aber sie lagen eben nicht mehr dort, wo ich sie hingelegt hatte.«

»Vielleicht hat Olivia ja sauber gemacht – Staub gewischt oder so«, schlug Karina vor, ließ dabei aber die Jungs nicht aus den Augen. Seit sie sich dort drüben niedergelassen hatten, lag sie mit dem Gesicht zu ihnen auf dem Bauch.

»Nein, die macht unsere Zimmer nicht sauber. Sie sagt, wir sind alt genug, um es entweder selbst zu machen oder mit den Konsequenzen zu leben.«

»Schon komisch«, warf ich ein.

»Ich weiß.« Sie verzog das Gesicht, und ich konnte ihr ansehen, dass sie befürchtet hatte, wir würden ihr nicht glauben.

»Hast du es Olivia erzählt?«

Sasha seufzte. »Sie glaubt immer noch, ich hätte dieses Geld genommen. Sie wird annehmen, dass ich das erfunden habe.«

»Warum solltest du so was erfinden? Ich meine, wie kommt sie darauf?«, fragte ich.

»Ach, sie glaubt, ich will einfach nur Aufmerksamkeit. Sie wird sich mit mir hinsetzen und mal wieder ernsthaft reden wollen und meinen ›Schwierigkeiten‹ auf den Grund gehen. Mich psychoanalysieren. Aber das kann sie vergessen.«

»Sicher? Eigentlich wirkt sie doch eher ...«

»Was? Ach so wunderbar? Verdammt noch mal, Ellen, nur weil du glaubst, sie wäre die perfekte Mutter, heißt das noch lange nicht, dass das auch wahr ist.«

»Schon klar«, erwiderte ich und wurde rot. Ich hatte versucht, meine Schwärmerei für Olivia unter Verschluss zu halten, war aber offenbar nicht allzu weit damit gekommen. »Was ist denn mit ... Könntest du nicht ...« Ich wusste nicht recht, wie ich weitermachen sollte. »Ich meine, hast du mal deine Mutter gefragt, ob sie nicht mit Olivia reden könnte?«

»Ich hab dir doch schon gesagt, dass ich sie mit solchen Sachen nicht behelligen will«, fauchte sie mich an. »Sie hat schon genug um die Ohren.« Dann legte sie sich wieder hin und schloss die Augen.

Karina und ich wechselten einen Blick. Immer mal wieder versuchten wir beide vorsichtig, mehr über Sashas Mutter herauszubekommen, bissen aber jedes Mal auf Granit. Ich verabscheute mich dafür, aber allmählich fragte ich mich doch, ob Olivia nicht recht damit hatte, dass Sasha sich das alles bloß ausdachte. Manchmal fühlte es sich an, als würde sie in einer Blase durch die Welt trudeln, als könnte ihr nichts etwas anhaben – als würde die Meinung anderer Leute wie Regenwasser an ihr abperlen. Aber konnte das wirklich stimmen? Konnte ein Mensch wirklich derart komplett gleichgültig gegenüber den Ansichten anderer Leute sein? Oder hatte sie irgendeinen Grund, sich selbst als Opfer einer Stalkingaktion darzustellen?

»Sorry«, sagte sie nach einer Weile.

Ich wartete darauf, dass sie uns erklärte, warum sie so schroff geworden war, aber es kam nichts, also nahm ich mir eine Zeitschrift und fing an zu lesen oder zumindest so zu tun. Wenn sie so sein wollte, bitte schön, ich würde ihr nicht all die Fragen stellen, von denen sie offenbar wollte, dass ich sie stellte. Wenn sie mit mir reden wollte, dann bitte – wenn nicht, auch in Ordnung. Karina nahm wieder ihren Beobachterposten ein, und vielleicht zwanzig Minuten lang lagen wir drei schweigend nebeneinander. Ich war drauf und dran einzunicken – eingelullt von der Sonne auf meinem Gesicht und dem fröhlichen Geplapper der anderen Leute –, als plötzlich etwas gegen mein Bein prallte. Abrupt setzte ich mich auf – und zwar so schnell, dass mir leicht schwindelig wurde. Irgendwer stand vor uns in der Sonne, und im Schatten wirkte sein Gesicht so dunkel, dass ich ihn einen Moment lang nicht einmal erkennen konnte.

»Entschuldigung«, sagte er, nahm sich seinen Ball, und erst da sah ich, dass es Leo war.

Eilig zog ich mir die Picknickdecke über die Oberschenkel. Ich versuchte gerade, mir einen Frühsommerteint zuzulegen – in einem dunkelblauen Badeanzug, der schon bessere Tage gesehen hatte. Karina trug ein Sommerkleid mit Spaghettiträgern, Sasha einen weißen Neckholderbikini. Sie war jetzt schon rundherum toffeebraun.

Bedächtig schlug sie die Augen auf und streckte sich wie eine Katze. »Oh, hallo, Leo.«

Allem Anschein nach unbeeindruckt von all der gebräunten, weichen Haut sah er erst sie, dann mich an, während er den Ball von einer Hand zur anderen warf.

»Wir wollen Volleyball spielen. Wollt ihr mitmachen?«

»Nein danke.« Ballspiele waren absolut nicht mein Ding, und ich hatte keine Lust, mich zu blamieren.

»Ich schon!« Karina war begeistert aufgesprungen und schob sich die Träger ihres Kleids zurecht. Im selben Moment dämmerte mir – und Leo ebenfalls –, dass sie darunter keinen BH trug. Er ertappte mich dabei, wie ich Karina anstarrte, und bedachte mich mit einem schalkhaften Blick.

»Spitzenmäßig«, meinte er, und unwillkürlich grinste ich zurück. Insgeheim freute ich mich diebisch, dass Leo und ich gerade einen Insider teilten.

»Sasha, was ist mit dir?«

Sie zuckte mit den Schultern. »Klar, warum nicht?«

Dann stand sie auf und schlenderte zu den Jungs hinüber. Sie hatte sich nicht mal ein T-Shirt übergezogen, und ein paar von ihnen bekamen den Mund nicht mehr zu. Es war wie in einem Bond-Film. Karina lief leicht tapsig ein paar Schritte hinter ihr her. Ich sah wieder zu Leo hoch und erwartete schon, dass er ihr auch nachgaffen würde, aber er blickte mich immer noch an.

»Heute übertreibt sie es aber ein bisschen, was?«

Ich errötete. »Was meinst du?«

Er ließ sich neben mich auf die Decke fallen. »Du weißt schon, in diesem Minibikini rumzurennen und allen zu zeigen, was sie hat ... Ich weiß, ihr zwei seid gut befreundet, und ich will wirklich nicht blöd klingen oder so, aber ...«

Ich sah zu, wie die Jungs ein improvisiertes Volleyballnetz aufhängten, indem sie ein Seil zwischen zwei Bäume knoteten. Ein paar andere Mädchen hatten sich ebenfalls dazugesellt, und ich konnte sehen, wie sie Sasha in ihrem Bikini mit einer Mischung aus blanker Eifersucht und Abneigung anstarrten.

»Ich dachte ...« Ich hielt den Blick auf das Volleyballspiel gerichtet, und angesichts des Verrats, den ich gleich begehen würde, schlich sich der Hauch eines Zitterns in meine Stimme. »Ich hatte irgendwie den Eindruck, du würdest sie mögen. Also, ich meine, auf sie stehen.«

»Ja, als sie frisch an unsere Schule kam«, sagte er leichthin und beiläufig. »Aber inzwischen finde ich's ein bisschen zu offensichtlich. Ein bisschen zu aufgesetzt. Mir ist lieber, wenn jemand mit beiden Beinen auf der Erde steht.«

»Jemand wie Karina?«, hakte ich nach. Ihr Interesse an ihm schien in letzter Zeit leicht abgeklungen zu sein, aber ich war mir sicher, dass sie immer noch Feuer und Flamme wäre, wenn er sich seinerseits für sie erwärmt hätte.

Er stieß mir leicht mit dem Ellbogen in die Rippen. »Quatsch, du Schnellchecker – jemand wie du.« Und mit diesen Worten stand er auf und lief zu den anderen, ohne noch mal zurückzublicken.

Wie vom Donner gerührt und atemlos starrte ich ihm nach und war gleichermaßen elektrisiert und entsetzt.

Ellen

September 2017

Ich sitze stocksteif da und habe Herzrasen. Irgendetwas hat mich aus dem Schlaf geschreckt, doch außer dem normalen Verkehrslärm, der von draußen hereinweht, und den entfernten Sirenen, die man in London ständig hört, ist es in der Wohnung mucksmäuschenstill. Ich kann jeden meiner Atemzüge deutlich spüren, meine Atmung geht durch das Hämmern meines Herzens stoßartig. Es ist drei Uhr in der Nacht, und augenblicklich muss ich wieder an mein Treffen mit Rachel im Pub denken, an ihre »Drei-Uhr-nachts-Freunde«. Könnte ich sie wirklich jetzt anrufen und ihr erzählen, dass ich Angst habe? Wenn Sasha hier wäre, würde ich jetzt hinüber in ihr Zimmer trotten. Sie würde sich sofort rühren und aufwachen, in ihrem Bett zur Seite rutschten, sodass ich mich neben sie legen könnte, weil sie wüsste, dass ich gerade Trost und Nähe brauche (auch ohne dass ich es sagen müsste). Jemanden, der mir das Gefühl gibt, nicht so allein zu sein.

Ich lege mich wieder hin, doch mein Bettzeug ist vom Nachtschweiß klamm, also rutsche ich auf die andere Seite und versuche, langsam und tief durchzuatmen und sämtliche Gedanken aus meinem Kopf zu verbannen, damit ich wieder einschlafen kann. Ich bin gerade drauf und dran, wieder die Kontrolle abzugeben und in die Unberechenbarkeit meiner Träume abzudriften, als ich erneut ein Geräusch höre und die Augen aufreiße. Ich weiß genau, was das ist: das Knarzen der Bodendiele direkt an der Wohnungstür. Jemand ist in der Wohnung. Ich liege schockstarr da, bin zu Tode verängstigt und spüre jede Erhebung in meiner Matratze.

In meinem Zimmer wird es nie komplett dunkel, weil draußen Straßenlaternen stehen. Ich rutsche nach links, wo mein Telefon auf dem Nachttisch liegt. Ich will schon danach greifen, als mein Gehirn sich verselbstständigt und vor sich sieht, wie ich mich danach ausstrecke und urplötzlich eine Hand meinen Arm packt. Auch wenn ich mir noch so sehr einrede, dass die Gefahr draußen im Flur lauert, nicht unter dem Bett in meinem Zimmer, bin ich nicht mehr imstande, mich auszustrecken. Die Monster aus meiner Kindheit, die unter dem Bett herumgekreucht sind, werfen gigantische Schatten und werden von jedem einzelnen miesen Horrorfilm verstärkt, den ich jemals gesehen habe. Doch das hier ist kein Film, keine unbegründete Angst. Das hier ist real. Ich habe meinen Körper nicht mehr unter Kontrolle, ich könnte nicht mal aus dem Bett springen, sosehr ich es wollte, alle Kraft ist aus meinen Gliedern gesickert und einer blanken Angst gewichen. Wer immer es ist – er bewegt sich geräuschlos, trotzdem höre ich, wie Sashas Zimmertür aufgeschoben wird, die ebenfalls ganz leise knarzt. Ist sie es? Kann das sein? Ein Teil von mir will sofort hinrennen und sie bei den Schultern packen und sie anschreien – sie fragen, wo sie gewesen ist –, aber selbst wenn ich dazu in der Lage wäre, könnte ich es nicht. Was, wenn sie es nicht ist?

Mein Magen krampft sich zusammen, und einen entsetzlichen Moment lang fürchte ich, dass ich mich übergeben muss. Dann balle ich die Fäuste, schlucke und reiße mich mit aller Gewalt zusammen. Ich kann Geräusche hören, ein Rascheln hinter der Wand, Schubladen, die aufgezogen und wieder zugedrückt werden, Papier, das bewegt wird. Wer immer dort drin ist, gibt sich alle Mühe, nicht gehört zu werden, aber es ist nun mal unmöglich, gar kein Geräusch zu machen, sofern man nicht komplett stillsteht. Ich habe keine andere Wahl, als reglos und wie zu Eis erstarrt unter meiner Bettdecke liegen zu bleiben, obwohl jeder Muskel in meinem Körper zum Zerreißen angespannt ist. Ich könnte nicht sagen, wie lange das Rascheln und heimliche Verschieben von Gegenständen andauert – es fühlt sich an wie die Ewigkeit. Ich will, dass es aufhört, dass es vorbei ist, und gleichzeitig habe ich Angst davor, wo der Eindringling als Nächstes hingeht. Ein Teil von mir betet inständig, er möge für immer in Sashas Zimmer bleiben.

Im Nachbarzimmer ist es plötzlich schlagartig still. Blankes Entsetzen schießt mir durch die Adern, und ich halte die Luft an, Schweißperlen treten mir auf die Stirn und prickeln hinter den Ohren. Sashas Zimmertür knarzt erneut, und dann bin ich mir sicher: Die Schritte kommen in meine Richtung. Ich kann jenseits meiner Zimmertür eine Präsenz spüren. Ich schließe die Augen, weil ich den Moment nicht werde ertragen können, wenn die Klinke nach unten wandert, dann reiße ich sie wieder auf, weil die Ungewissheit noch viel unerträglicher ist. Bilder blitzen vor meinem inneren Auge auf – von Daniel Monkton, der mit einem silbern funkelnden Messer in der Hand aufwartet, bis zu Sasha, die mich reumütig schluchzend um Vergebung anfleht. Ich setze mich auf, sehe mich hektisch nach einer Waffe um – nach irgendetwas, womit ich mich verteidigen kann –, aber da steht nicht mal ein Glas Wasser. Wenn ich das hier überlebe, nehme ich mir fest vor, dann werde ich für den Rest meines Lebens mit einem Küchenmesser neben dem Bett schlafen gehen.

Ich schwöre, ich kann jemanden atmen hören und nehme eine Bewegung wahr, und ich rechne schon mit dem Schlimmsten, als direkt vor der Wohnung urplötzlich eine Sirene losschrillt und Blaulicht durch mein Zimmer flackert. Ich zucke heftig zusammen und schlage die Hand vor den Mund, damit ich nicht losschreie. Jetzt höre ich definitiv Schritte – die Sirene hat den Eindringling genauso erschreckt wie mich –, und dem Himmel sei Dank: Die Schritte entfernen sich. Es knarzt noch einmal, und wieder erkenne ich – mit überwältigender Erleichterung – die Bodendiele am Eingang wieder. Dann höre ich das leise Klicken des Sicherheitsschlosses, das aufgeschoben wird, und die Tür fällt zu. Es ist still – wunderbar, zutiefst still.

Auch wenn ich so sicher bin, wie ich nur sein kann, dass der Einbrecher verschwunden ist, liege ich weitere zwanzig Minuten wie erstarrt da und lausche auf jedes noch so kleine Geräusch. Aber da ist nichts. Irgendwann muss ich aufstehen, weil mich die Blase drückt. Mit immer noch zitternder Hand strecke ich mich nach der Nachttischlampe aus. Niemand greift nach mir, und das Zimmer sieht im Licht sofort weniger angsteinflößend aus. So leise wie nur möglich schleiche ich zur Tür, schiebe sie einen Spaltbreit auf und taste nach dem Lichtschalter im Flur. Erst als ich Licht gemacht habe, mache ich die Zimmertür ganz langsam auf. Der Flur sieht so aus wie immer: Sasha lacht mir vom mittleren Foto unserer Bildercollage im Cliprahmen entgegen: aufgenommen bei einem Festival hier in der Nähe in einem Park, das wir vor ein paar Jahren gemeinsam besucht haben. Sie hat ein schulterfreies pinkfarbenes Oberteil an, trägt einen Cowboyhut gegen die grelle Sonne und hat mir den Arm um die Schultern gelegt, den Kopf in den Nacken geworfen und lacht. Mir ist im Langarmshirt viel zu warm, und unbehaglich sehe ich mit einem grimmigen Lächeln direkt in die Kamera.

Ich laufe den Flur entlang zur Wohnungstür. Es sieht nicht so aus, als hätte sich hier jemand gewaltsam Zutritt verschafft. Die Tür ist zu, aber als ich das Sicherheitsschloss zur Seite schiebe, schwingt sie auf. Ich bin mir absolut sicher, dass ich doppelt abgeschlossen habe. Wie ist der Eindringling hier reingekommen?

Lautlos schleiche ich über den Flur zurück und ins Bad, um aufs Klo zu gehen. Das Plätschern des Urins auf Wasser hallt in der ganzen Wohnung wider. Ich ziehe den Beckenboden zusammen und halte Papier unter mich, um das Geräusch zu dämpfen. Als ich fertig bin, trete ich wieder hinaus auf den hell erleuchteten Flur. Ich kann nicht einfach zurück ins Bett gehen, ohne nachzusehen, was hier passiert ist. Ich würde nie wieder einschlafen können. Ich werfe einen Blick in die Küche und ins Wohnzimmer, die genauso aussehen, wie ich sie ein paar Stunden zuvor zurückgelassen habe. Bleibt nur noch Sashas Zimmer. Die Tür steht offen; ich stehe im grellen Deckenlicht direkt davor, atme immer hektischer und angestrengter in der Stille. Langsam strecke ich die Hand aus und drücke die Tür weiter auf. Das Zimmer liegt im Halbdunkel, ist von den Straßenlaternen draußen und vom Flurlicht nur mäßig erleuchtet, trotzdem sehe ich sofort, dass jemand hier war.

In Sashas Zimmer herrscht immer das reinste Durcheinander, aber jetzt gerade ist es noch schlimmer. Die Schubladen unter dem Bett sind nach vorn gezogen und der Inhalt auf dem Boden verstreut worden; das Gleiche gilt für den Schubladenschrank am Bett. Der Spiegel, der sonst auf der alten Kommode stand, liegt am Boden, und der Inhalt der Schubladen – Kontoauszüge, alte Hochzeitseinladungen, Aufgabenhefte, die ich aus der Schulzeit wiedererkenne – ist auf dem Boden gelandet. Hier hat jemand alles angefasst. Mit blankem Entsetzen stehe ich in der Tür, meine Haut prickelt, und mein Gehirn hat Schwierigkeiten zu verstehen, was dort vor mir liegt. Ich könnte nicht sagen, ob etwas fehlt, aber eindeutig hat hier jemand nach etwas gesucht. Aber wer – und wie ist er reingekommen? Und wonach hat er verdammt noch mal gesucht?

Olivia

Juli 2007

Sashas perfektes Gesicht sieht so weich und makellos aus wie immer. Ihr Haar – flüssiges Gold – hat sie sich ordentlich im Nacken zusammengebunden, damit die Geschworenen sich davon nicht ablenken lassen. Sie trägt ein züchtiges Kleid und ein Jäckchen, doch selbst in einem möglichst weit geschnittenen Kaftan könnte sie nichts gegen die Strahlkraft tun, die wie ein feiner Duft von ihr ausgeht. Ja, sie ist bildschön, aber sie ist mehr als das: Irgendetwas an ihr zieht die Leute an – die Empathie womöglich, die angesichts einer solchen Schönheit verblüffend ist. Ich weiß, dass auch Ellen es gespürt hat, sich darin gesonnt hat und in der Wärme aufgeblüht ist. Es verleiht Sasha Macht, und Macht ist immer gefährlich. Genau deshalb habe ich tun müssen, was ich getan habe.

Sie fängt an, den Abend zu schildern. Sie und Ellen sind gegen Viertel nach neun herunter in die Küche gekommen. Während Ellen von Tony zu Tode gelangweilt war und zu guter Letzt von Nicholas gerettet wurde, unterhielt sich Sasha in der Küche mit Leo und ein paar anderen aus ihrer Schule. Sie hat nicht gesehen, wie Daniel und Karina sich im Flur geküsst haben und dann nach oben gegangen sind. Kurze Zeit später – etwa um halb elf – ist sie selbst wieder nach oben gegangen und in ihrem Zimmer verschwunden.

»Ihr Zimmer liegt direkt neben dem von Daniel Monkton, ist das korrekt?« Der Staatsanwalt hat gegenüber Sasha einen leicht anderen Ton angeschlagen als bei den übrigen Zeugen. Es ist so dezent, dass ich kaum glauben kann, dass es noch jemand wahrgenommen hat. Sogar er kann nicht verhindern – trotz all seiner Berufsjahre, all dieser unterschiedlichsten Menschen, denen er in diesem Saal und in vielen anderen begegnet sein muss –, dass er in ihren Bann gezogen ist.

»Ja.«

»Als Sie in Ihr Zimmer gegangen sind, was haben Sie da gehört – sofern Sie überhaupt etwas gehört haben?«

»Ich konnte Daniel und Karina durch die Wand hören.«

»Wer sonst war mit Ihnen im Zimmer?«

»Niemand. Ich hab mich nur für einen Moment hinlegen wollen. Ich hatte etwas getrunken und war erschöpft.«

Wenn andere über Alkohol in ihrer Jugend sprechen, klingt es immer irgendwie verkommen, doch bei ihr hat es fast schon einen gewissen Glamour. Sogar ich selbst verfalle ihr beinah – und würde ihr vollends verfallen, wüsste ich nicht über sie Bescheid.

»Und können Sie uns schildern, was genau Sie durch die Wand gehört haben?«

»Erst waren es nur leise Stimmen und immer wieder Gesprächspausen. Ich nehm an, sie haben geknutscht.«

»Haben Sie auch noch etwas anderes gehört?«

»Ich konnte ... na ja, Sie wissen schon.« Sie schlägt den Blick nieder und beißt sich auf die Lippe. Um Himmels willen. Sie spielt mit den Geschworenen wie auf einem Instrument – das süße, unschuldige kleine Mädchen, das dazu genötigt wird, über derlei unschöne Dinge zu sprechen, Dinge, die sie selbst noch nie erlebt hat. Als ob.

»Ich fürchte, Miss North, die Geschworenen müssen erfahren, was genau Sie gehört haben. Es gibt keinen Grund, beschämt zu sein.«

»Es ist bloß ...« Sie ringt mit den Händen, als müsste sie sie ruhig halten, und wirft den Geschworenen einen Blick zu.

»Darf ich Sie daran erinnern, dass Sie unter Eid stehen, Miss North?«, ermahnt der Staatsanwalt sie mit ernster Stimme, »und dass alles, was Sie hier sagen, Konsequenzen haben könnte? Es ist unerlässlich für uns, dass Sie uns erzählen, was genau Ihnen zur Kenntnis gelangt ist – und zwar im Licht der Wahrheit und ohne Beschönigung.«

»Ich habe gehört, dass sie Sex hatten, aber das ... ging ziemlich schnell. Ich meine, es war gleich wieder vorbei, und dann konnte ich nichts weiter hören als das quietschende Bett – und Daniel. Karina hab ich die ganze Zeit nicht gehört. Als wäre sie gar nicht da. Dann hat er das Zimmer verlassen und ist ins Bad gegangen.«

»Woher wussten Sie, dass er das war und nicht Miss Barton?«

»Ich hab ihn irgendwas sagen hören, als er rausging – dass sie sich später unten treffen würden und so.«

»Und was haben Sie folglich gemacht?«

»Ich bin noch ein bisschen in meinem Zimmer geblieben. Aus Daniels Zimmer hab ich nichts weiter gehört. Dann bin ich wieder nach unten in die Küche und hab mich mit ein paar Freunden aus der Schule unterhalten.«

»Und wann haben Sie Miss Barton als Nächstes gesehen?«

»Das muss gegen halb zwölf gewesen sein, glaub ich ... Ich hab im Flur Stimmen gehört, und dann hat Ellen Karina in die Küche gebracht.«

»Und in welchem Zustand war Miss Barton zu diesem Zeitpunkt?«

»Sie war komplett durch den Wind und hat behauptet, dass Daniel sie vergewaltigt hat.«

»Und hatten Sie auch nur den geringsten Zweifel daran, dass sie die Wahrheit sagt?«

»Nicht den geringsten«, antwortet sie immer noch an die Geschworenen gerichtet. »Sie war in einer ganz fürchterlichen Verfassung.«

»Danke, Miss North. Dürfte ich mit Ihnen zurückkehren zum 15. Dezember 2006 – da sind Sie nach dem Unterricht in der Schule geblieben, wie wir gehört haben, weil Proben für ein Weihnachtskonzert anstanden?«

»Ja, das stimmt.«

»Und sind Sie die ganze Probe über geblieben?«

»Nein. Mir war nicht gut, also bin ich früher gegangen – so gegen vier Uhr.«

Mein Herz schlägt sofort ein bisschen schneller. Was ist hier bitte schön los? Dilys hat in ihrer typisch blasiert-selbstzufriedenen Art die Arme vor der Brust verschränkt und ein leises Schmunzeln auf den Lippen.

»Und wo sind Sie von der Schule aus hingegangen?«

»Nach Hause. Ich bin nach Hause gefahren. Nur …« Sie spricht nicht weiter. Das unschuldige kleine Mädchen ist wieder da.

»Ja?« Der Staatsanwalt lehnt sich vor, als wollte er sie ermutigen, wie man ein Kleinkind ermutigt, und ich kann spüren, wie die Geschworenen im Geiste das Gleiche tun.

»Als ich auf unser Haus zulief, standen Daniel und Karina davor. Ich hab mich gewundert, weil ich nicht gewusst hatte, dass die beiden sich näher kannten. Sie sahen aus, als würden sie streiten. Karina hat sich weggedreht, aber dann hat er sie am Arm gepackt, ziemlich brutal sogar, und sie zurückgezerrt. Er hat sich direkt vor ihr aufgebaut und etwas gesagt – was, konnte ich nicht hören. Aber sie hat die Schultern hängen lassen und ist dann mit ihm nach drinnen gegangen.«

Daniels Gesicht ist zu einer Maske erstarrt, die wie aus Granit gemeißelt wirkt, doch irgendetwas an der Art, wie er die Zähne zusammenbeißt, sagt mir, dass er gefährlich nah dran ist zu explodieren. Lieber Gott, bitte nicht! Wenn er hier auf dieser Bühne in die Luft geht, wäre das sein Todesurteil. Seine Verteidigerin sieht ihn ebenfalls besorgt an, zieht in einem fort die Kappe von ihrem Füller und schiebt sie wieder drauf.

»Sind Sie denn ebenfalls ins Haus gegangen?«, fragt der Staatsanwalt.

»Nein.« Sie zögert kurz und fährt dann fort: »Ich wollte nicht ... Irgendwas war da ... verkehrt, so wie die zwei miteinander umgegangen sind. Ich hätte mich gefühlt, als würde ich dort in irgendwas reinplatzen.«

»Was haben Sie stattdessen gemacht?«

»Am Ende unserer Parallelstraße gibt es ein Café. Dort bin ich hingegangen, eine Stunde geblieben und dann erst nach Hause gegangen. Als ich dort ankam, war niemand mehr da. Ellen sollte eigentlich zum Abendessen kommen, aber sie hatte mir eine Nachricht geschickt, dass sie es nicht schaffen würde.«

»Hat Miss Mackinnon Ihnen später erzählt, was sie von Ihrem Zimmer aus mitbekommen hatte?«

»Ja, am nächsten Tag.«

Mein Gott. Ich war so dumm, so selbstzufrieden, so selbstgefällig ... Ich habe mich als die großzügige Matriarchin dieses alternativen, entspannten, gastlichen Haushalts angesehen, während ich in Wahrheit in einer Schlangengrube gesessen habe – inmitten von Nattern, Verrat und Gift. Ich sehe Ellens Gesicht vor mir, sie sitzt mir am Tisch gegenüber und himmelt mich an – mir gegenüber hat sie nie auch nur ein Wort erwähnt, trotzdem habe ich mich als ihre Vertraute gefühlt, als die Mutterfigur, die sie in ihrem langweiligen, konservativen Elternhaus nicht hatte. Und was Sasha betrifft ... Ich kann das einfach nicht begreifen. Ich kann nicht glauben, dass sie in einer derart ernsten Angelegenheit lügt, aber wie passt das hier mit dem zusammen, was ich über sie weiß?

»Wenn das so ist, was haben Sie Miss Mackinnon – oder auch einer anderen Person – hinsichtlich Ihrer eigenen Beobachtung erzählt?«

»Ich hab das gar niemandem erzählt.« Sie schlägt erneut den Blick nieder, gibt wieder das sittsame Mädchen. »Ich war verwirrt, konnte es nicht richtig deuten. Außerdem wollte ich kein Gerücht in die Welt setzen, also hab ich es gar nicht erst erwähnt.«

»Danke, Miss North. Keine weiteren Fragen.«

Er setzt sich, und Daniels Verteidigerin steht auf. Sie erinnert mich an eine Löwin, geschmeidig und schön in ihrer stillen Wachsamkeit, doch die Angriffslust blitzt bereits durch.

»Am Silvesterabend haben Sie sich also ins Bett gelegt und durch die Wand gelauscht ...«

»Ich hab nicht gelauscht!« Sasha reißt den Kopf hoch. »Ich hab's einfach gehört.«

»Entschuldigung.« Die Verteidigerin klingt betont beiläufig, trotzdem gelingt es ihr, allen im Saal zu signalisieren, dass sie sich soeben elegant-sarkastisch vor Sashas Performance verbeugt. »Als Sie also in Ihrem Zimmer im Bett lagen und gar nicht anders konnten, als zu hören, was im Nachbarzimmer vonstattenging, hatten Sie da zu irgendeinem Zeitpunkt den Verdacht, dass Miss Barton nicht freiwillig daran beteiligt sein könnte – was immer dort hinter der Wand vor sich ging?«

»Ja, hatte ich.«

»Und trotzdem sind Sie nicht hingegangen und haben angeklopft, um zu sehen, ob es ihr gut ging? Sie ist doch immerhin Ihre Freundin, nicht wahr?«

»Ich wollte nicht stören, für den Fall, dass ...«

»Für den Fall, dass der Geschlechtsverkehr trotz allem einvernehmlich stattfand?«

»Ja«, sagt sie kleinlaut, und ich bin düster erleichtert zu sehen, wie ihr die Luft auszugehen scheint.

»Aber wenn nun selbst die geringste Möglichkeit einer Vergewaltigung bestanden hätte, wäre nicht im Vergleich dazu die Peinlichkeit, dort einfach reinzuspazieren, null und nichtig gewesen?«

»Ich ... war mir nicht sicher. Ich hatte etwas getrunken.«

»Sie waren sich nicht sicher. Sie hatten etwas getrunken.« Sie tut es natürlich nicht wirklich, aber sie erweckt den Eindruck, als wollte sie sich schulterzuckend zu den Geschworenen umdrehen und theatralisch die Augen verdrehen.

Sasha sieht die Geschworenen jetzt nicht mehr an, und innerlich jubiliere ich.

»Dann haben Sie also – abgesehen von allem, was Miss Barton behauptet hat –, selbst keinerlei Beweise dafür, dass der Geschlechtsverkehr, den Miss Barton mit Daniel Monkton vollzogen hat, nicht einvernehmlich war?«

»Nein«, antwortet sie.

»Keine weiteren Fragen.« Sie setzt sich wieder und sieht

aus, als hätte sie gerade ihr komplettes Rudel aus Löwenjungen mit Frischfleisch versorgt.

Sasha wirft dem Staatsanwalt einen verunsicherten Blick zu. Er bedeutet ihr mit einer Geste, vom Zeugenstand abzutreten. Die Geschworenen lassen sie bei keinem Schritt, den sie tut, aus den Augen. Sie ist betörend – jede Kurve, jede Kante, jede ihrer Bewegungen. Auch ich sehe sie an – wider Willen –, und noch währenddessen wünsche ich mir von ganzem Herzen, ich hätte damals auf mein Gefühl gehört und sie niemals zu uns genommen.

Karina

Juli 2006

Oh mein Gott, ich kann nicht glauben, dass er Interesse an mir hat! Er ist so süß! Er will, dass es fürs Erste geheim bleibt, eine Sache zwischen uns beiden. Ich verstehe total, warum – die Leute können echt eifersüchtig werden.

Ellen würde DURCHDREHEN, wenn sie Bescheid wüsste. Seit sie sich mit Sasha angefreundet hat, denkt sie nur noch an sie. Und sie macht sich Gedanken um mich. Oder schlimmer – sie hat Mitleid mit mir. *Die arme Karina, wir müssen dafür sorgen, dass sie sich nicht ausgeschlossen fühlt.* Wenn die wüsste!

Es gab Momente, in denen ich es ihr fast erzählt hätte – als sie immer nur von Sasha hier und Sasha da gesprochen hat. Dass Sasha so tolle Klamotten hätte. Dass sie so ein cooles Leben hätte. Dass ihre Mutter in Amerika lebte, Leo komplett besessen von ihr wäre, bla bla bla. Ich musste mich echt zusammenreißen. Ich hätte so gern ihren Blick gesehen, wenn ich es ihr erzählt hätte.

Wir haben uns früher oft darüber unterhalten, wie weit wir mit Jungs gehen würden, wer aus unserer Klasse es schon mal gemacht hat und so. Seit einer Weile haben wir nicht mehr darüber gesprochen. Bei Ellen liegt es bestimmt daran, dass sie nie mehr als bloß rumgeknutscht hat.

Und was mich angeht, glaubt sie wohl, dass es ganz genauso ist – abgesehen von damals, als Andrew Papadopoulos auf Tamara Greggs Party meinen Busen berührt hat. Aber das zählt nicht, weil er meine Brüste nur wie diese Stressbälle geknetet hat. Inzwischen bin ich deutlich weiter gegangen. Ich wette, sie weiß nicht mal, dass all das, was ich gemacht habe, überhaupt existiert.

Aber er sieht nach mir, kümmert sich um mich. Ich weiß, es ist ein Klischee, aber er glaubt wirklich, dass ich etwas Besonderes bin. Ziemlich viele Mädchen in meinem Alter sind total albern und kindisch – ich bin viel erwachsener, und das kann er sehen. Sasha und Ellen können manchmal echt kleine Mädchen sein, probieren Klamotten zusammen an, lachen über irgendwas komplett Bescheuertes. Er fühlt sich mir verpflichtet, will nicht, dass ich noch jemand anderen gut finde, nur ihn. Er sagt, ich bin ihm und er ist mir genug, wir brauchen sonst niemanden. Ich muss die ganze Zeit an ihn denken, und er sagt, bei ihm ist es genau das Gleiche.

Es ist so sterbensromantisch!

Ellen

September 2017

Jetzt müssen sie mir einfach glauben. Ich tippe die Nummer von der Visitenkarte ein, die PC Bryant mir gegeben hat, und ahne schon, dass es nur klingeln wird, wenn sie im Dienst ist. Wenn sie nicht rangeht, rufe ich den Notruf an, aber lieber würde ich mit ihr sprechen als mit jemand anderem, der die Umstände nicht kennt und bei dem ich noch mal bei null anfangen müssen.

»Bryant«, meldet sie sich, klingt aber, als wäre sie mit den Gedanken woanders. Im Hintergrund kann ich Geplauder und leise Musik hören.

»Oh, hallo«, sage ich und bin mir mit einem Mal unsicher, ob ich das Richtige tue. »Hier ist Ellen Mackinnon. Ich hab letzte Woche meine Freundin Sasha als vermisst gemeldet.«

»Ellen, ja, klar, bleiben Sie bitte kurz dran.« Sie gibt jemandem Anweisungen, dann schlägt eine Tür zu, und die Hintergrundgeräusche verstummen.

»So ist es besser«, sagt sie. »Wie kann ich Ihnen helfen? Gibt's Neues von Sasha?«

»Nein, das nicht, ich … Tut mir leid, dass ich um diese Zeit bei Ihnen anrufe.«

»Ist schon in Ordnung, ich habe heute Nachtschicht.«

»Jemand ist gerade in meiner Wohnung gewesen. Jemand ist eingebrochen.«

»Waren Sie wach? Haben Sie ihn gehört?«

»Ja. Ich hab mich in meinem Zimmer versteckt. Ich war stocksteif vor Angst.«

»Oh, Ellen, das muss ja schrecklich gewesen sein.«

Ich schlucke und reiße mich zusammen. »Ja. Ja, war's ... Ich glaube allerdings, ich weiß, wer es war. Erinnern Sie sich noch, wie ich Ihnen von dem Jungen erzählt habe, der meine Freundin vergewaltigt hat? Er ...«

»Ellen, warten Sie. Ich fahre jetzt zu Ihnen, dann können wir das alles ausführlich besprechen. Sind Sie sich absolut sicher, dass der Einbrecher das Haus verlassen hat?«

»Ja, ja, bin ich.« Ich hab unter den Betten nachgesehen, sogar in den Schränken, hab mit klopfendem Herzen Türen aufgerissen, und erst als ich jedes einzelne potenzielle Versteck abgesucht hatte, hat mein Puls sich wieder beruhigt.

Nach einer halben Stunde klingelt es an der Tür, und zum zweiten Mal höre ich ihre Schuhe die Treppe heraufklappern. Wir setzen uns an den Küchentisch, und auch wenn mein Kopf vom Schlafmangel träge ist und brummt, schaffe ich es, ihr halbwegs zusammenhängend zu schildern, was vorgefallen ist.

»Und es gibt keine Anzeichen dafür, dass sich jemand gewaltsam Zutritt verschafft hat?«, fragt Bryant.

»Nein. Geht das denn – irgendwie ohne einen Schlüssel reinzukommen, ohne das Schloss in der Tür zu knacken?«

»Schon möglich. Hatten Sie doppelt abgeschlossen oder war nur der Sicherheitsriegel vorgelegt?«

»Normalerweise schließe ich zweimal ab, aber ich weiß nicht ... Ich kann mich nicht mehr daran erinnern.«

»Fehlt irgendwas?«, fragt sie.

»Soweit ich sehen kann, nein. Aber wir haben ohnehin keine Wertgegenstände hier – und wenn das ein normaler Einbruch gewesen wäre, hätten die dann nicht den Fernseher oder so mitgenommen?«

»Vielleicht«, sagt sie. »Das überprüfen wir gleich. Nur zur Sicherheit. Aber Sie sagten am Telefon, Sie wüssten, wer das gewesen sein könnte?«

»Ja.« Ich habe die Hände im Schoß verschränkt, um sie ruhig zu halten.

»Sie glauben, dass es Daniel Monkton war, der Ihre Freundin vergewaltigt hat?«, hakt Bryant nach.

»Ja.« Meine Finger krallen sich umeinander, die Beine habe ich an den Knöcheln überkreuzt, und ich presse den Spann beider Füße aneinander. »Haben Sie schon mit ihm sprechen können?«

»Nein. Aber wir haben mit Mr. und Mrs. Monkton gesprochen, die haben uns seine Handynummer gegeben, nur haben wir ihn noch nicht erreichen können. Sie haben ausgesagt, sie wüssten nicht, wo er sich aufhält.«

Natürlich wissen sie es.

»Sie haben uns auch eine Adresse von Sashas Mutter gegeben, auch zu ihr haben wir noch keinen Kontakt, aber wir probieren es natürlich weiter.« Das steht auch auf meiner Liste, obwohl ich das Bryant nicht erzählen werde.

»Wir müssten noch eine andere Option in Betracht ziehen«, fährt Bryant fort, »besonders nachdem es keine Anzeichen für unerlaubtes Eindringen gibt – nämlich dass Sasha selbst in der Wohnung war.«

Ich wusste, dass sie diese Möglichkeit aufs Tapet bringen würde, und ich verstehe natürlich, dass es auch die wahrscheinlichste Erklärung ist, aber ich kann trotz allem nicht glauben, dass sie mir absichtlich solche Angst einjagen würde.

»Könnten Sie sich irgendeinen Grund vorstellen, warum sie in die Wohnung zurückkommen würde, ohne dass Sie davon wissen sollten?«, fragt Bryant.

Ich muss wieder daran denken, wie merkwürdig sie an dem Freitag vor ein paar Wochen drauf war, als sie von der Arbeit kam; ihre unerklärlichen Abwesenheiten; die Wahrheit über ihre Mutter, die sie mir zwölf Jahre lang vorenthalten hat; die Nacht, die sie vor einem Monat mit meinem Ex verbracht hat; die Tatsache, dass ich mir nicht mehr sicher bin, ob ich sie überhaupt kenne.

»Nein«, antworte ich. Wenn ich auch nur irgendwas davon laut ausspreche, suchen sie nicht mehr nach ihr, und ich will, dass sie suchen. Ich brauche Erklärungen.

»Als Allererstes würde ich vorschlagen, dass Sie die Schlösser auswechseln lassen, wenn Sie Angst haben. Sofern jemand hier war, muss er einen Schlüssel besessen haben, nachdem es keinerlei Anzeichen für einen Einbruch gibt.«

Sofern jemand hier war. Glaubt sie mir nicht? Glaubt sie, ich hab das geträumt – oder erfunden? Vielleicht glaubt sie, dass ich selbst Sashas Zimmer durchwühlt habe, oder vielleicht kann sie einfach nicht sehen, wo der Unterschied liegt zwischen Sashas Unordentlichkeit und dem derzeitigen Zustand. Ich würde gern protestieren, sie an den Schultern packen, sie schütteln und ihr aufzeigen, was hier vor sich geht. Aber es hat keinen Zweck, ich würde nur umso verrückter wirken, und sie muss ohnehin von mir denken, dass ich nicht ganz normal bin. Also lasse ich es bleiben und versichere ihr lediglich, dass ich Bescheid gebe, wenn irgendetwas vorfallen sollte, was mir Kopfzerbrechen bereitet. Aber das werde ich nicht – ich habe erkannt, dass ich hierbei allein bin, es sei denn, es passiert etwas Schlimmeres, aber dann wird es ohnehin zu spät sein.

Allerdings hat sie mit einem Punkt recht: Ich muss die Schlösser auswechseln lassen. Sobald sie weg ist, google ich Schlüsseldienste, verziehe dann aber das Gesicht, als ich die Preise sehe. Bislang hat mich Sashas Verschwinden finanziell nicht getroffen, aber muss ich im nächsten Monat sämtliche Rechnungen allein bezahlen? Einen Schlüsseldienst kann ich mir nicht leisten. Es gibt Online-Foren, in denen beschrieben wird, wie man Schlösser selbst auswechseln kann, aber ich verstehe nicht mal die Anleitungen, und von der Ausführung kann erst recht keine Rede sein. Stattdessen rufe ich die Webseite eines Baumarkts auf. Zusätzliche Sicherheitsriegel und eine schwere Sicherheitskette könnte ich mir leisten. Das muss reichen. Aber nicht mal die kann ich anbringen. Ich besitze keine Bohrmaschine, und selbst wenn, hätte ich keine Ahnung, wie man sie benutzt. Ich verfluche mich selbst, dass ich so ein dummes, stereotypes Weibchen bin, während ich gleichzeitig im Kopf die Liste der Leute durchgehe, die mir vielleicht helfen könnten. Mein Vater ist als Heimwerker ein bekanntermaßen hoffnungsloser Fall – meine Eltern kennen einen Allrounder, den sie rufen, wenn im Haus etwas getan werden muss. Aber den kann ich nicht herbestellen – er würde es meinen Eltern erzählen, und ich will nicht, dass sie sich Sorgen machen.

Der Einzige mit Bohrmaschine, den ich kenne und der sie bedienen kann, ist Jackson. Sasha hat sich darüber immer kaputtgelacht – über seinen altmodischen Begriff von Männlichkeit. Einerseits hat sie sich darüber amüsiert, andererseits konnte ich ihr ansehen, dass sie es gut fand. Ich schreibe ihm eine Nachricht, schildere knapp, was passiert ist, und frage ihn, ob er mir helfen kann. Es ist fünf Uhr in der Früh, und ich weiß schon, dass er mir nicht sofort antworten wird, aber ich weiß auch, dass ich ohnehin nicht schlafen kann. Ich nehme mir meine Bettdecke, ziehe ins Wohnzimmer um und schalte den Fernseher ein. Ein Rentnerpärchen mit Sonnenbrand diskutiert, ob es nach Wales oder Portugal umsiedeln will. Irgendwann muss ich dann doch eingeschlafen sein, weil ich um kurz nach sieben aufwache, als mein Telefon klingelt. Es ist Jackson.

»Scheiße, Ellen – ich hab gerade erst deine Nachricht gesehen. Alles in Ordnung bei dir?«

»Mir geht's gut, ich muss einfach nur mehr Sicherheitsschlösser und eine Kette an der Tür anbringen. Ich hab mich gefragt, ob du vielleicht ... mit deiner Bohrmaschine ...«

»Brauchst du da nicht einen Schlosser? Wie sind die Einbrecher überhaupt reingekommen?«

»Es ist nicht eingebrochen worden – entweder hatten sie einen Schlüssel oder ... Vielleicht hab ich die Tür ja nicht richtig abgeschlossen, und irgendjemand hat sie irgendwie aufgekriegt ...«

»Einen Schlüssel? Meinst du nicht ...« Er will mich ganz offensichtlich nicht beunruhigen.

»Ob ich meine, dass es Sasha gewesen sein könne? Das hat die Polizei auch gesagt.« Diesmal bringe ich es nicht fertig, eine flammende Verteidigungsrede für sie vorzubringen. »Könntest du denn mal vorbeikommen? Ich kaufe die Sachen heute Vormittag ein. Heute Abend bin ich bei der Arbeit, aber du könntest nach Feierabend einfach vorbeikommen ...«

»Ich hab keinen Schlüssel«, wendet er leicht beschämt ein. »Sasha wollte nie, dass ich einen habe. Aber ich habe heute sowieso frei, ich könnte später vormittags vorbeikommen, wenn du willst.«

Etwa zehn Minuten zu Fuß von hier gibt es einen Baumarkt, und ich bin kurz nach Ladenöffnung um neun Uhr dort. Auf dem Heimweg scheppern in meiner Einkaufstüte diverse Riegel und eine Kette, und ich nehme all meinen Mut zusammen und rufe Leo an.

»Hallo.« Er klingt freudig überrascht. »Was gibt's?«

Nach Floskeln steht mir nicht der Sinn, nicht nach gestern Nacht. »Warum hast du mir nicht erzählt, dass du mit Sasha geschlafen hast?«

Verblüffte Stille in der Leitung.

»Mach dir keine Mühe, es abzustreiten – Rachel hat es mir erzählt.«

»Ellen«, sagt er leise, »ich kann jetzt nicht reden, ich bin bei der Arbeit.«

»Mir egal, wo du bist.«

»Verdammt noch mal ... Bleib ganz kurz dran!« Es klingt, als würde er irgendwo hinlaufen, dann höre ich ein Klappern, und die Hintergrundbürogeräusche verstummen. »Okay, bin auf der Feuerleiter. Tut mir leid. Ich hab's dir nicht erzählt, weil ich nicht wollte, dass du dich aufregst, und so wie es aussieht, war meine Befürchtung ganz richtig. Wir beide waren vor einer Million Jahre zusammen – ich glaube nicht, dass ich mich hier irgendwie falsch verhalten habe. Wenn ich das früher gemacht hätte, als wir noch ein Paar waren, hättest du womöglich alles Recht der Welt gehabt, angepisst zu sein, aber jetzt nicht mehr. Nicht nach zehn Jahren!«

»Ich bin doch nicht deshalb angepisst!« Natürlich ist das einen Lüge.

»Ach?«, sagt er. »Was ist das überhaupt mit euch beiden? Außer der Gerichtsverhandlung – was habt ihr denn bitte gemeinsam? Du scheinst zu glauben, dass sie diese fantastische Freundin ist, die dich immer unterstützt, aber wenn du mich fragst, ist es genau andersrum.«

»Was hat das denn damit zu tun? Du hättest es mir erzählen müssen. Vielleicht hängt es mit Sashas Verschwinden zusammen.«

»Ich hab's nicht erzählt, weil ich weiß, dass das eine nichts mit dem anderen zu tun hat. Außer ... Außer du wirfst mir gerade vor, dass *ich* etwas damit zu tun haben könnte. Gott, geht es dir darum? Glaubst du ernsthaft, ich könnte ihr etwas angetan haben?«

»Nein, das meine ich nicht... aber jede Information könnte hilfreich sein. Vielleicht will ja auch die Polizei mit dir reden, wenn sie erfährt, dass du kürzlich erst mit ihr geschlafen hast. Du musst es ihnen erzählen, sonst ...«

»Sonst was? Erzählst du es ihnen? Blödsinn, Ellen – ich hab vor einem Monat ein einziges Mal Sex mit ihr gehabt. Was immer gerade mit ihr passiert – es hat damit nichts zu tun. Und jetzt muss ich zurück an die Arbeit. Tschüss.«

Er legt auf, und auf dem Rest des Weges brennen mir dumme, heiße Tränen in den Augen. Jackson kommt wenig später mit seinem Werkzeugkoffer an und macht sich sofort ans Werk.

»Haben sie irgendwas geklaut?«, fragt er.

»Ich glaube nicht.«

»Wenn es nicht Sasha war, wer könnte es dann ...?«

Ich warte, bis er die Bohrmaschine ausmacht, und wäge meine Antworten ab. Zehn Sekunden reichen, um zu dem Schluss zu kommen, dass ich in dieser Sache weder Leo noch Sasha etwas schuldig bin.

»Ich weiß es nicht. Aber ich hab etwas herausgefunden. Ich hab gestern Abend Rachel getroffen, und sie hat mir erzählt, dass Sasha vor einem Monat mit einem anderen geschlafen hat.«

»Ich wusste es! Ich hab's verdammt noch mal gewusst!« Er

starrt mich an, und die Bohrmaschine liegt wie eine Pistole in seiner Hand. »Mit wem?«

»Leo Smith. Ein alter Freund aus Schulzeiten. Mein Exfreund, um genau zu sein.«

»Den hat sie mal erwähnt. Hat sie ihn nicht neulich erst zufällig wieder getroffen?«

»Ja, auch das hab ich gestern erfahren. Mir hat sie nichts erzählt.«

»Natürlich nicht – diese verdammte Schlampe!«

Auch wenn er damit ausspricht, was ich insgeheim denke, zucke ich bei seiner Wortwahl zurück.

»Entschuldige, Ellen. Aber mal ernsthaft ... Moment, ich glaub, ich hab ihn auch mal getroffen. Er war mal mit im Pub ... Himmel – und dein Ex ist er auch? Wie kommt sie dazu?«

»Ich weiß ... Was ist da los, Jackson?«

Statt zu antworten, fängt er mit erneuerter Verve an zu bohren. Ich lehne mich an die Wand und sehe ihm zu. Er sagt, er habe keinen Schlüssel, und das mag sogar stimmen. Aber noch während er ohne jede Mühe oder Schwierigkeit zwei Sicherheitsriegel und die Kette anbringt, kommt mir ein Gedanke: Wenn ich eine Person benennen müsste, die imstande wäre, irgendwo einzubrechen, ohne Spuren zu hinterlassen, dann wäre er das.

Ellen

August 2006

Vom selben Moment an, da ich dort ankam, war klar, dass hier irgendetwas nicht stimmte. Als Leo mir geschrieben hatte, dass Nicholas und Daniel eine Party geben würden, hatte mein Herz erst noch höher geschlagen als sonst, wenn er mich kontaktiert hatte. Seit dem Tag im Park war nichts mehr zwischen uns passiert, aber es lag jedes Mal etwas in der Luft, wenn wir uns sahen, sei es in der Schule oder bei Sasha zu Hause – eine Art elektrische Spannung, die sonst niemand wahrnehmen konnte. Hier und da schrieb Leo eine Nachricht, kleine witzige SMS, mit denen er die Verbindung zwischen uns befeuerte; aber er ging mit keiner Silbe darauf ein, was er an jenem Nachmittag auf der Picknickdecke gesagt hatte.

Diesmal jedoch war es die Aussicht, erneut das Haus an der Ecke zu betreten, das mein Herz höherschlagen ließ. Ohne Sasha war es seltsam gewesen; nachdem mein Ärger, weil sie einfach so nach Frankreich abgehauen war, irgendwann wieder abgeflaut war (wenn auch nicht ganz), hatte mir gedämmert, wie schwierig es war, sich ohne sie im Haus der Monktons aufzuhalten. Zuvor war ich immer einfach dort geblieben, auch wenn Sasha später ausgegangen war, und hatte mich weiter mit Olivia in der Küche unterhalten.

Manchmal hatte ich mir mit Tony auch eine Flasche Wein geteilt, wenn Olivia nicht da war, auch wenn er immer so schnell trank, dass ich selbst meist nicht mehr als anderthalb Gläschen abbekam. Aber einfach dort aufzutauchen, obwohl Sasha nicht da sein würde, fühlte sich irgendwie komplett anders an. Diese Party wäre also ein willkommener Vorwand, um wieder bei den Monktons zu sein. Wahrscheinlich könnte ich sogar in Sashas Zimmer übernachten, wenn ich wollte.

An dem Abend suchte ich mir mein Outfit ganz besonders sorgfältig aus und lief schon um kurz vor acht Uhr die Straße entlang wie ein Junkie, der dringend den nächsten Schuss brauchte.

»Ellen! Du siehst wie immer hinreißend aus.« Tony gab mir zwei kratzige, nach seinem herben, zitronigen Aftershave riechende Küsschen auf die Wangen, hauchte mir seinen Whiskyatem entgegen und raubte mir damit die Sinne.

Ich ging hinter ihm her in die Küche, wo Olivia Gläser raus auf den Tisch stellte. »Hallo, Ellen«, sagte sie, blickte aber kaum auf.

»Hallo.« Unbeholfen stand ich im Türrahmen. Wir sprachen zum ersten Mal miteinander, seit sie mich angerufen hatte, um mir zu erzählen, dass Sasha sich aus Frankreich gemeldet hatte. Eigentlich hatte ich eine Umarmung oder zumindest ein bisschen Interesse erwartet.

»Die Jungs sind im Klavierzimmer«, sagte sie, machte den Kühlschrank auf und stellte ein paar Flaschen Bier von der Arbeitsfläche hinein.

»Ah, okay. Dann geh ich wohl mal und ...« Ich zog mich über den Flur zurück und war mir Sashas Abwesenheit nur zu klar bewusst. Lag es daran, dass die Atmosphäre so frostig war? Im Wohnzimmer stieß ich auf Nicholas, der allein war und am Flügel in Notenheften blätterte. Als er mich entdeckte, hörte er sofort auf und schlug den Deckel zu.

»Oh, Entschuldigung«, sagte ich und zog mich auch hier zurück. Aber wohin sollte ich gehen?

»Ist schon in Ordnung, du musst nicht abhauen«, sagte er.

Ich blieb stehen, war dann aber doch erleichtert, als es an der Haustür klingelte.

»Ich mach auf«, rief ich über die Schulter und eilte zur Tür.

Leo trug ein hellblaues Hemd. Seine Haut war leicht gebräunt, und die natürlichen goldenen Strähnen in seinem Haar glitzerten in der Abendsonne. Ich war nie zuvor so froh gewesen, jemanden vor mir zu sehen, und ohne darüber nachzudenken, machte ich einen Schritt auf ihn zu und fiel ihm um den Hals. Wir umarmten einander den Bruchteil einer Sekunde länger, als nötig gewesen wäre, dann wich ich leicht atemlos von ihm zurück.

»Komm rein. Nicholas ist im Klavierzimmer. Willst du was trinken? Wie geht's überhaupt?«

»Gut.« Er lächelte. »Ein Bier wär super.«

Eifriger, als es die Aufgabe erforderlich gemacht hätte, eilte ich in die Küche. Tony goss einem Mädchen, das ich schon mal bei einer Monkton-Party gesehen hatte, ein Glas Wein ein. Als ich mit einem Bier aus dem Kühlschrank an ihm vorbeilief, um zu Leo zurückzukehren, berührte er mich am Arm.

»Komm, ich gieß dir auch direkt nach, Liebes.«

»Brauchst du nicht, Tony, danke.«

»Nein, nein, komm, trink dein Glas aus, dann kriegst du Nachschub. Es soll schließlich keiner sagen, dass man bei den Monktons verdursten würde.«

Widerwillig leerte ich mein Glas und hielt es ihm hin, damit er es auffüllen konnte.

»So ist's doch viel besser. Gutes Mädchen! Und jetzt lauf.« Er tätschelte mir den Rücken, als wäre ich ein Pferd, und ich flüchtete erneut ins Klavierzimmer. Leo und Nicholas hatten auf dem Sofa Platz genommen, und verlegen überreichte ich Leo das Bier.

»Und wo ist meins?«, fragte Nicholas.

»Äh, tut mir leid, ich hol dir noch eins.« Innerlich wappnete ich mich gegen das neuerliche Aufeinandertreffen mit Tony.

»Himmel, Ellen, das war ein Scherz. Setz dich.«

Ich ließ mich ihnen gegenüber auf den Sessel fallen.

»Habt ihr noch mal was von Sasha gehört?«, wollte ich wissen.

»Nein, keinen Mucks. Seit sie Mum Bescheid gesagt hat, hat sie nicht mehr angerufen. Sie hat wohl ein paar SMS geschickt und erzählt, dass alles in Ordnung ist, aber das war's, glaub ich. Du?«

»Sie schreibt hin und wieder, ja«, antwortete ich. Binnen drei Wochen waren es zwei oberflächliche Nachrichten gewesen. Ich hatte diverse Fragen zurückgeschickt, aber keine Antworten erhalten. »Gesprochen hab ich mit ihr aber auch nicht.«

»Was war denn da los?«, wollte Leo wissen. »Wieso ist sie denn einfach so abgehauen?« Die gleiche Frage hatte ich mir auch stellen wollen, war aber insgeheim beschämt gewesen, dass sie sich mir diesbezüglich nicht anvertraut hatte.

Nicholas nahm einen Schluck Bier. »Sie hat Mum erzählt, dass sie Bekannte getroffen hat, die sie von früher kannte. War wohl eine spontane Entscheidung.«

»Komisch ist es trotzdem, oder?«, hakte Leo nach. »Einfach so abzureisen, ohne irgendwem Bescheid zu geben.«

»Nicht wirklich ... Für dich vielleicht. Mum und Dad

haben mit so was kein Problem. Sie wollen, dass wir eigenständig sind. Was interessiert dich das überhaupt? Stehst du etwa auch auf sie?«

»Hör bloß auf«, sagte Leo gutmütig. »Und was soll das überhaupt heißen – ›auch‹? Wer steht denn noch auf sie?«

»So gut wie jeder. Ist dir das nie aufgefallen?«

»Okay ... Na ja, ich jedenfalls nicht. Sie sieht natürlich echt gut aus, aber ich bin nicht interessiert.«

Ich verschluckte mich an meinem Wein und hustete. Leo sprang auf, um mir auf den Rücken zu klopfen, während Nicholas sich das Ganze unbeteiligt vom Sofa aus ansah.

»Hm, so sieht's also aus, ja?«, sagte er. »Ich glaube, ich lasse euch zwei mal allein.« Und noch während mein Hustenanfall langsam abklang, verließ er das Zimmer.

»Alles in Ordnung?«, fragte Leo.

Ich nickte, sah ihn dabei aber nicht an. Unbeholfen kauerte er sich auf die Armlehne meines Sessels.

»Hör mal, was Nicholas gerade gesagt hat ...«

»Ist schon okay«, ging ich eilig dazwischen. »Der wollte dich einfach nur piesacken.«

»Ja, schon, aber die Sache ist ... Er hat recht. Ich mag dich wirklich.«

Mir schoss das Blut in die Wangen, und ich starrte in mein Glas.

»Ellen?«

Als ich aufblickte, lehnte er sich vor und küsste mich sanft. Ich war nur froh, dass ich saß, sonst hätten die Knie unter mir nachgegeben. Er wich zurück und lächelte auf das Weinglas hinab, das ich in der zittrigen Hand hielt.

»Willst du das nicht mal abstellen?«, fragte er.

Ich tat wie geheißen, doch als er sich erneut vorbeugte,

um mich zu küssen, hörte ich jemanden scharf einatmen, und wir zuckten beide zurück. Leo war auf die Füße gekommen, und als ich an ihm vorbei zur Tür blickte, stand dort Karina und sah uns mit einem Ausdruck im Gesicht an, den ich nicht deuten konnte. All die Gespräche, die wir über Leo geführt hatten, liefen im Schnelldurchlauf in meinem Kopf ab.

»Sorry«, sagte sie nur, starrte uns aber weiter an.

»Schon gut, komm rein«, sagte Leo, dem die unterschwellige Verwirrung oder Eifersucht – oder was immer es war – komplett entgangen war.

»Ich hol mir was zu trinken«, sagte sie und verschwand.

»Okay, wo waren wir gerade?«, fragte Leo. »Sollen wir rüber aufs Sofa? Hier oben sitzt es sich ein bisschen unbequem.«

»Tut mir leid.« Ich stand auf und stieß dabei fast mein Weinglas um. »Ich sehe nur schnell nach, ob mit Karina alles in Ordnung ist.«

»Oh. Okay.«

»Sorry, es ist nicht ... Es ist bloß ... Bin gleich wieder da.« Ich schnappte mir mein Glas und lief mit glühenden Wangen aus dem Zimmer.

In der Küche goss Karina sich ein Glas Wein aus der Flasche vom Küchentisch ein.

»Sah aus, als hättet ihr es gerade ziemlich gemütlich gehabt«, begann sie. »Tut mir leid, dass ich gestört habe.«

»Es ist einfach passiert, gerade eben ... Ich schwöre, das war das erste Mal.«

Sie lachte. »Ich bin doch nicht böse auf dich, Ellen! Glaubst du das etwa?«

»Na ja ...«

»Ich war einfach nur überrascht, das ist alles, und ich hab

natürlich bemerkt, dass ich gestört habe, insofern wollte ich euch allein lassen. Gott, ich bin an Leo Smith nicht interessiert, Ehrenwort. Du kannst ihn gern haben.«

»Sicher? Ich weiß doch, dass du ihn toll fandst. Ich will nicht, dass …«

»Unsere Freundschaft darunter leidet?«, fiel sie mir ins Wort. »Wohl kaum!«

»Karina …« Ich wollte irgendwas sagen, um unserem alten Verhältnis Rechnung zu tragen, um ihr zu sagen, dass mir klar war, dass sich gewisse Dinge zwischen uns verändert hatten, was aber nicht bedeutete, dass wir keine Freundinnen mehr sein konnten. Doch mir fielen die richtigen Worte nicht ein, und dann kam Daniel, steuerte den Kühlschrank an und nahm sich ein Bier heraus.

»Alles klar bei euch?«, fragte er und kramte in der Küchenschublade nach dem Flaschenöffner.

»Ja, alles gut«, sagte ich. Einen Moment, wie wir ihn im Publikum bei Olivias Konzert geteilt hatten, hatten wir seither nie wieder gehabt, wir hatten auch nie darüber gesprochen, nicht mal später am selben Abend, als wir alle backstage gegangen waren, um ihr zu ihrem Auftritt zu gratulieren. Manchmal fragte ich mich, ob ich mir nicht alles eingebildet hatte.

»Hier.« Karina reichte ihm den Flaschenöffner von der Küchenarbeitsplatte hinter ihr und lächelte ihn an.

»Danke, Karina«, sagte er. »Was würde ich nur ohne dich tun?« Es klang beiläufig, trotzdem glaubte ich, noch etwas anderes aus dem Satz herauszuhören, einen Flirt vielleicht oder zumindest eine ungestellte Frage.

»Sollen wir uns setzen?«, fragte sie dann.

Er ging zurück ins Klavierzimmer, und mit der Flasche Wein in der Hand folgte Karina ihm.

Leo saß bereits wieder auf dem Sofa vor dem Fenster, und leicht verlegen setzte ich mich neben ihn und war dankbar, sein Bein an meinem zu spüren. Nicholas saß auf dem anderen Sofa, und Karina setzte sich zu ihm, während Daniel den Sessel nahm.

»Spielst du was für uns, Daniel?«, fragte Karina.

»Nee. Vielleicht später. Aber womöglich will ja Nick?«

»Ach, ich wusste gar nicht, dass du auch Klavier spielst«, sagte ich. Ich hatte ihn ein paarmal auf der Gitarre schrammeln sehen, wenn jemand dazu gesungen hatte, aber ich hatte nicht angenommen, dass er genauso musikalisch wäre wie die anderen.

»Oh, tu ich auch nicht – nicht wirklich, nicht wie Daniel«, erwiderte er.

»Klar tust du das!«, hielt Daniel dagegen. »Wir mussten beide Klavierstunden nehmen, schon vergessen? Mamis kleine Musiker.« Es war sicher als Scherz gemeint, schoss es mir durch den Kopf, aber es hörte sich wesentlich verbitterter an, als er es beabsichtigt hatte, und kurz herrschte Stille. Jeder sah weg.

»Wie wär's stattdessen mit einem Trinkspiel?«, schlug Nicholas vor, eindeutig um die Situation zu retten. Dann erklärte er uns ein paar Regeln zu einem komplizierten Spiel, das sich um Fernsehcharaktere drehte, die ich nicht kannte. Entsprechend musste ich auch bei so gut wie jeder Runde etwas trinken, und auch wenn ich inzwischen deutlich besser an Alkohol gewöhnt war als noch ein Jahr zuvor, schwirrte mir schon bald der Kopf. Nach rund einer Stunde stand ich auf, um aufs Klo zu gehen. Auf dem Rückweg wollte ich mir in der Küche ein Glas Wasser holen, doch dort saßen Tony und Olivia, die im Flüsterton wütend miteinander stritten. Ich hielt an der Tür inne. Wenn sie sich umgedreht hätten,

hätten sie mich dort stehen gesehen, aber sie waren komplett in ihren Streit vertieft.

»Das ist doch nicht meine Schuld«, sagte Tony. »Diesmal kannst du wirklich nicht mich dafür verantwortlich machen.«

»Aber hilfreich bist du ja wohl auch nicht – kippst immer nur Drinks nach und machst diese ... Partystimmung, nur damit du dich selbst besser fühlst, weil du die ganze Zeit trinkst!«, fauchte Olivia. »Was hast du denn geglaubt, was passieren würde?«

»Sie ist ein hübsches Ding«, sagte Tony, »und ich kann doch nicht ...«

Ich muss leicht geschwankt haben, weil Olivia mich im selben Moment bemerkte.

»Ellen, meine Liebe! Geht es dir gut?«

»Gut, gut ... ich brauch nur einen Schluck Wasser.«

»Natürlich.« Olivia sah Tony finster nach, als er die Küche verließ. Dann drehte sie den Kaltwasserhahn auf. »Hast du ein bisschen zu viel getrunken?«

»Nein, nein, bin einfach nur durstig«, sagte ich betont deutlich, und sie drückte mir ein großes Glas Wasser in die Hand. »Danke, Olivia.« Ich kippte die Hälfte direkt in mich hinein und wollte schon wieder zurück ins Klavierzimmer gehen.

»Warte, Ellen.« Olivia klang untypisch nervös. »Hast du was von Sasha gehört?«

Ich war zu betrunken und müde, um mich wie eben noch zusammenzureißen. »Nein, überhaupt nur ein paarmal. Mal 'ne SMS, in der sie schreibt, dass sie Spaß hat.«

»Hat sie dir geschrieben, warum sie einfach so abgehauen ist?«

»Nein, kein Wort.«

Sie streckte die Hand aus und strich mir übers Haar, wie

meine Mutter es früher gemacht hatte, bevor wir irgendwann nur noch gestritten haben. »Ich weiß, wie sehr du dich darauf gefreut hattest, mit ihr wegzufahren«, sagte sie. »Tut mir wirklich sehr leid.«

»Ist doch nicht Ihre Schuld!« Ich war entsetzt, als ich spürte, wie mir die Tränen kamen. »Geh besser lieber«, murmelte ich und zog mich eilig zurück.

Während ich weg gewesen war, hatten sich umso mehr Leute im Klavierzimmer versammelt, und inzwischen saß neben Leo ein Junge, den ich nicht kannte und der die zweifelhafte Meisterleistung vollbrachte, eine Flasche Bier in einem Zug zu leeren. Einen Moment lang beobachtete ich ihn von der Tür aus, ohne dass er mich bemerkte. Nicholas lachte, während die anderen johlten: »Runter damit!« Karina hatte sich umgesetzt und kauerte jetzt auf der Armlehne seines Sessels, und ihre Hand ruhte nur Zentimeter von seinem Kopf entfernt auf der Rückenlehne. Mit einem Mal kam mir das alles unerträglich schäbig vor. Mein Blick blieb an den fettigen dunklen Flecken auf den Sofalehnen hängen, wo bereits unzählige Köpfe gelehnt hatten, an den durchgetretenen Teppichen, am Staub, der überall lag. Auch wenn im Haus eigentlich nicht geraucht werden durfte, hatte jemand im Kamin eine Kippe ausgedrückt, und vom warmen, alkoholisierten Atem und noch etwas anderem, Toxischerem, das ich nicht definieren konnte, stand die Luft.

In mir legte sich ein Schalter um. Ohne darüber nachzudenken, stellte ich mein Wasserglas auf dem Flurtischchen ab, riss die Haustür auf und zog sie lautlos hinter mir zu. Dann lief ich nach Hause, und die Schatten neigten sich in Richtung meiner spießigen, bürgerlichen, langweiligen Eltern und der herrlichen, sauberen Stille meines eigenen Zimmers.

Ellen

September 2017

Als Jackson weg ist, schließe ich leicht verzagt hinter ihm ab. Solange ich hier in der Wohnung bin, sorgen die Riegel dafür, dass ich in Sicherheit bin; aber wenn ich rausgehe, kann ich sie nicht vorlegen.

Alice North wohnt in einem Stadtteil von West-London, in dem ich zuvor noch nie gewesen bin, irgendwo eingeklemmt – wie so oft in dieser Stadt – zwischen Oasen enormen Reichtums. Von der U-Bahn aus sind es zehn Minuten zu Fuß, und allmählich weichen die sanierten edwardianischen Prunkbauten erst kleineren Häusern, dann Wohntürmen, Kebabbuden und Pfandleihern. Ich frage mich, ob Tony Olivia schon gestanden hat, dass er mir die Adresse verraten hat. Ich weiß, dass die Polizei mit Alice sprechen wird, aber ich muss sie mit eigenen Augen sehen, diese Frau, die ich immer kennenlernen wollte und von der ich geglaubt habe, sie wäre die aufregendste, schillerndste Frau, die ich je zu Gesicht kriegen würde. Irgendwann stehe ich vor ihrem Haus – eins von winzigen, heruntergekommenen Reihenhäusern, die trotz der Beengtheit anscheinend in mehrere Wohnungen unterteilt worden sind, die noch beengter ausfallen.

Ich klingele im Erdgeschoss und warte. Die Tür geht auf,

und ich bin wie vom Donner gerührt, als Augen auf mich gerichtet sind, die genau wie die von Sasha aussehen. Das Gesicht der Frau ist eingesunken, um Mund und Augen hat sie Falten, ihr blondes Haar hängt strähnig nach unten, doch früher muss sie eine Erscheinung gewesen sein. Bestimmt hätte sie Model sein können.

Sie sieht mich misstrauisch und schweigend an.

»Hallo. Ich bin eine Freundin von Sasha.«

Sie will schon die Tür zuschieben, als ich die Hand hebe und sie aufhalte.

»Bitte. Ich mache mir Sorgen um sie.«

»Warum?« Sie kneift die Augen zusammen. »Sie kann ja wohl auf sich selbst aufpassen?« Man kann ihr anhören, dass sie jahrelang die Nächte durchgemacht, getrunken und geraucht hat oder noch Schlimmeres, doch ihren einstigen gestochenen Akzent kann sie trotz allem nicht ganz verhehlen.

»Sie ist verschwunden«, sage ich eilig, um ihre Aufmerksamkeit hochzuhalten und zu verhindern, dass sie mir die Tür vor der Nase zuschlägt.

»Und?«, gibt sie zurück, drückt aber schon nicht mehr ganz so fest gegen die Tür.

»Ich dachte, vielleicht könnten Sie mir ja helfen. Wenn Sie irgendeine Vorstellung hätten, wo sie sein könnte ...«

»Ich? Machst du Witze? Du weißt aber schon, dass sie mit sechzehn einfach auf Nimmerwiedersehen hier rausmarschiert ist?«

Ich muss an die hässliche Narbe auf Sashas Wange denken und wie sie unwillkürlich die Schultern hochgezogen hatte, wann immer die Rede auf ihre Mutter gekommen war. Ich will Alice am liebsten anschreien, weil sie ihre Tochter dermaßen im Stich gelassen hat, weil sie es wagt, das Eingreifen des Sozialamts als »rausmarschieren« zu bezeichnen. Aber ich reiße mich am Riemen, beiße die Zähne zusammen und lächele sie an.

»Ja, ich weiß, trotzdem wollte ich fragen, ob sie sich vielleicht gemeldet hat?«

Ein paar Teenager biegen um die Ecke am Ende der Straße, und je näher sie kommen, umso lauter höre ich sie fluchen und einander anrempeln. Einer von ihnen entdeckt mich und sagt etwas zu seinen Kumpels.

»Kann ich reinkommen?«, frage ich. »Nur ganz kurz?«

Sie sieht hinüber zu den Jungs. »Meinetwegen.«

Wir durchqueren einen schmalen Flur und betreten ihre Wohnung, die in Wahrheit, wie mir jetzt erst dämmert, gar keine Wohnung ist, sondern bloß ein Zimmer mit einer Matratze in der Ecke. An der Wand steht ein kleines Kunstledersofa mit zwei langen Rissen, davor ein wackliger Couchtisch. Aber es ist sauber und aufgeräumt, hier und da stehen persönliche Habseligkeiten herum. Auf dem Boden neben der Matratze liegt ein geöffneter Koffer, und Alice wirft den Deckel zu und bedeutet mir mit einer Geste, auf dem Sofa Platz zu nehmen. Sie selbst bleibt stehen und lehnt sich an das Spülbecken in der Küchenzeile mir gegenüber.

»Das hast du nicht erwartet, was?«, schlussfolgert sie messerscharf, noch während ich mich überrascht umsehe. »Dachtest, hier wär's dreckig, und überall würden Spritzen und Kippen rumliegen? Ich nehme an, so hat es Olivia sich ausgemalt.«

»Nein ...«

»Lass nur. Ich weiß genau, was sie von mir denken. Hör mal, ich weiß nicht, warum du hier bist, ich hab Sasha seit Jahren nicht mehr gesehen und kann dir auch nicht helfen. Ich kann nur so viel sagen: Wenn sie verschwunden ist, dann bestimmt aus gutem Grund. Wie gesagt, sie weiß selbst ganz gut, was sie tut.«

»Aber da gibt's ein paar Dinge, die Sie nicht wissen.« Noch während ich es laut ausspreche, dämmert mir, dass sie womöglich zumindest einen Teil sehr wohl kennt. Der Prozess ist immerhin ausführlich in der Presse breitgetreten worden. Sie muss es mitbekommen haben.

»Mag sein.« Sie zuckt mit den Schultern. »Aber egal, wie schon gesagt ...« Das Telefon in ihrer Tasche fängt an zu klingeln, und sie hält inne, zieht es heraus und sieht auf das Display hinab. Kurz sieht sie verängstigt aus, dann geht sie ran.

»Hallo?« Ihr beschwingter Tonfall steht in eklatantem Widerspruch zu der zunehmenden Blässe, als sie dem Anrufer zuhört. »Ja, aber ich dachte, du wärst ... Okay, okay, dann bis gleich.« Sie legt auf. »Du musst wieder gehen.«

»Warum?« Ich bleibe sitzen.

»Willst du nicht wissen, Schätzchen. Hau einfach ab.« Ich stehe auf, und sie schiebt mich aus dem Zimmer. »Hoffentlich findest du sie«, sagt sie noch, und im selben Moment, da ich hinaus auf die Straße trete, schlägt sie die Tür hinter mir zu.

Ich bin fast wieder an der U-Bahn, als mein Handy klingelt. Es ist PC Bryant. Sekundenlang starre ich das Display an und frage mich, ob dies der Anruf ist, der mein Leben verändern wird, der den Übergang zwischen Vorher und Nachher markiert. Doch ich finde keine Antwort.

»Hallo?« Ich stelle mich in einen Hauseingang und halte mir das freie Ohr zu, um den Verkehrslärm auszublenden.

»Hallo, Ellen. Ich wollte Sie nur kurz updaten und Ihnen noch ein paar Fragen stellen. Wir haben Überwachungsvideomaterial von dem Tag gesichtet, an dem Sasha verschwunden ist. Sie hat um halb eins das Büro verlassen und ist zunächst in die Bar gegangen, die im Erdgeschoss ihres Arbeitsplatzes liegt.«

Das Café Crème. Da hab ich sie auch schon getroffen. Dort gehen sie hin, wenn jemand befördert wird, sie und ihre Kollegen, oder um den Frust hinunterzuspülen, wenn jemand gefeuert wurde.

»Sie war etwa eine halbe Stunde dort, ist dann zur U-Bahn gelaufen und nach Fulham Broadway gefahren.«

Ich schaue über die Straße zum U-Bahnhof. Fulham Broadway, steht auf dem Schild. Sie war hier.

»Wir gehen davon aus, dass sie ihre Mutter besuchen wollte, insofern werden wir sie auf jeden Fall noch mal kontaktieren.« Jetzt, da ich sie kennengelernt habe, kann ich mir nicht vorstellen, dass Alice von einem Besuch der Polizei begeistert sein wird. »Von dort aus ist Sasha mit der U-Bahn zurück zur Victoria Station gefahren. Wo sie anschließend hin ist, wissen wir noch nicht, aber wir sehen uns noch weitere Überwachungsbänder an.«

Ich sollte Bryant erzählen, dass ich gerade dort war, dass Alice behauptet, nichts zu wissen. Aber vielleicht bekommt sie ja aus ihr etwas heraus, was ich nicht in Erfahrung bringen konnte.

Bryant verabschiedet sich und versichert mir noch, dass sie alles tun, was in ihrer Macht steht. Ich trete aus dem Hauseingang heraus und überquere die Straße. Vor dem Bahnhof bleibe ich stehen. Sasha war hier. Sie muss zu Alice gewollt haben, die wiederum der Polizei nichts erzählen wird. Ich muss es noch mal versuchen.

Also laufe ich zurück. Die Straße ist inzwischen verlassen, und ich gehe im Kopf durch, was ich zu ihr sagen will. *Die Polizei sagt* ... Nein, besser, die erwähne ich nicht. *Jemand hat Sasha gesehen ...* Ich bin derart damit beschäftigt, mir eine Eröffnung zurechtzulegen, dass ich schon fast die Hand an der Klingel habe, als mir auffällt, dass die Tür offen steht. Ich klingele trotzdem. Niemand reagiert. Ich klopfe.

»Alice? Hier ist noch mal Ellen, die Freundin von Sasha«, rufe ich in die Stille hinein.

Dann schiebe ich die Tür auf und betrete zögerlich den Flur.

»Hallo?«

Immer noch nichts – mal abgesehen von meinem Herzrasen. Langsam schiebe ich die Tür zu ihrer Wohnung auf. Dann halte ich inne und schlage angesichts des heillosen Durcheinanders die Hand vor den Mund: Die Küchenschubladen wurden herausgezogen, Glas- und Porzellanscherben liegen am Boden. Der Couchtisch ist umgeworfen worden, und ein Bein fehlt. Irgendwer hat ein Loch in die Wand geschlagen. Entsetzt sehe ich mich um. Draußen auf der Straße kann ich eine Männerstimme hören, und ich bleibe stocksteif stehen und bete, dass der dazugehörige Mann nicht näher kommt. Dann verklingt die Stimme, er läuft die Straße entlang, trotzdem flüchte ich nach draußen und in Richtung der sicheren U-Bahn-Station. Meine Lunge brennt, und mir strömt der Schweiß über den Rücken.

Als ich in der U-Bahn sitze und meine Atmung sich allmählich wieder beruhigt, kann ich nur mehr Alices Augen vor mir sehen, die denen von Sasha so ähnlich sahen. Ich bin fix und fertig, muss aber noch einen Anruf erledigen.

Das Café Crème sieht – trotz des kontinental-mondänen Namens – aus wie die Bar eines billigen Hotels, das kleine Angestellte auf Dienstreise buchen, wenn sie in Peterborough einen Geschäftstermin haben. Es ist weit hergeholt, aber hier hat Sasha gesessen, bevor sie verschwunden ist, und vielleicht finde ich ja etwas heraus.

Mit dem Handy in der Hand stehe ich am Tresen und komme mir zutiefst lächerlich vor. Der Barkeeper ist ein junger Mann in einem weißen Hemd mit schwarzer Weste, und mangels anderer Gäste wendet er sich mir augenblicklich zu.

»Was kann ich für Sie tun?«

»Ein kleines Glas Weißwein bitte.« Als er sich zum Kühlschrank hinabbeugt, gebe ich mir einen Ruck. »Und da wäre noch etwas.«

»Klar.« Er nimmt ein Glas zur Hand und gießt den Weißwein ein.

»Das klingt jetzt vielleicht komisch, aber erkennen Sie diese Frau wieder?« Ich halte ihm mein Handy mit einem aktuellen Foto von Sasha hin – eine Nahaufnahme mit breitem Lächeln. Er stellt den Wein auf den Tresen.

»Vier Pfund fünfzig, bitte. Lassen Sie mal sehen.« Er nimmt mir das Handy aus der Hand. »Ja, klar, die kenne ich. Arbeitet oben, oder nicht? Ein paar von denen kommen nach Feierabend oft hierher. Ist ... alles okay mit ihr?«

»Sie ist verschwunden. Ich versuche, sie wiederzufinden.«

»Oh, verstehe.« Er klingt nicht übermäßig interessiert. »Da hab ich keine Ahnung.«

»Nein, natürlich nicht. Es ist nur ... War sie vergangenen Freitag hier – wissen Sie das noch?«

»Keine Ahnung, tut mir leid. Kann sein, kann nicht sein.«

»Vielleicht hat sie hier jemanden getroffen ... Könnten Sie sich die anderen Fotos vielleicht auch ansehen?«

Er seufzt. »Klar, kann ich schnell machen. Aber gleich kommen die ersten Mittagsgäste, und ich bin hier allein.«

»Natürlich. Hier.« Ich zeige ihm die Facebook-Profilbilder von Leo und Jackson sowie Nicholas' LinkedIn-Foto. Ein aktuelles Bild von Daniel hab ich nicht gefunden, aber er und Nicholas sehen sich hinreichend ähnlich, als dass dessen Bild vielleicht eine Erinnerung wachruft.

»Nein, tut mir leid, von denen erkenne ich niemanden wieder«, sagt er. Eine Gruppe Anzugträger kommt hereingerumpelt. Wie eine Schlange die Haut abstreift, schütteln sie die Arbeit des Vormittags ab. Der Barkeeper sieht erwartungsvoll an mir vorbei und wird sie gleich bedienen.

»Sorry, nur noch ganz kurz ...«, sage ich verzweifelt. »Haben Sie sie je mit einer älteren Frau gesehen? Ziemlich dünn, blond?«

»Nein, tut mir leid. Oh – Moment, doch, einmal war sie mit einer Frau hier, aber das war nicht letzten Freitag, das ist schon länger her. Ein, zwei Wochen – womöglich den Freitag davor?« Das wäre der Abend, an dem Sasha so merkwürdig gelaunt nach Hause kam und sich in ihrem Zimmer eingeschlossen hat. »Sie sahen aus, als würden sie ein ziemlich ernstes Gespräch miteinander führen. Ich weiß noch, dass ich mich gefragt habe, worum es da wohl ging.«

»Und diese andere Frau – war die vielleicht Ende fünfzig und ein bisschen ... abgelebt?« Unter den Umständen darf ich es nicht schönreden.

»Oh nein, so alt war sie nicht. Ich würde sagen, etwa in Ihrer beider Alter.« Er zeigt auf mein Handy. »Ziemlich pummelig, blass, straßenköterbraunes Haar. Brille mit breitem Gestell.«

Mein Herz setzt für einen Schlag aus. Natürlich trifft diese Beschreibung auf zig Leute zu, aber ich habe nicht den geringsten Zweifel, dass er gerade Karina Barton beschrieben hat.

Ellen

September 2006

Sasha kam erst am letzten Ferientag wieder. Es war inzwischen zwei Wochen her, seit ich von der Party bei den Monktons nach Hause marschiert war. Seither war ich nicht mehr dort gewesen oder hatte auch nur einen von ihnen gesehen. Leo hatte, eine Stunde nachdem ich gegangen war, eine SMS geschickt und gefragt, wo ich steckte. Ich hatte ihm zurückgeschrieben, dass ich zu betrunken und deshalb nach Hause gegangen wäre. Was die Wahrheit war – wenn vielleicht auch nicht die ganze Wahrheit. Tags drauf kam er vorbei, um nach mir zu sehen. Mum war hingerissen, dass er ein solches Interesse zeigte. Ich glaube, sie hatte befürchtet, dass ich mich in einen der Monkton-Jungs verknallen könnte und sie mich endgültig an sie verlieren würde. Leo pflichtete mir bei, dass am Vorabend eine merkwürdige Atmosphäre geherrscht habe, auch wenn er trotzdem geblieben sei und letztlich in Daniels Zimmer übernachtet habe. Er habe sich auf den Boden gelegt, als er aber um vier Uhr nachts aufgewacht und Daniel immer noch nicht da gewesen sei, habe er sich in dessen Bett gelegt und den Rest der Nacht darin geschlafen. Am Morgen habe er Daniel dann zusammengerollt auf dem Sofa gefunden und sei gegangen, ohne mit jemandem gesprochen zu haben.

Sasha schrieb zwei Tage vor Schulanfang, dass sie tags drauf gegen Mittag nach Hause käme und ob ich vorbeikommen wollte. Mein erster Impuls war natürlich, sofort zurückzuschreiben und selbstverständlich begeistert Ja zu sagen. Natürlich wollte ich, auch wenn es bescheuert war. Sie war nach Frankreich abgehauen, ohne ein Wort zu sagen, und hatte sich den ganzen Sommer über kaum bei mir gemeldet. Ich hätte wütend auf sie sein sollen, und ein Teil von mir war es auch, aber der größere Teil hatte sie schmerzlich vermisst, wollte an unsere Freundschaft anknüpfen und wünschte sich, dass alles wieder genau so wäre wie vorher. Außerdem musste ich ihr einiges erzählen, nicht zuletzt, dass ich jetzt offiziell mit Leo zusammen war. Aus unerfindlichen Gründen, die ich mir nicht mal selbst erklären konnte, wollte ich sie jedoch nicht im Haus der Monktons treffen, also wartete ich einige Stunden, bevor ich zurückschrieb und vorschlug, dass wir uns an der Hauptstraße in einem Café treffen sollten.

Ich war absichtlich spät dran, aber immer noch vor ihr dort. Mit einem Becher Tee setzte ich mich ans Fenster und sah, wie sie in abgeschnittenen Jeans und einem weißen T-Shirt durch den Regen gerannt kam. Sie war braun gebrannt wie Toffee, und wie immer drehten sich die Leute nach ihr um. Sie kam durch die Tür, schüttelte sich wie ein nasser Hund und erntete umso mehr bewundernde Blicke vonseiten der männlichen Gäste und des Personals. Dann stiefelte sie auf mich zu, fiel mir um den Hals und nahm mir sämtlichen Wind aus den Segeln, indem sie sich sofort entschuldigte.

»Sorry, dass ich mich so selten gemeldet habe! Dort wo wir waren, hatten wir kaum Netz, und ich hatte kein Geld, hab am Ende auf dieser Farm Äpfel und Birnen geerntet …

Oh mein Gott, das war vielleicht anstrengend! Als ich in London über Will und Eloise gestolpert bin, dachte ich erst, was für eine coole Idee – einfach losfahren ... Aber da hatte ich wohl irgendwas falsch verstanden, dachte, die hätten ein Ferienhaus ... Ich hab nicht kapiert, dass sie dort arbeiten wollten. Wenn ich also mit ihnen dortbleiben wollte, musste ich ebenfalls arbeiten. Ein Albtraum!«

Ich hätte sie gerne gefragt, warum sie nicht einfach zurückgekommen war, wenn es doch so grässlich gewesen war, aber ich war mir nicht sicher, ob ich die Antwort auch hören wollte. Stattdessen bereitete ich mich darauf vor, ihr von Leo zu erzählen. Ich wusste, dass sie an ihm nie interessiert gewesen war, aber er hatte seit ihrem Einzug keinen Hehl daraus gemacht, dass er sie mochte, und ich hatte so einen Verdacht, dass sie seine Bewunderung durchaus genossen hatte (auch wenn sie sie nie hatte erwidern wollen). Ich bestellte mir noch einen Becher Tee, obwohl ich gar keinen mehr hätte trinken wollen, und goss zu viel Milch hinein, sodass er grau und wässrig wurde.

»Während du weg warst, ist etwas passiert.«

»Was?« Unter ihrem Teint sah sie schlagartig blass aus.

»Ich und Leo, wir sind jetzt zusammen.« Ich nahm einen Schluck; er schmeckte wie lauwarmes Spülwasser.

»Ach, das!« Sie lehnte sich auf ihrem Stuhl zurück. »Ja, das weiß ich schon, das hat Nicholas mir heute Morgen erzählt.«

»Oh. Dann ... hast du damit kein Problem?«

»Warum sollte ich?« Sie sah mich an, als hätte ich den Verstand verloren.

»Weil Leo doch auf dich gestanden hat. Ich dachte, das wäre für dich vielleicht ein bisschen komisch.«

»Gott, nein! Ich war an ihm ja wohl nie interessiert. Das

war immer einseitig. Komisch muss das doch maximal für dich sein, wenn überhaupt.« Sie sah mich leicht hämisch an. »Was, wenn er insgeheim immer noch auf mich steht?«

Natürlich war genau das meine allergrößte Angst. Ich hatte tags zuvor versucht, mich darüber mit Karina zu unterhalten, als wir shoppen gegangen waren, aber sie hatte distanziert und verstockt gewirkt. Eigentlich hatte ich angenommen, dass wir in Sashas Abwesenheit wieder näher zusammenrücken würden, wie früher, aber es hatte sich angefühlt, als wären wir uns fremder denn je.

Sasha musste mir angesehen haben, wie entsetzt ich über ihre Replik war, und machte sofort ein ernstes Gesicht. »Oh, Ellen, das war doch ein Scherz! Entschuldige! Echt dumm von mir, so was zu sagen. Wie ist es denn dazu gekommen? Erzähl, ich will alles wissen!«

Ich gab nach; es war einfach zu verführerisch, einem aufmerksamen Publikum von Leo und mir zu berichten. Sie stellte all die richtigen Fragen, wollte genau wissen, wann er was gesagt hatte, wie er mich geküsst hatte, wie weit wir schon gegangen waren. Ich war froh, besonders zu diesem letzten Punkt jemanden zum Reden zu haben, weil wir nun gerade nicht so weit gegangen waren, wie Leo es gern gehabt hätte. Er übte keinen Druck aus, aber ich spürte es natürlich trotz alledem.

Nachdem wir alles besprochen hatten, was in ihrer Abwesenheit vorgefallen war, fragte ich sie, wie es bei ihr zu Hause laufe. Ich wusste, dass die Beziehung zwischen ihr und Olivia nach der Diskussion im März um das verschwundene Geld nicht mehr dieselbe gewesen war.

»Hast du ihr eigentlich je erzählt, dass du den Verdacht hattest, jemand könnte in deinem Zimmer gewesen sein?«, fragte ich.

»Nein. Wie gesagt, es wäre zwecklos gewesen. Und ...« Sie fummelte an ihrem Teelöffel herum und drehte ihn hin und her.

»Was?« Plötzlich sah sie verängstigt aus – und da war noch etwas. Scham?

»Ich glaube, dass wieder jemand bei mir war. Während ich weg war.«

»Ach, Nicholas und Daniel haben eine Party gefeiert. Ich glaube, irgendwer hat bei dir übernachtet. Ich bin mir ganz sicher, dass Olivia das Bett neu bezogen hat. Aber vielleicht ist deshalb das eine oder andere bewegt worden.«

»Es geht nicht um Sachen, die bewegt wurden. Es gibt da gewisse Dinge, die ... verschwunden sind.«

»Was denn?«, hakte ich nach.

»Ein Slip«, sagte sie leise und spähte zu einer älteren Dame am Nachbartisch hinüber.

»Was? Bist du dir sicher? Vielleicht ist der ja in der Wäsche bei den Sachen von jemand anderem gelandet?«

»Nein. Ich hab ihn nicht mehr angehabt, seit ich dort eingezogen bin. Die Unterhose ist nie in der Wäsche gewesen. Ist Teil eines Sets mit einem BH, der ein bisschen unbequem ist. Deshalb hab ich beides nie wieder angezogen.«

»Scheiße, Sasha ...«

»Ich weiß.«

Ich wollte noch mehr sagen, aber sie wechselte das Thema, und ich wusste aus Erfahrung: Wenn es erst so weit war, dann gab es für sie auch kein Zurück. Wir saßen vielleicht noch eine Stunde beisammen, bestellten Tee nach und plauderten und taten so, als wäre alles wie immer, aber das war es nicht. Ehe sie nach Frankreich abgehauen war, waren Sasha und ich beste Freundinnen gewesen, doch inzwischen stand irgendetwas zwischen uns. Keine Ahnung, ob all das, was sie mir von ihrer Reise erzählt hatte, der Wahrheit entsprach. Und auch wenn Leo jedes Interesse an ihr weit von sich gewiesen hatte, war ich besorgt, was zwischen ihm und Sasha passieren würde, jetzt da sie wieder zurück war. Und irgendjemand hatte Sashas Unterwäsche geklaut und sie zu welchem Zweck auch immer behalten.

Alles war anders, und ich hatte so eine Vorahnung, dass es von nun an nur noch schlimmer werden würde.

Karina

Oktober 2006

Gestern ist er vor der Schule aufgetaucht. Ich bin raus durchs Tor, und da war er, starrte mich von der anderen Straßenseite aus an. Ich bin auf ihn zugelaufen, sagte zu ihm, ich dachte, es solle geheim bleiben, und was, wenn uns jemand sehe? Er meinte nur, es spiele keine Rolle mehr.

Manchmal, wenn wir es miteinander machen, kriegt er einen komischen, abwesenden Blick, und dann kann ich ihm ansehen, dass er nicht mehr bei mir ist, nicht wirklich. Ich würde ihn hinterher immer gern fragen, woran er gedacht hat, aber normalerweise will er dann nicht reden. Ich frage mich, ob andere Männer genauso sind oder manche auch kuscheln wollen und ihrer Partnerin Dinge zuflüstern, so wie ich es gern hätte. Aber ich kann niemanden fragen.

Eigentlich hab ich immer alles mit Ellen besprochen – all die Meilensteine bisher. Wir haben unsere ersten BHs zusammen gekauft – ohne unsere Mütter. Sie haben uns anschließend auf einen heißen Kakao und Cupcakes eingeladen, und ich weiß noch, dass ich die Tüten angestarrt hab, die von unseren Stuhllehnen baumelten, und mich fragte, ob einer der anderen Gäste in dem Café auch nur ahnte, was da drinsteckte. Schlichte weiße Dreiecke aus weichem Stoff und ein kompliziertes Häkchensystem im Rücken, mit dem ich womöglich nie klarkäme.

Wir hatten sogar fast zeitgleich unsere erste Periode – sie in einem Monat, ich im nächsten. Wir hatten ewig darauf hingefiebert. Unsere Mütter hatten uns ein und dasselbe Buch gekauft: *Das Tage-Buch*. Das hatten wir beide gleichermaßen verschlungen und bei der Aussicht darauf enorme Hoffnungen und Ängste gehabt.

Wir sind sogar beide in ein und derselben Nacht erstmals geküsst worden – während Tamara Greggs Party. Sie war die Erste. Ich hab sie mit diesem Jungen gesehen, der schlimm an Akne litt und sich das fettige Haar hochgezwirbelt hatte. Erst haben sie ewig miteinander gesprochen, sodass ich sie nicht unterbrechen wollte und stattdessen in die Küche gegangen bin, um mir was zu trinken zu holen. Als ich wiederkam, hatte er sie an die Wand gedrückt und quasi ihr komplettes Gesicht im Mund. Dann sah ich, wie er eine Hand seitlich an ihren Busen drückte und sie seine Hand wieder wegschob. Er versuchte es immer wieder, hat immer ein paar Minuten gewartet, bis er einen neuen Anlauf gestartet hat, aber jedes Mal hat sie seine Hand wieder weggeschoben. Das war auch der Grund, warum ich dann mit Andrew angefangen habe rumzuknutschen. Ich wollte nicht diejenige sein, die abgehängt wurde. Als er seine Hand hochschob, hab ich die Augen zugemacht und es geschehen lassen. Ich weiß noch, wie sie gequietscht hat, als ich es ihr später am Abend erzählt hab – sie auf der Luftmatratze in meinem Zimmer neben meinem Bett. Ich wünschte mir, ich könnte auch hierüber mit ihr sprechen. Sie fühlt sich im Moment so unendlich fern an.

Die andere komische Sache ist, dass er mich ständig nach Sasha fragt. Wie sie in der Schule so ist, wer ihre Freunde sind, ob es da Jungs gibt, an denen sie interessiert ist. Ich antworte jedes Mal, dass ich sie gar nicht so gut kenne, dass Ellen enger mit ihr befreundet ist, trotzdem fragt er mich immer wieder.

Ich muss mir irgendwie mehr Mühe geben, damit er nicht das Interesse an mir verliert. Ich will nicht, dass das mit uns zu Ende geht.

Ellen

September 2017

Mein Handy klingelt um kurz nach 18 Uhr. Ich will mich gerade auf den Weg zur Spätschicht im Sender machen und bin drauf und dran, das Klingeln zu ignorieren, aber das kann ich natürlich nicht.

»Ellen? Hier ist Nick. Nicholas Monkton.« Er klingt zögerlich, zaghaft. »Sorry für die Störung.«

»Schon in Ordnung.« Es herrscht kurz Stille, und mir scheint, als warte er darauf, dass ich etwas sage – als hätte ich ihn angerufen und nicht umgekehrt. Ich *sollte* ihm sagen, dass es mir fürchterlich leidtut, aber dass ich unterwegs bin und erst später Zeit hätte. Ich bin mir nicht sicher, ob ich es nur deshalb nicht sagen kann, weil er ein Monkton ist und insofern in meiner absurden Weltsicht so was wie heilig. Oder ob es einfach meine natürliche Feigheit ist. Meine Abneigung gegenüber Konfrontationen.

»Ja?« Natürlich mache ich den ersten Schritt.

»Du hattest recht«, sagt er. »Daniel ist wieder da. Mum hat es mir erzählt.«

»Ich weiß, ich hab deinen Vater besucht.«

»Ich kann nicht glauben, dass sie ihn treffen.« Seine Stimme wird schrill, und ich kann hören, wie er mühsam einatmet. »Nach allem, was er ihnen angetan hat.«

»Haben sie dir auch erzählt, was er hier macht? Ist er hierher zurückgezogen?«

»Ich glaube nicht. Er ist nur wieder da, weil Dad krank ist, du weißt schon ...«

»Ja, hat er mir erzählt. Tut mir sehr leid.«

Wir schweigen einen Augenblick. Ich stehe im Flur und sehe die Fotos von Sasha an der Wand an.

»Triffst du dich auch mit ihm?«, will ich vorsichtig wissen.

»Nein!« Die Vehemenz in seiner Stimme scheint ihn genauso zu überraschen wie mich. »Nein«, wiederholt er ein bisschen leiser. »Ich hab ihm nichts mehr zu sagen. Hast du von Sasha gehört?«

»Nein«, antworte ich verunsichert.

»Was ist? *Hast* du von ihr gehört?«

»Nein, wirklich nicht.«

»Aber?«

»Ich hab heute ihre Mutter besucht.«

»Was, echt? Wie war sie so?« In seiner Frage klingt Faszination mit, ich kann ihm anhören, dass Alice North für ihn eine Art Mythengestalt ist, wie eine Meerjungfrau oder die böse Stiefmutter aus Schneewittchen.

»So wie man sie sich wohl vorstellt. Sie hat nichts erzählt. Aber nachdem ich gegangen war, hat die Polizei angerufen und gesagt, Sasha wäre am Tag ihres Verschwindens in der Nähe von Alices Wohnung von einer Überwachungskamera erfasst worden. Also bin ich zurückgelaufen, aber da war Alice bereits nicht mehr da, sie war weg ... Doch in der Wohnung herrschte ein komplettes Chaos, sah aus, als hätte dort jemand in seiner Wut alles kurz und klein geschlagen.«

»Scheiße. Du solltest vorsichtig sein, Ellen.«

Wohl wahr. Was glaube ich eigentlich, was ich da mache?

»Dann hatte Karina also recht wegen Daniel – sie hat ihn wirklich gesehen«, sagt Nicholas. »Hast du noch mal mit ihr gesprochen?«

»Nein, noch nicht.« Ich denke kurz darüber nach, ihm zu erzählen, was der Barkeeper aus dem Café Crème gesagt hat, aber irgendwas hält mich zurück. »Sie hat morgen Geburtstag, da geh ich hin.«

»Wirklich? Ich dachte, ihr beide hättet seit Jahren keinen Kontakt mehr.«

»Hatten wir auch nicht. Dilys hat mich eingeladen, als ich am Montag dort war.«

»Gott, und wie soll das werden?« Ich glaube fast, einen leicht hämischen Unterton herauszuhören.

»Keine Ahnung«, erwidere ich unterkühlt. »Warum fragst du so?«

»Wie – ›so‹? Ich hab einfach gefragt – ohne Hintergedanken. Ich frage mich wirklich, wie das für euch sein wird. Ich hab mit den Jahren oft an sie gedacht. Die Arme.«

»Ja, ich auch«, sage ich. »Sorry, wollte dich gerade nicht anblaffen. Ich bin einfach nur ein bisschen …«

»Ich weiß, ja«, sagt er. »Geht mir genauso. Es ist alles dermaßen durcheinander. Was hat denn die Polizei wegen Sasha gesagt? Tun sie immer noch nichts?«

»Sie halten Ausschau, aber sie scheinen nicht richtig nach ihr zu fahnden. Sie glauben immer noch, dass Sasha aus freien Stücken abgehauen ist.«

»Gott, ich kann nicht glauben, dass das alles wieder anfängt! Ich dachte, es wäre vorbei. Ich dachte, es wäre Geschichte und ich müsste ihm nie wieder unter die Augen treten.«

Ich bin regelrecht entsetzt, als mir dämmert, dass er weint. Wenn er jetzt hier wäre, würde ich wahrscheinlich zögerlich den Arm um ihn legen, aber ich weiß einfach nicht, was ich sagen soll, um ihn zu trösten.

»Tut mir leid«, sage ich, auch wenn es nichts nutzt. »Ich hab irgendwie nie darüber nachgedacht, wie hart das für dich gewesen sein muss.«

»Hart? Meine Familie ist komplett zerbrochen. Bis zu diesem Jahr war alles gut. Ich wünschte mir bei Gott, sie wäre nie bei uns eingezogen.«

»Das war doch nicht Sashas Schuld!« Unwillkürlich atme ich schneller. »Wie kannst du sie dafür verantwortlich machen?«

»Wenn sie nicht bei uns eingezogen wäre, hätten wir nicht umziehen müssen und wären Karina nie begegnet.«

»Ich weiß, er ist dein Bruder, aber Daniel ist …« Ich bin mir nicht sicher, ob es das richtige Wort ist. Böse? Weiß ich wirklich, was hinter diesem Begriff steckt? Er klingt nach einem schlechten Fernsehfilm. »Was ich meine, ist doch … Es wäre ohnehin passiert. Wenn nicht mit Karina, dann mit einer anderen. Aus irgendeinem Grund hat er sich gut dabei gefühlt, sich einfach zu nehmen, was er wollte, und Macht über sie auszuüben. Das war kein spontanes Ereignis, Nicholas, kein … Ausrutscher. Das ist schon monatelang so gegangen.«

»Ich weiß. Gott, natürlich weiß ich das selbst. Aber da war irgendwas mit ihr – mit Karina –, sie hat es ihm zu leicht gemacht …«

»Hör sofort auf! Erst beschuldigst du Sasha, und jetzt ist es Karinas Schuld? Dass sie *vergewaltigt* wurde? Du meinst, sie hat darum gebeten? Was glaubst du eigentlich, wo wir hier sind – in den Fünfzigern?«

»Entschuldige, Ellen.« Er schnieft und atmet hörbar durch. »So hab ich das nicht gemeint. Ich weiß, dass Daniel allein schuld ist, an allem, was da passiert ist. Er ist ein widerlicher Verbrecher.«

»Tut mir leid, aber ich muss jetzt aufhören. Ich muss zur Arbeit«, sage ich.

»Okay, Ellen – aber hör mal, wenn du irgendwas von Sasha hörst, gibst du mir Bescheid?«

»Ja, klar.«

Kurz fühlt es sich an, als würde er noch etwas sagen wollen, aber dann ist der Moment vorbei, und wir verabschieden uns unbeholfen voneinander. Ich schiebe das Handy in meine Tasche, muss mich urplötzlich hinsetzen und ziehe die Knie an die Brust. In der Stille des Flurs am Boden ist das Hämmern meines Herzens das Einzige, was ich hören kann.

Karina

November 2006

Normalerweise treffen wir uns nicht im Haus an der Ecke, aber diesmal hat er mir erzählt, dass er sturmfreie Bude hat. Olivia ist auf Konzertreise in Wien, und alle anderen sind unterwegs. Ich mag es, mit ihm dort zu sein, es fühlt sich so … verboten an. Natürlich bin ich auch sonst hin und wieder da und hänge mit Sasha und Ellen ab – sofern sie sich dazu herablassen, mich ebenfalls einzuladen. Das hat eine ureigene Spannung, besonders wenn er auch da ist: zu wissen, dass ich Teile des Hauses gesehen hab, die Ellen nicht kennt; in der Küche beiläufig an ihm vorbeizuschlendern; einen Blick von ihm aufzufangen, von dem ich weiß, dass er nur für mich bestimmt ist.

Als ich vorhin dort war, drückte er mich rücklings auf den Küchentisch, noch bevor wir uns geküsst oder auch nur ein Wort gewechselt hatten. Die Tischkante bohrte sich mir in den Rücken. Ich versuchte, ihm in die Augen zu sehen, aber sein Blick war auf das Geschirrregal mit der wilden Sammlung aus Teebechern und Familienfotos gerichtet.

Ich hab ihm gesagt, dass er mir wehtut, aber es war, als könnte er mich gar nicht hören. Mein Kopf schlug mit jedem Stoß auf dem Tisch auf, immer an ein und derselben Stelle – jedes Mal tat es ein bisschen mehr weh, und ich fing an, mich nur mehr auf diesen einen Punkt zu konzentrieren, ich versuchte, mir einzureden, dass es nicht ewig dauern würde, dass er bald fertig wäre und dann mein Kopf nicht mehr wehtäte. Ich versuchte, mich im Geiste in einen Moment vorzuversetzen, in dem das hier nicht mehr passieren würde. Irgendwann war es vorbei, er wischte sich beiläufig mit einem Küchentuch ab, ich zog meinen Slip wieder hoch, schob mir den Rock zurecht und tastete mit den Fingerspitzen vorsichtig über meinen Hinterkopf.

Noch währenddessen hatte es sich irgendwie angefühlt, als würde er mich vergewaltigen; im Nachhinein kam mir das dann aber lächerlich vor. Er ist schließlich mein Freund. Wir hatten auch zuvor schon häufiger Sex. Wie konnte das also eine Vergewaltigung sein? Außerdem war er hinterher ganz normal, unterhielt sich mit mir darüber, was er noch vorhatte, über einen Film, den er sich angesehen hatte, über Sasha.

Ich nehme an, so ist er manchmal eben. Beim nächsten Mal versuche ich einfach, es ein bisschen mehr zu genießen.

Olivia

Juli 2007

Heute fällt es mir schwer, ihn in Daniel zu erkennen – meinen kleinen Jungen. Ich hatte eigentlich geglaubt, dass ich ihn immer vor mir sehen würde, aber inzwischen legen sich Erfahrungen und Jahre schneller übereinander, als ich es für möglich gehalten hätte. Heute ist der Tag, an dem ich es von ihm selbst hören muss, mit seinen eigenen Worten. Ich gehe davon aus, dass noch schwierigere Tage kommen werden, Tage, an denen ich zu kämpfen habe, um ihm weiter zu glauben. Doch heute dreht es sich um ihn, und ich muss stark sein. Ich kann spüren, wie sehr er mich braucht, er verströmt dieses Bedürfnis seit dem Tag seiner Geburt, und es ist Last und Privileg zugleich.

Daniels Verteidigerin führt auch ihn zunächst durch die Ereignisse jenes entscheidenden Abends. Sie sieht wahnsinnig jung aus – nicht wesentlich älter als er, auch wenn sie natürlich älter sein muss. Diese ständige Wiederholung und Schilderung der Ereignisse erinnert mich an die Ballade vom alten Seemann und ist eine Strafe, die uns alle dazu verdammt, jenen Abend wieder und wieder zu erleben, obschon jedes Mal mit winzigen, subtilen Verschiebungen. Wenn wir es nur oft genug hören, vielleicht kommt ja eines Tages die komplette Wahrheit aus sich heraus ans Licht?

Während ich höre, wie Daniel sich das erste Mal mit Karina unterhalten hat, riskiere ich einen Seitenblick auf Dilys, die sich wie jeden Tag auf ihren Platz am Ende der Reihe gequetscht hat und auf deren Gesicht ein Schweißfilm glänzt. Ich frage mich gedankenversunken, wie alt sie wohl war, als sie Karina bekam. Ist Dilys jünger, als sie aussieht? Oder war Karina ein Last-Minute-Baby, ein Wunder?

Was er von jenem Abend erzählt, stimmt bis zu dem Moment, als er und Karina sich in sein Zimmer verzogen, mit den Berichten der anderen überein. Erst als sie sein Zimmer betreten, fangen die Versionen an, sich zu unterscheiden.

»Wie wir bereits von mehreren Zeugen gehört haben, haben Sie sich erst ein paar Minuten lang unten in der Garderobe geküsst, ehe Miss Barton um kurz nach zehn Uhr bereitwillig mit Ihnen hoch in Ihr Zimmer gegangen ist.«

»Ja, das stimmt.«

Selbst die Anklage stellt diesen Umstand nicht infrage, auch wenn ich nicht sicher bin, was das bedeutet oder warum das so wichtig sein soll. Wie oft ist uns das eingebläut worden – dass ein Nein tatsächlich Nein heißt, ganz gleich zu welchem Zeitpunkt eine Frau es sagt; wenn der Mann danach immer noch weitermacht, dann handelt es sich um eine Vergewaltigung. Die Zeiten sind doch wohl vorbei, in denen die Frau selbst für eine Vergewaltigung verantwortlich gemacht wird, nur weil sie einen kurzen Rock anhatte? Nur weil sie sich ausgezogen hat und mit einem Mann ins Bett gegangen ist? Weil sie es provoziert hat? Vielleicht bin ich aber auch naiv, so was zu glauben. Einerseits empört mich die Vorstellung, sie könnten versuchen, Karina zu beschuldigen, sich selbst in diese Situation hineinmanövriert zu haben. Andererseits will ich, dass sie ihr das alles vorwerfen, dass sie ihr komplettes Arsenal abfeuern, um zu beweisen, dass mein Sohn kein Vergewaltiger ist. Ich will gar nicht darüber nachdenken, was das für mich selbst bedeuten würde.

»Was ist passiert, nachdem Sie Ihr Zimmer betreten haben?«

»Sie hat die Tür hinter sich zugemacht und sich dagegengelehnt. Ich hab mich aufs Bett gesetzt. Ich ... Ich hab gefragt, ob alles in Ordnung ist, ob sie es immer noch machen will ... und sie hat Ja gesagt.«

Ich habe das grässliche Gefühl, dass irgendetwas in seiner Geschichte fehlt, irgendeine Lücke zwischen den Worten, die er nicht ausgefüllt hat.

»Und Sie sind der Ansicht, dass Miss Barton Ihre Formulierung – ›es mit Ihnen machen‹ – als Geschlechtsverkehr mit Ihnen gedeutet hat? Sind Sie sich absolut sicher, dass Sie sich an diesem Punkt einig waren?«

»Ja«, sagt er nachdrücklich, und meine Schultern sacken nach unten, weil ich ihm in diesem Augenblick glaube. »Sie setzte sich neben mich. Wir unterhielten uns noch ein bisschen, und dann haben wir ... uns hingelegt und miteinander geschlafen.«

»Hat Miss Barton an irgendeinem Punkt Nein gesagt? Oder Stopp? Oder irgendetwas, was nahelegen könnte, dass sie nicht aus freien Stücken mitgemacht hat?«

»Nein.« Er errötet, sieht mich diesmal aber nicht an. Ich nehme an, er redet sich ein, ich wäre nicht hier, auch wenn ich weiß, dass er froh über meine Anwesenheit ist. Allem Anschein nach haben sie ihm aufgetragen, gerade zu sitzen, die Verteidigerin oder die Geschworenen anzusehen und den Blickkontakt aufrechtzuerhalten, aber es fällt ihm sichtlich schwer. Ich will nichts lieber, als mich nach ihm auszustrecken, ihn in meine Arme zu nehmen und ihm zu sagen, dass alles gut ausgehen wird.

»Miss Barton hat ausgesagt, dass sie Alkohol getrunken hatte. Hatten Sie Grund zu der Annahme, dass sie zu alkoholisiert gewesen sein könnte, als dass sie dem Geschlechtsverkehr hätte widersprechen können?«

»Nein, hatte ich nicht. Sie hatte sich komplett unter Kontrolle.«

»Nachdem der Geschlechtsverkehr vollzogen war, was ist als Nächstes passiert?«

»Ich bin aufgestanden und aufs Klo gegangen. Sie musste auch mal, also hab ich zu ihr gesagt, wir würden uns dann gleich unten wiedersehen, sobald sie fertig wäre. Ich hab im Klavierzimmer auf sie gewartet, aber sie kam nicht. Dann hat Mum mich gebeten, ein Stück zu spielen, und da konnte ich ja schlecht Nein sagen, ich wollte ihr ja nicht erzählen, was gerade passiert war ...« Sein Blick wandert erneut zu mir, und ich versuche, ihn anzulächeln. *Ist schon okay, ich bin da.* »Also hab ich gespielt, und dann wollten die Leute, dass ich Lieder begleite, und ich kam dort nicht mehr weg. Ich bin davon ausgegangen, dass Karina in einem anderen Zimmer irgendwem in die Arme gelaufen war und sich unterhielt. Dann kam Ellen ins Klavierzimmer und hat Mum etwas zugeflüstert.«

Ich konnte Ellen damals nicht richtig hören, weil zu laut gesungen wurde; ich hörte nur, dass etwas passiert war und ich mitkommen sollte. Ich dachte, irgendwer hätte ein Glas fallen lassen oder Rotwein auf einen Teppich gekippt.

»Ein paar Minuten später kam Mum wieder und meinte, ich sollte mit raus, wir müssten uns unterhalten. Wir sind hoch in ihr Zimmer gegangen, und da hat sie mir erzählt ... was Karina behauptet hatte.«

Ich werde nie vergessen, wie ich mich fühlte, als ich mit meinem Sohn die Treppe hinauflief, um ihm zu eröffnen, dass er soeben einer Vergewaltigung bezichtigt worden war – der tiefe Schock, den ich erlitten hatte, das Zittern, das meinen ganzen Körper befiel; wie ich kaum noch Luft bekam und mich fühlte, als müsste ich ersticken. Dieser verräterische Moment, in dem ich mich fragte, ob es tatsächlich wahr sein mochte.

»Wir haben von den Verletzungen gehört, die an Miss Bartons Oberschenkeln nachgewiesen wurden – Verletzungen, die ihr mit einer scharfen Glasscherbe zugefügt worden sein dürften. Haben Sie ihr zu irgendeinem Zeitpunkt derlei Verletzungen zugefügt?«

»Nein.«

»Wies sie diese Verletzungen bei Ihrer letzten Begegnung auf, als Sie das Zimmer verließen, um zur Toilette zu gehen?«

»Nein.« Er zupft an seinem Kragen, versucht, ihn zu lockern, und ich flehe ihn innerlich an, damit aufzuhören und stattdessen die Hände im Schoß zu verschränken, wie es ihm aufgetragen worden ist.

»Haben Sie eine Vorstellung, wie es zu diesen Verletzungen gekommen sein könnte?«

»Nein. Ich ... Ich kann nur vermuten, dass sie sich die selbst zugefügt hat.«

Einer der Geschworenen, ein großer Mann, schreibt sich etwas auf. Was zur Hölle kann das sein? *Selbst zugefügt???*

Als der Richter die Mittagspause verkündet und die Verhandlung unterbricht, bin ich zutiefst erleichtert. Ich wünschte mir, ich könnte besser begreifen, was hier gerade vor sich geht. Ich kann in den Gesichtern der Geschworenen nichts lesen. Hat auch nur einer von ihnen Mitgefühl mit ihm? Eine gewisse Anspannung liegt in der Luft, als würden alle auf etwas ganz Bestimmtes warten. Vielleicht darauf zu sehen, welche der zwei Karinas die echte ist? Eine ist das naive, hilflose Opfer und ein kleines Mädchen; ein Mädchen, das auf schrecklichste Weise einem Sextäter zum Opfer gefallen ist. Die andere ist ein verstörtes junges Ding, das aus unerfindlichen Gründen einen Rachefeldzug gegen Daniel führt und damit im selben Atemzug all die Aufmerksamkeit auf sich zieht, die sie sich schon so lange ersehnt hat.

Aus meiner Sicht dürften beide Versionen für die Geschworenen glaubwürdig sein. Ich versuche, mich auf die zweite Karina zu konzentrieren, die aufmerksamkeitssüchtige kleine Madame, die sie sein kann, wie ich selbst miterlebt habe. Ich versuche, nicht darüber nachzudenken, wie einfach es wäre, an die erste Version zu glauben.

Ellen

September 2017

Karinas Elternhaus starrt mir ausdruckslos entgegen; entlang der ruhigen Straße ist von einer Party nichts zu bemerken. Ich muss an die Abende bei den Monktons denken; der herbe Wein, den Tony uns eingeschenkt hat, obwohl wir noch minderjährig waren; das Anschwellen und Abklingen der feinen Stimmen um uns herum, die über Politik und Bücher diskutierten; klassische Musik, die aus dem Flügel gehämmert kam; Gesang – jedoch von der Art, wie ich sie noch nie gehört hatte; das Brennen in meinem Rachen, als ich meinen ersten Joint rauchte. Mein Griff verstärkt sich um das Schaumbadset, das ich für Karina in Geschenkpapier eingewickelt habe (und das meine Tante mir im vergangenen Jahr zu Weihnachten geschenkt hat), und um eine Flasche Wein, während ich den Gartenweg hochlaufe und an der Tür klingele.

In einem gelben Blümchenkleid, das um die Arme und über der Brust spannt, macht Dilys mir auf. Ein Lächeln breitet sich auf ihrem Gesicht aus, als sie mich sieht, die dargebotene Flasche entgegennimmt und mich mit der freien Hand in eine halbherzige, unbeholfene Umarmung zieht. Als ich ihre weiche, papierne Haut an meinem Hals spüre, versuche ich, nicht ihren muffigen Körpergeruch einzuatmen, und wünsche mir inständig, ich hätte auf meinen Bauch gehört und wäre ferngeblieben.

»So schön, dass du gekommen bist, Ellen!«

Ich folge ihr nach drinnen. Doch auch hier kann ich keinerlei Partygeräusche hören. Sie führt mich ins Wohnzimmer, und wie vom Donner gerührt bleibe ich in der Tür stehen. Das hier ist schlimmer, so viel schlimmer, als ich befürchtet habe. Zwei Frauen sitzen auf dem grünen Velourssofa, das schon bessere Zeiten gesehen hat, und lächeln mich an. Sie könnten so ungefähr alles zwischen vierzig und sechzig sein, sehen aber Dilys so ähnlich, dass es sich um ihre Schwestern handeln muss. Auf einem Schwingstuhl in der Ecke sitzt ein älterer Herr mit einem auffällig weißen Schnurrbart; er sieht aus, als würde er jeden Moment einnicken. Auf zwei Esstischstühlen am Erkerfenster hockt ein Pärchen im Alter meiner Eltern; sie kommen mir beide entfernt bekannt vor. Und das war's. Von Karina keine Spur.

»Das sind Tante Meryl und Tante Jane.« Eine der Schwestern winkt, die andere kichert. »Und Onkel Stanley.«

Der Schnurrbarttyp blickt abrupt auf. »Nett, Sie kennenzulernen«, murmelt er.

»Und kannst du dich noch an Pat und Ian erinnern? Unsere Nachbarn?«

Natürlich. Die beiden wohnten früher nebenan. Als Kinder hatten wir ihnen »Parfüm« verkauft, das wir aus zerstoßenen Rosenblättern in kleinen Wasserflaschchen hergestellt hatten. Pat gab uns dafür fünf Pence und Ian ein Minzbonbon, das er aus einer Tür im Sekretär nahm. Die beiden waren für uns ein Faszinosum, weil sie keine eigenen Kinder hatten. Karina behauptete immer, es läge daran, dass sie nie Sex hätten, und ich tat so, als wüsste ich, wovon sie sprach.

»Wo ist denn Karina?«, frage ich so natürlich wie nur möglich.

»Ach, die zieht sich oben noch um. Die ist jeden Moment wieder da. Setz dich«, fordert Dilys mich auf.

»Könnte ich noch schnell zur Toilette?« In diesem Zimmer kann ich keinen Moment länger bleiben, sonst ersticke ich. Dilys weist mir den Weg über den Flur zur Gästetoilette. Ich schiebe die Tür hinter mir zu, lehne mich dagegen, und mein Bedürfnis, tief durchzuatmen, um mich zu beruhigen, wetteifert mit dem Pfirsich-Lufterfrischer, der nur unzureichend den unterschwelligen Geruch von Feuchte und Urin übertüncht. Wie komme ich hier nur wieder raus? Das hier ist durch nichts zu rechtfertigen, nicht mal, wenn ich so herausfände, was Karina und Sasha vor zwei Wochen im Café Crème gemacht haben. Übelkeit vorzuschützen dürfte die beste Alternative sein, also verlasse ich die Toilette und versuche, so unglücklich und krank wie nur möglich zu wirken, was angesichts meiner aktuellen Verfassung nicht allzu schwer ist. Ich drücke mich kurz vor der Wohnzimmertür herum, presse mir die Hand auf den Bauch und lege mir meine Lügen zurecht, als ich auf der Treppe Schritte höre und Karina in einer schicken schwarzen Hose, einem petrolblauen Seidentop und mit makellosem Make-up herunterkommt. Ihr Gesicht hellt sich auf, als sie mich entdeckt.

»Ellen! Wie schön, dass du wirklich gekommen bist!«

Langsam lasse ich die Hand sinken und versuche, meinem Gesicht einen angemessen feierlichen Ausdruck zu verleihen.

»Alles Gute zum Geburtstag.« Ich drücke ihr das Schaumbadset in die Hand. In der protzigen Verpackung sieht es winzig aus.

»Danke. Das mach ich nachher mit den anderen Sachen

auf.« Bei ihren Worten sehe ich einen Gabentisch vor mir, auf dem sich reich mit Geschenkbändern verzierte Präsente stapeln, statt der paar kleinen Schächtelchen, die ich auf einem Beistelltisch im Wohnzimmer gesehen habe und die in so billiges Geschenkpapier gewickelt wurden, dass die Kanten sich bereits durchdrücken. »Komm mit rein!«

Im Wohnzimmer hat Dilys in der Zwischenzeit eine Flasche Sekt aufgemacht und füllt ihn in Gläser, die wohl nur selten genutzt werden, weil sie vom Küchendunst klebrig und von einem Staubfilm überzogen sind. Ich setze mich auf einen Stuhl an der Tür, nehme ein Glas, nippe daran und versuche, angesichts der Flöckchen, die darin schwimmen, nicht zu würgen. Dilys reicht eine Schüssel mit Chips herum. Sie sind einen Hauch weicher, als sie sein dürften, und widerwillig muss ich noch einen Schluck nehmen, um sie hinunterzuspülen.

»Na, wie ist es dir ergangen?«, fragt Pat. Sie lächelt mich warmherzig an, und mit einem Mal sehe ich wieder glasklar vor mir, wie unendlich freundlich sie damals zu mir als Kind war. »Es kommt mir vor, als wäre es erst gestern gewesen, als du alle paar Minuten bei uns angeklopft hast, um deinen Ball aus dem Garten zu holen.«

»Mir geht's gut, danke der Nachfrage«, sage ich und frage mich kurz, was passieren würde, wenn ich mal nicht täte, was von mir erwartet wurde, und die Frage wahrheitsgemäß beantwortete. »Und selbst?«

»Ach, ganz passabel, von den üblichen Zipperlein mal abgesehen.«

Ich sehe sie mitfühlend an und versuche, den Eindruck zu erwecken, als wüsste ich, was sie mit den üblichen Zipperlein meint.

»Und wie geht es Ihrer Mutter? Ich hoffe doch, gut?«

»Ja, alles bestens.«

Karina steht am Kamin. Ihren Wein hat sie immer noch nicht angerührt.

»Mum«, sagt sie jetzt. »Ich will Ellen kurz das Kleid zeigen, das ich mir gekauft habe.«

»Aber klar, Liebes, geht ihr zwei nur nach oben. Ich weiß doch, wie ihr Mädchen seid: Ihr zieht euch für die nächsten Stunden nach oben zurück und kichert und probiert Klamotten an. Genau wie früher, stimmt's?«

Ich lächele schief und folge Karina aus dem Wohnzimmer und die Treppe hinauf. Halb erwarte ich, dass ihr Zimmer nach wie vor so aussieht wie 2006 in ihrem alten Haus. Doch hier sind die Wände taubenblau gestrichen, und das Bett ist geschmackvoll hellgrau bezogen. Nirgends an den Wänden hängen Bilder, weder Fotos noch andere persönliche Akzente. Karina lässt sich aufs Bett fallen und lehnt sich an die Wand. Ich setze mich neben sie, ganz vorn auf die Bettkante, als müsste ich jeden Moment die Flucht ergreifen.

»Oh Gott, es tut mir so leid, Ellen!«

»Was denn?«

»Diese grässliche Party! Ich bin nicht vollkommen verblödet, als dass ich nicht merken würde, wie schrecklich es ist. Aber als Mum dich eingeladen hat, dachte ich ... dass es vielleicht besser würde, wenn du auch da wärst. Wie bescheuert von mir.«

»Ist doch okay. Ich bin gern gekommen.« Es klingt selbst in meinen Ohren gezwungen.

»Nett von dir, Ellen – aber es ist wirklich ganz furchtbar!« Irgendwie kann ich die alte Karina heraushören und muss unwillkürlich lachen, sie ebenfalls, und mit einem Mal haben wir Tränen in den Augen, ich bin mir nicht sicher, ob sie vom Lachen kommen, aber es fühlt sich wirklich wie früher an, genau wie Dilys gesagt hat. Ich wünschte mir, ich müsste diesen magischen Moment nicht zerstören, indem ich sie auf Sasha anspreche, aber ich weiß, dass es unerlässlich ist.

»Wie geht's dir wirklich?«, frage ich zuallererst, als ich das Gefühl habe, jetzt könnte der Moment sein, an dem wir ernsthaft reden könnten.

»Schauen wir doch mal: Ich hab keine Arbeit. Ich wohne bei meiner Mutter, und meine Geburtstagsparty hast du ja gerade live erlebt. Was meinst du, wie's mir wirklich geht?« Es hätte wütend oder bissig klingen können, tut es aber nicht. Sie klingt einfach nur traurig. »Und jetzt schnüffelt auch noch die Polizei hier herum und wühlt diese alten Geschichten wieder auf. Warum hast du denen erzählt, dass ich Daniel gesehen habe?«

»Was glaubst du denn? Ich mach mir Sorgen um Sasha. Tut mir leid, wenn das unliebsame Erinnerungen wachgerufen hat, aber …«

»Unliebsam? So kann man es natürlich auch sagen.« Jetzt ist die Verbitterung deutlich zu hören. »Das hier hat mit mir nichts zu tun. Warum musstest du mich da mit reinziehen?«

»Es hat mit dir nichts zu tun?«, wiederhole ich, und in mir platzt eine Wutblase. »Dann warst das also gar nicht du, die vor zwei Wochen gemütlich mit Sasha im Café Crème zusammensaß?«

Sie wird rot, und wenn ich noch letzte Zweifel gehabt hätte, ob sie es wirklich gewesen ist, wären sie hiermit verflogen.

»Das hat doch nichts damit zu tun«, flüstert sie.

»Womit hat es denn dann zu tun? Du musst es mir sagen, Karina!«

»Ich habe Daniel gesehen. Und ich wollte mich mit irgendjemandem darüber unterhalten, das ist alles. Mit jemandem, der mich verstehen würde.«

»Dann *wusste* Sasha, dass Daniel wieder da ist? Warum hat sie mir denn nichts davon gesagt?«

»Weiß ich doch nicht«, antwortet Karina. »Vielleicht kennst du sie ja doch nicht so gut, wie du immer glaubst.« Ein Schatten der alten Karina blitzt auf, die immerzu darum wetteiferte, wer am meisten über Sasha und die Monktons wusste. Ist sie ihnen wirklich immer noch hörig?

»Warum sie? Warum bist du nicht zu mir gekommen?« Womöglich wetteifere ich gerade auch, aber um Karinas Zuneigung, schließlich standen wir uns einmal sehr nahe, ehe Sasha in unser Leben trat.

»Du verstehst das nicht, Ellen. Da ging damals einiges vor sich, was die Leute nicht gesehen haben.«

»Zum Beispiel?«

»Ach, ich weiß auch nicht … einiges eben.«

»Was soll das heißen, Karina?« Ich kann das nicht so auf sich beruhen lassen. All die Lügen, die Geheimniskrämerei – und jetzt deutet Karina auch noch an, dass da mehr dahintersteckte. Was ging 2006 wirklich im Haus an der Ecke vor sich? »Wenn es irgendetwas gibt, was du weißt …«

Dilys' schriller Ruf unterbricht mich. »Mädels! Kommt, es gibt Kuchen!«

Karina springt auf. Sie sieht erleichtert aus. »Komme, Mum!« Sie eilt zur Tür.

»Warte, Karina! Bitte!«

Die Nachdrücklichkeit in meiner Stimme gebietet ihr Einhalt, aber als sie sich zu mir umdreht, ist ihre Miene beherrscht und ausdruckslos.

»Was meintest du damit – dass da mehr war, was die Leute nicht gesehen haben?«

»Nichts, Ellen, ehrlich. Ich meinte einfach nur, dass du als Teenager all diese Gefühle und Gedanken hast und nicht weißt, ob dich irgendjemand versteht oder nicht vielleicht über dich lacht oder so, also behältst du es besser für dich. Das ist alles.«

Es ist zwecklos, sie weiter zu bedrängen, also laufe ich hinter ihr her die Treppe nach unten, nippe an dem warmen Wein und esse ein Stück Kuchen, das trocken ist wie Staub auf der Zunge. Ich schlage ein paarmal vor, wieder nach oben zu gehen, aber Karina tut so, als würde sie mich gar nicht hören, und plaudert beschwingt mit ihrer Tante, als könnte ihr nichts auf der Welt etwas anhaben. Um neun Uhr abends halte ich es nicht mehr aus und verabschiede mich. Karina sagt noch im Wohnzimmer vor allen Tschüss und überlässt es ihrer Mutter, mich zur Tür zu bringen.

Als ich heimfahre – und mir immer noch Kuchenreste zwischen den Zähnen kleben –, dringt allmählich die Wahrheit zu mir durch. Es fühlt sich an wie ein Hammer, der mir Mal ums Mal auf den Schädel schlägt. Sasha wusste, dass Daniel zurück war. In der Woche vor ihrem Verschwinden hat sie sich mit Karina getroffen und mir gegenüber kein Wort darüber verloren. Vor einem Monat hat sie mit Leo geschlafen. Es sieht verdammt danach aus, als hätte sie ihre Mutter besucht, ehe sie verschwunden ist. Sie hat mich in jeder Hinsicht belogen. Kenne ich sie auch nur ein bisschen?

Zurück in der Sicherheit meiner Wohnung schiebe ich die Riegel an Ort und Stelle und höre das befriedigend metallische Klacken von Metall auf Metall. Ich lasse die Handtasche im Flur zu Boden fallen und steuere direkt die Küche an, um Wasser aufzusetzen.

Ich habe gerade die Milch aufgemacht und will sie in meinen Tee gießen, als ich es höre: das Knarzen der Bodendiele draußen im Flur. Ich wirbele herum, lasse die Milchflasche auf die Arbeitsplatte fallen und stoße um ein Haar meinen Tee um. Milch schwappt aus der Flasche, breitet sich aus, tropft auf den Boden und über meine Schuhe, wo sie auf dem dunklen Wildleder blasse Flecken hinterlässt. Ich balle die Faust um den Teelöffel in meiner Hand, sodass er sich mir in den Handballen bohrt, doch der Schmerz reicht nicht, um dem Zittern ein Ende zu setzen, um zu verhindern, dass sich mein Inneres verflüssigt und mein Kopf lodert.

Vor mir in der Küche steht Daniel Monkton.

Karina

Dezember 2006

Heute Nachmittag wollte er von mir, dass ich so etwas Schreckliches mache, dass ich mich zum ersten Mal überhaupt zu einem Nein durchgerungen habe. Er meinte, das wäre sein Weihnachtsgeschenk. Ich habe ihm noch nie einen Wunsch ausgeschlagen, und jetzt weiß ich auch, warum. Er drehte mich von sich weg, und eine entsetzliche Sekunde lang befürchtete ich, dass er es trotzdem machen würde, mein ganzer Körper stählte sich bereits dagegen. Doch dann zog er mir bloß das Oberteil hoch, und ich spürte einen brennenden Schmerz. Ich wollte schreien, allerdings hatte er damit gerechnet und hielt mir den Mund zu.

»Denk nicht mal darüber nach!«, befahl er mir.

Erst im nächsten Moment stieg mir der ekelhaft süßliche Geruch verbrannten Fleisches in die Nase, und mir dämmerte, dass er seine Zigarette auf meinem Rücken ausgedrückt hatte. Ich starrte einen Bleistiftschmierer an der Wand an, der aussah wie ein fliegender Vogel. Von dem bitteren Geruch, der von seiner Hand ausging, wurde mir übel, aber ich riss mich zusammen.

»Und das erzählst du auch niemandem«, fuhr er fort. »Vergiss nicht, dass ich dich auf Video habe. Ein Klick, und jeder weiß, was für eine Schlampe du bist – inklusive deiner Mutter.«

Ich taumelte aus dem Zimmer direkt rüber ins Bad und schloss hinter mir ab. Behutsam hob ich das Oberteil an und starrte das wutrote Brandmal an – den perfekt runden Kreis auf meinem Rücken. Im Spiegel konnte ich mir nicht mal mehr in die Augen sehen, also klappte ich den Klodeckel runter und ließ mich darauf nieder. In meiner Tasche – die ich immer noch über der Schulter trug – steckte eine halb volle Wodkaflasche. Ich nahm sie raus und trank einen Schluck. Dann noch einen. Mir fiel einfach nichts anderes ein, womit ich den Schmerz hätte bekämpfen können. Ich wusste, er würde im Schlafzimmer auf mich warten. Sonst war niemand im Haus, keiner würde mich schreien hören.

Ich schob mir die Tasche unter den Arm und schloss so lautlos wie möglich die Tür wieder auf. Dann schlich ich auf Zehenspitzen und mit angehaltenem Atem über den Flur. Die Treppe hinunter. Nur nicht auf die vierte Stufe treten, die knarzte. An der Tür schlüpfte ich in meine Schuhe, band sie nicht mal mehr zu, sondern schnappte mir nur meinen Mantel vom Haken. Dann trat ich hinaus an die eisige Luft und zog leise die Tür hinter mir zu.

Ich weiß, dass er sich hierfür rächen wird. Ich wünschte mir nur, ich wüsste, auf welche Weise.

Ellen

Dezember 2006

Am Silvesterabend stakste ich auf Absätzen, die sich im Geschäft noch halbwegs bequem angefühlt hatten, die Straße entlang zu den Monktons. Aus ein paar Hundert Metern Entfernung sah ich Karina zu Hause durch die Tür kommen und dann die Straße überqueren. Auf dem Gehweg blieb sie kurz stehen und neigte den Kopf, als müsste sie innerlich einen Kampf ausfechten, doch nach ein paar Sekunden warf sie ihr Haar zurück und marschierte den Gartenweg hoch, und bis ich ebenfalls dort ankam, war sie bereits im Haus verschwunden.

Ich fragte mich, ob sie wohl darüber nachgedacht hatte, was ich ein paar Wochen zuvor durch Sashas Zimmerwand mitangehört hatte. Ich hatte es ihr gegenüber mit keiner Silbe erwähnt, weil ich davon ausging, dass sie es mir schon erzählen würde, wenn sie Redebedarf hätte.

Ein Mann, den ich nie zuvor gesehen hatte, machte mir die Tür auf. Er war etwa in Tonys und Olivias Alter und musterte mich fröhlich von Kopf bis Fuß.

»Guten Abend, junge Dame!«

Oh Gott, ich hatte schon ganz vergessen, dass dies wieder eine jener Monkton-Partys werden würde, bei denen alle ihre Bekannten einluden – auch die Eltern. Erst war es mir einfach nur neu und spannend vorgekommen – Erwachsene, die sich wie Teenager benahmen und sich betranken. Das hatten meine Eltern nie gemacht. Erst in letzter Zeit fand ich es zusehends seltsam, auch wenn ich den Grund dafür nicht genau hätte benennen können. Sie alle waren Musiker, Künstler, Schauspieler – überlebensgroß und exaltiert. Bis vor Kurzem hatte ich obendrein angenommen, dass sie außerdem erfolgreich waren, an der Schwelle zum großen Durchbruch. Doch je später es an jenem Abend geworden war, umso mehr sprachen sie tatsächlich darüber, wie es beruflich bei ihnen aussah, und mir dämmerte, dass von Durchbruch keine Rede sein konnte.

Ich beendete den Small Talk mit dem Mann von der Tür. Karina stand im Wohnzimmer und redete – viel zu hektisch – auf ein Mädchen aus unserer Jahrgangsstufe ein, wobei sie unnatürlich laut lachte. Ich kümmerte mich nicht weiter um sie und ging stattdessen nach oben. Als ich mich gerade nach der Klinke in Sashas Tür ausstrecken wollte, schlug mir die Tür fast ins Gesicht, als sie von innen aufgestoßen wurde und Daniel, ohne ein Wort zu sagen oder mich auch nur zur Kenntnis zu nehmen, an mir vorbeistampfte. Mit einem Lächeln im Gesicht trat ich ein und wollte Sasha schon erzählen, was für ein gruseliger Typ mir die Haustür aufgemacht hatte, als ich wie angewurzelt stehen blieb. Sie saß kreidebleich auf dem Bett, hatte die Hand vor den Mund geschlagen, damit ihr nicht gleich etwas herausplatzte, und hielt den Blick zu Boden gesenkt.

»Alles in Ordnung?«, fragte ich und blieb verunsichert an der Tür stehen.

Ihr Kopf schoss nach oben, sie ließ die Hand sinken und brachte ein erzwungenes Lächeln zustande, das nicht bis zu ihren Augen reichte.

»Hallo! Ja, alles okay. Daniel war nur gerade ein Arschloch. Wow, du siehst toll aus. Wo hast du dieses Kleid her?«

Ich ließ zu, dass sie eine Weile über Unverbindliches wie Klamotten und Shoppen redete, weil mir klar war, dass sie insgeheim hoffte, ich würde nicht nachbohren. Im Nachhinein wünschte ich mir, ich hätte es getan, aber da war es bereits zu spät. Ein paar Minuten darauf ging die Tür wieder auf. Karina kam herein und warf sich aufs Bett.

»Hallo, Mädels«, sagte sie. Irgendwie strahlte sie etwas Merkwürdiges aus. »Was ist denn mit Daniel los?«

»Ach, ich weiß auch nicht, hat irgend so eine Laune«, antwortete Sasha. »Wie geht's?«

»Super!«, rief sie und ließ sich rückwärts aufs Bett fallen, setzte sich dann aber nach ein paar Sekunden erneut auf. »Woah, da dreht sich bei mir alles!«

»Bist du jetzt schon besoffen?«, fragte ich. »Es ist doch noch total früh am Abend.«

»Alles bestens, ich hab nur schon ein paar Gläschen drüben bei mir getrunken, bevor ich hergekommen bin, das ist alles.« Sie verschränkte die Hände auf dem Schoß und grinste breit. Genau so musste auch ich immer gewirkt haben, wenn ich nach einem Abend bei den Monktons heimgekommen war und Mum und Dad gegenüber so getan hatte, als wäre ich stocknüchtern. Tatsächlich zwang ich mich, jedes Wort überdeutlich auszusprechen, während ich mich gleichzeitig am Riemen riss, um nicht geschwätzig zu werden. »Habt ihr nichts zu trinken hier oben?«

»Nein. Aber in der Küche steht jede Menge«, erwiderte Sasha spitz.

Ohne den Unterton bemerkt zu haben, kam Karina auf die wackligen Beine. Sie schob im selben Moment die Tür auf, als Nicholas über den Flur auf die Treppe zulief.

»Wo gehst du denn hin?«, hörten wir sie noch fragen.

»In die Küche, Getränke für Daniel und mich holen«, antwortete er.

»Oh, da komm ich mit!«

Sobald sie außer Hörweite waren, wechselten Sasha und ich einen Blick.

»Was ist denn da im Busch?«, fragte ich.

»Weiß der Himmel«, antwortete Sasha. »Aber sie ist in letzter Zeit öfter mal komisch. Noch komischer als sonst, meine ich.«

Ich musste lachen. Zwischen Sasha und mir war nach ihrer Spritztour nach Frankreich allmählich wieder Normalität eingekehrt, und es fühlte sich gut an, wieder auf derselben Seite zu stehen. Da war mir egal, ob ich fies zu Karina war. Sie konnte uns ohnehin nicht hören, insofern konnte ich sie damit auch nicht verletzen.

»Und wie sieht sie überhaupt aus?«, fragte ich und lästerte mich langsam warm.

»Ich weiß! Hat sie sich mit einem Spachtel geschminkt?« Sasha tat so, als würde sie sich Händevoll Zeug ins Gesicht klatschen, und wir gackerten wie die Wahnsinnigen.

Je später es wurde, umso betrunkener waren alle. Ich hatte zuvor nie Erwachsene getroffen, die so viel tranken wie die Monktons und ihre Freunde. Ich verbrachte eine geschlagene Viertelstunde eingequetscht in der Küche, wo Tony mir auf die Pelle rückte und lautstark auf mich einredete, wie toll es sei, dass Olivias Karriere so fantastisch verlaufe, und wie froh er für sie sei, wie gut, dass er sie unterstützen könne, indem er für die Familie geradestehe, sofern seine eigenen beruflichen Verpflichtungen es erlaubten. Ich war mir nicht sicher, wem er da etwas vormachen wollte, aber bei mir kam das Gegenteil dessen an, was er mir weismachen wollte. Weil sie sich so riesige Mühe gab, es kleinzureden, hatte ich bis vor Kurzem gar nicht realisiert, dass Olivia so viel erfolgreicher war als er – und dass er selbst seine Laufbahn als Enttäuschung empfand.

Aber es gab neben der Langeweile noch einen weiteren Grund, warum ich von Tony wegkommen wollte. Aus dem Augenwinkel hatte ich nämlich entdeckt, wie sich Sasha und Leo am anderen Ende der Küche angeregt unterhielten. Ich hatte versucht, ihnen zu signalisieren, dass sie mich retten sollten, aber entweder hatten sie es übersehen, oder sie ignorierten mich absichtlich. Je länger sie im Gespräch waren, umso mehr wurde mir angst und bange. Beide hatten mir hoch und heilig versichert, am jeweils anderen nicht interessiert zu sein, aber wenn ich mir sie jetzt so ansah – beide so gut aussehend, so perfekt, wie sie im Licht der Küchenlampe standen und lachten –, sah es einfach so aus, als gehörten sie zusammen. Leo war nicht für jemanden so Unscheinbaren wie mich geschaffen. Ihm gebührte jemand Außergewöhnlicheres. Jemand wie Sasha.

Am Ende war es Nicholas, der mich rettete. Er hatte mich minutenlang beobachtet, wie ich nickte und lächelte und Leo und Sasha verzweifelte Blicke zuwarf, dann sogar jedem anderen, der meine Stresssignale hoffentlich auffangen und mir zu Hilfe eilen würde, aber es war zwecklos gewesen – sie waren alle nur damit beschäftigt, über sich selbst zu sprechen. Oder sie warteten nur darauf, dass derjenige, mit dem sie sich unterhielten, endlich den Mund hielt, sodass sie sich wieder selbst ins Gespräch bringen konnten. Nur Olivia – der einzig echte Star unter ihnen allen – war gegen diese Art Selbstbeweihräucherung und dieses Eigenlob immun; gegen die Vorstellung, dass man nur behaupten müsste, erfolgreich zu sein, und es damit auch wäre oder zumindest würde. Ich spürte, wie jemand mich sanft am Arm berührte, und war heilfroh, als ich mich umdrehte und Nicholas dort stand, der mir ein Glas Wein hinhielt.

»Du siehst aus, als könntest du das gebrauchen«, sagte er. »Dad, du langweilst Ellen zu Tode.«

Auch daran hatte ich mich erst gewöhnen müssen – dass die Monkton-Kinder ganz beiläufig frech gegenüber ihren Eltern waren. Wenn ich so etwas in der Art zu meinem Vater gesagt hätte, wäre er in die Luft gegangen.

»Zumindest hört sie mir noch zu, nicht wie meine eigenen Kinder«, entgegnete Tony und legte mir den Arm um die Schultern. Ich muss mich spürbar verspannt haben, weil er mich gleich wieder losließ.

Nicholas sah ihn angewidert an. »Du lässt ihr echt keine Wahl, Dad. Komm, Ellen, soll er doch jemand anderen um den Verstand langweilen.«

Ich lächelte Tony an, ließ mich dann aber von Nicholas wegführen und setzte mich mit ihm an den Küchentisch.

»Danke«, sagte ich. »Es ist wirklich ein bisschen zu viel geworden.«

»Hat er dir wieder das komplette Elend geschildert? Dass er inzwischen erster Fagottist wäre, wenn er nicht Mum den Vortritt gelassen hätte? Dass er ach so selbstlos gewesen wäre, als er sich der Herausforderung gestellt und sich um die Familie gekümmert hat, während sie Karriere machen konnte?«

»So hat er es zwar nicht gesagt ...«

»Nein, aber ich wette, die Richtung war schon korrekt, oder nicht? Ist ja auch egal, dass Mum in Wahrheit echt Schwierigkeiten hatte, im Beruf vorwärtszukommen und sich gleichzeitig zu Hause um so gut wie alles zu kümmern.«

Ein paar Sekunden lang herrschte Stille; ich wusste nicht

recht, wie ich darauf reagieren sollte, während er anscheinend seinen Gedanken nachhing. Dann ergriff er als Erster wieder das Wort.

»Hast du Karina gesehen? Sieht aus, als wäre sie jetzt schon komplett weggetreten.«

Schlagartig kam mir wieder in den Sinn, wie betrunken sie bereits Stunden zuvor gewesen war. In letzter Zeit hatte sie manchmal eine Schärfe an den Tag gelegt, die sie zuvor nie gehabt hatte, eine fast ätzende Unberechenbarkeit, bei der ich mir insgeheim Sorgen machte. Sorgen um sie.

»Sie war draußen im Hausflur, als ich runterkam«, sagte ich. »Hat sich mit Daniel unterhalten, glaub ich.« Die Geräusche, die ich ein paar Wochen zuvor durch die Zimmerwand gehört hatte, hallten unangenehm in meinem Kopf wider. »Ich sollte vielleicht mal nach ihr sehen.« In der Küche war es ohnehin stickig geworden. Hier rauszukommen würde mir guttun.

»Okay. Hoffe, es ist alles in Ordnung mit ihr«, sagte Nicholas beiläufig. »Sie scheint ja zu wissen, was sie da tut.«

»Ja, es ist bestimmt alles in Ordnung, nur ...«

Er winkte ab, als würde er mich aus einer Audienz entlassen. Ich verließ die Küche, stand kurz im Flur und lehnte mich dort an die Wand. Mir schwirrte leicht der Kopf, und ich holte tief Luft. In Wahrheit wollte ich einfach nur noch nach Hause und mich in mein eigenes Bett legen, aber heute Abend wurde immerhin Silvester gefeiert, redete ich mir gut zu. Vor Mitternacht konnte ich unmöglich gehen. Es war dunkel im Flur, und weil ich ein schwarzes Kleid anhatte, das mit den Schatten verschmolz, konnten sie mich nicht sehen. Ich hätte sie meinerseits auch fast übersehen, weil sie halb versteckt zwischen den Mänteln lehnten, die vor der Haustür von diversen Haken hingen. Erst konnte ich nicht mal erkennen, was ich da vor mir sah – jemandes Rücken, der zwischen den Mänteln verschwand. Ich dachte, irgendwer würde dort wohl durch seine Manteltaschen wühlen. Doch dann erkannte ich das Hemd wieder, und mir dämmerte, dass es sich um Daniel handelte, der sich auf jemanden drauflehnte und die Person küsste. Als ich zu Boden sah, erkannte ich ein wohlbekanntes Paar schwarzer Schuhe wieder, dann machte er einen Schritt zurück und flüsterte etwas. Karina tauchte grinsend zwischen den Mänteln auf, ihr Haar war verwuschelt und das Glitzerkleid war ihr von der Schulter gerutscht. Sie spähte zu den Kleiderhaken hoch und bewegte die Lippen, sprach aber zu leise, als dass ich sie hätte verstehen können. Daniel beugte sich zu ihr vor und flüsterte ihr erneut etwas ins Ohr, und im selben Moment verblasste ihr Lächeln. Als er von ihr zurückwich und sie sich ansehen konnten, war das Lächeln wieder da, allerdings sah es gekünstelt aus, als hätte sie es nur um seinetwillen aufgelegt. Er schob seinen Arm um ihre Taille und führte sie die Treppe hinauf.

Ich hatte mit dem Rücken zur Küchentür dagestanden, und als ich hinter mir hörte, wie sie ins Schloss fiel, drehte ich mich zwar sofort um, konnte aber nicht mehr sehen, wer sie geschlossen und ob der- oder diejenige das Gleiche gesehen hatte wie ich.

Olivia

Juli 2007

Er steht auf – der Staatsanwalt –, doch bevor er loslegt, macht er erst noch eine kleine Pause. Er blickt auf die Unterlagen in seiner Hand hinab, die unter Garantie mit dem Fall nichts zu tun haben, und erweckt kurz den Eindruck, als wäre er zutiefst schockiert und entsetzt über Daniels Tat. Über Daniels *vermeintliche* Tat. Ohne ein einziges Wort hat er die Geschworenen so um die hübsch manikürten Finger gewickelt. Sie halten die Luft an und harren darauf, wie er die Vernehmung einleiten wird.

Er kneift sich in den Nasenrücken.

»Mr. Monkton. Ich möchte auch mit Ihnen gern die Ereignisse des Silvesterabends – des 31. Dezember – durchgehen.«

Daniel nickt. Allerdings sieht er verängstigt aus. Ich balle die Fäuste ein wenig fester, wünschte mir, jemand hielte meine Hand, jemand, dem es nichts ausmacht, wenn ich sie ein bisschen zu fest drücke. Ich sehe Tonys Gesicht vor mir, während wir heute Morgen stumm am Frühstückstisch saßen und wie er mit leerem Blick die Zeitung durchgeblättert hat. Ich tat so, als verstünde ich, warum er dem Prozess nicht beiwohnen will. Ich habe ihm die Absolution erteilt, weiß aber nicht, ob ich ihm je verzeihen kann, dass er mir bei der schrecklichsten Erfahrung meines Lebens nicht beigestanden hat.

»Die Silvesterparty im Haus Ihrer Eltern – wann genau hat die angefangen?«

»Die …« Er hält inne und räuspert sich. »Die ersten Gäste sind so gegen sieben gekommen, glaube ich.«

»Und haben Sie etwa um diese Zeit angefangen, Alkohol zu trinken?«

»Ja, ich glaub schon.«

»Sie glauben schon?«

»Nein – ja, hab ich.« Ihm geht die Luft aus, und er muss erneut pausieren, um einzuatmen. »Ungefähr um diese Zeit, ja.«

»Und was haben Sie getrunken?«

»Es gab Sekt – davon hab ich mir ein bisschen genommen. Und dann überwiegend Bier.«

»Sekt und Bier.« Der Staatsanwalt sieht für einen Moment nach unten, als würde er seinen Gedanken nachhängen, scheint sich dann wieder zusammenzureißen und wendet sich erneut an Daniel. »Und um wie viel Uhr ist Miss Barton gekommen?«

»Keine Ahnung. Ich hab sie nicht reingelassen.«

Der Staatsanwalt blickt erneut auf seine Unterlagen. »Sie hat ausgesagt, sie sei etwa um acht Uhr abends gekommen. Sie haben wahrscheinlich keinen Grund, daran zu zweifeln, oder?«

»Nein.«

»Wann genau haben Sie sie bei der Party erstmals gesehen?«

»Erst mal eine Weile gar nicht. Ich war mit meinem Bruder und ein paar Kumpels in meinem Zimmer. Ich glaube, so um halb neun sind wir runter in die Küche, um Bier zu holen. Da hab ich sie erstmals gesehen.«

»Und haben Sie sich unterhalten?«

»Ja, erst nur Hallo, so was halt. Womöglich hat sie auch so etwas wie ›Guten Rutsch!‹ gesagt.«

Er redet zu viel. Er klingt, als würde er dem Staatsanwalt schmeicheln wollen, indem er ihm all die Antworten gibt, die der Staatsanwalt hören will. Warum macht er das?

»Und anschließend sind Sie wieder in Ihr Zimmer gegangen? Mit dem Bier?«

»Ja.«

»Und um zehn, also nur eine Stunde später, haben Sie Miss Barton im Flur leidenschaftlich geküsst und sind mit Ihr nach oben gegangen?«

»Ja, das stimmt.«

»Was ist in der Zwischenzeit passiert? Zwischen dem Zeitpunkt, da Sie in Ihrem Zimmer mit Freunden zusammengesessen und getrunken haben, und dem Moment, da Sie Miss Barton mit in Ihr Zimmer genommen haben?«

Verunsichert sieht Daniel zu den Geschworenen, dann wieder zum Staatsanwalt. »Sie mitnehmen wäre zu viel gesagt ... Sie wollte mit hoch.«

Der Staatsanwalt sieht aus, als hätte er um ein Haar missbilligend die Augenbrauen hochgezogen. »Entschuldigen Sie. Was ist also passiert zwischen dem Zeitpunkt, da Sie in Ihrem Zimmer mit Freunden zusammengesessen haben, und dem Moment, da Sie Miss Barton im Flur geküsst haben und dann *mit ihr gemeinsam* in Ihr Zimmer gegangen sind?«

»Wir sind alle nach unten gegangen, um uns noch was zu trinken zu holen, also, ich und meine Freunde.«

»Wann war das?«

Er klingt ... gelangweilt. Ich weiß, das ist Taktik, es muss Taktik sein, aber es zeigt Wirkung. Er hat es tatsächlich geschafft, Daniel ganz subtil in Misskredit zu bringen, ohne auch nur ein falsches Wort gesagt zu haben. Ich bin entsetzt, wie melodramatisch er auftritt. Am liebsten würde ich aufspringen und ihn anschreien: DAS HIER IST DOCH KEIN SPIEL! Es geht um meinen Sohn. Um sein Leben. Um mein Leben.

»So um halb zehn, schätze ich. Schwer zu sagen, wir hatten ja schon was getrunken.«

»In der Tat«, erwidert er süffisant. »Was würden Sie sagen – wie betrunken waren Sie?«

»Wie soll ich das beantworten?«

»Na ja, hatten Sie, sagen wir, immer noch die volle Kontrolle über Ihre Handlungen?«

»Ja«, antwortet er und zieht die Augenbrauen kraus, wie er es immer getan hat, wenn er am Küchentisch saß und Hausaufgaben gemacht hat.

»Also sind Sie um halb zehn nach unten gegangen und haben da angefangen, sich mit Miss Barton zu unterhalten?«

»Ja. Von der Küche aus wollte ich ins Klavierzimmer gehen, da hab ich sie im Flur gesehen, wie sie die Garderobe abgesucht hat. Sie wirkte irgendwie aufgewühlt.«

»Haben Sie gedacht, sie wollte gehen?«

»Ja. Außerdem hat sie geweint.«

»Hat sie Ihnen gesagt, warum sie geweint hat?«

»Sie meinte, es wäre nichts – dass sie zu viel getrunken hätte.«

»Wie gut kannten Sie Miss Barton zu diesem Zeitpunkt?«

»Sie war öfter bei uns zu Besuch gewesen. Sie war eine Freundin von Sasha, der Patentochter meiner Eltern, die bei uns wohnt. Ich hatte mich hin und wieder mit ihr unterhalten und sie auch schon auf Partys gesehen. Aber so gut kannte ich sie nicht. Ich hatte zuvor wahrscheinlich nie mehr als fünf Minuten am Stück mit ihr gesprochen.«

»Dann hatten Sie sie zuvor auch noch nie geküsst?«

»Nein, nichts dergleichen.«

»Sie und Miss Barton hatten nie engeren Kontakt miteinander, ganz zu schweigen von Geschlechtsverkehr?«

»Nein! Ich kannte sie doch kaum!«

Der Staatsanwalt verzieht den Mund, als wollte er Zweifel anmelden.

»Sie fingen also an, sich zu unterhalten, und – was ... dann führte eins zum anderen?« Er klingt leicht angewidert, als wäre ihm selbst so was noch nie im Leben passiert – dass *eins zum anderen führte*.

»Ja, so kann man es wahrscheinlich ausdrücken«, erwidert Daniel und wirft mir einen flüchtigen, schmerzerfüllten Blick zu. Es zerreißt mir das Herz, ihn so jungenhaft peinlich berührt zu sehen, weil er in meiner Anwesenheit über derlei Dinge reden muss. Gestern Abend hat er mir ein Hintertürchen gewiesen, als er meinte, er könne verstehen, wenn ich es nicht miterleben wolle. Aber ich habe die Wahrheit hinter diesen Worten trotzdem vernommen: *Bitte sei da, bitte lass mich nicht im Stich.*

»Miss Barton war ebenfalls alkoholisiert, nicht wahr?«

Daniel blickt auf seine gefalteten Hände hinab. »Schon ein bisschen, nehm ich an. Es war Silvester.«

»Mr. Monkton, während Sie und Miss Barton Geschlechtsverkehr hatten, hat sie Sie aufgefordert aufzuhören, nicht wahr?«

»Nein.«

»Sie hat Nein gesagt. Sie hat Ihnen mitgeteilt, dass Sie ihr wehtäten.«

»Nein.«

»Als ich Sie eben gefragt habe, ob Miss Barton alkoholisiert wirkte, haben Sie geantwortet ...« Als er auf seine

Unterlagen hinabblickt, macht er eine Riesensache daraus, obwohl er ganz genau weiß, was in diesem Drama, in dem er die Hauptrolle spielt, als Nächstes kommen wird. »Da haben Sie geantwortet: ›Ein bisschen, nehme ich an. Es war Silvester.‹ Miss Barton war gar nicht in der Lage, ihre Zustimmung zum Geschlechtsverkehr zu erteilen. Hat sie also wirklich *zugestimmt*, Mr. Monkton?«

»Ja!« Es platzt aus ihm heraus wie eine Kugel aus einem Pistolenlauf. Seine Verteidigerin wirft ihm einen alarmierten Blick zu, und er atmet tief durch, sieht zu Boden, und seine Wangen laufen tiefrot an. Ich bete inständig, dass es vorübergeht oder dass der Richter zumindest eine Pause verkündet, doch der Staatsanwalt hat noch einiges in petto.

»Ja«, sagt Daniel erneut, diesmal jedoch ruhiger. »Sie hat jedenfalls nicht den Eindruck gemacht, als wüsste sie nicht, was sie tut. Sie war beschwipst, aber sie war mit allem einverstanden, was wir getan haben. Sie ... Es hat ihr Spaß gemacht«, fügt er steif hinzu.

»Sie können bestätigen, dass die Polizei, als sie später Ihr Zimmer durchsucht hat, eine zerbrochene Flasche mit Ihren Fingerabdrücken und Ihrer DNA gefunden hat – nachweislich dieselbe Flasche, mit der die Verletzungen an Miss Bartons Oberschenkeln verursacht worden waren –, und dass außerdem am Boden Ihres Kleiderschranks eins Ihrer T-Shirts auftauchte, das mit ihrem Blut befleckt war?«

»Nein, kann ich nicht.« Er spricht jetzt so leise, dass ich ihn kaum hören kann.

»Sie können es nicht bestätigen.« Der Staatsanwalt blättert in den Unterlagen vor ihm auf dem Pult. »Sie haben uns erzählt«, fährt er fort, und sein Tonfall legt nahe, dass er für eine ausgemachte Lüge hält, was er gleich zitiert, »dass Sie vor dem besagten Silvesterabend nie sexuellen Kontakt zu Miss Barton gehabt haben.«

»Das ist richtig«, sagt Daniel und sieht dem Staatsanwalt mit dessen alberner Perücke direkt ins Gesicht. Ich würde am liebsten aufspringen und dieser lächerlichen Bühnenshow, die sich dort vor meinen Augen abspielt, schreiend ein Ende setzen. Warum diese Rituale, warum dieses Protokoll, von dem keinen Fingerbreit abgewichen werden darf? Warum die alberne Kostümierung? Um den Rest von uns einzuschüchtern? Diejenigen von uns, die nicht mit dieser Welt heimlicher Handschläge und lateinischer Phrasen vertraut sind? Um uns dazu zu nötigen, Dinge einzugestehen, die wir gar nicht getan haben?

»Wie können Sie sich dann Miss Bartons Aussage erklären, sie habe in den drei Monaten vor dem Silvesterabend 2006 mit Ihnen eine sexuelle Beziehung geführt, die von Kontrolle und Missbrauch gekennzeichnet war?«

Die roten Flecken auf seinen Wangen sind verblasst. Mit beiden Händen klammert er sich an das Geländer vor seinem Platz. Die Haut spannt sich über seinen Fingerknöcheln.

»Ich kann es nicht erklären«, sagt er finster. »Sie lügt. Ich kann nur vermuten, dass sie irgendwelche … Probleme hat. Dass sie um Aufmerksamkeit buhlt.«

»Sie haben wirklich keine Vorstellung, warum Miss Barton unter Eid aussagt, dass Sie beide bereits drei Monate lang eine missbräuchliche Beziehung geführt hatten? Und dass dies nicht die erste Gelegenheit war, bei der Sie sie vergewaltigt haben? Dass Sie dieses Mal bloß erstmals mehr taten, als sie zu vergewaltigen? Dass Sie sie diesmal nach unten gedrückt haben, sie mit einer Glasscherbe verletzt und dabei Wunden erzeugt haben, die von anderen später hätten bezeugt werden können, sofern sie sich dazu entschlossen hätte, sich jemandem anzuvertrauen – und dass all dies bei ihr endlich den Schalter umgelegt und sie den Mut gefasst hat, laut auszusprechen, was Sie ihr angetan haben?«

Daniel antwortet nicht. Er starrt den Staatsanwalt mit regloser, undurchdringlicher Miene an. Ich glaube nicht an Gott, ertappe mich in diesem Moment aber dabei, dass ich ein Stoßgebet an ihn richte. Jedoch nicht, damit die Geschworenen Daniel für unschuldig erklären – auch wenn ich mir das natürlich wünsche (und womöglich wünsche ich mir tief im Innern und aus dem Bauch heraus, in dem ich ihn ausgetragen habe, dass genau das passiert, ganz gleich ob er schuldig ist oder nicht). Nein, worum ich tatsächlich bete, ist das Folgende: *Bitte, lieber Gott, lass es ihn nicht getan haben.* Was nur bedeutet – und was mir mit Donnerhall das Herz zerreißt, als ich der Wahrheit ins Gesicht sehe: dass ich mir nicht sicher sein kann, dass er es wirklich nicht getan hat.

Olivia

September 2017

Warum hat Ellen das alles wieder aufwühlen müssen? Es ist schwierig genug gewesen, Daniel wieder in unser Leben zu lassen, nachdem ich mein Herz schon so lange gegen ihn gepanzert hatte. Ich will und werde nicht glauben, dass er etwas mit Sashas Verschwinden zu tun haben könnte, trotz allem, was ich inzwischen weiß. Trotz allem, was er getan hat. Dann wiederum hätte ich Stein und Bein geschworen, dass er kein Vergewaltiger war, bis ein Richter und ein Dutzend Geschworene mich zum Umdenken nötigten.

Als ich vor einigen Wochen die Tür aufmachte und ihn dort stehen sah, war das ein grässlicher Schock. An einem Freitagabend erwarte ich nicht – und dieser Tage erst recht nicht mehr –, dass es überhaupt an der Tür klingelt. Es gab Zeiten, in denen Freunde zu jeder Tages- und Nachtzeit vorbeikamen, nur auf einen Drink bleiben wollten und dann Stunden später immer noch da waren, sich eins meiner berühmten improvisierten Gerichte einverleibten, sich am Klavier versammelten, sangen, redeten, lachten. Aber solch ein Abend ist lange her, mehr als zehn Jahre. Womöglich wäre es ohnehin irgendwann damit vorbei gewesen – unsere Freunde werden immerhin auch älter, und inzwischen kommuniziert jeder ja nur noch über WhatsApp. Es ruft niemand mehr an oder will sich treffen.

Auf Daniels Gesicht mischten sich auf herzzerreißende Weise Hoffnung und Angst. Wir standen uns ein paar Sekunden lang gegenüber, ohne dass einer von uns gesprochen hätte. Ich nehme an, er wartete ab, ob ich ihn sofort davonjagen oder ihn hereinbitten würde. Ich wusste einfach nicht, was die korrekte Reaktion hätte sein sollen; was *meine* Reaktion hätte sein sollen. Es war, als wäre mein Gehirn Schachmatt gesetzt oder schockgefrostet worden, sodass es nicht mehr zwischen richtig und falsch unterscheiden konnte, zwischen Liebe und Abscheu.

Er ergriff als Erster das Wort. »Mum?«, sagte er zaghaft, als hätte ich ihn womöglich nicht wiedererkannt.

»Ja«, sagte ich, auch wenn ich nicht sicher war, auf welche Frage ich da antwortete.

»Kann ich … reinkommen?«

Ich reagierte irgendwie automatisch, trat zurück und ließ ihn ein. Die Tür fiel leise hinter ihm zu, während ich immer noch dastand und nicht wusste, was ich fühlen sollte.

»Ist es in Ordnung, wenn wir in die Küche gehen?« Er sprach mit mir wie mit einer Fremden, deren Haus er zum ersten Mal besuchte. Mir schossen Bilder durch den Kopf, wie er früher in den Flur gerumpelt kam, sich die Schuhe von den Füßen kickte, seine Jacke über einen Haken warf, in die Küche stürmte und sich über den Kühlschrank hermachte. Das musste ich unterbinden – ich musste diese Erinnerungen wieder unter Verschluss bringen. Wenn ich darüber nachdächte, wäre ich verloren.

Wortlos wandte ich mich zur Küche, und er folgte mir. Ich stellte mich mit dem Rücken zum Herd, er sah mich an, lehnte halb an der Anrichte. Hinter ihm konnte ich all die rettungslosen Stellen sehen – wo ich Tesafilm vom Küchenregal gerissen hatte, an dem früher Familienfotos geklebt hatten. Ich hatte es nicht übers Herz gebracht, nur diejenigen zu entfernen, auf denen er zu sehen war, also hatte ich alle heruntergenommen, in einen Umschlag gesteckt und auf den Dachboden verbannt.

»Was machst du hier?«, fragte ich. Meine Stimme klang nicht wie meine eigene. Sie war hart, stachelig.

»Dad hat mir erzählt, dass ... es ihm nicht gut geht.«

»Er stirbt, Daniel. Es gibt keinen Grund, es zu beschönigen. Aber seit wann erzählt Dad dir irgendwas?«

»Ich wusste nicht, dass er es dir nicht gesagt hat ... Wir haben schon eine Weile E-Mail-Kontakt. Sorry, dass du es auf diese Weise erfährst.«

»Wo wohnst du gerade?« Wider Willen machte ich mir Sorgen.

»Bei einem Freund«, antwortete er. »Mach dir keine Sorgen, Mum.«

»Keine Sorgen?« Im selben Moment fiel die Maske herunter, und die Qualen aus vollen zehn Jahren jagten durch meinen Körper. »Du tauchst nach all dieser Zeit einfach so auf und sagst mir, ich soll mir keine Sorgen machen? Die Zeiten, in denen ich mir Sorgen gemacht habe, sind vorbei, Daniel. Das ist längst Geschichte. Tatsächlich ist *alles* Geschichte. Ich fühle nichts mehr. Und dafür bist du verantwortlich. Dazu hast du mich gemacht.«

Er verzog das Gesicht, und ich befürchtete schon, dass er anfangen könnte zu weinen. Doch dann verlagerte er bloß das Gewicht und trat auf die Tür zu.

»Ich hätte nicht kommen dürfen. Tut mir leid.«

Ich folgte ihm wieder hinaus auf den Flur und hielt wohlweislich den Mund, damit mir nicht versehentlich herausrutschte, dass er doch bleiben solle.

»Tschüss, Mum«, sagte er leise, und dann war er weg. Ich wäre am liebsten auf die Knie gefallen und hätte geheult wie ein kleines Kind, aber ich bin eine Frau von sechzig Jahren, also kehrte ich in die Küche zurück, goss mir ein Glas Wein ein und setzte mich zitternd an den Tisch.

Da bin ich also wieder. Trinke wieder. Ich muss vorsichtig sein; zwei Alkoholiker in einem Haus sind definitiv zu viel. Mein Blick wandert wiederholt zu den blanken Stellen, wo der Tesafilm klebte, wo einst Beweise eines glücklichen Familienlebens hingen. Ich hab den Drang immer beherrschen können, doch jetzt hat der Wein die Bandagen gelockert, Tony ist im Pub und kommt erst in ein paar Stunden zurück. Er meinte, er würde dort einen Freund treffen, und ich hab es abgenickt, auch wenn es eine Lüge war, weil ich genau weiß, dass er dort allein am Tresen sitzt und jedem, der dumm genug ist, auch nur ein bisschen zu lang neben ihm stehen zu bleiben, eins seiner selbstzentrierten Gespräche aufdrängt.

Ich muss die Holztrittleiter aus der Küche holen, um an den Riegel zu kommen, der die Luke zum Dachboden schließt, und selbst damit ist es ein Kampf. Seit Jahren bin ich nicht mehr dort oben gewesen. Ich ziehe die Leiter nach unten, und eine Staublawine geht auf mich nieder, verklebt mir den Rachen und brennt in den Augen. Von der obersten Sprosse aus taste ich nach dem Lichtschalter, weiß nicht mehr, wo genau er sich befindet. Dann hab ich ihn, und der Dachboden ist mit einem Mal in gelbes Licht getaucht. Hier stehen stapelweise Kisten, liegen die Überreste eines Lebens, an das ich gar nicht mehr denken mag. In einer Ecke steht ein Mini-Einkaufswagen, und wie besoffen hängen zwei mottenzerfressene Teddybären vorn im Kindersitz. Daneben steht ein hölzernes Schaukelpferd, das mir meine Mutter geschenkt hat, als Daniel noch klein war. Es hatte mir gehört, als ich selbst ein kleines Mädchen gewesen war, was ihn immer fasziniert hatte – an der Vorstellung, dass sogar ich mal klein gewesen war und Rattenzöpfchen getragen hatte, hatte sein Kleinkindköpfchen ganz schön zu knabbern gehabt. Einmal haben wir einen kompletten Nachmittag lang Alben durchgesehen, die meine Mutter penibelst zusammengestellt hatte – Fotos, die Jahre und Jahrzehnte zurückreichten: von finster dreinblickenden viktorianischen Damen in schwarzen, hochgeschlossenen Kleidern und mit Hüten auf dem Kopf, die meine Mutter mit ihrer spinnengleichen Handschrift beschriftet hatte: *Großtante Mary, 1906. Der Säugling muss Onkel Cecil sein.*

Die Fotos vom Küchenregal müssen irgendwo obenauf liegen. Da liegt ein brauner Umschlag auf einer der Kisten, der weniger eingestaubt ist als alles andere. Ich nehme ihn in die Hand und ziehe einen alten weißen Klappstuhl heran, setze mich und schiebe den Daumen unter die Umschlaglasche. Sie gibt sofort nach, und ich ziehe einen Stapel Fotos heraus, bei denen mein Herz schneller schlägt, auch wenn ich genau weiß, was mich erwartet. Vom obersten Foto strahlt Daniel mich an – er sitzt auf einem Felsbrocken in der Cheddar Gorge und kneift gegen die Sonne die Augen zusammen. Er ist braun gebrannt und trägt sein Lieblings-T-Shirt, jenes mit dem Toy-Story-Motiv. Ich schlucke, auf meiner Zunge ist Staub, bin mir nicht sicher, ob ich weitermachen soll, kann aber nicht aufhören. Das nächste Bild ist von Daniel und Nicky, ein gutes Stück älter lehnen sie an einem Wagen: am Citroën, den wir besaßen, als wir hier eingezogen sind. Der Wind fegt ihnen durchs Haar, und

Daniel lacht über irgendwas Unfeines, was Nicky gesagt hat. Gott, dieses Bild habe ich geliebt, damals, als ich noch eine normale Frau mit zwei Söhnen war, die einander liebten, als ich noch Karriere machte, einen glücklichen Ehemann und Freunde hatte – ein Leben. Vor Sasha. Ich habe einen bitteren Geschmack auf der Zunge, der mit dem Staub nichts zu tun hat. Ich schiebe die Fotos zurück in den Umschlag und lasse ihn zu Boden fallen.

Hier oben steht so viel Mist herum. Keine Ahnung, was in einigen dieser Kisten steckt. Mit einem Mal will ich einfach nur alles durchwühlen und wegwerfen. Vielleicht wäre das ein Befreiungsschlag – ausmisten und nur Dinge behalten, die wir wirklich noch brauchen. Was du heute kannst besorgen … Besser, jetzt gleich damit anzufangen, irgendwas Nützliches zu tun, als wieder hinunterzugehen, die Flasche zu leeren und dann im immer gleichen unausweichlichen Sumpf aus Selbstvorwürfen zu versinken.

In der nächstbesten Ecke knie ich mich hin. An den dicken, klebrigen Dreck unter meinen Schienbeinen verschwende ich keinen Gedanken. Die erste Kiste, die ich aufziehe, enthält Daniels alte Schulhefte. Sowie ich das feststelle, weiß ich, ich sollte sie in die Wegwerf-Ecke schieben: Da schaut keiner mehr rein. Die interessieren niemanden mehr. Aber genau bei diesem Gedanken durchzuckt mich etwas, und ich fange an, die Hefte durchzusehen. Damit hat er einmal viel Zeit verbracht und sie mit Bedacht ausgefüllt. Noch während ich darin blättere, werde ich in der Zeit zurückversetzt und befinde mich wieder ein paar Tage vor Silvester 2006, als meine größte Sorge darin bestand, ob er seine Hausaufgaben ordentlich gemacht hatte oder ob er die Abiprüfung bestehen würde. Die Hefte hier sind überwiegend Mathehefte und als solche für mich weitgehend unverständlich. Aber dazwischen steckt auch ein Musikheft, mit einer Komposition, die ich unwillkürlich nachsingen muss, mit vom Staub, von Mitleid und Liebe brüchiger Stimme. Als ich fertig bin, schiebe ich die Kiste in die Mitte, die ich für »unentschlossen« auserkoren habe.

Ich muss diese Sachen wegwerfen. Meine Knie knacksen und beschweren sich, als ich in die hinterste Ecke krieche. Dort liegt ein schwarzer Müllsack, durch den sich die Ecke eines Buches bohrt. Ich reiße das Loch weiter auf – es ist ein Stapel Tim-und-Struppi-Bücher. Ich lege den Müllsack für einen Wohltätigkeitsladen beiseite und mache weiter mit den Kisten, die dahinter stehen. Die erste enthält eine augenscheinlich willkürliche Mischung aus Gegenständen, die bei mir keinerlei Erinnerung auslösen: ein luftleerer Ball; zwei Becher; ein Schulranzen, an dem das Kunstleder abblättert; ein leeres Notizbuch. Ich weiß nicht mal, wem diese Sachen gehören. Ich wuchte die Kiste in die Wegwerf-Ecke und mache mit der nächsten weiter, die bis obenhin voll mit alten Fußballzeitschriften zu sein scheint. Ich blättere sie achtlos durch, nehme an, dass da nichts Spannendes mehr zum Vorschein kommt, und will die Kiste gerade ebenfalls zur Wegwerf-Ecke zerren, als mein Blick an etwas Unerwartetem hängen bleibt – fast zuunterst im Zeitschriftenstapel. Etwas blass Pinkes, Schimmerndes. Seidiges. Ich hebe die Zeitschriften heraus und lege sie neben mir auf den staubigen Boden. Dann starre ich verwirrt auf die Kiste hinab. Vor mir liegt ein Hauch roséfarbener Seide mit winzigen eingenähten Spitzenblümchen. Vor mir liegt ein Mädchenslip.

Ellen

September 2017

Er tritt auf mich zu und hebt den Arm, und ich zucke zurück.

»Nein, sorry … Ich will nur … Vielleicht solltest du das wegwischen, bevor es überall hinfließt.« Er zeigt auf die Milchpfütze.

Die Art, wie er sich bewegt, versetzt mich augenblicklich zurück in den Gerichtssaal: der Geruch von Holzpolitur, die weiche Maserung unter meinen Fingern, als ich im Zeugenstand war. Ich zittere. Er schiebt sich an mir vorbei, zieht mehrere Blätter von der Küchenrolle und fängt an, die Milch aufzuwischen. Ich weiche einen Schritt zurück und sehe ihm schweigend zu, so verdutzt bin ich. Als das Papier durchtränkt ist, nimmt er sich mehr, und am Ende greift er sich noch den Lappen von der Spüle. Ich stehe wie angewurzelt da, bin von dieser bizarren Szene komplett in den Bann geschlagen, die von außen betrachtet garantiert aussieht nach harmonischem Haushalt und sich innerlich anfühlt wie ein Horrorfilm.

»Schon besser«, sagt er, wäscht sich die Hände in der Spüle und trocknet sie an dem fadenscheinigen Geschirrtuch ab. »So, und jetzt müssen wir uns unterhalten. Sollen wir uns ins Wohnzimmer setzen?«

Ich folge ihm auf den Flur hinaus, wo ich einen verstohlenen Blick auf meine Tasche werfe, in der mein Handy steckt, und hinüber ins Wohnzimmer, wo wir uns einander gegenüber setzen.

»Tut mir leid, Ellen, dass ich hier einfach reinspaziert bin«, sagt er, lehnt sich vor und stützt die Ellbogen auf die Knie. Ich weiche tiefer ins Sofa zurück. »Aber ich glaube kaum, dass du dich ansonsten mit mir getroffen hättest.«

Da hat er definitiv recht. Ich hab immer noch kein Wort gesagt und bin mir auch nicht sicher, ob ich es schaffe. Mein Mund ist knochentrocken, und ich kann kaum mehr ein- und ausatmen.

»Die Polizei schnüffelt rum. Ich nehme an, das habe ich dir zu verdanken.«

»Tut mir leid«, flüstere ich. »Sasha ...«

»Ich weiß, sie ist verschwunden. Aber – Ellen, davon weiß ich nichts. Du hast dich auf den Falschen eingeschossen.«

»Wie bist du hier reingekommen?«

»Ich habe mich reingelassen, während du weg warst. Man verbringt keine fünf Jahre im Knast, ohne das eine oder andere zu lernen. Du hättest mir ja doch nicht aufgemacht, wenn ich einfach geklingelt hätte.«

»Was ... Was willst du?«, stoße ich hervor. Meine Zunge klebt am Gaumen.

»Ha! Das ist die große Frage, was, Ellen? Was ich hier will. Was ich will? In meinem Leben elf Jahre zurückgehen und ein paar Entscheidungen anders treffen. Besser treffen. Aber das funktioniert nicht, stimmt's? Also – was könnte ich stattdessen wollen?«, fährt er fort. »Ich will das Gleiche wie du. Ich will wissen, wo Sasha steckt. Ich will, dass die Polizei aufhört, ihre Zeit mit mir zu verschwenden, während sie stattdessen besser sie finden sollten. Du hast mich in das hier reingezogen. Bevor du der Polizei von mir erzählt hast, hatte ich meine Ruhe. Hab wieder zu Mum und Dad Zugang gefunden. Hab versucht, mir ein bisschen Leben zurückzuerobern. Damit ist jetzt natürlich Schluss.«

»Ich hab der Polizei doch nur von dir erzählt, weil Karina dich in London gesehen hat. Und meine Mutter im Übrigen auch.«

»Nur deshalb? Ist das wirklich der einzige Grund?« Er kneift die Augen zusammen und sieht mich abschätzig an. »Oder hast du direkt an mich gedacht, als Sasha verschwunden war? Hast du sofort an Daniel, den Vergewaltiger, gedacht?«

Ich schüttele den Kopf, traue meiner eigenen Stimme nicht.

»Du hast dich auf den Falschen eingeschossen, Schätzchen«, sagt er erneut. Er klingt anders, rauer. Nicht mehr wie das feine Söhnchen, das ans Royal College of Music ging. Hat er das im Zuge alldessen, was er in den letzten zehn Jahren erlebt hat, nach und nach abgestreift? Oder war es eine bewusste Entscheidung, damit er seinen Knastfreunden ähnlicher war? »Hat es dir nicht gereicht, mein Leben einmal zu ruinieren? Willst du das wirklich schon wieder machen?«

»Ich hab nichts gemacht! Ich hab nur die Wahrheit gesagt!« Daran muss ich mich festklammern.

»Und was war mit Karina? Und Sasha? Haben die auch nur die Wahrheit gesagt?«

»Ja.« Natürlich. Da bin ich mir sicher.

»Und du glaubst immer noch zu wissen, was damals alles vor sich gegangen ist, was?«

»Vielleicht nicht alles …« Ich muss daran denken, dass Karina und Sasha sich vor zwei Wochen im Café getroffen und sich eindringlich unterhalten haben. Karina, wie sie vorhin auf ihrem Bett saß und andeutete, dass nicht alles so gewesen sei, wie es den Anschein gehabt hatte. Die mir auf den Kopf zugesagt hatte, dass ich Sasha mitnichten so gut kannte, wie ich geglaubt habe.

»Nein, nicht alles, Ellen. Zum Beispiel glaube ich nicht, dass du weißt, dass Sasha und ich 2006 zusammen waren.«

»Was?« Schlagartig weicht die Luft aus meiner Lunge. Ich fühle mich wie ein Fisch, der aus dem Wasser gezogen wurde und jetzt an Deck zappelt. »Nein, das ist gelogen!« Doch meine Stimme schwankt, und ich kann mich nicht mal mehr selbst überzeugen. Ich weiß noch genau, was für Blicke sie einander zugeworfen haben, damals während der ersten Party, als Daniel Klavier gespielt hat. Wie er an Silvester 2006 an mir vorbei aus dem Zimmer gestürmt ist und wie sie geguckt hat, als ich reinkam.

»Dachtest, du wüsstest alles über sie, was?« Selbstzufrieden lehnt er sich zurück. Warum scheint eigentlich jeder so viel Spaß daran zu haben, mich darauf hinzuweisen, wie wenig ich wirklich über Sasha weiß? »Wir haben uns vor elf Jahren ineinander verliebt, während wir schon im Haus an der Ecke wohnten. Es wusste niemand darüber Bescheid – du warst also nicht die Einzige«, fügt er hinzu, als würde das irgendwas besser machen.

Mir schwirrt der Kopf, und ich versuche zu begreifen, was er da sagt, versuche, die Einzelteile neu zusammenzusetzen. Versuche, der Tatsache ins Auge zu blicken, dass Sasha mich auch diesbezüglich belogen hat. So schlimm war es noch nie. Ich fühle mich wie Washington Irvins dummer Bauer Rip Van Winkle aus der gleichnamigen Kurzgeschichte, der nach zwanzig Jahren aufwacht und feststellt, dass sich alles verändert hat.

»Aber ... Karina ... Was ...«

»Ich hab Karina nicht vergewaltigt. Alles, was ich bei Gericht gesagt habe, war die Wahrheit.« Er lehnt sich vor und durchbohrt mich mit seinem Blick. »Sasha und ich ... Wir sind damals nicht im Guten auseinandergegangen. Wir hatten so was ... Wir hatten einen Streit an Silvester. Da war etwas passiert, was unserer Beziehung ein Ende gesetzt hat. Ein für alle Mal. Ich war scheiße drauf, war stinksauer auf sie und überhaupt alles und jeden – und betrunken. Dann war da Karina, sie wollte mich, und ich hab mir nicht allzu viel Mühe gegeben, sie zurückzuweisen. Aber sie *wollte es*. Ich war immer noch nüchtern genug, um das genau zu sehen. Und sie auch.«

»Aber die Schnitte an ihren Beinen, das Blut ...«

»Ich habe keine Ahnung, was da passiert ist oder wie sie sich diese Schnitte zugezogen hat, aber sie waren noch nicht da, als ich das Zimmer verlassen habe. Dieser ganze Mist, von wegen Karina und ich wären schon drei Monate lang zusammen gewesen – davon stimmt einfach nichts.«

Ich versuche, die leise Stimme in meinem Kopf zu ignorieren, die mir zuflüstert, dass er die Wahrheit sagt. Das hier sind ein und dieselben Lügen, die er auch bei Gericht erzählt hat – ich hatte ihn und Karina in seinem Zimmer gehört! Ich muss mich darauf konzentrieren, wie ich ihn wieder loswerden kann. Ich versuche, mir ins Gedächtnis zu rufen, was ich über solche Situationen gelesen habe. Man muss sie am Reden halten – ich bin mir ziemlich sicher, dass das einer der Ratschläge war.

»Aber Sasha ... An diesem Tag vor Weihnachten, da hat sie dich und Karina zusammen gesehen.«

»Sie hat gelogen.« Seine Züge verhärten sich. »Wie gesagt, es war zwischen uns etwas schiefgegangen. Sie war wütend auf mich. Und um ehrlich zu sein, glaube ich wirklich, dass sie Karina damals geglaubt hat. Sie dachte wohl, sie würde das Richtige tun.«

»Ihr *damals geglaubt hat*? Und was ist jetzt?«

»Ich weiß es nicht, Ellen. Wo ist sie? Vielleicht weiß sie inzwischen, dass Karina gelogen hat.« Daniel steht auf und tritt ans Fenster, starrt nach draußen, dann dreht er sich wieder zu mir um. »Genau wie du gelogen hast. Und wie sie gelogen hat.«

»Ich hab nicht gelogen.« Die Angst, die ich bei seinem Anblick verspürt hatte, war abgeflaut, aber lodert jetzt erneut auf, und mir juckt die Haut am ganzen Körper.

»An dem Tag, als du allein bei uns warst – du hast behauptet, du hättest mich und Karina beim Sex in meinem Zimmer gehört. Das ist aber nie passiert.«

Ich sage nichts. Ich habe viel zu viel Angst. Aber ich erinnere mich noch an das Klopfen, an das Grunzen. An Karina, die sagt: *Du tust mir weh.*

»Wenn du wirklich jemanden mit Karina gehört haben solltest«, fährt er fort, »dann war es jemand anderes. Ich war es nicht.«

»Sie waren in deinem Zimmer«, flüstere ich. »Du warst das – du musst das gewesen sein.« Aber was, wenn nicht – was in aller Welt habe ich dann angerichtet?

»Ich war es nicht, Ellen.« Er setzt sich neben mich aufs Sofa. »Du musst mir das glauben.« Er nimmt meine Hand, aber ich kann mich nicht rühren, sie ist taub und reglos, während seine sich klamm anfühlt. »Wenn du mir nicht glaubst, wirst du Sasha nie finden, weil du selbst alle auf die falsche Fährte gesetzt hast.«

»Aber … wenn Karina nicht mit dir in deinem Zimmer war, mit wem dann?«

»Keine Ahnung.« Er klingt verunsichert, und erstmals kann ich den Jungen in ihm erkennen, der er zehn Jahre zuvor war und der unter der harten Schale des Mannes, zu dem er geworden ist, immer noch da ist.

»Genau deshalb sollte die Polizei mit Karina reden, nicht mit mir.«

»Aber wenn du recht hast und sie bei Gericht gelogen hat, dann wird sie der Polizei doch jetzt auch nicht die Wahrheit erzählen, oder?«

»Nein, wahrscheinlich nicht. Aber sie redet vielleicht mit dir. Auch wenn du sie nicht überzeugen kannst, zur Polizei zu gehen, könnte sie dir irgendetwas erzählen, was dir hilft, Sasha zu finden. Wenn es da auch nur die geringste Chance gibt, Ellen, dann musst du es versuchen!« Irgendetwas an der Art, wie er auf mich einredet, lässt darauf schließen, dass er erstaunlicherweise immer noch etwas für Sasha empfindet. Etwas, das er über die Haftjahre hinübergerettet hat – über Jahre, die einem entsetzlichen, unverzeihlichen Verrat gleichkommen, wenn denn tatsächlich wahr ist, was er sagt. Darauf kann ich jetzt jedoch keine Energie verschwenden. Stattdessen gibt es da etwas, was ich wissen muss.

»Was hast du in der Mittwochnacht hier gesucht?«

»Was meinst du?«

»Als du hier mitten in der Nacht eingebrochen bist. Was hast du da gesucht?«

»Ich war zuvor nie hier, das schwöre ich.« Er sieht mir unverwandt ins Gesicht. »Was ist passiert?«

»Jemand war hier in der Wohnung, mitten in der Nacht ... Ich hab ihn gehört, wie er Sashas Sachen durchwühlt hat.« Das Entsetzen aus jener Nacht ist immer noch unterschwellig da, wie der Geruch von Zwiebeln nach dem Kochen.

»Das war ich nicht, Ellen«, sagt er nur, und wie alles andere, was er heute Abend gesagt hat, klingt es beunruhigend wahr. »Hör mal, ich muss jetzt gehen, aber ich lass dir meine Nummer da – ruf mich an, wenn du etwas rausfindest, ganz egal, was.«

Stumpf tippe ich seine Nummer in mein Handy. Keine Ahnung, ob er wirklich damit rechnet, dass ich etwas herausfinden kann. Als er endlich weg ist, dreht sich in meinem Kopf alles, und ich versuche zu begreifen, was Daniel mir erzählt hat – vergebens. Daniel und Sasha waren ein Paar. Ich muss an das Wahrheit-oder-Pflicht-Spiel denken, als Daniel Sasha vor aller Augen einen züchtigen Kuss auf die Lippen gedrückt hat. Ich gehe sämtliche Unterhaltungen im Kopf durch, die ich je mit Sasha geführt habe, und versuche, sie im Licht dieser neuen Erkenntnis neu zu deuten. Ich kann mich an jeden Blickwechsel zwischen den beiden erinnern, an all die Momente, in denen sie zusammenstanden und gelacht haben, und allmählich frage ich mich, wie ich in all der Zeit nur so dumm sein konnte.

Sie hat mich mit ihren Lügen eingewickelt und erstickt wie jemanden, der unter Schnee begraben liegt und für den der Tod nicht schnell und schmerzhaft kommt, sondern langsam und friedlich, sodass man nicht einmal merkt, dass man stirbt.

Olivia

September 2017

Vorsichtig lege ich den Slip auf den Boden. Ich weiß nicht, was ich davon halten soll. Ich habe Angst, allzu viel darüber nachzudenken. Darunter liegen mehrere Bücher: Alben, so wie es aussieht. Irgendetwas daran gibt mir das Gefühl, dass ich sie entsorgen sollte, ohne auch nur einen einzigen Blick hineinzuwerfen, und so zu tun, als hätte es sie nie gegeben. Aber das kann ich nicht. Die Fäden der Vergangenheit beginnen, sich zu lockern, womit ich insgeheim immer gerechnet habe. Und ich kann nichts dagegen tun.

Ich nehme das erste Album heraus und schlage es auf. Es ist eine Seite mit Fotos von Sasha – einige Schnappschüsse, die eine vage Erinnerung wachrufen. Womöglich hat Daniel sie vor unserer ... Auseinandersetzung am Silvestermorgen 2006 zusammengestellt. Sie könnten komplett harmlos sein, diese Fotos – sofern man ihre Beziehung denn so bezeichnen wollte.

Ich blättere um, mein Magen krampft sich zusammen, und Galle steigt mir in den Rachen. Ich schlage die Hand vor den Mund, um nicht aufzuschreien. Diese Fotos sind anders. Sie sind allem Anschein nach ohne Sashas Wissen aufgenommen worden, während sie schlief. Ein paar sind Nahaufnahmen ihres Gesichts, auf denen jede Pore, jedes

Pickelchen, jedes Härchen zu sehen ist. Auf anderen – den schlimmsten – ist die Bettdecke zurückgeschlagen worden, und jemand hat ihren nackten Leib fotografiert und das Gesicht abgeschnitten. Es sind Nahaufnahmen ihrer Brüste, ihres Geschlechts. Hat Daniel sie heimlich gemacht, oder wusste Sasha von diesen Bildern? Mir war klar, dass sie sich ineinander verliebt hatten, aber naiv, wie ich war, war ich nicht davon ausgegangen, dass es bereits so weit gediehen war. Ich dachte, ich hätte dem Ganzen rechtzeitig einen Riegel vorgeschoben.

Ich werfe das Album auf den Boden, als könnte ich mich daran mit etwas Ekligem anstecken, kriege aber das Bild nicht mehr aus dem Kopf – damals, als ich sie zum ersten Mal erwischt habe …

Juli 2006. Einer dieser heißen, luftleeren Tage, an denen man sich nicht vorstellen kann, dass es je wieder kühler wird. Ich hatte den ganzen Vormittag lang in einem stickigen Saal ohne Klimaanlage proben müssen – wir hatten zwar die Fenster aufgerissen, aber es hatte rein gar nichts geholfen, dermaßen heiß war es, und draußen kein Lüftchen. Wann immer ich mir mit dem Taschentuch das Gesicht abgewischt hatte, war mir sofort wieder der Schweiß aus allen Poren gedrungen: auf der Unterlippe, auf der Stirn, sogar auf der Kopfhaut. Ich hatte Glas um Glas lauwarmen Wassers getrunken; die Leitungen mussten direkt unter der Erdoberfläche verlaufen, denn ganz gleich, wie lange man den Hahn aufdrehte, das Wasser wurde einfach nicht kalt. Wir waren alle ausgelaugt und reizbar, und weil die Planungen ansonsten gut liefen und die Auftritte erst im September beginnen würden, ließ uns die Dirigentin um die Mittagszeit gehen und gab uns noch den Ratschlag mit auf den Weg, wir sollten uns in ein abgedunkeltes Zimmer zurückziehen und Kräfte sammeln, weil für den folgenden Tag noch höhere Temperaturen vorhergesagt waren.

Ich schwebte regelrecht die Straße entlang. Der unverhofft freie Nachmittag hellte meine Stimmung auf, und der Hauch einer Brise sorgte dafür, dass ich mich sofort ein wenig erfrischter fühlte. Als ich auf unser Haus zulief, stand das Fenster von Sashas Zimmer offen. Leise Musik wehte hinaus in die flimmernde Hitze – und dahinter Gesprächsfetzen, Gelächter. Schlagartig war ich noch besser gelaunt. Ich hatte mir bis zu diesem Tag immer Sorgen um Sasha gemacht, und als sie jetzt so fröhlich klang – gerade im Kreis der Familie –, wurde mir ein wenig leichter ums Herz. Es war womöglich das letzte Mal, dass ich ohne jeden Vorbehalt über sie nachdachte, dass ich mit ihr eine positive Empfindung verknüpfte.

Ich schloss die Haustür auf, setzte Wasser auf und lief nach oben, um zu fragen, ob sie ebenfalls Tee wollten. Ich klopfte an, wartete aber nicht auf eine Antwort, sondern schob die Tür einfach auf – und blieb wie vom Donner gerührt stehen. Sie lagen im Bett. Daniel auf dem Rücken, Sasha rittlings auf ihm drauf. Sie waren vollständig angezogen, und er hielt ihre Handgelenke fest wie bei einem spielerischen Ringkampf. Beide starrten mich an – und sahen gleichermaßen schockiert aus. Wir verharrten alle drei sekundenlang so, wie wir waren – dann sprang Sasha vom Bett, als hätte sie einen elektrischen Schlag gekriegt, und zog sich die Klamotten glatt; Daniel setzte sich auf und strich sich über das abstehende Haar. Ich stand einfach nur da, klappte den Mund auf und wieder zu – die Karikatur eines Menschen, der einen Schock erlitten hatte. Es stand ihnen ins Gesicht geschrieben. Ansonsten hätte es vollkommen harmlos sein können – immerhin waren sie nicht nackt, sie hatten sich nicht mal geküsst. Trotzdem konnte ich ihnen ganz genau ansehen, was los gewesen war, und das wussten sie beide. Als ich mich wieder halbwegs im Griff hatte, befahl ich ihnen, sofort runter in die Küche zu kommen, sobald sie *fertig wären* – und Abscheu troff aus jeder Silbe.

Ich hätte mir damals nicht träumen lassen, dass es noch schlimmer kommen würde. Natürlich kannte ich Sashas Historie und wusste, was sie mit ihrer Mutter durchgemacht hatte. Sie hatte sich besser entwickelt, als wir befürchtet hatten, trotzdem verhielt sie sich immer noch grenzwertig, war launisch und aufbrausend. Nicht gut für einen Jungen wie ihn. Er war so ein talentierter Pianist – er hatte wirklich das Zeug dazu, es zu etwas zu bringen. Nicht wie Tony, der zweite Fagottist, oder sogar ich selbst. Er hatte das gewisse Etwas. Wenn er sich mit Sasha einließe, gerade jetzt, wäre das ein schrecklicher Fehler. Sie war hinter der kühlen Fassade dermaßen anstrengend und anspruchsvoll – ich konnte doch sehen, wie sie diese Mädchen gegeneinander ausspielte, sie in ihren Bannkreis zog und dann wieder von sich wegschob, sobald sie ihr näher kamen als gewünscht. Das war das Letzte, was Daniel brauchen konnte. Mal ganz abgesehen davon wohnte Sasha unter unserem Dach – und sie war gerade erst siebzehn. Von mir aus sollten sie einander durchaus nahestehen, aber eben wie Bruder und Schwester – doch nicht so! Ich hatte immer versucht, eine entspannte Mutter zu sein, eher eine Freundin denn Matrone. Aber an diesem Tag musste ich hart sein. Ich musste ihnen einbläuen, dass sie keine Beziehung eingehen durften, nicht solange sie unter meinem Dach wohnten. Als wir am Tisch saßen, machte keiner der beiden viele Worte, sie saßen bloß mit glühenden Gesichtern da und vermieden es, einander anzusehen.

Tags darauf war sie verschwunden. Ich drehte schier durch vor Sorge, bis sie einen Tag später schließlich anrief und erzählte, sie sei nach Frankreich gefahren – einige Wochen lang hatte ich also halbwegs Ruhe. Daniel sagte nicht viel dazu, trieb sich die meiste Zeit auswärts rum, und ich ließ ihn machen. Er war immerhin neunzehn und kein Baby mehr. Als Sasha im September wieder nach Hause kam, ließ ich die beiden nicht mehr aus den Augen, aber anscheinend hielten sie Abstand, und ich kam zu dem Schluss, dass es sich wohl erledigt hatte.

Bis Silvester. Ich war schon unterwegs zum Supermarkt gewesen, um für die Party einzukaufen, als ich bemerkte, dass ich meinen Geldbeutel liegen gelassen hatte. Es war still im Haus, als ich zurückkam; Daniel hatte angekündigt, dass er außer Haus sein würde, und ich nahm an, dass Sasha in ihrem Zimmer wäre. Doch irgendwas an der Stille kam mir merkwürdig vor: Da lag eine Spannung in der Luft, ein Kraftfeld. Auf Zehenspitzen und mit angehaltenem Atem schlich ich die Treppe hinauf, und noch während ich über den Flur ging, hörte ich einen gedämpften Stoß und ein Kichern aus Sashas Zimmer. Ich wusste sofort, was dort vor sich ging, noch ehe ich die Tür aufmachte – trotzdem tat ich es, und da waren sie, unter der Bettdecke: erregt, leidenschaftlich, und ihr Haar fiel wie ein schimmernder Vorhang über ihn.

Diesmal gaben sie Widerworte. Inzwischen seien sie beide volljährig, sagten sie, als wir uns erneut an den Küchentisch setzten. Sie täten nichts Falsches. Ich hörte mit wachsendem Entsetzen zu, als sie mir erzählten, dass sie einander liebten und Daniel vorhabe »diese Royal-College-of-Music-Sache« auf Eis zu legen, um im nächsten Herbst mit Sasha nach Manchester zu ziehen. So weit durfte es niemals kommen! Daniel war so begabt, er hatte eine reelle Chance, in der Musikbranche Karriere zu machen. Wenn er all das für diese lächerliche Liebelei in den Wind schlüge, gäbe es für ihn kein Zurück. Dann wäre es zu spät. Ich musste mir auf der Stelle etwas überlegen. Wenn ich mehr Zeit gehabt hätte, hätte ich mir womöglich etwas weniger Dramatisches ausgedacht, aber so kam mir das Erste, was mir durch den Kopf schoss, einer göttlichen Eingebung gleich. Ich werde den Ausdruck in ihren Gesichtern niemals vergessen – wie ihnen beiden die Farbe aus dem Gesicht wich. Sobald ich es ausgesprochen hatte, bereute ich halb, was ich gesagt hatte, und später natürlich umso mehr. Ich hätte mir den Arm abgehackt, wenn ich es hätte zurücknehmen können, aber da war es bereits zu spät. Jetzt stand es im Raum. Es steht noch immer im Raum, und ich gebe mein Bestes, es auf Armeslänge von mir fernzuhalten. Aber hier oben, inmitten dieser Relikte aus der Vergangenheit, kann ich den Erinnerungen, die auf mich einprasseln, nicht mehr Einhalt gebieten. Ich habe Tony nie von Daniel und Sasha erzählt, weil ich glaubte, diese Last sollte ich besser allein tragen.

Da liegt noch ein Album in der Kiste. Zaghaft nehme ich es heraus. Es fühlt sich leichter an, weniger voll als das erste, und ich bin erleichtert, als ich es durchblättere und keine Fotos darin entdecke, nur handschriftlich verfasste Zeilen. Ich lese einen beliebigen Satz: *So wie sie ihren Körper zur Schau stellt, provoziert sie mich; sie tut so, als machte sie es nicht für mich, dabei weiß sie genau, dass ich sie beobachte.* Oh Gott. Ich blättere um zur nächsten Seite. *Er war in ihr, das weiß ich. Warum kriegt er immer alles, was ich haben will? Wann bin ich endlich an der Reihe?*

Ich muss an Ellen denken, die mich angefleht hat, ihr alles zu erzählen, was helfen könnte, Sasha wiederzufinden.

Sollte ich ihr das hier zeigen? Ändert das überhaupt irgendwas – diese Teenagersehnsüchte, die Daniel vor so langer Zeit mal gehabt hat? Nein. Am besten lege ich sie zurück in die Kiste. Tue so, als hätte ich sie nie entdeckt. Ich will das Album gerade zurücklegen, als mich ein komisches Gefühl beschleicht – als mich irgendwas zurückhält. Ich schlage das Buch erneut auf, das mit den Notizen, und starre auf die Seiten. Ich versuche, es nicht lesen zu müssen, weil ich es nicht ertragen kann. Ich blättere vor und zurück, und dann halte ich inne. Das Blut gefriert mir in den Adern. Ich bin eine Mutter. Ich kenne die Handschrift meiner Kinder. Das hier ist nicht Daniels Schrift. Das hier hat Nicholas geschrieben.

Wie betäubt taste ich nach dem Handy in meiner Tasche und schreibe eilig eine Nachricht. Im selben Moment, da ich auf Senden drücke, höre ich, wie hinter mir jemand die Leiter hochkommt. Ich drehe mich um und sehe, wie sich ein Kopf durch die Luke zum Dachboden schiebt.

»Hallo, Mum«, sagt er.

Ellen

September 2017

Karina geht nicht ran. Ich versuche es wieder und wieder, will sie zermürben, aber jedes Mal lande ich bloß auf der Mailbox. Sie hat nicht mal einen persönlichen Spruch aufgesprochen, nur eine Automatenstimme sagt mir, dass ich eine Nachricht hinterlassen soll. Sie will nicht mit mir reden, und ich frage mich, ob sie Angst davor hat, was sie mir verraten könnte – ob die Geheimnisse urplötzlich aus ihr herausplatzen könnten wie bei einem gebrochenen Damm.

Es ist Freitagabend und schon nach zehn, und jetzt noch rauszugehen ist komplett verrückt, aber ich brauche jetzt Antworten und kann keine Minute länger darauf warten. Ich fahre wieder über den South Circular – diesmal mit verriegelten Türen und hochgekurbelten Fenstern. Jemand hat mal versucht, in Rachels Wagen zu steigen, während sie an einer roten Ampel hielt. Sie hat ihn kommen sehen und es gerade noch geschafft, die Türen zu verriegeln, nur Millisekunden, ehe die Hand den Türgriff in der Beifahrertür erreichte. Manchmal frage ich mich, was passieren würde, wenn ich einen Unfall hätte: Würden sie mich da bei verriegelten Türen aus dem Auto befreien können? Doch letztlich geht es darum, wie ich mich fühle, und mit unverschlossenen Türen oder offenen Fenstern fehlt mir jegliche Sicherheit.

Ich steige aus und ziehe mir in der kalten Abendluft den Rock zurecht, der an der Rückseite meiner klammen Oberschenkel klebt. Vor mir in der Dunkelheit steht Karinas Haus, starrt mir entgegen und nötigt mich, Fragen zu stellen, obwohl ich die Antworten fürchte.

Ich klingele und warte. Höre weder Schritte, noch sehe ich Konturen hinter der Milchglasscheibe in der Eingangstür. Im Nachbarhaus kläfft ein Hund – ein schrilles Getöse, das mich wahnsinnig machen würde, wenn ich es Tag für Tag hören müsste. Ich weiß, dass sie da ist; sie will einfach nicht an die Tür kommen. Ich drücke erneut auf die Klingel, immer noch nichts, also lehne ich mich vor und ziehe den Briefschlitz auf.

»Karina! Ich bin's, Ellen!«

Daraufhin dreht der Hund nebenan durch und springt gegen die Haustür, kratzt mit seinen Krallen über den Lack, aber bei Karina zu Hause regt sich immer noch nichts.

»Ich weiß, dass du da bist«, rufe ich durch die Borsten im Briefschlitz. »Ich will nur mit dir reden!«

Dann reißt jemand die Tür auf, und ich falle beinahe vornüber.

»Verdammt noch mal, dann komm halt rein«, faucht Karina, zieht mich hinein und schlägt die Tür hinter mir zu. Im dämmrigen Hausflur kann ich sehen, dass sie immer noch das Outfit von ihrer Geburtstagsfeier trägt. »Schnell, komm mit durch, vielleicht hat er dich ja nicht gesehen.« Sie packt mich am Arm und zieht mich an der Tür zum Wohnzimmer vorbei, wo immer noch verwaiste, halb volle Gläser von der Party auf dem Couchtisch stehen, nach hinten bis in die Küche. Vom Lämpchen am Ofen strömt ein gedämpftes Flimmern aus, abgesehen davon brennt nirgends Licht.

»Du glaubst, dass Daniel das Haus beobachtet?«

In dem diffusen Licht zuckt sie mit den Schultern.

»Wo ist deine Mutter?«

»Die schläft. Warum bist du zurückgekommen? Was willst du, Ellen?«

»Ich will, dass du mir die Wahrheit sagst«, fordere ich sie unverblümt auf.

Sie kratzt mit dem Daumennagel einen Fetzen eingetrockneten Essens vom Esstisch. »Hab ich doch.«

»Das sehe ich anders. Bitte, Karina. Hilf mir, Sasha zu finden.«

»Du wirst sie nie finden. Ich glaube kaum, dass sie gefunden werden will.«

»Was? Was willst du damit sagen?« Allmählich komme ich der Wahrheit näher, sie fällt wie ein Schatten über mich – kalt und nicht mit den Händen zu fassen.

»Nichts.« Wieder macht sie die Schotten dicht. »Du würdest es sowieso nicht verstehen.«

»Womöglich doch, zumindest teilweise«, sage ich vorsichtig.

Sie sieht mich ausdruckslos an.

»Ich hab Daniel getroffen«, fahre ich fort.

»Was? Wo?« Sie wird noch blasser, sodass die roten Flecken um ihre Augen umso stärker hervortreten.

»Er war bei mir in der Wohnung, als ich vorhin von deiner Feier zurückkam.«

»Was wollte er?« Sie hat die Hände auf den Küchentisch gelegt und die Fäuste geballt, trotzdem zittern sie.

»Ich weiß, das hier ist schwer für dich, Karina – dass das alles schon wieder aufgewühlt wird –, und es tut mir leid, dass ich diejenige bin, die das macht.«

»Was hat er zu dir gesagt?«

»Er hat gesagt ... dass du nicht die Wahrheit gesagt hast ... bei Gericht.« Ich verabscheue mich selbst dafür, es auszusprechen, weil es ihr Erlebnis in Zweifel zieht. Wenn Daniel lügt, dann habe ich mich hiermit aufseiten derer gestellt, die der Ansicht sind, eine Vergewaltigung sei die eigene Schuld der Frau, und die einer Frau nicht glauben, selbst wenn sie Wunden hat, die beweisen, dass sie verletzt worden ist. Aufseiten derer, die die Beweisschuld dem Opfer auferlegen statt dem potenziellen Täter.

Sie schweigt.

»Karina, ich verurteile dich deswegen nicht.« Noch während ich es sage, weiß ich nicht, ob das die Wahrheit ist. Wir urteilen alle, jederzeit. Wir verurteilen das Mädchen, das leichtsinnig genug war, in einem kurzen Rock allein nach Hause zu laufen; wir verurteilen das Mädchen, das sich betrunken hat und mit jemandem im Bett gelandet ist, den es nicht kennt, und es sich dann plötzlich anders überlegt hat; wir verurteilen das Mädchen, das einen berühmten Fußballer geküsst hat, der doppelt so alt war wie sie, und sich dann beschwert, weil er ihr die Hand in die Hose geschoben hat. Wir tun all das, als hätten die Männer, um die es dabei geht, in der jeweiligen Situation keine Wahl, keine Kontrolle über die eigenen Handlungen, keinerlei Verantwortung.

»Wirst du wohl«, sagt sie und starrt auf den Tisch hinab. »Du wirst gar nicht anders können.«

»Was ist mit Olivia und Tony? Tony ist todkrank, Karina. Willst du wirklich, dass er stirbt, ohne dass er die Wahrheit kennt?« Sie blickt auf. Ich kann einen Riss in ihrer Rüstung erkennen und gehe aufs Ganze. »Komm, fahren wir jetzt gleich hin, zum Haus an der Ecke. Erzähl uns allen, was du weißt. Du hättest sie sehen sollen, Karina. Sie sind gebrochene Menschen.«

»Was ich zu sagen hätte, würde ihnen nicht helfen.« Sie macht wieder dicht.

»Aber es wäre die Wahrheit, oder nicht? Das muss doch auf lange Sicht in jeder Hinsicht besser sein. Bitte, Karina!«

»Ich kann nicht.« Sie spricht so leise, dass ich sie kaum noch hören kann.

»Dann rufe ich Daniel an, in Ordnung? Er soll herkommen und sich gleich hier anhören, was du ihm zu sagen hast?« Ich hasse mich dafür, sie derart anzugreifen, aber ich weiß nicht mehr, wie ich sonst noch zu ihr durchdringen soll.

»Nein!« Sie schiebt den Stuhl abrupt zurück, und die Stuhlbeine scharren über den Boden.

»Dann fahren wir jetzt zu Olivia und Tony. Ich weiß, es ist spät, aber ich glaube nicht, dass es ihnen etwas ausmacht.« Früher zumindest waren sie nie vor Mitternacht ins Bett gegangen.

»Okay«, gibt sie sich geschlagen, doch jenseits des Widerwillens kann ich noch etwas anderes heraushören, etwas, was ich nicht identifizieren kann. Ist es möglich, dass sie selbst jetzt noch den Sog der Monktons verspürt?

»Komm«, sage ich und stehe auf. »Wir können mit meinem Auto fahren.«

Im Flur zieht sich Karina einen Wollmantel über, der so lange getragen wurde, dass er kleine Knötchen gebildet hat, und zieht sich ein Paar uralte Stiefel an, deren Stiefelspitzen bereits abgewetzt sind. Im Auto wechseln wir kein Wort. Sie sitzt in ihren Mantel gehüllt neben mir, den sie wie eine Notfalldecke eng um sich geschlagen hat.

Schließlich stelle ich den Wagen einige Häuser vom Heim der Monktons ab, und mit undurchdringlicher Miene sieht sie ihr altes Haus, das Haus gegenüber an. Im orangefarbenen Licht der Straßenlaternen machen wir uns auf den Weg zur Haustür. Sie steht einen Spaltbreit offen, trotzdem drücke ich auf die Klingel. Niemand reagiert.

»Sollen wir …?«, schlage ich vor und zeige auf den offenen Türspalt.

Ich schiebe die Tür weiter auf und spähe in den dämmrigen Flur. Aus der Küche kann ich entfernt Stimmen hören, doch die Küchentür ist verschlossen, sodass ich keine Worte verstehen oder hören könnte, wer sich dort befindet.

»Hallo?«, rufe ich.

»Komm, wir gehen wieder«, sagt Karina sofort. »Das hier fühlt sich verkehrt an.«

»Hör mal, Karina«, sage ich ungeduldig, »wenn du Angst vor Daniel hast oder davor, was er dir antun könnte – ich glaube, du brauchst keine Angst zu haben. Er will dir nicht wehtun. Er will einfach nur, dass du die Wahrheit sagst.«

Sie packt mich am Arm, und ihr Gesicht leuchtet weiß im Dämmerlicht.

»Ich hab nicht vor Daniel Angst«, sagt sie.

»Na ja, von Olivia und Tony hast du nichts zu befürchten«, sage ich ungeduldig. »Komm.« Ich ziehe sie am Arm über den Flur zur Küche.

»Bitte, Mum«, hören wir eine Männerstimme sagen. »Das musst du verstehen.« Karina versucht, sich aus meinem Griff zu befreien, aber ich lasse nicht los und stoße stattdessen die Küchentür auf.

Erst sehe ich Olivia, die am Tischende sitzt. Ihr Haar ist zerzaust, und sie starrt uns entsetzt entgegen. Dann sieht sie zur Seite, wo zu ihrer Rechten Nicholas sitzt – mit wildem, loderndem Blick.

»Bleibt draußen!« Olivia steht halb auf, doch Nicholas drückt sie sofort wieder grob auf den Stuhl.

Verwirrt sehe ich von einem zum anderen.

»*Verschwindet!*«, sagt sie eindringlich.

Unsicher weiche ich einen Schritt zurück, als Nicholas im nächsten Moment etwas aus dem Holzblock hinter ihm greift, und dann hält er ein Messer in der Hand und drückt es Olivia an die Kehle. Ihr entschlüpft ein winselnder, unterdrückter Aufschrei.

»Nein. Ihr geht nicht«, sagt Nicholas zu mir und Karina, und Schweiß glitzert auf seiner Stirn. »Ihr bleibt genau, wo ihr seid.«

Karina

Dezember 2006

Mir war klar, dass ich es nicht tun sollte, mir war klar, dass es unklug wäre, zu dieser Party zu gehen. Wenn ich nur weggeblieben wäre, wäre alles anders gekommen.

Um halb acht lag ich immer noch in Jeans und T-Shirt auf meinem Bett, als ich mit einem Mal hochfuhr, als hätte ich einen elektrischen Schlag abbekommen. In mir pulsierte der Zorn. Warum sollte ich wegen Nicholas von der Party wegbleiben, auf die ich mich wochenlang gefreut hatte? Ich zwängte mich in mein Glitzerkleid, das ich extra für diesen Anlass gekauft hatte, und hielt es ein Stück von der wunden Stelle auf meinem Rücken weg, über die ich lieber immer noch nicht nachdenken wollte. Dann wühlte ich ganz hinten im Schrank nach der Wodkaflasche, die ich dort versteckt hatte, und nahm ein paar Schlucke, während ich mich schminkte. Als ich das Haus verließ, hatte ich bereits die halbe Flasche intus. So fiel es mir leichter, die Klingel zu drücken, und als ich ein paar Mädchen aus der Schule im Klavierzimmer sah, gesellte ich mich einfach zu ihnen. Bis ich Nicholas erstmals begegnete – als ich aus Sashas Zimmer kam, um mir noch was zu trinken zu holen –, hatte ich mich schon fast selbst überzeugt, dass alles gut würde. Auf dem Flur in Hörweite von Sashas Zimmer unterhielt er sich ganz normal mit mir, aber sobald wir die Treppe erreicht hatten, packte er mich am Arm, und seine Finger waren hart wie Eisen.

»Glaub ja nicht, dass ich es vergessen habe«, flüsterte er mir zu. »Glaub ja nicht, dass du damit davonkommst.« Dann ließ er mich los und schlang mir den Arm um die Taille. »War doch ungefähr *hier*, oder?«, fragte er und drückte fest auf die Stelle, wo er gerade erst ein paar Tage zuvor seine brennende Zigarette ausgedrückt hatte. Ich keuchte vor Schmerz auf. »Ja, genau das sind die Geräusche, die ich von dir hören will«, wisperte er mir ins Ohr, als wir den Fuß der Treppe erreichten. Dann zog er seinen Arm zurück und ging weiter in Richtung Klavierzimmer.

Zu diesem Zeitpunkt war ich mir sicher, dass ich einen Riesenfehler begangen hatte. Ich musste sofort nach Hause. Ein winziger, alberner, verängstigter Teil von mir wollte Mum alles erzählen, und ich dachte schon halb, ich würde es womöglich tun, wenn ich jetzt sofort verschwinden könnte. Allerdings hatte ich das schon mal gemacht – ihr erzählt, dass Dad mir wehgetan hatte, dass er nachts in mein Zimmer gekommen war, die Hand unter meine Bettdecke geschoben und mir erzählt hatte, dass dies unser kleines Geheimnis wäre. Aber damals hatte sie mir auch nicht geglaubt. Sie hatte mich angepflaumt, ich solle nicht so albern sein, und als ich es meinen Lehrern erzählt hab, hat sie mich gezwungen, alles zurückzunehmen und denen zu sagen, ich hätte alles nur erfunden, um Aufmerksamkeit zu erregen. Warum also sollte sie mir diesmal glauben?

Ich durchwühlte die Garderobe nach meinem Mantel. Jedes Mal, wenn ich glaubte, ich hätte ihn endlich gefunden, war es ein anderer schwarzer Mantel, und ich schluchzte frustriert auf.

»He, was ist denn los?«

Zögerlich legte mir Daniel eine Hand auf den Rücken. Ich zuckte zusammen, und er zog sie zurück.

»Sorry!«

»Schon okay«, schniefte ich. »Ich muss nur ein bisschen Luft schnappen. Ich suche meine Jacke, aber ich kann sie nicht finden.« Dann brach ich wider Willen und dummerweise in Tränen aus.

»He, nicht weinen, Karina, komm schon! Alles okay, bleib einfach hier stehen. Beweg dich nicht vom Fleck.«

Einen Augenblick später war er mit ein paar Blättern Klopapier wieder da, und ich putzte mir die Nase.

»Warum bist du so nett zu mir?«

»Wahrscheinlich bin ich einfach ein netter Kerl«, sagte er und lächelte mich an. »Außerdem ... geht's mir heute Abend selbst nicht besonders. Da ist mir jede Ablenkung recht.«

Natürlich wollte ich ihm nicht erzählen, was wirklich los war. Ich erklärte ihm einfach, ich hätte zu viel getrunken. Eine Weile standen wir bei den Mänteln und redeten und redeten. Er brachte mir ein Glas Wasser, und nach einer Weile nahm er meine Hand und fing an, sie zu streicheln. Es fühlte sich so gut an, dass ich schon wieder losheulte, und er holte noch mehr Klopapier, strich mir sanft übers Haar und redete auf mich ein, dass schon alles okay würde. Dann trank ich noch einen Wein, er auch, und ich fragte mich, warum mir eigentlich nie aufgefallen war, wie nett Daniel war.

Ich weiß nicht, ob Nicholas uns dort bemerkt hat – ich hab ihn jedenfalls nicht vorbeigehen sehen, auch wenn er die ganze Zeit in meinem Hinterkopf herumspukte, und die Angst davor, was er mir antun würde, wie ein schwarzer

Todesengel über mir schwebte, der nur darauf lauerte zuzuschlagen. Im nächsten Moment beugte sich Daniel vor. Ich hätte ihn zurückweisen können, ich hätte ihm Einhalt gebieten müssen, aber vom Wein schwirrte mir der Kopf, auf eine gute, köstliche Art und Weise, dann spürte ich einen stechenden Schmerz am Rücken, wo der Kleiderstoff über die wunde Stelle wetzte, und ich dachte nur noch: *Scheiß drauf! Scheiß auf Nicholas.* Ich schloss die Augen und küsste Daniel, und es war fantastisch, und nach einer Weile ließ ich mich von ihm nach oben führen, weil es besser wäre, wenn uns hier niemand entdeckte.

Doch jemand hatte uns entdeckt. Ich schlich ins Bad, nachdem wir fertig waren, und als ich gerade wie eine Schlafwandlerin den Flur entlangging, um wieder nach unten zu laufen und mich dort zu Daniel zu gesellen, wie wir es ausgemacht hatten, schwang plötzlich Nicholas' Zimmertür auf, und er zog mich nach drinnen. Noch ehe ich Zeit hatte zu begreifen, was da passierte, hatte er mich auch schon rücklings aufs Bett gedrückt, sodass mir die Luft aus der Lunge wich.

»Du Schlampe«, fauchte er mich an und beugte sich über mich. »Ich hab dich mit ihm nach oben gehen sehen. Mit meinem verschissenen heiligen Bruder! Dem Klavierwunderkind! Dem Mustersöhnchen! Erst Sasha – und jetzt auch noch du! Erklär mir bitte einer, warum alle auf ihn stehen!«

Ich musste ein Schluchzen unterdrücken.

»Zu spät, um jetzt noch zu heulen, Karina«, sagte er.

»Ich will das nicht mehr«, wisperte ich.

»Das hast du nicht zu entscheiden«, sagte er, legte sich auf mich und quetschte mir die letzte Luft aus der Lunge. Auf seinem Gesicht lag ein Schweißfilm, und sein Atem war heiß und roch unangenehm süßlich. »Wie war er, mein Bruder? Was hat er mit dir gemacht? Hat er dich zum Schreien gebracht, so wie ich?«

Ich starrte einen feuchten Fleck in der Ecke der Zimmerdecke an, als er mein Kinn packte und mich gewaltsam küsste und mir seine Zunge riesig und plump wie eine Nacktschnecke in den Mund schob. Ich konnte nicht fassen, dass ich je geglaubt hatte, dass ich das hier wollte. Ich schloss die Augen und wartete darauf, was als Nächstes kommen würde, doch dann war auf einmal der Druck auf meinem Mund weg, er zog sich zurück und sah mich nachdenklich an. Dann rollte er von mir runter und legte sich neben mir auf den Rücken. Ich blieb mucksmäuschenstill und reglos liegen.

»Hat er ein Kondom benutzt?«, fragte er.

»Nein.« Nicholas hatte darauf bestanden, dass ich die Pille nehme, als das mit uns beiden angefangen hatte.

»Hat er Bier getrunken? Sind da noch Flaschen in seinem Zimmer?«

»Ja.« In dem Zimmer, in dem er mich so zärtlich berührt hatte, dass ich es kaum gespürt hatte.

Nicholas schwieg eine Weile. »Ist er noch drin?«

»Nein. Er meinte, wir sehen uns unten.« Wahrscheinlich wartete er schon auf mich.

»Ich hab in letzter Zeit das Gefühl«, sagte er, »dass du nicht mehr so bei der Sache bist wie früher. Kann es sein, dass du genug von mir hast, Karina? Oder hast du vor mir Angst?«

»Nein«, wisperte ich.

»Lüg mich nicht an! Klar hast du Angst!«

Ich schwieg, hätte ohnehin nicht gewusst, was die richtige Antwort darauf gewesen wäre.

»Aber da gibt's eine Möglichkeit. Wenn du was für mich

tust, Karina, dann lass ich dich für immer in Ruhe. Ich lösche die Videos und ... belästige dich nie wieder.«

Ich hielt den Blick auf den feuchten Fleck gerichtet, doch gleichzeitig schlug mein Herz schneller. Dafür würde ich alles tun, wirklich alles. Was immer es wäre und wie schwer es auch würde, was immer die Folgen wären – ich würde es tun, das schwor ich mir.

Ein paar Minuten später schlich ich in Daniels Zimmer und schnappte mir eine der Flaschen, die auf dem Nachttisch standen, vermied allerdings jeden Blick aufs Bett. Ich nahm sein Handtuch vom Haken hinter der Tür und das nächstbeste T-Shirt aus seinem Kleiderschrank. Zurück in Nicholas' Zimmer faltete er das Handtuch sorgfältig zusammen und legte es auf sein Bett. Ich zog mir die Strumpfhose bis auf die Knie runter und legte mich breitbeinig auf das Handtuch. Dann war ein Klirren zu hören, und die zerborstene untere Hälfte der Bierflasche blitzte im Licht. Ich spürte Nicholas' Hand an meinem Bein, dann den Schnitt, einen durchdringenden Schmerz, bei dem ich aufkeuchte, und im nächsten Moment rann mir Blut am Oberschenkel hinab. Ich biss mir auf die Lippe, um nicht laut zu schreien, als er mir auch noch den anderen Oberschenkel aufschlitzte und kurz das T-Shirt auf die Wunde presste, um das Blut aufzusaugen. Dann bedeutete er mir, ich möge die Strumpfhose wieder hochziehen, wickelte die zerbrochene Flasche in das T-Shirt, beides ins Handtuch, und drückte mir das Bündel in die Hand. Wie betäubt taumelte ich zurück in Daniels Zimmer und versteckte es ganz hinten in seinem Schrank.

Als ich an Ellen vorbeilief, nahm ich vage ihren besorgten Blick zur Kenntnis. Dann zog ich die Hintertür auf, und die Kälte schlug wie eine Welle, wie eine Erlösung über mir zusammen. Meine Oberschenkel waren blutüberströmt, als ich mich auf den Boden fallen ließ, und eiskalter Regen tropfte von den Blättern des Maulbeerbaums auf mich herab. Der Boden unter mir war hart wie Stahl.

Ich weiß noch, dass Ellens Wimperntusche verlaufen war, als sie neben mir in die Hocke ging, mir den Arm um die Schultern legte und mich hin- und herwiegte wie ein kleines Kind. Ich weiß noch, wie freundlich die Polizistin war, die mir die kratzige Decke um die Schultern legte und die Proben nahm. Jedes Mal, wenn ich drauf und dran war, die Wahrheit zu sagen, griff ich nach hinten und drückte auf die wunde Stelle an meinem Rücken. Das Komische war – je länger es so weiterging, umso leichter wurde es. Und umso schwerer, jetzt noch kehrtzumachen.

Bis zum Gerichtstermin fühlte es sich eigentlich nicht mehr wie eine Lüge an.

Ellen

September 2017

Mich befällt ein merkwürdiges Gefühl von Ruhe – oder vielleicht eher Lähmung. Ich werfe Karina neben mir in der Tür einen flüchtigen Blick zu, und auch wenn sie verängstigt wirkt, scheint sie kein bisschen überrascht zu sein. In diesem Moment wird mir klar, dass sie wusste, dass es Nicholas sein würde. Sie hatte niemals befürchtet, dass es Daniel wäre. Denn nicht vor Daniel hat sie Angst. Mein Gehirn hat Mühe, Schritt zu halten, sich nach den Fäden zu strecken, die mir entgleiten, sobald ich mich danach ausstrecke.

»Setzt euch«, sagt Nicholas leicht kurzatmig, auch wenn er sich nicht vom Fleck bewegt hat, seit wir hier reingeplatzt sind.

Wir zögern beide. Sollten wir versuchen zu fliehen? Aber was wäre dann mit Olivia?

»Setzt euch hin!«, sagt er jetzt eher abfällig als wie zum Befehl, doch das Messer nähert sich erneut Olivias nackter Kehle, und wider Willen schluchzt sie auf.

Wir treten gleichzeitig nach vorn und nehmen nebeneinander am Küchentisch Platz. Ich würde gern nach Karinas Hand greifen, um irgendeine Art kühlen Trost zu spüren, will aber keine Aufmerksamkeit auf mich ziehen. Wenn ich nur still genug dasitze, wenn ich nur still genug bin, löse ich mich vielleicht ja in Luft auf.

Nicholas sieht uns beide abwechselnd an, während das Messer immer noch gefährlich nahe über Olivias Hals schwebt. Ihre Augen sind blutunterlaufen, und sie sieht grau und erschöpft aus, scheint nur mit Mühe zu atmen.

»Was macht ihr hier? Ihr habt hier nichts zu suchen«, sagt er, und Angst schwingt in seiner Stimme mit, als würden ihm die Dinge gerade entgleiten.

Ich bleibe stumm, halte den Blick auf die schimmernde Klinge gerichtet und versuche verzweifelt, die richtige Antwort zu formulieren, habe aber keine Ahnung, was die sein könnte. Schließlich ergreift Karina das Wort.

»Wir sind hier, um die Wahrheit zu sagen«, antwortet sie leise. »Das bin ich Olivia und Tony schuldig.«

»Tja, zum einen ist *Tony* nicht da«, sagt Nicholas. »Er ist wie immer im Pub. Hat so eine Art Privatklub aufgetan, wo sie ihn bis in die frühen Morgenstunden saufen lassen, nicht wahr, Mum? Wo sie sich einen Scheißdreck darum scheren, ob er daran krepiert.«

»Rede nicht so über ihn.« Es ist das erste Mal, dass Olivia etwas sagt. »Wie kannst du es wagen – nach allem, was du getan hast?«

»Und was ist mit ihr?« Nicholas ignoriert Olivia und zeigt mit dem Messer in meine Richtung. »Was macht die hier? Steckt schon wieder ihre Nase in anderer Leute Angelegenheiten.«

»Ellen weiß nichts.« Karina spricht leise. Ich kann ihr anhören, dass sie versucht, ruhig zu klingen, beruhigend, aber ihr fehlt die Luft, und sie keucht nach jedem Wort. Dann schluckt sie trocken. »Ich hab ihr nichts erzählt. Ich hab geschworen, dass ich nichts erzählen würde, und ich hab mich daran gehalten. Lass sie gehen. Sie hat mit dem hier rein gar nichts zu tun.«

»Sie hat Fragen gestellt.« Nicholas klingt fast schon panisch. »Warum hat sie denn bitte schön rumschnüffeln müssen? Warum hat sie sich nicht einfach raushalten können?«

»Ich will doch nur Sasha finden«, sage ich. »Das ist alles. Mir ist egal, was ... Alles andere ist mir egal.« Ich weiß nicht mal, was das ist, was ich nicht wissen soll. »Die Vergangenheit interessiert mich nicht.«

»Ha! Interessiert dich nicht! Du bist doch wohl verdammt noch mal davon besessen! Wohnst immer noch mit Sasha zusammen – oder lässt dich von ihr aushalten, wie mir scheint. Hängst ihr immer noch bei jedem Wort an den Lippen.«

Ich traue mich nicht zu sprechen, hab Angst davor, was er tun könnte, wenn ich das Falsche sage, was immer das ist. Ich habe keine Ahnung, was er will, worauf das hier hinauslaufen soll. Karina vielleicht? Ich riskiere einen Seitenblick, aber sie sieht weiter nur Nicholas an. Ihre Augen sehen in ihrem kreidebleichen Gesicht aus wie dunkle Hämatome.

»Und du«, sagt er verzweifelt zu Karina. »Läufst rum und streust Gerüchte. Jetzt, wo Sasha weg ist und Daniel hier abhängt und Staub aufwühlt, wird mir das zu heikel.«

»Es ist vorbei, Nicholas«, sagt Karina. »Ich hab die Lügen so satt. Aber lass Ellen gehen, bitte.«

»Karina hat recht«, krächzt Olivia. »Ellen ist hier zu mir gekommen, um sich nach Sasha zu erkundigen. Nur daran ist sie interessiert: Sasha zu finden. Du kümmerst sie nicht.«

»Ich kann das nicht ... Dafür ist es zu spät.« Doch die Hand mit dem Messer sackt nach unten, und er sieht zutiefst verunsichert aus.

»Du kannst das«, sagt Karina nachdrücklich. »Lass sie einfach gehen.«

»Nein. Die rennt doch zu Daniel und erzählt ihm alles.«

»Sie weiß nichts, das schwöre ich dir«, sagt Karina und lehnt sich auf ihrem Stuhl ein Stück vor.

»Daniel hat die Wahrheit doch gar nicht verdient«, sagt er halb zu sich selbst. »Der ist so lange weg gewesen und hat weiß Gott was gemacht ... Ich bin derjenige, der immer hier war. Ich bin der echte Sohn.«

Olivia will etwas sagen, doch Karina wirft ihr einen alarmierten Blick zu und fällt ihr ins Wort.

»Das stimmt«, sagt sie. »Du bist immer der gute Sohn gewesen. Oder etwa nicht?« Sie sieht Olivia eindringlich an.

»Ja«, bringt sie wacklig hervor und schließt die Augen.

Nicholas setzt sich uns gegenüber an den Tisch. Er hält das Messer in der Hand wie der große Patriarch, der gleich den Sonntagsbraten anschneiden wird.

»Es war alles Sashas Schuld«, sagt er. »Ihr zwei wisst das, oder?«, wendet er sich an Karina und mich. »Ihr wart auch in sie verknallt, auf eure Art. Wer wäre das nicht gewesen? Aber sie hat sich für Daniel entschieden. Natürlich. Wie jeder sich immer schon für ihn entschieden hat. Ich hab die beiden zusammen gesehen, noch bevor irgendwer wusste, dass es da überhaupt etwas zu sehen gäbe. Mum hat einmal versucht, es zu unterbinden. Da ist Sasha nach Frankreich abgehauen, war es nicht so?« Er dreht sich wieder zu Olivia um. »Ich wette, du dachtest, damit hätte sich die Sache erledigt. Aber die beiden waren im Handumdrehen wieder voll dabei. Dann hast du es wieder versucht, an Silvester, nicht wahr, Mum?« Olivia sieht ihn schockstarr an. Karina verkrampft neben mir, als würde sich ihr ganzer Körper aus Protest versteifen, aber sie sagt keinen Ton.

»Ich konnte nicht genau hören, was du zu Daniel gesagt hast, Mum – aber egal was es war: Er war daraufhin in der perfekten Stimmung, um mit irgendwem, der nur bedürftig genug war, zu vögeln.« Er fuchtelt mit dem Messer in Karinas Richtung. Ich zucke zusammen, aber Karina sitzt da wie zu Stein erstarrt. »Die Gelegenheit war einfach zu gut, um sie verstreichen zu lassen. Daniel von Sasha wegzuhalten – und ihn ein für alle Mal aus dem Bild zu streichen.«

Mein Gehirn tastet herum, versucht, all die zerbrochenen Teile dessen zusammenzuklauben, was ich geglaubt habe zu wissen. Olivia hatte gewusst, dass Daniel und Sasha ein Liebespaar waren. Daniel hat Karina nicht vergewaltigt. Nicholas war ... Ich weiß nicht. Ich weiß es einfach nicht.

»Am Ende war es ganz leicht, genau wie bei dir«, sagt Nicholas, jetzt an Karina gerichtet. »Es fiel dir leicht zu lügen und Daniel so hinter Gitter zu schicken. Erzähl mir jetzt nicht, dass du das nur gemacht hast, um mich loszuwerden«, sagt er angewidert. »Du wolltest Sasha damit bestrafen, nicht wahr? Deshalb hast du überhaupt erst mit Daniel geschlafen. Du wusstest, dass sie in ihn verliebt war. Du warst immer schon eifersüchtig. Und als ich dir die Gelegenheit beschert habe, alles nur noch schlimmer für sie zu machen, hast du nicht widerstehen können.«

»Nein«, sagt sie – es platzt regelrecht aus ihr heraus. »Ich hab das gemacht, weil ich Angst vor dir hatte, nicht um Sasha zu verletzen. Das war die einzige Möglichkeit, dich dazu zu bringen, mich in Ruhe zu lassen, und das weißt du genau! So schlimm war es – so viel Angst hatte ich vor ihm!« Mir dämmert, dass sie mit einem Mal zu mir und Olivia spricht, nicht *zu* Nicholas, sondern *über* ihn. »Erst war ich geschmeichelt. Ich dachte, ich wäre in ihn verliebt. Aber dann hat er angefangen, Sachen mit mir zu machen,

Sachen, die mir nicht gefallen haben. Er hat mir wehgetan. Ich hab versucht, allem ein Ende zu setzen, aber da hat er mir nur umso mehr wehgetan. Er hörte einfach nicht auf. Ich hatte solche Angst vor ihm! Und er hatte mich auf Video – er meinte, er würde es allen zeigen. Ich saß in der Falle! Ihr müsst das verstehen!«

Grauer im Gesicht denn je sieht Olivia zu ihr auf. »Dann hast du gelogen?«, flüstert sie. »Daniel hat dich nicht vergewaltigt?«

Mit Tränen in den Augen schüttelt Karina den Kopf. »Es tut mir leid«, flüstert sie. »Erst mein Vater, dann Nicholas ...«

»Dein Vater?«, hakt Olivia erschüttert nach. »Aber nicht das ... was sie bei Gericht gesagt haben?«

»Es reicht!« Nicholas donnert den Griff des Messers auf die Tischplatte. »Fang bloß nicht mit so einer Heulgeschichte an, Karina. Du bist genauso sehr schuld wie ich.«

»Ich weiß«, sagt sie und klingt gefasster. »Und das werde ich mir selbst nie verzeihen. Niemals.«

»Mum, tut mir leid, dass du dieses ... Zeug auf dem Dachboden finden musstest, aber ich wusste nicht, wo ich es sonst hinbringen sollte. Ich wünschte mir, ich hätte dich da nicht mit reingezogen, aber du solltest mir eigentlich dankbar sein.« Seine gestörte Selbstwahrnehmung ist zum Fürchten. »Ich war der Einzige, der das mit Daniel und Sasha beenden konnte, und nichts anderes hast du doch gewollt, oder?« Stolz sieht er zu Olivia, als wollte er um ihre Zustimmung heischen.

»Aber doch nicht so«, entgegnet sie.

Ich bete, dass sie sein Spielchen mitspielt, dass sie ihn in Sicherheit wiegt, dann lässt er uns vielleicht gehen. Doch ich sehe, wie sich der Sturm zusammenbraut.

»Das hab ich nie gewollt. Wie konntest du zulassen, dass ich diese schrecklichen Dinge über Daniel geglaubt habe? Ich war am Boden zerstört!«

»Was – dein perfekter Sohn?«, höhnt Nicholas und greift den Griff des Messers fester. Mir rutscht das Herz in die Hose. »Dein Bilderbuchjunge? Der Konzertpianist, der Star des Royal College of Music, der Junge, dem die glänzende Musikkarriere bevorstand? Das lief dann ja wohl nicht ganz nach Plan, was? Ups.« Er schneidet eine komische Grimasse. »Aber jetzt wühlt er sich wieder zurück, nicht wahr? Ich kann nicht glauben, dass du ihn wirklich getroffen, geschweige denn hier wieder reingelassen hast.«

»Ich bin froh, dass ich es gemacht hab«, sagt Olivia trotzig. »Ich hatte recht, nicht wahr? Sieh dir an, was du getan hast.«

»Aber du hast ihn reingelassen, noch bevor du meine Sachen auf dem Dachboden gefunden hast. Warum hast du das getan?«

»Weil ich ihn liebe. Er ist mein Sohn.«

»Dein Liebling«, sagt Nicholas dumpf. »Ist immer dein Liebling gewesen.«

»Ja«, sagt Olivia, und ich kann ihr ansehen, dass es ihr längst egal ist, was mit uns passiert, weil sie jetzt nur noch die Wahrheit sagen kann. »Ja, er war mein Liebling. Er war so viel leichter zu lieben als du. Er hatte so viele tolle Eigenschaften. Ich hab das Urteil akzeptieren müssen, aber tief im Innern wusste ich immer, dass er das, was sie behauptet haben, niemals getan haben konnte. Ich wünschte bei Gott, dass ich auf mein Gefühl gehört hätte!«

»Nein!« Nicholas schiebt seinen Stuhl mit einem Ruck zurück, sodass er rückwärts zu Boden kracht. »Sag das nicht! Ich bin für dich da gewesen, ich hab dich besucht, ich hab hier ausgeholfen und mich um Dad gekümmert! Was hat er denn gemacht?«

»Er saß im Gefängnis!«, schreit Olivia ihn an und kommt jetzt ebenfalls auf die Beine. »Und das nur deinetwegen! Er hätte nie dort landen dürfen! Das hättest du sein müssen! Ich wünschte, du wärst es gewesen.«

Für eine grässliche Sekunde fürchte ich, dass er das Messer hebt und zusticht. Stattdessen stürzt er aus dem Zimmer und donnert die Küchentür hinter sich zu. Panisch und verständnislos sehen wir drei uns an. Dann ist ein lauter Krach zu hören. Wir sind wie erstarrt, sitzen noch eine Sekunde lang reglos da, dann rennt Karina zur Tür und drückt dagegen. Sie geht einen Spaltbreit auf, nicht weiter.

»Er hat das Bücherregal umgeworfen«, ruft sie. »Ihr müsst mir helfen!«

Olivia und ich schließen zu ihr auf, und zu dritt drücken wir dagegen – vergeblich. Das Regal ist zu schwer, als dass wir es bewegen könnten: voller Bücher, eins achtzig hoch, Eiche massiv. Von draußen ist kein Mucks mehr zu hören.

»Er ist nicht mehr da«, stellt Karina fest. »Was hat er vor?«

Hilflos stehen wir an der Tür und sehen einander an. Und dann hören wir es: eine Flüssigkeit, die verschüttet wird, das Ratschen eines Streichholzes und ein Fauchen, als es aufflammt.

»Die Garage!«, ruft Olivia entsetzt aus. »Dort ist Benzin gelagert.«

Es kracht laut, als Nicholas die Eingangstür hinter sich zuschlägt, und knistert, als die Flammen auf etwas Hölzernes, Brennbares treffen. Karina legt die zitternde Hand an das Türblatt und zieht sie entsetzt zurück, starrt wie vom Donner gerührt auf ihre Handfläche hinab. Langsam schiebt sich Rauch unter der Tür durch. Es scheint, als könnten wir nur mehr in Trance dastehen und uns dann still und stumm verbrennen lassen, als mir mit einem Mal etwas in den Sinn kommt.

»Das Fenster!«, rufe ich und stürze darauf zu.

»Das ist lackverklebt und geht nicht auf«, sagt Olivia. »Wir wollten immer etwas damit machen, aber ...«

»Das ist schon seit Jahren so!« Ich explodiere regelrecht vor Wut. »Verdammt, Olivia! Hast du hier Werkzeug?«

Sie sieht sich halbherzig um und schüttelt den Kopf. Ich renne zum Geschirrschrank und ziehe die Schubladen auf, reiße Schranktüren auf, suche – nach irgendwas. Mein Blick fällt auf ein paar rostige Spieße, und in meiner Verzweiflung nehme ich einen, renne zurück ans Fenster und versuche, den Spieß in den rissigen Lack zwischen Fenster und Rahmen zu stemmen. Es ist aussichtslos, trotzdem kann ich nicht einfach hier stehen bleiben und warten, bis ich verbrenne. Olivia sinkt zurück auf ihren Küchenstuhl und fängt vom Rauch an zu husten.

»Leg das vor Mund und Nase.« Mit einem Mal ist auch Karina wieder zum Leben erwacht und drückt Olivia ein Geschirrtuch in die zittrigen Hände. Olivia starrt darauf hinab, als wüsste sie damit nichts anzufangen. »Gegen den Rauch«, sagt Karina, diesmal sanfter, »hier – lass mich das machen.« Dann knotet sie es, so gut sie kann, vor Olivias untere Gesichtshälfte.

»Es ist alles meine Schuld«, sagt Olivia gedämpft, während ich willkürlich zu Küchenutensilien greife und versuche, das Fenster aufzustemmen.

»Nein, Olivia, das stimmt nicht«, sagt Karina fahrig. »Es ist meine Schuld. Schlag das Fenster ein. Und schrei um Hilfe!«, sagt sie zu mir.

Ich schnappe mir den schwersten Topf, den ich im Geschirrschrank finden kann, und hebe ihn auf Schulterhöhe. Das Fenster besteht aus Hunderten kleiner Scheiben, jede vielleicht fünfzehn Zentimeter hoch und breit. Ich hämmere den Bräter seitlich hinein, aber nichts passiert. Der Rauch wird dichter, und es wird immer heißer. Schweiß strömt mir aus allen Poren, und jeder einzelne Muskel in meinem Körper ist zum Zerreißen angespannt.

»Noch mal«, keucht Karina.

»Ich hab sie angelogen. Ich hab ihnen erzählt, Sasha wäre Tonys Tochter.« Olivia hat hinter ihrer Maske wieder das Wort ergriffen. »Ich hab ihnen weisgemacht, sie wären Halbgeschwister.« Ihre Augen tränen, und sie starrt dumpf auf die Tischplatte hinab.

Karina und ich sehen sie kurz fassungslos an, dann kommt Karina wieder zu sich. »Noch mal!«, schreit sie mich an.

Ich hebe den Topf erneut hoch und schlage damit gegen das Glas. Diesmal springt es, und ich hebe den Topf erneut an. Die Muskeln in meinen Armen schreien regelrecht vor Schmerz, aber ich nehme all meine Kraft zusammen und hämmere den Topf noch einmal in das Fenster. Diesmal knackst und splittert es, und im Fenster klafft ein Loch. Ich schnappe mir einen steinernen Mörser und hämmere damit auf das Glas ein. Dann fange ich an, um Hilfe zu schreien, und Karina eilt zu mir und tut es mir gleich – wir schreien uns schrill und zu Tode verängstigt die Seele aus dem Leib. Die Küche liegt nach hinten, sodass es unwahrscheinlich ist, dass uns auf der Straße jemand hört, selbst wenn gerade zufällig jemand vorüberläuft.

»Psst!« Karina legt mir die Hand auf den Arm. »Was war das?«

Wir sind mucksmäuschenstill, aber abgesehen vom Knistern der Flammen auf der anderen Seite der Tür kann ich nur das entfernte Verkehrsrauschen von der Hauptstraße hören. Wir fangen erneut an zu schreien, aber der Rauch wird immer dichter, brennt in den Augen, und unsere Stimme wird heiser, sodass es umso schwieriger wird, gehört zu werden.

Dann taucht aus dem Nichts ein Gesicht vor dem Fenster auf. Eine Sekunde lang glaube ich, dass es Nicholas ist, und mache einen Satz zurück, ein Schrei entringt sich meiner Kehle, doch es ist Daniel, der durch das zerbrochene Fenster Karina, mich sowie die schockstarre, maskierte Olivia am Küchentisch vollkommen entsetzt ansieht.

»Oh mein Gott, Daniel!«, keuche ich. »Du musst uns hier rausholen! Nicholas hat das Bücherregal vor die Küchentür gekippt und das Haus in Brand gesetzt. Wir sitzen in der Falle!«

»Scheiße!« Er steht einfach da und starrt uns an. Wir alle haben unseren Teil zum Totalschaden seines Lebens beigetragen, und ich weiß, dass er gerade darüber nachdenkt, einfach davonzuspazieren. Ich hab vielleicht nicht gelogen, wie Sasha und Karina, wie Olivia, aber die Verteidigerin hatte recht. Ich habe damals nicht hören können, wer an dem Tag mit Karina in Daniels Zimmer war, und inzwischen ist nur zu klar, dass es sich um Nicholas handelte. Hat es ihm einen Kick gegeben, sie ins Zimmer seines verhassten Bruders mitzunehmen?

»Bitte«, flehe ich ihn an und halte Blickkontakt. »Bitte, Daniel. Wir sterben hier drin. Wir tun, was immer du willst. Bitte, hilf uns!«

Er sagt keinen Ton, dreht sich einfach nur um und geht. Ich gehe zu Boden und lasse den Kopf auf die Knie sinken.

Es ist vorbei. Karina heult unkontrolliert und hustet neben mir. Ich schließe die Augen gegen den Rauch. Meine Brust brennt, und ich versuche, so flach wie nur möglich zu atmen, damit es weniger wehtut. In meinem Kopf dreht sich alles, und alles ist verschwommen.

Ein Krach, dann ein Splittern von Glas und Holz, und Scherben regnen auf mich herab. Ich hebe die Hand und wische sie mir von den Haaren. Sie bleiben in meinen Fingern stecken, und sofort bilden sich Blutstropfen.

»Aus dem Weg!«, schreit Daniel von draußen.

Ich krieche auf allen vieren über den Boden – gerade rechtzeitig, ehe ein weiterer Schlag gegen das Fenster erfolgt. Mehr Glas regnet in die Küche, und erst jetzt sehe ich, dass er eine Axt in der Hand hält. Jetzt weiß ich es wieder. Tony hat früher bei einem hiesigen Händler Holzscheite gekauft und sie für den Kamin eigenhändig zurechtgehackt. Daniel schlägt damit wieder und wieder zu, und endlich splittert das Fenster aus dem Rahmen, schwingt nach innen auf, und Jahr um Jahr und Schicht um Schicht fliegen Lacksplitter auf den Boden.

»Olivia!«, rufe ich. Sie kauert am Tisch, hält den Kopf merkwürdig schief, die Arme hängen schlaff an ihr hinunter. »Scheiße! Karina, hilf mir!«

Karina hustet und kriecht auf uns zu. Sie versucht, sich am Tisch nach oben zu ziehen, kippt aber zurück zu Boden und kriegt kaum noch Luft. Ich sehe zum Fenster – Daniel klettert nach drinnen. Er schiebt die Arme unter Olivias Achseln und zerrt sie quer durch den Raum. Ich nehme ihre Füße und versuche, ihm bestmöglich zu helfen. Als er vor dem Fenster steht, richtet er sie auf, klettert hinaus und bedeutet mir, sie ihm entgegenzuheben. Irgendwie schaffen wir es zu zweit, sie durch das Fenster zu bugsieren. Daniel schleppt sie vom Haus weg und legt sie auf den Rasen. Auch Karina kriecht jetzt auf das Fenster zu. Sie ist fast da, als Daniel zurückeilt.

»Kletter du raus, Ellen«, schreit er. »Ich helfe Karina!«

Meine Unschlüssigkeit ist der blanke Horror. Natürlich hat er Olivia gerettet. Immerhin ist sie seine Mutter. Aber Karina? Das Mädchen, das wieder und immer wieder gelogen und ihm so jede Chance auf ein normales Leben vereitelt hat?

»Komm raus!«, schreit er wieder. »Verdammt, ich lass sie da drin nicht verrecken!«

Er hilft mir durchs Fenster und springt dann leichtfüßig hinein, um Karina zu helfen. Ich stehe draußen an der Wand, warte, und dann helfe ich ihm, sie über das Fensterbrett zu manövrieren und rüber auf den Rasen zu bringen. Gemeinsam zerren wie sie den Garten hinab zum Maulbeerbaum, unter dem Olivia zusammengesackt ist.

Nur einen Augenblick später kracht es in der Küche, eine Flammenzunge schießt durchs Fenster, durch das wir gerade entkommen sind, und leckt draußen an der Fassade entlang. Während Daniel die Feuerwehr ruft, sehen wir drei mit benebeltem Entsetzen zu, wie das Haus an der Ecke von Flammen verzehrt wird.

Ellen

September 2017

Eigentlich hatte Leo zu mir in die Wohnung kommen wollen, aber mein Bauchgefühl sagte mir, dass ich mit ihm nicht allein in einem geschlossenen Raum sein sollte. Also hatten wir uns in einem Café in der Nähe meines Elternhauses verabredet. In der Nähe des Hauses der Monktons. Ich hatte das Haus an der Ecke nicht mehr zu Gesicht bekommen, seit wir vor einer Woche mit Rettungswagen – Rauch in der Lunge, erschöpft und benebelt – von dort abtransportiert worden waren. Er ist schon da, als ich komme, sitzt an einem Ecktisch und hat den Kaffee vor ihm kaum angerührt. Er springt auf, als ich eintrete, und nimmt mich in die Arme. Ich bleibe stocksteif stehen, und er weicht einen Schritt zurück.

»Ich hab gehört, was passiert ist«, sagt er. »Geht es dir gut?«

Ich setze mich, er nimmt mir gegenüber Platz.

»Bin mir nicht sicher«, antworte ich. »Ich hab diese gigantische, traumatische Sache erlebt, die allem ein Ende hätte setzen sollen, aber ich bin immer noch kein bisschen schlauer, was Sasha angeht. Nicholas schwört, dass er nicht weiß, wo sie steckt, dass er sie seit Jahren nicht mehr gesehen hat, und ich glaube, er sagt womöglich sogar die

Wahrheit. Ihm ist es immer nur um Daniel gegangen. Zum Glück hatte Olivia Daniel eine SMS geschrieben, als sie Nicholas' Sachen auf dem Dachboden gefunden hatte, sonst hätten wir es dort niemals lebend rausgeschafft. Nicholas hat einfach nur dagesessen, weißt du – in seiner Wohnung. Nachdem er das Feuer gelegt hatte, ist er einfach heimgefahren und hat dort auf die Polizei gewartet. Hat nicht mal Widerstand geleistet.«

»Das ist unfassbar, Ellen. Nicholas und ich waren Freunde. Damals haben wir uns echt nahegestanden. Wie hab ich nur übersehen können, was da gelaufen ist?«

»Es hat niemand gesehen. Nicht mal Daniel hatte auch nur einen Verdacht. Nicholas hat immer mit ihm in einem Wettstreit gelegen und spitze Kommentare über Daniels musikalische Begabung gemacht, und der hat es immer als ganz normale Rivalität unter Geschwistern aufgefasst. Er hatte keine Ahnung, was wirklich in Nicholas' Kopf vor sich ging. Er war erschüttert, als Olivia ihm die ganze Geschichte erzählt hat.«

»Ich wusste, dass sie keine ganz leichte Beziehung hatten, aber ich hatte ja keine Ahnung, dass Nicholas dermaßen eifersüchtig auf Daniel war. Und so wütend ... Aber was Karina angeht, was sie getan hat ...« Er schüttelt angewidert den Kopf.

»Du weißt nicht ...« Es gäbe so viel, was ich sagen wollte, aber ich bin nicht diejenige, die ihm die Geschichte erzählen sollte. Es ist die uralte Geschichte eines kleinen Mädchens, dessen Vater Dinge getan hat, die kein Vater je tun dürfte; die Geschichte eines kleinen Mädchens, das sich manchmal – im Geheimen – gewünscht hatte, dass der Vater tot wäre, und sich dann die Schuld gab, als er tatsächlich starb. Ein Mädchen, das sich dermaßen leicht ausnutzen und missbrauchen ließ, dass Nicholas sich nicht mal sonderlich viel Mühe hatte geben müssen.

»Und – Sasha, die muss doch auch bei Gericht gelogen haben. Sie kann sie doch an dem Tag gar nicht zusammen gesehen haben, oder? Wenn es Nicholas war, der mit Karina zusammen war, und nicht Daniel?«

»Ich weiß nicht … Wahrscheinlich hast du recht. Sie war …« Ich halte inne. Auch diese Geschichte sollte nicht ich erzählen, aber nachdem ich endlich begriffen habe, wie wenig ich Sasha tatsächlich kenne, spielt es nicht mal mehr eine Rolle. Daniel spielt eine Rolle. Aber ich glaube nicht, dass er etwas dagegen hätte, wenn ich etwas sagte, solange ich bei der Wahrheit bleibe. »Daniel und Sasha waren ein Paar. Sie hatten sich vor der Silvesterparty getrennt. Olivia wollte nicht, dass sie zusammen waren, also hat sie die beiden angelogen. Sie hat einfach behauptet, dass Sasha Tonys Tochter wäre und die beiden somit Halbgeschwister.«

»Himmel! Das ist alles dermaßen verquer! Glaubst du, Sasha hat wirklich geglaubt, dass Daniel Karina vergewaltigt hat, und um ihretwillen gelogen?«

»Ich weiß es ganz ehrlich nicht.« Gott, ich wünschte mir, ich wüsste es. Wenn sie wirklich geglaubt hat, dass Daniel Karina vergewaltigt hat, war ihre Lüge wenn schon nicht verzeihlich, dann aber doch zumindest verständlich. Doch wenn sie es wirklich geglaubt hat, hat sie dann auch geglaubt, dass Daniel sie drei Monate lang mit Karina betrogen hatte? Und war es dann ihre kranke Art, Rache an ihm zu verüben? Und wenn sie nicht geglaubt hat, dass Daniel Karina vergewaltigt hat, war ihre Lüge dann vielleicht die Strafe dafür, dass er am selben Tag, da die zwei sich getrennt hatten, mit Karina geschlafen hat? Wie man es auch dreht und wendet – was sie getan hat, war abscheulich.

»Und was ist mit dir, Ellen? Du hast auch gelogen, oder nicht?«

»Nein!« Eine ältere Dame am Nachbartisch blickt alarmiert zu uns herüber. »Nein«, sage ich noch mal, wenn auch leiser. »Ich hab sie gehört. Ich hab Karina gehört. Sie waren in Daniels Zimmer.«

»Aber es war nicht Daniel.«

»Nein, aber ich schwöre bei Gott, ich hab geglaubt, dass er es war. Wenn ich auch nur für eine Sekunde geglaubt hätte, dass es Nicholas war, hätte ich doch niemals ausgesagt.«

»Und was hat Karina Sasha jetzt erzählt, als sie sich in dem Café getroffen haben?«

»Karina hatte Daniel auf der Straße gesehen und hat Panik gekriegt. Sie hatte Angst, dass er zurückgekommen wäre, um sich wegen der Lüge an ihr zu rächen. Sie wusste, dass auch Sasha bei Gericht gelogen hatte, insofern hatte sie das Gefühl, Sasha wäre die Einzige, mit der sie noch reden könnte. Sie hat Sasha gegoogelt, hat herausgefunden, wo sie arbeitet, und hat dort auf sie gewartet. Dann hat sie ihr erzählt, dass Daniel zurück ist, und sie hat zugegeben, dass sie bei Gericht gelogen hat. Von Nicholas hat sie ihr allerdings nichts erzählt. Sie hatte immer noch viel zu viel Angst davor, was er ihr antun könnte.«

»Ich kann den Nicholas, den ich kannte, einfach nicht mit diesen Taten zusammenbringen«, sagt Leo, und ich erschaudere.

»Ich schon. Du hättest ihn sehen sollen. Und dann die Sachen, die Olivia auf dem Dachboden gefunden hat ... Er hat Nacktfotos von Sasha gemacht, während sie geschlafen hat, und er hat einen Slip aus ihrem Zimmer geklaut. Er muss es auch gewesen sein, der in ihrem Zimmer Sachen umgeräumt hat. Ich nehme an, er hat sich auch das Geld aus Olivias Geldbeutel genommen, vielleicht damit Daniel beschuldigt würde – oder Sasha.«

»Das ist so krank«, sagt Leo. »Du musst eine Heidenangst gehabt haben.«

»Mhm.« Über das Feuer kann ich noch immer nicht reden. »Er ist letzte Woche auch in meine Wohnung eingebrochen. Die Polizei meint, er hat es zugegeben. Er muss einen Schlüssel mitgenommen haben, als er zum ersten Mal dort gewesen ist, und ist dann in der Nacht wiedergekommen und hat nach Hinweisen gesucht, wo Sasha abgeblieben sein könnte. Er dachte, Karina hätte ihr womöglich die ganze Wahrheit erzählt. Er dachte, sie wüsste, was er getan hatte, und wollte sie auf Teufel komm raus aufspüren.« Ein Teil von ihm hat darüber hinaus wahrscheinlich gewollt, mich einzuschüchtern, damit ich nicht weiter versuchte, die damaligen Ereignisse wieder ans Licht zu ziehen. Aber das sage ich nicht. Meine Gedanken springen zwischen Vergangenheit und Gegenwart hin und her. »Ich muss jetzt gehen, Leo. Ich treffe Daniel im Haus an der Ecke. Er wohnt dort und kümmert sich, bis es halbwegs wiederhergestellt ist und die Renovierung anfängt. Olivia und Tony sind zu Freunden gezogen. Das kann ich ihnen nicht verübeln.«

»Bevor du gleich gehst, Ellen ...« Er hält inne und fährt mit dem Finger am Henkel seiner Tasse auf und ab.

Ich warte ab.

»Tut mir leid, dass ich mit Sasha geschlafen hab.«

Ach, das. »Spielt ja wohl kaum eine Rolle mehr. Ehrlich, das macht mir nichts aus. Du hattest ja recht, ich hätte dich deswegen nicht angehen dürfen.«

»Ich weiß, trotzdem ... Sie wusste doch sicher, dass dich

das aufregen würde. Ich glaube ... dass sie es teilweise genau deshalb gemacht hat. Auf ihre verquere Weise.«

»Was soll das heißen?« Jetzt bin ich aufrichtig neugierig. Und ich brause auch nicht mehr vor Entrüstung auf, wann immer jemand etwas Schlechtes über sie sagt.

»Sie ist eifersüchtig auf dich. Ist sie immer gewesen.«

»Warum in aller Welt sollte sie eifersüchtig auf mich sein? Sie war diejenige, die immer von allen angehimmelt wurde, die einen ganzen Tross an Verehrern hatte. Das Herzstück jeder Party.«

»Du hattest die wahrhaften Beziehungen, Ellen. Sie mag glamouröser gewesen sein, oberflächlich betrachtet beliebter, aber du hattest ehrliche, starke Beziehungen – zu Karina, zu mir, zu deiner eigenen Familie. Selbst Olivia hat dir nähergestanden als Sasha. Sie brauchte dich mehr, als du je realisiert hast.«

Ich muss daran denken, wie sie Karina und mich gegeneinander ausgespielt hat – und in jüngster Zeit Rachel und mich –, und jedem einzelnen das Gefühl gegeben hat, die Vertraute, die Auserwählte zu sein.

»Möglich«, sage ich. Aber wenn das wahr ist ... Wo steckt sie nur?

Gemeinsam verlassen wir das Café, und ich sehe ihm nach, wie er in die andere Richtung verschwindet. Er ist kaum um die Ecke gebogen, als mir etwas in den Sinn kommt und es mir eiskalt den Rücken hinunterläuft. Woher kann Leo wissen, dass Karina und Sasha sich in dem Café getroffen haben? Ich hab es ihm nicht erzählt. Hat er Sasha öfter getroffen, als er zugibt? Und wenn dem so ist – warum lügt er mich an?

Ich starre ihm mit einem zusehends mulmigen Gefühl nach. Ich hab immer noch nicht die Antworten, die ich brauche. Ich muss immer noch in eine leere Wohnung zurückkehren, nachdem ich die Verabredung mit Daniel hinter mich gebracht habe. Ich hole tief Luft. Erst muss ich mich um Daniel kümmern. Nach dem Feuer haben wir uns nicht mehr wirklich unterhalten – da war nur noch ein Nebel aus Feuerwehrfahrzeugen, Rettungs- und Streifenwagen und Krankenhaus –, aber jetzt kann ich es nicht länger aufschieben. Ich muss mich bei ihm entschuldigen, auch wenn es keinen Unterschied mehr macht – und machen kann.

Die Haustür ist angelehnt, genau wie vor einer Woche. Und genau wie vor einer Woche bleibe ich davor stehen und habe mit einem Mal eine düstere Vorahnung. Nicholas sitzt in U-Haft, der kann mir nicht mehr wehtun. Trotzdem zögere ich, über die Schwelle zu treten. Ich kann einfach nicht dieses Haus betreten, das einst das Epizentrum meiner Hoffnungen und Träume war. Die linke vordere Hälfte – inklusive des Klavierzimmers – ist wie durch ein Wunder so gut wie unbeschädigt geblieben, während die rechte rußschwarz und geisterhaft in Trümmern liegt.

Drinnen knirschen Sohlen über Glas, die Tür geht auf, und dann steht Daniel vor mir. Es ist komisch, ihn zu sehen und keine Angst haben zu müssen. All die Jahre war er in meiner Vorstellung eine Art Schwarzer Mann, und es fällt mir nicht leicht, diesen Gedanken fallen zu lassen.

»Komm rein«, sagt er. »Aber sei vorsichtig mit den Scherben. Ich lass die Eingangstür auf, damit der Gestank abzieht. Ist das okay?«

Ich nicke.

»Gehen wir hier rein.« Er zeigt nach links in Richtung Klavierzimmer. »Da drin ist nichts kaputt.«

Ich laufe vor ihm her. Der Flügel ist immer noch da, es sind immer noch dieselben blauen Samtsofas, und überall stehen Bücher. Es kommt mir vor wie eine Zeitreise, wenn nur der beißende Rauchgeruch nicht wäre. Er setzt sich auf den Sessel, ich mich ihm gegenüber aufs Sofa.

»Es tut mir leid«, sage ich, noch ehe er überhaupt das Wort ergreifen kann. »Ich weiß, es ändert nichts mehr, und vielleicht bedeutet es auch nichts mehr, aber es ist die Wahrheit. Wenn ich auch nur für eine Sekunde geglaubt hätte, dass Karina lügen könnte, hätte ich niemals … Ich hätte schwören können, dass du bei ihr warst, in deinem Zimmer, damals vor Weihnachten. Ich war mir so sicher.«

»Ich weiß«, sagt er. »Ich glaub dir, dass du gesagt hast, was du für die Wahrheit gehalten hast. Ich glaub dir, dass du dachtest, du würdest das Richtige tun. Ich weiß nicht, warum Nicholas sie an dem Tag mit in mein Zimmer genommen hat, nehme aber an, das war Teil seines kranken … Ich weiß auch nicht.« Er schlägt den Blick nieder. »Ich kann immer noch nicht glauben, was er mir angetan hat. Ich kann nicht glauben, dass ich nicht erkannt habe, wie eifersüchtig er auf mich war. Er muss mich unendlich gehasst haben, um mir so etwas anzutun. Was hab ich ihm denn nur getan?«

»Nichts«, sage ich. »Du darfst dir dafür nicht die Schuld geben, Daniel!«

Er sieht immer noch zu Boden, fragt aber gehetzt: »Weißt du, wo sie ist, Ellen?«

»Nein. Ich will es genauso sehr wissen wie du. Ich habe übrigens gerade Leo getroffen.«

»Leo Smith?« Er blickt überrascht auf.

»Ja. Er hat Sasha kürzlich erst getroffen. Sie … na ja … haben miteinander geschlafen.«

»Du lieber Gott …«

»Ich weiß. Aber ich hatte heute irgendwie das Gefühl … dass er vielleicht mehr wissen könnte. Nur bin ich mir nicht mehr sicher. Ich traue meinen Gefühlen nicht mehr. Ich traue überhaupt niemandem mehr.«

»Willkommen im Club«, sagt er düster.

Wir hören, wie draußen das Gartentor klappert. »Oh, das wird Karina sein«, sage ich. »Ich hoffe, du hast nichts dagegen. Sie wollte dich auch treffen, sich bei dir entschuldigen und sich dafür bedanken, was du getan hast – du weißt schon, bei dem Feuer.«

Er steht auf und marschiert zur Tür, und ich habe Angst, dass ich einen Riesenfehler gemacht habe. Ich hab nicht gelogen, das weiß er auch, aber Karina hat gelogen. Ich will ihm schon nachlaufen, bleibe dann aber wie angewurzelt stehen, weil sie bereits das Zimmer betreten hat und mich anlächelt. Meine Knie werden weich. Ich strecke die Hand aus, um mich irgendwo festzuhalten, aber da ist nichts, und ich falle, um mich herum wird alles schwarz, als wäre es schlagartig Nacht geworden. Das Letzte, was ich sehe, ist das Gesicht, das sich über mich beugt, und die goldblonden Haare, die drumherum herabhängen.

Sashas Gesicht.

Ellen

September 2017

Als ich wieder zu mir komme, liege ich auf dem Sofa. Irgendetwas piekst mir durch den weichen Stoff in die Rückseite meiner Beine, und der Rauch stinkt mehr denn je. Ich setze mich abrupt auf, sodass sich alles um mich herum dreht.

»Hey, schön langsam«, sagt Sasha. »Alles in Ordnung?«

Ob alles in Ordnung ist? Die Frage ist genauso unfassbar – unfassbar unangemessen – wie der Umstand, dass sie hier neben mir sitzt, als wäre nie etwas passiert. Daniel kommt rein.

»Alles in Ordnung?«, wiederholt er, ohne es zu wissen, ihre Frage.

»Nein.« Das ist alles, was ich zustande bringe, während ich sie immer noch erschüttert anstarre.

»Ich hab dir Wasser geholt.« Daniel drückt mir ein Wasserglas in die Hand, auf dem verschmierte Fingerabdrücke prangen. Ich schüttele den Kopf, er setzt sich unbeholfen auf den Boden und stellt das Glas neben sich ab.

»Hör mal, ich weiß, dass das hier ein ziemlicher Schrecken für dich ist«, sagt Sasha und legt mir zaghaft die Hand an den Arm. Ich wische sie beiseite.

»Ein Schrecken? Das glaubst du wirklich? Ein Schrecken?

Ein Schrecken ist ... ich weiß nicht ... wenn deine Katze am Morgen gleich als Erstes einen halb toten Vogel reinbringt. Ein *Schrecken* ist, wenn du die Hand unter Wasser hältst und damit rechnest, dass es kalt ist, aber dann ist das Wasser kochend heiß – *das* ist ein Schrecken. Das hier ist ...« Ich habe nicht die geringste Ahnung, wie man es bezeichnen sollte.

»Tut mir leid, Ellen. Das war der Teil, den ich am meisten gehasst hab – dass ich dich anlügen musste. Ich weiß, dir wird es jetzt schwerfallen, mir zu glauben, aber ich schwöre, es ist die Wahrheit.«

Sie sitzt nahe genug neben mir, als dass ich sie berühren könnte. Sie riecht sogar immer noch gleich: nach einer Mischung aus Kokosshampoo und Zigaretten und ihrem typischen, ureigenen Sasha-Geruch. Tränen treten mir in die Augen, und ich spüre, wie ich in die Knie gehe. Ich dachte, ich würde sie nie wiedersehen, aber da ist sie, sitzt direkt neben mir. Will ich das wirklich kaputt machen, indem ich wütend auf sie bin? Sie ist schon so oft verschwunden, und ich hab so oft gedacht, dass ich alles tun würde, um sie zurückzukriegen. Ist das der Preis, den ich zahlen muss? Muss ich ihr für immer vergeben, was immer sie auch tut?

»Gott, du bist wirklich unglaublich.« Daniels Stimme klingt barsch.

Und mit einem Mal fühle ich mich, als würde ich aus einem Traum aufwachen, und ein Schalter legt sich in mir um. Ich stehe auf, gehe von ihr weg, verlasse ihren Bannkreis und laufe zur Tür.

»Ich dachte, du wärst tot. Ich dachte wirklich, ich würde dich nie wiedersehen. Weißt du überhaupt, wie das gewesen ist?«

»Ich weiß, ich weiß.« Sie hat Tränen in den Augen, aber

diesmal lasse ich mich nicht einwickeln. »Darf ich es dir erklären?«

Ich sollte einfach gehen. Nichts, was sie sagen könnte, würde dies alles wiedergutmachen. Trotzdem bleibe ich. Ich bleibe und lasse sie reden, weil ein dummer, einfältiger Teil von mir irgendwas hören will, was das hier besser macht.

»Oh bitte, nur zu«, sagt Daniel, und seine Stimme trieft vor Sarkasmus.

»Ich weiß, es war dumm von mir, aber als Karina vor meiner Arbeit aufgetaucht ist und mir erzählt hat, dass sie Daniel gesehen hätte, habe ich Panik gekriegt. Und als sie dann auch noch erzählt hat, dass sie bei Gericht gelogen hat, dass Daniel sie gar nicht vergewaltigt hatte, wurde mir komplett anders. Es war, als würde ich den Verstand verlieren. Ich konnte nur noch daran denken, dass ich verschwinden musste. In all den Jahren hab ich geglaubt, dass ich das Richtige getan hätte.« Daniel gibt ein Geräusch von sich, ein widerwilliges Schnauben, und sie sieht ihn flehentlich an, als könnte sie ihn mit ihrem Blick erweichen. »Wirklich! Ich weiß schon, ich hab gelogen, aber ich dachte doch, Karina hätte die Wahrheit gesagt. Ich dachte, ich würde ihr helfen. Ellen meinte, sie hätte dich mit Karina gehört. Ich hab geglaubt, dass das alles wahr war. Deshalb bin ich doch auch all die Jahre so eng mit Ellen zusammengeblieben: Ich dachte, sie hätte die Wahrheit gesagt und dass das meine Lüge irgendwie ausgleichen würde. Ich wusste doch nicht, dass sie ebenfalls gelogen hatte!« Sie steht auf, kommt zu mir und legt mir erneut die Hand an den Arm, und wieder schüttele ich sie ab. Ich bin angewidert, wie schnell sie mich fallen lässt, nur um Daniel zu gefallen.

»Ich hab nicht gelogen«, sage ich. »Es war Nicholas, den ich damals mit Karina in Daniels Zimmer gehört habe, aber ich hab wirklich geglaubt, es wäre Daniel gewesen. Ich hab einen Fehler gemacht. Du und Karina – ihr habt gelogen, nicht ich.«

»Na ja, aber das wusste ich nicht. Ich dachte, wenn du das gehört hättest, dann müsste Karina doch auch die Wahrheit sagen. Und wenn, dann hätte Daniel es verdient, bestraft zu werden.«

»Wofür denn? Dafür, dass er dich betrogen hat?«

»Nein! Dafür, was er Karina angetan hat!« Sie hat mich so oft belogen, dass ich keine Ahnung mehr habe, was die Wahrheit ist. Wahrscheinlich werde ich es nie wissen.

»Also hast du bei Gericht gelogen?«, hakt Daniel nach. »Du hast zugelassen, dass sie mich ins Gefängnis stecken?« Ich kann heraushören, was er dort durchlitten hat, Sachen, die ich mir nicht einmal ausmalen will. Sie hat sich wieder hingesetzt und sieht auf ihre Hände hinab, die sie im Schoß gefaltet hat.

»Wo bist du überhaupt gewesen?«, will ich wissen. »Ich hab nach dir gesucht ... sogar bei deiner Mutter.«

»Du warst bei Alice?« In ihrer Stimme schwingen Eis und Feuer mit, aber inzwischen ist mir egal, ob das ein Tabuthema ist. Sie kann mir nicht mehr vorschreiben, was ich sagen darf und was nicht, nicht nach allem, was sie getan hat.

»Ja. Ich war verzweifelt. Du scheinst echt keine Ahnung zu haben, was ich deinetwegen durchgemacht habe. Aber so oder so – es war richtig, dort hinzufahren. Du bist offensichtlich dort gewesen, auch wenn sie mir nichts erzählen wollte.«

Ein kleines Lächeln umspielt ihre Lippen, und Daniel lacht ungläubig auf.

»Ich bin froh, dass du was gefunden hast, worüber du lächeln kannst. Verdammt noch mal, Sasha!«

»Warum bist du zu ihr gegangen?«, hake ich nach. Ich werde nicht zulassen, dass sie mir die Antworten verweigert, die ich hören muss.

»Sie war mir was schuldig«, sagt sie einfach nur. »Nach allem, was sie mir angetan hat, was ich ihretwegen durchmachen musste ... Ich brauchte einen Unterschlupf, und ich wusste, dass sie da was wüsste. Sie hat mich immer auf dem Laufenden gehalten, wo sie gerade steckte.« Ich muss an Olivias Adressbuch denken. Alice hat auch sie auf dem Laufenden gehalten. Vielleicht kümmert sie sich ja doch mehr, als sie zeigen will. »Natürlich hat mich das einiges gekostet«, fährt Sasha fort. »Sie musste von ihrem Freund weg, da war es ... kompliziert geworden.« Ich muss an den Koffer in Alices Wohnung denken und an das Chaos, das ich entdeckt hab, als ich dorthin zurückgelaufen war. »Also hab ich ihr Geld gegeben, um zurück nach Hebden Bridge zu gehen – dort hat sie immer noch Freunde«, erklärt sie. »Sie hat eine Freundin angerufen, die eine Wohnung in Worthing hat, die sie nicht allzu oft braucht. Die stand leer, und die Freundin meinte, sie könnte dort für eine Weile wohnen. Ich konnte doch nicht riskieren, jemandem zu erzählen, wo ich war. Ich musste mich bedeckt halten. Ich hab nicht mehr klar denken können.«

»Ist dir je in den Sinn gekommen, dass die Polizei eingeschaltet werden könnte?«, fragt Daniel kühl. »Dass sie mich vernehmen würden, nachdem sie erfahren haben, dass ich zurück in London war? Und dass das womöglich das Letzte war, was ich gebrauchen konnte, nach allem, was du mir zuvor schon angetan hattest?«

»Du musst mir verzeihen«, sagt sie. »Ihr beide müsst das«, fügt sie hinzu und sieht mich eindringlich an.

»Warum bist du zuerst hierhergekommen?«, frage ich langsam.

»Was meinst du?« Ihre Fassade bröckelt, als hätte sie mit dieser Frage kein bisschen gerechnet.

»Wenn es dir so wichtig wäre, dass ich dir verzeihe, und wenn mich anzulügen das Schlimmste für dich gewesen wäre, warum hast du mich dann nicht angerufen und mir erzählt, dass du zurückkommen würdest?«

»Ich hätte es dir am Telefon doch nicht ordentlich erklären können. Dazu musste ich dich sehen.«

»Und warum bist du dann hier? Warum nicht in unserer Wohnung?«

»Ich dachte ...« Sie spricht den Satz nicht zu Ende.

»Du hast in den Nachrichten gesehen, dass Nicholas festgenommen wurde, hast kapiert, welche Rolle er in dieser ganzen Sache gespielt hat, und dachtest, damit wärst du fein raus? Nein, du bist hergekommen, um Daniel zu sehen, nicht wahr? Oh, ich bin sicher, du hättest dich irgendwann auch mal bei mir gemeldet, aber ich konnte noch warten. Die gute alte Ellen, die abhängige alte Ellen, für die wird das schon klargehen. Was ist das – hast du Angst vor Daniel? Glaubst du immer noch, dass er dich dafür bezahlen lässt, was du getan hast, wie er es in seinem Brief angekündigt hat? Oder ist es was anderes? Bist du immer noch in ihn verliebt?«

Sie verzieht das Gesicht.

»Ach nein«, sage ich mit brutaler Zufriedenheit. »Er ist ja dein Halbbruder, nicht wahr?« Sie wird rot. Ich werfe einen verstohlenen Blick auf Daniel. Er ist wie versteinert. »Aber weißt du was?« Ich fühle mich wie Nicholas mit dem Messer, fuchtele und stoße es vor mir in die Luft, nur das mein Messer aus Worten besteht. »Daniel weiß das alles schon, und ich bin mir sicher, dass er nichts dagegen hat, wenn ich dir das jetzt erzähle. Du und Karina – ihr wart nicht die Einzigen, die damals gelogen haben. Olivia hat ebenfalls gelogen.«

»Was meinst du damit? In welcher Hinsicht?«, wispert sie.

»Tony ist nicht dein Vater. Das hat sie bloß gesagt, weil sie nicht wollte, dass du mit ihrem Goldjungen rummachst und ihm die Musikerkarriere versaust.«

»Was?« Sie krallt sich in die Sofakante, sodass die Fingerknöchel ganz weiß werden.

»Jupp. Das Ganze war eine Lüge. Wenn du dir die Mühe gemacht hättest, sie diesbezüglich auszuquetschen, hättest du es längst erfahren. Du und Daniel, ihr hättet weiter miteinander schlafen können, und er wäre niemals mit Karina ins Bett gegangen.«

»Olivia, diese dumme Kuh.« Das Gift in ihrer Stimme lässt mich zurückweichen.

»Wag es nicht!« Endlich ergreift auch Daniel das Wort. »Wag es nicht, Mum die Schuld zu geben! Ja, sie hat diese dumme, unverzeihliche Lüge erzählt, aber weißt du was? Sie hatte recht, was dich angeht. Du bist eine ätzende, selbstsüchtige Schlampe.« Ich erhasche einen Blick auf den Mann, der fünf Jahre im Gefängnis verbracht hat. »Du behauptest, du hättest Angst davor gehabt, was ich dir antun könnte – aber was wäre denn mit Karina gewesen? Und mit Ellen? An die zwei hast du keine Sekunde lang gedacht. Du bist einfach abgehauen, sodass sie allein mit dem klarkommen mussten, was da auf sie zukam.«

Als sie ihn ansieht, lässt sie für eine Sekunde die Maske runter, und ich kann ihr ansehen, was von ihrer Liebe für ihn geblieben ist, von der Angst – und vom Hass ebenfalls. Sie weiß, dass er ihr nicht mehr verfallen wird und die beiden nie wieder zusammenfinden. Sie dreht sich zu mir um, und die Geste ist dermaßen berechnend, dass ich es kaum glauben kann, aber ich muss, weil sie jetzt meine Hand nimmt und drückt und mich mit ihren schönen Augen eindringlich ansieht.

»Ellen, du musst mir verzeihen. Du musst das verstehen – du weißt doch selbst, wie viel Angst wir hatten, als wir diese Briefe bekommen haben.« Daniel hat den Anstand, beschämt dreinzublicken. »Als Karina mir erzählt hat, dass sie Daniel gesehen hatte, hab ich sie vor Panik vernichtet. Ich wusste doch nicht, was er vorhatte. Am wütendsten war er auf mich – das wusste ich genau –, weil wir ... zusammen gewesen waren. Okay? Ich wusste, dass er auf dich nicht annähernd so wütend sein würde.«

»Und was ist mit Karina?«, entgegne ich kühl und ziehe meine Hand zurück. »Man sollte doch meinen, er wäre auf sie am allerwütendsten gewesen? Sie war immerhin diejenige, die alles ins Rollen gebracht hat. Oder war sie dir egal?« Karina war ihr schon immer egal gewesen, das habe ich jetzt verstanden. Karina war zu sarkastisch, zu stachelig für sie. Nicht gefügig genug. Nicht so wie ich.

»Natürlich war sie mir nicht egal«, sagt Sasha. »Aber sie ist mir eben auch nicht so wichtig wie du. Uns beide verbindet etwas Spezielles, oder etwa nicht? Bitte, wirf das nicht weg, Ellen.«

»Wie oft hast du mit Leo geschlafen?«, frage ich fast schon beiläufig.

Sofern sie der jähe Themenwechsel irritiert, lässt sie es sich zumindest nicht anmerken. »Nur zwei-, dreimal. Das macht dir doch nichts aus, oder doch? Es war doch nichts Ernstes.«

»Und wenn du es täglich kopfüber mit ihm treiben würdest, es wäre mir mehr als egal.« Es ist natürlich gelogen, aber die Genugtuung zu wissen, dass sie mich verletzt hat, will ich ihr nicht verschaffen. »Nicht egal ist mir, dass du bei mir den Eindruck erweckt hast, dass er dir wehgetan oder dich sogar umgebracht haben könnte. Hast du ihm davon erzählt, dass Karina dich auf der Arbeit abgepasst hat und ihr im Café Crème wart?«

»Mag sein, dass ich es mal erwähnt habe, ja. Ich glaube, ich hab ihn tags darauf getroffen. Ich hab ihm aber nicht erzählt, was sie mir erzählt hat.«

»Erst heute hab ich mich noch gefragt, woher er wissen konnte, dass du sie getroffen hast. Ich war zutiefst misstrauisch ihm gegenüber. Das hast du erreicht: Du hast mich zu einem verängstigten, panischen Menschen gemacht, der niemandem mehr über den Weg traut. Gott, ich hatte sogar meinen Kollegen Matthew im Verdacht, er könnte dir etwas angetan haben! Nur weil er im Sender noch eine Besprechung hatte! Du willst, dass ich dir verzeihe, Sasha, aber dafür ist es zu spät. Du hast unsere Freundschaft weggeworfen, nicht ich.«

Ihre Gesichtszüge entgleisen, und ich triumphiere regelrecht, weil ich endlich Oberwasser habe. Einen Moment lang denke ich darüber nach, ob ich sie wieder heranlassen kann, nur um zu erleben, wie es wäre, für alle Zeiten etwas gegen sie in der Hand zu haben. Aber der Moment ist sofort wieder vorbei. Es wäre die Qualen nicht wert, den Verlust meines Selbstwertgefühls.

»Ich glaube, du gehst jetzt besser«, sagt Daniel zu Sasha. »Ich will dich hier nie wieder sehen.«

An der Tür bleibt sie noch mal stehen. »Ihr werdet es euch noch anders überlegen«, sagt sie, allerdings untypisch unsicher. »Und dann kommt ihr zurückgekrochen.«

Wir hören beide, wie sich ihre Schritte über die Glasscherben entfernen und dann die Tür ins Schloss fällt, als sie sie hinter sich zuschlägt. Daniel und ich sehen einander an.

»Karina kommt gleich. Gehe nicht zu hart mit ihr ins Gericht, okay?«, bitte ich ihn.

»Ich war so lange so stinkwütend auf sie«, sagt er. »Im Gefängnis hatte ich manchmal das Gefühl, dass diese Wut das Einzige war, was mich noch am Leben gehalten hat. Aber jetzt da ich weiß, was Nicholas mit ihr gemacht hat ... tja ... Sie hat genug durchgemacht. Was sie wirklich braucht, ist ein echter Freund.«

»Ich auch.« Ich war so lange von Sasha abhängig. In der vergangenen Woche habe ich mich gefühlt, als würde ich ohne Ruder auf dem offenen Meer treiben, und dieses Gefühl ist immer noch da, gleichzeitig fühle ich mich merkwürdig schwerelos, so als würden sich vor mir unendlich viele Möglichkeiten eröffnen. Als sie verschwunden war, habe ich am allermeisten befürchtet, dass sie für immer weg wäre, dass ich sie nie wiedersehen würde. Jetzt in diesem Augenblick ahne ich, dass ich damit richtiglag. Ich werde sie nie wiedersehen.

Ich bin frei.

Ellen

Januar 2018

Die Wohnung ist winzig, Küche und Wohnzimmer in einem, und ich brauche rund eine halbe Stunde länger zur Arbeit, aber sie ist hell und luftig – und sie gehört nur uns. Für Miete und Rechnungen kann ich gerade so allein aufkommen, sage aber nicht Nein, wenn Karina auch etwas beiträgt, wann immer sie kann.

Vielleicht wird sie noch einmal vor Gericht müssen, aber wenn, dann wird sie diesmal die Wahrheit sagen, und das gibt einem Freiheit. Ihr Schicksal liegt dann in den Händen der Staatsanwaltschaft, die derzeit darüber berät, ob sie wegen Meineids und Justizbehinderung angeklagt werden soll. Aus inoffizieller Quelle wissen wir, dass sie gute Karten hat und nicht angeklagt wird – aufgrund des Missbrauchs, dem Nicholas sie damals unterworfen hat, und ihrer daraus resultierenden mentalen Verfassung –, aber das ist natürlich nicht in Stein gemeißelt.

Immer wieder kommt mir in den Sinn, auf welch vielfältige Weise wir mal Freundinnen gewesen waren, ehe Sasha und die Monktons auf den Plan getreten sind. Wie wir gelacht haben, bis uns die Bäuche wehtaten. Auch heute kann ich sie manchmal wieder zum Lachen bringen, und auch wenn sie nie mehr die Alte sein wird, sieht sie jetzt schon jünger aus als an jenem Tag vor einigen Monaten, als sie mir die Tür aufmachte und wie ein in die Enge getriebenes Tier auf mich wirkte. Sie sagt, sie sei darauf vorbereitet, so gut es eben gehe, dass sie verurteilt werden könne. Im schlimmsten Fall bin ich da, wenn sie wieder rauskommt, und warte in unserer kleinen Wohnung auf sie. In unserem Zuhause.

Sasha wohnt inzwischen allein, und ich frage mich, wie sie sich dabei wohl fühlt – ohne jemanden, den sie überstrahlen kann, ohne jemanden, der ihr Selbstbewusstsein stärkt, ohne jemanden, mit dem sie ihre Spielchen spielen kann. Was Karina getan hat, war abscheulich, daran ist nicht zu rütteln. Aber zumindest kann sie mildernde Umstände geltend machen – sie war tatsächlich missbraucht worden, nur eben nicht durch Daniel. Aber Sasha – was ist ihre Entschuldigung? Hat sie Daniel dafür bestraft, dass er mit Karina geschlafen hat? Ich werde es womöglich niemals erfahren.

Was Daniel angeht, wird er diese verlorenen Jahre niemals zurückbekommen, aber ich hoffe für ihn, dass er seinen Frieden findet, sich ein neues Leben aufbauen kann und die zwischenmenschlichen Beziehungen, die damals vor all diesen Jahren in die Brüche gegangen sind, wieder kitten kann. Und Tony hat zumindest noch die Wahrheit erfahren, bevor er gestorben ist.

Wir sind vorgewarnt worden, dass Daniel das Recht hat, Karina zu verklagen, aber er sagt, dass er kein Interesse daran hat, sie zu bestrafen. Wichtig ist ihm nur, dass sein Schuldspruch revidiert wird. Dass er endlich als unschuldig gilt.

In diesem Moment kann ich Karina durch die papierdünnen Wände hören, wie sie die Treppe hochkommt und dann durch die Tür stürmt.

»Mum sagt, sie gibt mir das Geld!«, ruft sie und legt regelrecht ein Tänzchen hin.

»Die Umschulung?« Karina will sich zur Beraterin für Missbrauchsopfer ausbilden lassen, hat aber bislang Schwierigkeiten gehabt, das Geld für den Kurs zusammenzukriegen.

»Ja. Sie hat es mir zwar nicht ausdrücklich gesagt, aber ich nehme mal an, das ist ihre Art, endlich anzuerkennen, was er getan hat ... mein Vater, meine ich.«

Ich weiß, dass Karina sich insgeheim mehr von Dilys gewünscht hätte: dass sie endlich zugäbe, dass sie ihrer Tochter schrecklich unrecht getan hat, indem sie ihr nicht geglaubt hat, aber vielleicht würde es Dilys' Leben schlichtweg unerträglich machen, die Wahrheit anzuerkennen.

»Das ist ja großartig! Ich freu mich für dich!«

»Danke. Ich weiß, es dauert Jahre, bis ich wirklich als Beraterin arbeiten kann – wenn ich es überhaupt schaffe –, aber zumindest weiß ich jetzt, worauf ich hinarbeite – auf etwas, was wirklich etwas bewirken könnte. Diese ganzen Jahre habe ich bloß auf der Stelle getreten und dachte, das wäre es jetzt für mich gewesen; so würde es für immer bleiben. Zumindest weiß ich jetzt, dass die Chance auf Besserung besteht.«

Die Wahrheit zu sagen war für Karina ein Befreiungsschlag, und das sollte ich mir zum Vorbild nehmen. Ich mag bei Daniels Prozess nicht gelogen haben, aber ich habe mich jahrelang selbst belogen, was meine Beziehung zu Sasha anging. So zu tun, als wäre die Art, miteinander umzugehen, völlig normal, als wäre es völlig in Ordnung, so übermäßig eng miteinander verbunden zu sein. Mir einzureden, sie würde sich genauso sehr um mich sorgen wie ich mich um sie. Tja, damit ist es jetzt vorbei. Sie hat mich nur deshalb in ihrer Nähe gehalten, weil ich ihre Lüge gerechtfertigt habe. Denn solange ich der Ansicht war, Karina mit Daniel zusammen gehört zu haben, hatte sie das Richtige getan. Im selben Moment, da sie die Wahrheit erfuhr, hat sie Reißaus genommen. Hat nur noch darüber nachgedacht, wie sie ihre eigene Haut retten konnte. Ich war ihr immer egal gewesen, und mir das Gegenteil einzureden war die größte Lüge von allen.

Sich selbst zu belügen ist so unendlich leicht, weil man dabei nicht ertappt wird. Niemand wird sagen: Moment mal, das ist doch nicht richtig. Vielleicht ist da ein Stimmchen im Hinterkopf, das einem in dunklen Nächten zuflüstert, sobald alle anderen Geräusche verstimmt sind, aber dieses Stimmchen kann man einfach ignorieren, besonders wenn die Sonne wieder aufgeht und die Welt aufs Neue in die Gänge kommt. Man stopft den Tag einfach mit Arbeit, Familie, Freunden, Hobbys, Treffen zu, und im Handumdrehen ist die Stimme nicht mehr zu hören. Ich kann Sasha noch so viele Vorwürfe machen, aber ich muss mir auch eingestehen, dass auch ich meinen Anteil an unserer verqueren Beziehung hatte.

Ich richte meine Aufmerksamkeit wieder auf Karina, die immer noch aufgeregt von dem Kurs erzählt. Am liebsten würde ich diesen Moment für sie einfrieren wollen, weil es zum ersten Mal seit einer Ewigkeit den Anschein hat, als wäre sie glücklich, als freute sie sich auf das, was ihr bevorsteht. Gleichzeitig habe ich ein bisschen Bammel, was kommt, wenn die Staatsanwaltschaft beschließt, sie doch anzuklagen. Aber ich tue es ihr gleich, lächele und plaudere, als würde mein Leben davon abhängen, und vielleicht stimmt das ja sogar.

Vielleicht ist das alles, was wir je tun müssen, was wir tun können: mit Gelassenheit und Würde den Wahrheiten in unserem Leben ins Auge zu sehen. Karina, Olivia, Sasha – sie alle müssen mit den Konsequenzen ihrer Lügen leben. Und ich muss jetzt einen Weg finden, um mit der Wahrheit zu leben.

Danksagung

Hinter jedem Buch steckt so viel mehr als bloß ein Autor. Diesen Menschen gebührt immenser Dank:

Meiner Superagentin Felicity Blunt für ihre unermüdliche Unterstützung und ihren Einsatz. Felicity, ich kann nicht fassen, wie viel Glück ich habe, dass du in meiner Ecke des Rings stehst. Danke auch an die großartige Melissa Pimentel und das komplette Auslandsrechte-Team bei Curtis Brown.

Meiner wunderbaren Lektoratsmannschaft bei Sphere, insbesondere meinen Lektorinnen Lucy Dauman und Lucy Malagoni sowie Cath Burke, Kirsteen Astor, Emma Williams, Thalia Proctor, Sara Talbot, Rachael Hum und dem restlichen Team, die alle so hart gearbeitet und mich unterstützt haben.

Ognjen Miletic für seine Geduld angesichts meiner begriffsstutzigen Fragen hinsichtlich der Juristerei und dafür, mir darüber hinaus unschätzbar wertvolle Hinweise gegeben zu haben, wie ich die Geschichte, die ich erzählen wollte, auch ohne eklatante Fehler erzählen konnte. Wenn ich trotzdem Fehler gemacht haben sollte, gehen die allein auf meine Kappe!

Robin Nickless für den unbezahlbaren Rat in Sachen Polizeiarbeit. Auch hier bin für jegliche Ungereimtheiten ich allein verantwortlich.

Einer der überraschendsten und besten Aspekte an einer beruflichen Neuorientierung in der Lebensmitte sind die unerwartet vielen neuen Freunde, die ich gefunden habe. Wie sich herausgestellt hat, sind Krimiautoren die allernettesten Menschen! Meiner Einheit alias den Ladykillers – Steph Broadribb, Fiona Cummins, Emily Elgar, Caz Frear, Karen Hamilton, Jo Jakeman, Jenny Quintana, Amanda Reynolds, Laura Shepherd-Robinson, Laura Smy und Caz Tudor – ein herzliches Dankeschön für die Unterstützung, den Wein, die Mittagessen und so vieles mehr. Es bedeutet mir unendlich viel, euch als Mitreisende bei diesem verrückten Trip an meiner Seite zu wissen.

Meinen CBC-Kommilitonen für die andauernde Freundschaft und den Applaus.

All den Rezensenten und Bloggern dort draußen, die so unermüdlich und ohne einen Cent dafür zu sehen über Bücher schreiben und sprechen, die sie toll fanden.

Claire Marshall und Natasha Smith, meinen ersten Leserinnen und meiner ersten Anlaufstelle in Krisenzeiten.

Susie Osborne, Amanda MacNaughton und Debbie Nash, die immer und immer wieder für mich da waren und mir unter die Arme griffen. Und natürlich Frankie Osborne (ohne den nichts von alledem je möglich gewesen wäre).

Hattie, Jane, Naomi und Rachel – ich hab euch lieb, Mädels!

Meiner Familie – meinen Eltern, Murray und Cecilia, und meiner Schwester, Alice, sowie Lisa und Andrew und Mark und Elle für all eure Unterstützung.

Michael, Charlie und Arthur, die mir alles auf der Welt bedeuten. Ich liebe euch.

Und schließlich Sie! Als ich die Danksagung für meinen Erstlingsroman verfasst habe, habe ich meinen Leserinnen und Lesern nicht gedankt, weil ich da noch keine hatte und es mir anmaßend vorgekommen wäre, davon auszugehen, dass ich je welche haben würde. Inzwischen bin ich in der glücklichen Lage, die überbordende Freude zu kennen, wenn Leser sich melden, die mir erzählen, wie viel Spaß ihnen mein Buch gemacht hat. Danke Ihnen allen aus tiefstem Herzen, dass Sie dieses Buch gekauft, es sich in einer Bibliothek oder von einem Freund ausgeliehen haben. Ich hoffe, es hat Ihnen gefallen.

»Maria Weston hat dir eine Freundschaftsanfrage geschickt.«
Aber Maria Weston ist
seit 25 Jahren tot ...

448 Seiten. ISBN 978-3-7341-0577-7

Die alleinerziehende Mutter Louise lebt ein ruhiges Leben mit ihrem kleinen Sohn Henry. Eines Abends, sie klickt sich gerade durch ihre Social-Media-Kanäle, pingt eine Nachricht auf: »Maria Weston möchte mit dir auf Facebook befreundet sein.« Louise ist gleichermaßen irritiert wie geschockt. Maria war eine Klassenkameradin – doch sie verschwand vor 25 Jahren spurlos. Zuletzt wurde sie am Abend der Schulabschlussfeier gesehen, und jeder geht davon aus, dass sie tot ist. Doch nun scheint sie zurück und scheut sich nicht davor, Louise für die dramatischen Ereignisse von damals verantwortlich zu machen ...

Lesen Sie mehr unter: **www.blanvalet.de**